晚清風雲

第三卷

甲午祭壇 下

李鴻章屈膝春帆樓

果遲◎著

目錄

第一章 北洋上下

有炮無彈

和談破裂，中日最終訴諸武力，這於李鴻章有如一當頭棒，北洋上下無不手忙腳亂。這中間有一人如熱鍋上的螞蟻，甚至比第一當事人李鴻章更急，這就是軍械局總辦張士珩。

憑著與李中堂甥舅之親，幾年時間，張士珩不但掙得一份可觀的家私，且被保至記名道，他貪污的膽子忒大，購進軍火往往只一紙帳單，實物多被轉賣了，款子返回到外國銀行自己的戶頭上，倉庫有時僅收到部分實物，有時甚至什麼東西也沒收到，幾年下來一筆糊塗帳。

在張士珩眼中，舅舅為朝廷柱石，只要不死，這北洋大臣便只有他當得，自己的財也可盡量發下去，至於碰上李經方這樣的「查庫委員」，那不過是強盜遇了賊而已。但送李經方一筆錢又算什麼？送給他也不是外人，而且，還可以找一個代為遮醜的人，張總辦反而更加高枕無憂起來。

萬不料今天日本人要來「查庫」了。

北洋水師面臨大戰，近日內將全隊出動護航到牙山，此行很可能要和日本人的聯合艦隊一決雌雄，必須備足彈藥，劉公島上彈藥庫存貨不多，尤其是炮彈一項，哈乞開司炮有彈無藥，格林炮有藥無彈，而「定」、「鎮」艦首那三十公分半巨炮更是彈、藥兩缺。為此，丁汝昌特派一艘快艇拖了一隻駁船，五十名水手押船前來天津裝運彈藥，清單上註明各項明細，特別註明巨彈奇缺，單三十公分半巨彈便要提走二百顆。

須知這種炮彈國內各機器局、火藥局因無此大型設備不能生產，得從德國克虜伯軍工廠購進，一顆價值達三十兩白銀。張士珩去年年底報單上標明一次購進了三百顆，但入庫僅三顆，那是軍火商送來的樣品，不要錢的。

至於花了錢的巨彈則在德國提了貨後，被張士珩的心腹人轉手賣到日本人手裡了。

眼下水師來提貨，先一日便有電報報到海軍衙門，專管轉駁物資的委員方士毅持電文至張士珩處報信，隨後又持清單來請示李鴻章，李鴻章即在上面簽了個「准」字，方士毅即安排腳伕，準備船來之後提貨裝船。

不想這張士珩一見電文不由傻了眼。

他當著方士毅還算沉得住氣——先花言巧語穩住他，自己轉身卻走出衙門，直奔對面的「樓外樓」茶館，來尋心腹師爺劉甫。

軍械局果然不愧是北洋的第一個闊衙門，裡面的師爺、買辦，甚至一個普通工役也肥得流油，他們整天泡在茶館裡或是妓院裡，今日你請客，明日他作東，花天酒地，胡地胡天，就是辦公事也全在飯桌上，這「樓外樓」的雅座，便被張士珩包下來，做了公事房，不過，此番張士珩的天倉已滿了，他幾乎是跌跌撞撞地衝上樓的。「俊逸兄，壞了壞了，我叫你早做準備你不當回事，今天要露餡了！」張士珩一見座上全是自己心腹，便叫著劉甫的表字，毫無顧忌地把事情敘述了一遍。

這三百顆巨彈進貨才半年多，帳上明擺著誰都看得明白，再說這東西一顆一顆塗上防銹蠟用油紙包著，裝在箱子裡，既無法報損，也不可能報蟲咬鼠傷，而受潮、被盜卻都是怠忽職守的行為。

「這可是殺頭之罪！」冷不丁地他記起了李經方威脅他時說的那句話，冷汗一下冒了出來，一迭連聲催這班人為他想主意。他說：「好處大家都得了，主意可要大家拿啊！不然，跑不了我，也逃不了你們！」

對張士珩開口埋怨，劉甫心裡有看法——當初李經方查庫後，也告誡過張士珩，要他趕緊設法補上一些虧空，劉甫也催過他，要他設法再購進一些，哪怕仍報上去由公項開支也比庫存無貨要好，但張士珩卻哼哼哈哈不在意，催急了他反說中日之間這仗打不起來，李中堂奔走議和會成功的。眼下火燒眉毛了，他卻把話反說起，劉甫也不好駁得。

一條船上的人，只有想辦法先應付眼前的難題，但有什麼法子呢？這東西不比軍餉、軍糧，可到別處挪移代墊，而明日便要提貨就是自己會造也來不及。

「就是七天能造十萬支狼牙箭的諸葛孔明在，也無法草船借炮彈，除非他能用計，像讓去劫糧一樣，讓周瑜自己開口不要他去。」一個熟讀《三國》的師爺忙中無計，亂說一氣。

劉甫聽了，白眼珠子一翻，受到了啟發，他說：「我們也可不可以學孔明呢？」

眾人不解，張士珩也說：「什麼意思，你快快說與我聽。」

劉甫說：「大人，伯行公子不是得過您不少好處嗎？事已至此，你只能拖他同去見李中堂，請暫時收回成命，軍火船暫不開航。我們這裡分頭去找洋人，洋人不是有很多軍艦泊在大沽口外嗎？他們艦上一定也有同樣型號的巨彈，咱們花兩倍、三倍的錢去買，不愁不湊一些出來應急，只要捱過了這一關，您照舊當總辦，這錢唄，還不羊毛出在羊身上！」

張士珩一聽要他去找李中堂收回成命，不由犯了難。他向劉甫翻著白眼說：「這，這是什麼孔明的妙計，到頭來仍拿我去頂罪。你當這口好開嗎，不說出實情不行，說出實情也不行，他老人家氣頭上那封耳嘴巴子、靴尖子窩心腳我可受不了！」

劉甫說：「大人，若真只打幾個嘴巴、踢幾腳就能捱過這一關，還算是如天之福！」

下面的意思，張士珩再草包也能明白，想起當初貪污，在座之人誰個沒分成？可如今殺頭抄家起來無一人能承肩，他不由有氣，所以，他瞪了劉甫一眼，喘著粗氣不作聲。

眾人見狀，思量來思量去，再無其他好辦法，只好紛紛起身相勸。那個歪批《三國》的師爺說：「大人，咱們這班人全賴大人提攜才有今日，別的事讓我們出頭，赴湯蹈火，誰個敢辭？但這事非大人出面不可。俗話說，虎毒不食兒，您可是李中堂的嫡親外甥。再說，他老人家就此事不能想遠些想開些嗎？當初為什麼要把個親外甥放在軍械局呢？若大義滅親，抹下臉從重處治了，張揚開來，他老人家便沒有干係了嗎？要知道，言路上對他老人家可不放鬆，盯著這位子的大有人在。這事捅穿了他老人家的好日子也算完。依卑職看，大人您只管放膽去。什麼事全抖出來認了，越大越嚴重越保險，我料定他老人家只有將錯就錯設法彌縫的，絕不會也不敢認真辦！」

大家都認定只有這才是辦法，七嘴八舌，像哄小孩似的把張士珩哄出門上了路，然後眾人分頭活動，尋親訪友找關係，找洋人打聽買巨彈……

投鼠忌器

一整天文報往返，電訊不斷，文員武弁，這班走了那班來，車輪大戰似的，李鴻章幾乎累得直不起腰，黃昏，他回到萃珍閣翠帕的房子時，眼前只有亂晃的金星，腳底如同踩著了棉花架。

「老爺子，先洗個熱水澡吧，我都為你安排好了。洗後我再為您做一會推拉按摩，舒筋活絡，消除疲勞。」翠帕早立於房中，像接駕一樣地接著，殷勤為之寬衣，又扶他去沐浴。李鴻章在美人攙扶下，如一隻溫馴的綿羊，乖乖地由她安排。

先鬆開辮子，再脫個赤條條的浸泡在熱氣騰騰的水中。她綰起髮髻，挽起袖子，趿一雙軟底鞋，為他擦背洗身，水涼了，又不斷地添入滾水，折騰了好半天，然後扶他出來，為他揩抹乾淨，又攙扶進內室，放倒在涼床上，先為他梳理鬍子，再梳理頭髮，結成一根大辮子，然後是全身搓摩，並取出一套小刀具為他修腳。

翠帕真殷勤，貼心貼意，她也真有功夫，按部就位，從容不迫。那一雙柔軟的小手柔中有剛，拉捏起來很有力，李鴻章只覺得她手到之處，骨節似隨之聳動，疲勞消除，舒坦無比。

就在這時，只見一條人影一閃，張士珩一頭鑽了進來，也不管這是什麼地方，什麼場合，猛地爬在李鴻章腳下哭訴道：「舅舅，我該死，我該死！」

打著赤膊，僅穿了一條短褲衩的鴻章正仰著身子，頭靠在涼床靠背上，雙目微閉，呼吸翠帕身上散發的溫馨，享受美麗的侍姬為他帶來的無窮快感，如上升到了天界，冷不丁地聽到張士珩的聲音，忙睜開眼睛，看不到人，忙抬起頭，坐直身子，這才發現這個寶貝外甥已趴伏在面前。

「楚寶嗎，什麼事呀？」對外甥的亂闖，做舅舅的並未生氣，口氣也十分慈祥。

張士珩這時只一個勁往下磕頭，把樓板碰得山響，就是不開口。李鴻章見狀不由疑雲頓起，乃問道：「楚寶，你與我起來說話，莫非，莫非——」

一句話尚未問完，他突然悟出了什麼，腳一頓，竟把腳下一隻白銅臉盆——翠帕洗滌修腳刀具的一盆淨水踩翻，把水濺了張士珩一身，他也不管，只喝道：「莫非軍火出了什麼紕漏？」

張士珩見李鴻章已猜中了，忙一個勁地磕頭道：「我該死，我該死，我以為這仗打不起來，沒想喊變就變了！」

這裡翠帕冷冷地瞥了張士珩一眼，也不顧自己此時只穿一件薄薄的紗衣，卻扔了一條毛巾與張士珩，又拿出一雙鞋讓李鴻章趿著，且欲扶他轉到一塊乾地方來。可李鴻章一手擋開她的攙扶，僅趿了鞋立起，連連催促道：「畜牲，你都幹了些什麼？快說，軍火怎麼啦？」

張士珩用手巾胡亂抹了抹臉，仍跪在水中，把軍火庫發不出軍火的事斷斷續續地供了出來，然後又叩頭如搗蒜。

李鴻章越聽越氣，那手和腳漸漸地抖了起來，不等張士珩說完，一腳將他踹翻在地，又不停地用腳尖踢他的身子，咬牙切齒地罵道：「畜牲，畜牲，你壞了我的大事，我半生心血全栽在你手中了，這是滅門大禍，我這條老命也全賠進去了！」

張士珩來之前已做了挨耳光、挨腳尖的準備，此時，他倒在地板上，雙手抱頭，由著李鴻章將他像個皮球似地踢來踢去，癱在地上，像一片死豬肉。翠帕一邊看著李鴻章踢累了，在喘粗氣，這才上前抱住他的胳膊道：「大，大人，老，老爺子，消消氣吧，念姪少爺是初犯，饒過這一回，今後讓他辦事認真些就是！」

李鴻章把手猛地一擋，把翠帕擋得倒退三步。他一邊喘氣一邊說：「初犯？什麼初犯？這可是敗國亡家的大事！大戰在即，有炮無彈，你叫我怎麼見太后、皇上，怎麼見三軍將士，怎麼應付朝野上下悠悠之口？小畜牲，你死去吧，你先死我隨後來。」

罵著，又用腳來踹張士珩，立逼他去死。

張士珩此時也不分辯，只用雙手抱住頭，弓著身子如蝦子一般，這樣可少挨窩心腳，餘下部位任他踢，倒在地板上不吭聲。

這邊的斥罵聲，驚動了前邊的人。黃昏時，眾人都去洗澡尋涼快，但仍有一部分人就在前面院子裡納涼，大家聽出這聲音有異，忙擁到後邊，一齊上到樓梯口往這邊瞧。

這裡為機要重地，如同「白虎節堂」一般，加之萃珍閣又是中堂的藏嬌之所，一班護衛也只能遠遠地在廊下站崗，幕僚下屬們不奉召如何敢擅入？最後，大家只好推李杜過來探詢、相勸。

李杜是李府上的家生奴才，幾十年老僕，信得過的人。此刻眾人推涗，於是踅了過來，低著頭怯怯地說：「老爺，消一消氣吧！姪少爺是您的親骨肉，就是闖了天大的禍，只要不是謀反，最後還得靠您來化解呀！」

李鴻章雖仍冒著火，李杜這一句話仍提醒了他。他指著地下的張士珩說：「這是個犯了彌天大罪的人，可不能放走了他，先將他關在那間小屋子裡再說吧！」

李杜彎腰點頭答了個是，上前拉張士珩說：「張大人，張大人，起來吧！」

張士珩滾在樓板上，水呀灰呀拌了一身一臉，此時已如一個「煤黑子」一般，聽李杜來解圍，勉強爬起來，爬到李鴻章跟前又重重叩了一個響頭，這才隨著李杜跌跌撞撞地出來。

張士珩一走，翠帕趕緊過來收拾房子，他將李鴻章扶到一邊的安樂椅上躺下，遞了一杯水過來，李鴻章此時喉乾舌苦，抿一口水，直到這時，他才感覺到胸膈之間，隱隱作痛。他清楚這是盛怒所至。

翠帕見他一手按在胸上，眉頭皺著，似是有無限的痛楚。又絞了一把熱毛巾過來，一邊在他背上、胸前擦拭，一邊細語輕言地說：「想開些吧，李杜說的沒錯，就是撞塌了天，除了您去撐起，別人又哪有這個能耐呢？」

李鴻章不理她的茬，只一人想心事，突然，他想起了李經方，當初派他去查庫，回報說帳實相符，好一個帳實相符，看來，兩個畜牲合夥欺騙了我。於是，他又一拍扶手道：「李杜，你過來。」

李杜此時剛安置好張士珩，知道大事未了，不能離開，正鵠候門外，聽得老爺招呼便應聲進來道：「老爺有事？」

李鴻章說：「你與我去把大畜牲找來，上天入地都要找到，就傳我的話：躲是躲不掉，逃也無處可逃的，今晚不來，明早我便要發出海捕文告，全國通緝他！」

李鴻章話未說完，李杜尚未出門，李經方就也像幽靈一樣閃了進來，進門先「撲通」一下跪倒，道：「爹，兒子在！」

原來張士珩的幕僚已從紫竹林大戲院把李經方找了出來。一聽來人敘述經過，李經方不由大罵張士珩及手下這班混帳王八蛋辦事顢頇，一個多月前他去查庫後便已提出警告，時至今日仍讓它空在那裡未填補虧空，眼下已大禍臨頭了——直到這時他才知那幾萬兩銀子的脂粉錢不好得。

但李經方畢竟是出過洋、任過公使的人，各方利害在心裡一掂量，發現劉甫給張士珩出的主意實為上策，於是，他令這個幕僚先回局裡去穩住局勢，大家速去尋洋人想辦法，然後自己進府來見父親。

他進府僅後張士珩一步，正碰上張士珩倒楣，知道此時進去只有苦吃，於是閃身躲進旁邊一間小屋子裡，待父親的火氣在張士珩一人身上發夠，這才進屋裡來。

李鴻章一見「大畜牲」，那火又一下竄上來，抬腿要來踢他，此番連翠帕也不便求情了。虧李經方自有救命的絕招——他跪下後，立即膝行上前，一雙手抱住父親雙腿說：「爹，兒子有話說，說完再打不遲！」

這一句話果然生效，李鴻章不準備踹他了，只氣鼓鼓地盯住他說：「你說！」

李經方回頭望了翠帕與李杜一眼，二人知趣，翠帕退進後間，李杜退出了屋子。李經方這才低聲道：「天津與京師只咫尺之隔，各部院在津耳目四布，此事一旦傳揚出去，可就稱了好些人的心願。」

寥寥數語，言簡意賅，李鴻章一聽便明白。

自從和談破裂，各方對他的指責，可謂「白簡盈庭」，尤其是翁同龢、李鴻藻門下那一班人，一個個都摩拳擦掌，準備對他大打出手，眼下有了這個好題目，那些人能輕易放過嗎？但李鴻章眼下不是不明白這層，而是無法應付這有炮無彈、火燒眉毛之急呀。所以，他聽李經方一說，馬上問道：「那怎麼辦？」

李經方一聽這口氣要和緩得多，已是商量的意思了，於是雙手一鬆，但仍壓低聲音說：「其實，兒子上次查庫時，已發現虧空，並責成楚寶弟迅速設法賠補上來，因怕您生氣故未敢提，當時以為和談有望，仗打不起來，哪料到英俄列強會袖手不管了呢？眼下楚寶弟已在託人找門路找洋人借彈應急，一定在近日會有著落的，至於楚寶弟，此番禍闖大了，只能讓他稱病辭官，這當然是後一步的事，當務之急是速電丁禹廷軍門，只說艦隊全體出海，遇倭必有大戰，為釁不必自我開，水師大隊以集結待命，不出海為宜。」

李鴻章聽兒子這麼一說，心中雖仍氣忿已極，但左思右想，別無良方，兒子和外甥已織就了一隻籠子讓他鑽，別的路全給堵死了。他恨恨地盯住經方，長歎一聲說：「得了得了，我也是木匠戴枷——自作自受！」

虛應故事

日軍在豐島對中國艦船不宣而戰後，又對牙山我守軍發動猛攻，迫使聶士成退向公州，繞道北上，這天正是農曆六月二十六日——皇帝的生日「萬壽節」。

平常這個日子，按例要於圓明園受百官朝賀，眼下圓明園已毀於兵火，頤和園為太后所居，那裡正在籌備另一個更大的慶壽典禮，所以，這天清晨，皇帝御太和殿接受百官朝賀，然後賜宴，下午在寧壽宮演戲，看升平署的太監演出大軸子連台本戲，君臣把酒同樂，一如承平之世。

軍機大臣、戶部尚書翁同龢在宮中看完戲回到府中，臉上猶是淚痕斑斑，皇帝萬壽之喜掉淚是大犯忌諱的事，翁同龢以天子近臣，豈有不知？所以，在寧壽宮戲台下他是強裝笑臉，並不斷和人打招呼，裝出若無其事、喜氣洋洋的樣子，直到上轎後才忍不住老淚潸潸——誰能想像得出，他這個「天子近臣」當得是那樣的苦？

昨天上午，皇帝去頤和園請安，回宮後立刻召翁同龢進宮，君臣相見，皇帝一臉愁容，翁同龢清楚，皇帝準又是在太后那裡碰了釘子。

自從朝廷詔令李鴻章加緊部署戰守事宜之後，李鴻章便把難題又一次擺了出來，除了四支大軍出國、京津及沿海防務須速撥三百萬的款之外，又反反覆覆擺出了北洋水師的艱難——艦船老化，「七大遠」中，無一艘能與日本快速艦「吉野」、「浪速」、「秋津洲」相匹敵。海戰以快制快，以「七大遠」的體重行緩，只能望「吉野」徒喚奈何；李鴻章又說，已訪得智利國有快艦名「五月十五號」一艘出售，無論航速和火力都可戰勝日本船，他主張趁中日尚未正式宣戰，速籌款項將此艦購回，以敵日艦。

皇帝讀罷此疏，不由怦然心動，當面吩咐翁同龢，回去和戶部另一位堂官及左右侍郎商議籌款。

就在這時，內務府郎中立山偕總管太監李蓮英趕來——為籌備太后六旬慶典，擬在頤和園內，添設六十處水陸鮮花燈光景點，同時，自西華門至西直門，兩旁街道、鋪面不夠氣派，懿旨令沿途量加修葺；還要加蓋經壇、戲台，分段再點設景物，加之各大小戲班添置行頭，僧、尼、道眾做佛事、道場、經懺的費用，慶典那天洋人洋婆子進園朝賀的珍玩賞賜各項費用加起來，估單上開得明白，不多不少正合兩百萬之數——據李鴻章說，智利快速艦「五月十五號」報價也是兩百萬。

這裡李蓮英手上的估單經內務府和工部官員審核無誤，懿旨令戶部迅速撥款應急。身為戶部尚書的翁同龢一下犯了難，為了太后這六旬大慶，戶部的庫房早被提空，眼下張口又是兩百萬，那「五月十五號」不又落空了嗎？

為此，翁同龢跟立山、李蓮英磨了半天牙，欲將各項酌減一半。立山聽了翁同龢訴苦經，心已軟了，但他不敢作主，只把眼來瞅李蓮英，李蓮英卻冷笑著說：「翁師傅，買洋船的事不能緩一緩嗎？十年前福建買了、造了那麼多船，法蘭西打起來一樣不濟事，多一隻少一隻又何妨？可老佛爺的慶典只這一次，連皇上都不知怎樣表孝心呢！你看看，老佛爺四十整壽，正遇上穆宗毅皇帝山陵崩塌；五十整壽又是中法大戰，大喜的日子人心惶惶。此番老佛爺有話在先，誰若讓她這天不痛快，老佛爺要讓此人一輩子不痛快。眼下六十處鮮花燈光景點是合著老佛爺六旬之期的，您翁師傅要核減一半我們可不敢作這個主，請您自己去跟老佛爺明白回奏吧！」

李蓮英用那尖細的嗓音劈里啪啦說了一大篇，末了，不等翁同龢分辯便悻悻而去。

翁同龢心裡明白，李蓮英這類梟小不會善罷甘休，眼下皇帝滿面愁容，準是因這事受到了慈禧太后的責備。

「老師，李鴻章的電奏又到了，你看，他怎麼總總丟不開一個和字呢？」皇帝說著，將一份奏報遞與翁同龢看。

這是剛到檔的北洋大臣電奏，在這份奏稿中，李鴻章除了詳細敘述了豐島海戰經過外，又說倭人不宣而戰，已違反萬國公法，且擊沉上懸英國國旗的「高升」輪，英國必然動怒。接著又說，自己乘機和英國駐津領事遊說，請飭總理衙門大臣再就此事與英使歐格納會商，務必策動英夷出兵壓服日本。

翁同龢看了電奏默不作聲。皇帝用指頭敲著龍案微微歎息道：「眼下事實已很明瞭，倭人狡謀奸計已暴露無遺；英俄坐觀成敗，以收漁利。李鴻章不自責料事不明上當受騙，卻仍寄希望於外人，豈不是做白日夢嗎？」

「唉，臣以為李鴻章也確有他的難處！」翁同龢破天荒為李鴻章說了一句好話，又歎了一口氣說，「倭人以小小島國，仍能歲添巨艦，我們呢？唉，這幾年的錢用得都不得當。李鴻章的退讓是想蓄老本！」

翁同龢這麼說有些不尋常，皇帝立刻明白其所指，眼下皇帝已奉太后口諭，無論如何也要說服師傅撥款，這一來他更不好啟齒了。

沉默了好一陣，又翻出了第二份電奏來，略看一看，不由長長地歎了一口氣說：「唉，這個國王已是夠可憐的了。」

原來這是朝鮮國王遣內臣變服逃到天津，代國王上奏求援的電奏，裡面不但敘述了日使大鳥圭介在宮中將兩千年來中國所賜尚方珍物、圖書籍冊統統搜走，又告訴說，在日軍刺刀下成立的「金魚內閣」執政後第一項大政，便是在漢城摧毀一切推崇中國、表示中朝和好的建築如牌樓、碑石之類，並脅迫王世子去日本朝覲天皇。

國王講完了這些後，再次籲請皇帝速發大軍來驅逐倭寇。翁同龢接過電文看了一遍，那一腔悲憤的老淚也盈眶欲下了，他顫抖著說：「唉，若不能驅逐倭人，我大清也愧對藩屬了。」

皇帝憤憤地說：「對倭宣戰，朕主意已定！」

翁同龢乘機進言說：「不過，要打仗第一便要籌款，海軍要添船換炮，陸軍要糧秣，李鴻章擬派四支陸軍入朝，要關餉安家，要補充子藥，還要備士兵的鹽菜馬乾，這一筆開支至今尚未如期指撥。所以非裁抑其他開支不可！」

翁同龢怕皇帝在太后那裡頂不住，所以不等皇帝開口便把難字擺出來，皇帝不好啟齒，只好又長長地歎了一口氣說：「您看，要撙節開支、裁抑靡費，只好由朕做起，明日那虛應故事的鋪排就免了如何？」

所謂「虛應故事」當然就是指今天這萬壽節。雖然只是一般的筵宴慶賀及由太監們登場演出，但宮中費用高，動輒便是幾萬幾十萬的銀子，皇帝對這些已很清楚，心想，自己為萬民之首，且不說為天下做榜樣，至少能省就省一些。不料翁同龢聽皇帝這麼一說，沉吟半晌，竟連連搖頭道：「不可不可，皇上切不可這麼辦！」

皇帝忙問起所以然。翁同龢搖搖頭，無限惆悵地說：「且不說勺水無益於大海，更要緊的，老臣只怕有人更因此多心，從而又遷怒於人！」

翁同龢此言相當含蓄，但生活在猜忌、讒言的是非圈中已二十年的皇帝一聽就懂——眼下太后的六旬慶典已是窮天下之力在大操大辦，所謂「貴為天子，富有四海」的皇帝卻連一般的受賀、賜宴、演戲也免掉，那世人將怎麼評判這截然不同的母子呢？生性多疑，猜忌的「老佛爺」會不會怪皇帝沽名釣譽，有意貶低自己呢？說不定還會怪到他這師傅頭上，說他「離間母子」呢。

國難當頭，皇帝作為萬民之主，為天下表率，有此念頭是應該的，也是難得的，可皇帝作為人子，卻不能專美，該為貪圖逸樂，生活奢靡的母后分謗，這才見孝心。意念到此，君臣相對，竟同時長長地歎了一口氣。

皇帝滿腔悲憤，難遣難排，袖手在書房中踱方步。翁同龢低頭跟在後面，像皇帝的影子。二人不覺來到廊下，放眼四顧，殿闕重重，珠簾繡幕，四周靜極了，架上金絲籠內那一對鸚鵡也閒得無聊，一見人來，忙撲楞著翅膀對著皇帝叫起來，一隻叫道：「萬壽無疆，萬壽無疆。」另一隻叫道：「老佛爺吉祥，老佛爺吉祥。」

皇帝一聽，不由更加愁眉深鎖。心想，舉國上下都只想討太后歡心，連鳥兒也居然教靈了，立刻轉身，回到書房，對木然跟進的師傅說：「算了，太后說，六十處景點是暗合她老人家的六旬慶典，誰起意核減，便是咒她折壽！」

這話其實已由狐假虎威的李蓮英當面說過，翁同龢不意太后又用來責備皇帝，他覺得他這個學生、皇上太懦弱、太可憐，他本人也實在不想太后對他生出這麼大的誤會。左思右想，只好歎一口氣，答應馬上將款子劃撥到內務府。

皇帝是違心地說服了師傅，當師傅終於答應了之後，他竟委屈得哭出了聲……

望著皇帝在自己面前像做錯了事的小孩似的失聲痛哭，翁同龢明白這是內心極度矛盾和痛苦所致，他極力勸慰皇帝，但勸著勸著，自己不由也老淚滂沱了。

今天，皇帝終於聽從他的規諫，接受百官朝賀、並御寧壽宮觀劇，但翁同龢留意到皇帝心緒不寧，心思完全沒有放到舞台上。

他明白皇帝真是在「虛應故事」。

乞休

李鴻章終於病倒了。

自正式宣戰後，各種會議及電報、文牘一下成倍增加，他縱是使出渾身解數也衝不出文、電包圍。這天，軍機處轉來上諭，就豐島海戰救援不力貽誤戎機之事對李鴻章大加申飭，諭旨中並提到外面關於水師大隊未能迅赴戎機的原因是巨彈奇缺的傳言，令李鴻章迅速查明實情並明白回奏。他看到這道上諭後，不由羞憤交集，自愧自責。霎時只覺氣悶在胸、頭昏耳鳴，當晚在床上翻來覆去，徹夜不眠。

翠帕解事，陪伴在一邊，盡把那默默柔情來溫存他，苦悶中，能得到如此的慰藉，倒像是荒漠中的甘泉，烈日下的樹蔭。肌膚的相親，促進了靈智與肉欲的勾通，她的投合與纏綿，她的放縱和大膽，使得在茫茫苦海中掙扎的李鴻章終於找到了陸地，在水深火熱中找到了清涼自在世界，他感覺到從未有過的依戀與癡情，竟丟開眼前的紛繁，漸漸進入了物我兩忘的境界……

拂曉，遠處兵營放起了招呼士兵起床的「醒炮」，樓下傳來換崗侍衛的交談聲，把李鴻章從極樂世界終於喚回到三千色界中來，他記起了眼下的中日戰爭，記起了皇帝令他「明白回奏」，乃振作精神，下床來批閱公文，不料才走了幾步，眼前突然一黑，竟一下摔倒在房中。

丫環，僕婦及門外的跟班、戈什們尚不知情，是聽到翠帕的尖叫後才紛紛跑進來的，此時翠帕雲鬟半彈，衣裙敞露，但她也顧及不了，指揮眾人將李鴻章扶起來，坐在太師椅上，又吩咐速將府中的郎中喊來，自己才轉身去後面收拾。

侍郎中辛慰之趕來，翠帕已稍作妝飾出來。此時李鴻章仰靠在太師倚上只嚷頭昏，想要嘔吐，辛慰之見狀，又指揮眾人將他移到床上，先把了脈，又問了一些情況。翠帕無法迴避，只好將早上情形略略說了些。

面對一個如此風流佻達的麗人，早先府中的一些傳聞終於找到了注腳。辛慰之已明白中堂突發疾病的由來了，只好先採用緊急措施，無非是扎銀針、灸艾火，又從囊中取出一粒同仁堂藥房研製的救心保命金丹，用黃酒化開灌了下去。

好半晌，李鴻章才漸漸氣色轉好。睜開眼睛，床前已圍滿了親人，一個個淚眼婆娑地望著他，經方、經述、經遠、經邁及尚未離去的外甥張士珩，而且，最傷心的彷彿就是這個張士珩似的。

然而，李鴻章一眼望見這幾個人，心中便覺脹壅，眼前便突起一片雲翳，他長長地歎了一口氣，竟無言地把頭偏向了裡側。

這時，在鎮海樓前頭辦事的一大批幕僚、屬吏也都聞訊趕來。此番他們可以不必拘禮了，兩個一批，輪番進到裡間至榻前問候。不一會，天津海關稅務司德璀琳帶了一個德國醫生進來。

自從十年前中堂繼室趙夫人患病，中醫屢治無效而西醫才投藥七天便使病人霍然而癒後，李鴻章遂專恃西醫。府中雖供養著郎中，那只是為那些不信洋醫的人看病的。李經方知他脾氣，雖慌亂中讓辛慰之去急救，卻隨即派人請來了西醫。

這個德國醫生名布呂尼，是個牧師，在天津佈道兼治病，與德璀琳私交極好。進來後尚未落座，便指著眾人對德璀琳嘰哩咕嚕地哇了幾句。

其時，女眷們都已迴避，房中盡是男人。德璀琳於是用官話向李經方提出，病人需要靜養，醫生也不宜有閒人在一旁干擾，故請所有的閒雜人等統統退出去。

於是，由李經方發話，除他自己和經述陪侍在側外，其餘的人一概退到外間，然後由布呂尼為父親診視。

中堂突然患病，且來勢凶猛，卻又不像是中風，眾人皆惴惴不安，他們都聚在外間走廊上，圍著郎中問究竟。人是辛慰之救轉來的，但接下來的診治卻又讓洋人來，辛慰之雖是府中人，頭上還有個候補知縣的銜，心中卻總有幾分不樂意，所以故意輕描淡寫，說沒什麼大病，不過勞累所致。

大家聽了，這才略放寬心。又過了一會兒，李經方、李經述才陪著兩個德國人出來了，眾人讓開一條道，目送兩個洋人趾高氣揚而去。李經方送走洋人，叫來一個跟班，交代他隨布牧師的馬車去教堂拿藥。

眾人於是又覷著空子來問經述關於中堂的病情，經述雖也是個舉人，眼下又掛了刑部員外郎的銜，但並未經歷過大事，眾人問了許多，他才答了一句：「布牧師說不妨事的。」

李經方身邊的一個小廝伶俐，他剛才留在門口聽德璀琳翻譯醫生的話，聽得明白，便補充道：「德大人說布牧師說的，中堂是因疲勞過度、心力交瘁所致，需靜心調養，尤其不要暴怒和憂傷。」

這個說法自然與辛慰之說的相吻合，眾人這才鬆了一口氣，辛慰之於是大聲地宣言，中堂的病宜吃中藥，以調肝養腎為主，又說西醫那些粉粉末末吃不得。

眾人深然其說，都認為西醫只能治標，而中藥才是培本補元之道。又要一齊進房去勸諫中堂改吃中藥。李經方攔住眾人，自己先進去請示，不一會再出來說：「各位好心，我們已心領了，不過，老人家的脾氣大家都知道，做兒子的也不便多說，大家等他老人家病情稍有緩解後再說吧，現在有勞各位——」

這話正是官場上的「端茶送客」，眾人只好抱著十二分遺憾轉身回去。望著眾人背影，李經方像才記起什麼似的問道：「幼樵呢？老人家傳下話，單讓張幼樵留下呢。」

直到這時，眾人才發現中堂愛婿張佩綸沒有來，只有菊耦跟在眾女眷身邊看視過父親，此時仍在翠帕房中。李經方大聲喊幼樵。菊耦聽得呼喊，隔著窗紙回答說：「他一早去靜海訪友去了，要下午回。」

於是，李經方又進屋回話。

下午張佩綸便回來了，在府門口聽到消息吃了一驚，急忙洗個臉便趕到這邊來。其時老丈人已服過布呂尼的藥，又喝了一碗燕窩粥，精神略有好轉，正斜倚在靠枕上和翠帕低聲說話，聽到走廊上傳來靴子聲和咳嗽聲，翠帕趕緊起身避入後面。

張佩綸跨入房來，其時羅幃輕動，麗影依稀，他不敢窺視，逕直走向榻前躬身一揖道：「大人玉體違和，佩綸偏又外出，抱歉得很。」

李鴻章用那一雙半睜半閉的眼，懶懶地上下打量了他一眼，手一揚算是讓坐，歎了一口氣說：「生老病亡，人生難免，千歲不免無常路呵！」

張佩綸坐下來，早有丫頭端了茶來。張佩綸起身接了，啜了一口清茶，又瞥了羅幃繡幕後那婀娜婷婷的倩影一眼，徐徐說道：「大人一向矍鑠，偶有小恙不足道。不過，畢竟是古稀之人，且一身繫國家安危，總是要注重保養。」

誰知老丈人連連搖手道：「快莫說起，大廈將傾，獨木難支，終究會有天崩地裂之日，非人力可能抗拒的。幼樵，望你來也無他意，這些年我一直存著倦翮棹翔、息影蓬茅之念，只是苦無脫身的機會，此番遭此大病，中醫西醫都說要靜心調養，可眼下中日爭端驟起，戰火蔓延，警耗噩音，一日數至，籌兵籌餉，料敵決策，諸事畢集，紛無頭緒。就是年富力強的人也難免應接不暇、手忙腳亂，何況我這衰邁之軀？此中苦楚，雖為慈聖深知，卻不為朝士所諒解。我想與其他日身敗名裂，不如今日急流勇退。所以，想請你為我草疏，乞還骸骨！」

張佩綸聞言吃了一驚，急流勇退，其實是作為女婿的張佩綸早想提醒老丈人的話。按常理，老丈人已年過七十，位極人臣，所謂早歲功名、中年戎馬、壯年洋務、晚年外交，無不烜烜赫赫，光輝燦爛於一時，到如今，功勳蓋世，爵祿無可復加，是該急流勇退，早做終老還山之計了，但是作為早年的政敵、而今的幕僚、女婿，張佩綸又深知這位老丈人的官癮和名利心，今天，突然提出退步抽身，要向太后、皇上乞討這一把老骨頭。

張佩綸想老丈人究竟是看破世情、真正的急流勇退，還是故作姿態，堵世人的嘴巴，以退求進呢？他仔細掂量，認為老丈人有些言不由衷，便說：「大人說到哪裡去了，大人精力充沛，事業也如日中天，哪裡就會生出這般高蹈遠引之思？再說眼下太后、皇上倚畀正力，也斷不會答應讓大人輕卸仔肩！」

不想老丈人長歎一聲說：「幼樵，你不要再捏糖人兒糊我了，別人看不透，難道你也看不透，什麼倚畀正力，我看慈聖是用我這匹老牛駕轅使喚順手了，看中我肯負重吃苦而已。這些日子我想通了，世間不平事多得很，朝廷屢下嚴詔切責，無非鞭打盡力牛而已。我該及早抽身讓賢，也看一看他人手段！」

張佩綸還要再勸，李鴻章卻不耐煩了，連連搖手道：「算了，幼樵，其實幕府中人能草此疏的人多的是，于若晦、范肯堂、吳汝綸皆倜儻才人，之所以請你主筆，僅看中你是受過跌宕之人，能言之有物筆下有情，你若執意不肯代筆，我只好求諸他人。」

張佩綸見老丈人口氣如此堅決，認作出自真心，當下慨然領命，退了下來。

不想一出萃珍閣，便被李經方、經述及張士珩等人圍住。

老頭子突然病倒及單獨召見張佩綸，對這班人來說除了不安另有一層神祕感，眼下當聽張佩綸說起是草疏求退之後，不由異口同聲地反對起來，他們先是要張佩綸轉身回去再勸，遭拒絕後又推幕僚吳汝綸、周馥進去勸。

吳汝綸本「曾門四子」之一，在幕府中資格最老；周馥以縣學生員佐北洋幕，一路保舉至布政使銜，眼下又因中日之戰，由中堂奏調總理營務，二人個人功名事業無不與李鴻章息息相關，經李經方兄弟一說，想起這既是為人謀也是為己謀，於是連袂而至李鴻章榻前。不想李鴻章一見他們便說：「摯甫、玉山來得正好，想必幼樵已向你們說了，眼下我主意已定，二位若是想勸便免開尊口，俗話說千里搭涼篷，無有不散的筵席，你們就好自為之罷。」

吳、周二人不意李鴻章見面便關門，但利害所關，二人不願就這麼被封住了口，且接過話頭就勸起來。但勸的話未免空泛，無非是太后皇上倚重，中外景仰，朝廷袞袞諸公，無有能替代中堂者。不料李鴻章聞言冷笑說：「我既已萌生此念，難道連這些也想不到？我已七十有三了，俗話說七十三、八十四，閻王不請自己去，假如閻王要請，小鬼來催，你們也能以這些話發付？」

吳汝綸和周馥見他說得如此決絕，認定他去志已堅，只好訕訕地退了出來。

一見連這二人也無功而返，經方兄弟更加著急起來。兄弟們都清楚，朝士中對老頭子的非議越來越厲害，皇帝身邊的兩位師傅攻擊老頭子更是不遺餘力。皇帝已是下決心要罷黜老頭子了，之所以尚未付諸行動，僅因為懼怕慈禧太后而已，若老頭子自請休致，豈不正遂他人之意？

無奈之下，他們又來尋張佩綸。這裡張佩綸已把草稿拉出來了，他本是倜儻才人，於此道最是拿手，走筆匆匆，龍飛鳳舞，一篇駢四驪六的乞恩疏便成功了，很是文情並茂的，此刻正在繕正。

「幼樵，你倒好，要你寫，你真的寫，也不計較後果，老頭子退了，我們怎麼發付？」在李經方眼中，張佩綸簡直就是兩草降書的劉璋舊臣譙周。張佩綸對大舅子的責備並不介意，他歎了一口氣說：「世事如棋局，不下的才是高手。要是真能退下來，是我輩的幸事呢。」

李經述說：「胡說，好好的官不做，卻要退，別人想都想不到呢！」

這些話赤裸裸的，私心暴露無遺。張佩綸聽著愧顏，只好說：「兄弟，老人家蹭蹬官場，歷盡風險，為大家謀到這麼個大局面，也應該知足了。」

誰知二位內兄望著他連連冷笑說：「不錯，你倒巴不得陪他在家吟風弄月，可我們呢？後頭日子長著呢！有道是大丈夫不可一日無權，就如他一生結怨甚多，一撂擔子，繼任者豈不拿我們出氣？」

李經方毫無顧及，且一針見血地把利害擺了出來，張佩綸不由氣憤了。他早已耳聞目睹北洋的黑幕，心想，這班人害怕也是自然的，萬一老丈人真的獲准休致，外人接掌北洋，小事或可遮攔，像盜賣軍火、貽誤戎機這類大事怕是沒人敢代頂黑鍋的。想到這裡，他把手中的疏文一抓，揉成一團，沒好氣地說：「依我看，老人家一世英名全斷送在你們手上了，奏疏我可以不寫，但我也不會去勸他的！」

李經方兄弟不意張佩綸這個失意政客居然這麼輕視他們，乃悻悻而去。臨走扔下一句話道：「好個張幼樵，你等著！」

經方、經述好不快快，正彷徨無計，不想在鎮海樓下碰上了盛宣懷。

盛宣懷顯得很輕鬆，一邊走還在一邊哼小曲。李經方明白盛宣懷是老頭子的心腹，「寶」全押在老頭子身上了，真所謂一榮俱榮，一損俱損。於是上前，不客氣地把手一攔，沒好氣地說：

「哼，你還有心思唱曲呢，老頭子要退了，我看你還能快活幾時？」

盛宣懷見了經方，仍笑嘻嘻的，說：「你家老爺子要退嗎？嘻嘻，哄三歲娃子去吧。」

李經方說：「你以為我給你嗎？幼樵草疏，就要拜發呢！」

盛宣懷眼中透出一絲狡黠的光，說：「退？不會的，不會的！你們可聽說曾文正有過一句評語，叫做俞蔭甫拼命著書，李少荃拼命做官？」

李經方把眼一瞪：「什麼意思？」

盛宣懷知剛才這話對中堂有幾分不敬，只好收起笑容，拍著胸脯保證說：「中堂春秋鼎盛，事業如日中天，做做樣子以塞悠悠之口有之，真心求退則絕不可能！」

李經方仍苦著臉說：「可這樣子也是不好做的，眼下眼紅這位子的人多的是，萬一弄假成真呢？」

盛宣懷想了想說：「這個容易！」說著，在經方耳邊低聲說了幾句，經方不由連連點頭。

盛宣懷走後，一邊的經述問經方道：「這傢伙鬼鬼祟祟的，說些什麼？」

李經方笑著說：「他背了一段古文我聽呢。」

李經述說：「什麼時候了，還背古文，再說盛杏蓀是半瓶醋，古文毫無根底。」

李經方說：「不然，他這段古文還真對中了現在的形勢。」

原來盛宣懷背的是曹操的《讓縣自明本志令》，所謂「身為宰相，人臣之貴已極，意望已過矣。設若國家無孤，誠不知幾人稱帝，幾人稱王。」

李經述尚未意會出來，說：「好傢伙，這狗東西把我爹比作粉白臉老奸臣了！」

李經方說：「兄弟你不懂，魏武帝曹操其實很了不得，一生功業與我家老爺子差不多，晚年恰好也有退步抽身的打算，想交出兵權，歸就武平侯國。其所以未成，便是怕交出兵權，為仇家所困。所謂『慕虛名而處實禍』。你說，老爺子萬一弄假成真，不也是嗎？」

李經述這才明白過來。於是兄弟們商量，各自歸房，串聯發動。

只一盞茶工夫，李鴻章的子、孫、侄及所有血親，凡能走動的全來了，他們一齊擁到萃珍閣老頭子病榻前，然後倒排山似地圍著病榻跪了下來。

李鴻章正半閉著眼養神，朦朧中見來了不少人，睜眼一看，經方、經述、經遠、經進、經邁等兄弟外，還有十幾個嫡親孫子、侄子、侄孫子及張士珩之類的親外甥。李鴻章一見這陣勢，不由眉頭一皺，沒好氣地說：「你們是來送終的？放心，我一時還死不了！」

誰知李經方等人一聽這話，竟一齊嚶嚶地哭起來，卻無一人說話。李鴻章不由要發火了，就在這時牽在張士珩手中的長孫國傑突然說：「爺爺錯怪我們了，爺爺在一日，我們都是金枝玉葉；爺爺若有個萬一，我們都成了殘枝敗葉，還指望有好日子過？家產只怕也會充公呢！」

國傑今年十二歲，已與大學士張之萬的孫女訂婚。他生得眉清目秀，活潑可愛，最得爺爺的寵愛。眼下爺爺一聽他的話，雖明白受了大人指使，仍問道：「這是為什麼呢？」

國傑見爺爺和顏悅色地問他，膽子也大了，乃把父親教的話全背了出來：「爺爺，曹孟德說得好，不能慕虛名而處實禍。眼下眼紅我們的人不少，都在一邊等著呢！」

此話雖出自童稚之口，卻十分有份量，李鴻章聽了竟半天沒有作聲。他幾時真有過退隱的打算？可中日尚未正式開戰，朝士們便喋喋不休，皇帝在翁同龢左右下，今天嚴詔切責，明日傳旨申斥，他心中煩透了，心想，這些人看人挑擔不費力，真要他們來挑時，誰又有這鐵肩膀？他們不說我熱衷名利、不惜羽毛嗎，這回我要讓一讓賢！

懷著這個目的，他於是找張佩綸草疏求退。現在想來，這犯得著嗎？皇帝是早想把自己從這位置上趕下來了，虧園子裡的「老佛爺」在頂著，大戰在即，執意告退，這不是故意撂擔子嗎？這不但讓皇帝有了藉口，且也使「老佛爺」難堪，豈不知「趙孟所貴，趙孟能賤之」？

一邊的兒子們看出父親的沉吟是動搖，李經方忙說：「爹，現在這官位可真是三十六個茅坑七十二隻狗呢，稍不留心都有可能被他人取而代之，你還能講客氣推讓嗎？」

李經述則說的更直，他說：「爹，你演戲也要看時候，別以為無人能替代你，湖廣的張香濤、兩江的劉峴莊都想北上觀光呢，不要弄假成真就是。」

李鴻章一聽這話不由火了，他狠狠地瞪了經述一眼說：「畜牲，老子為了你們連命也險些搭上了，你還說老子演戲！老子這回就演真的，讓你們喝西北風去！滾，都給老子滾！」

但眾人從這怒罵中，聽出他似有回頭之意了，便趁機退了出來……

借私債，打國仗

李鴻章扯旗放炮辭官，才半天便偃旗息鼓，只有張佩綸有一種被愚弄的感覺。

兩天後老丈人又打整精神理事了，為使身體迅速康復，他採納了西藥治病中藥調養補元的方案，辛慰之特開了聰明益氣湯，無非是人參、黃芪參以葛根、蔓荊子及白勺、黃柏等溫涼平和之藥。

李鴻章自己略通中醫，也熟湯頭，加之清楚自己的病源，知道這是補中益氣、升清降火之劑。於是飯前遵醫囑服西藥，早晚卻服中藥，一般的公事即交李經方會同幕僚處理，要緊的公文電報則直接送到萃珍閣來，他則足不出戶，由翠帕護理著，支撐著批閱要件。

好在這時李經方已責成張士珩那班狐朋狗友在洋人那裡調劑了一批軍火，勉強湊夠數額補充到了威海，丁汝昌始傳號令，激勵將士、振作精神、放膽出刀，務必掃平妖氛。

北洋將士自豐島失利，早已窩了一肚子火，一個個摩拳擦掌紛紛請戰，眼下接到全隊出海的命令，無不歡欣雀躍，要與倭人一決雌雄。不想日本人在豐島得手之後，卻和他們打起了游擊戰：大隊不與北洋水師照面，卻乘北洋水師出海遠航的機會，派出「吉野」、「浪速」、「秋津洲」等快艦，頻頻在我近海的成山角、威海、煙台海面出現，騷擾出海的漁民，炮擊村莊，待北洋水師大隊聞訊趕回，他們又仗著速度快而溜之大吉。

朝士中一班不明真相的言官、講官對倭艦竟敢竄擾近海而北洋水師卻捕捉不到戰機一說感到蹊蹺，紛紛上書指責李鴻章是保存實力，粉飾搪塞、畏懼怯戰。用詞激烈的連「年老昏聵」、「喪心病狂」之類的詞也用上了，甚至殃及丁汝昌，說他是長毛降將，有二心於大清。這些奏章由皇帝發下來，由軍機處轉抄，再用「六百里加緊」遞到天津、威海，要李鴻章、丁汝昌「明白回奏」。

對這一套，李鴻章已是曾經滄海了，所以一律無動於衷，交與幕友們去應付，可丁汝昌卻按捺不住了。

丁汝昌也是七尺男兒，最不堪別人說他「怕死」，這也是對武人最大的羞辱；另外，「長毛降將」之類的話也是最令他氣憤的，眼下他只想用實際行動、用戰績來洗刷自己身上的污穢。為此，他和劉步蟾草擬了一個計畫，針對日本人正源源不斷向朝鮮運兵、運輸線拉長、護航艦隻分散的特點，我們以眼還眼以牙還牙，也派出輕型快艦埋伏在敵艦的水道上，打他們一個措手不及。或者全隊出海，直駛廣島長崎，攻擊日本人的後方。不想計畫報到天津，李鴻章馬上電傳丁汝昌去天津聽訓。

「禹廷，你終於來了。」丁汝昌大步跨進翠珍閣李鴻章居室外間的客廳時，李鴻章正和藩司周馥在匟上交談，一見丁汝昌進來，他忙和丁汝昌打招呼，周馥見了丁汝昌，趕緊下匟要讓丁軍門升匟。李鴻章忙用手勢讓周馥重新坐下，說：「不忙不忙，你安心坐下，丁軍門先休息，待會兒我要和他長談。」又向丁汝昌說：「我們正在商討陸師的事，你先聽聽，這對你是有用處的。」

丁汝昌於是在匟下第一把椅子上坐下，戈什哈獻茶上來，他一邊慢慢品茶一邊聽匟上中堂指陳方略。因丁汝昌剛來，李鴻章又想讓他對全域有個了解，便把他的戰略宏圖又全部複述了一遍：

豐島失利，增援牙山，南北夾擊漢城的希望雖然化為泡影，但此時在奉東仍集結了四支大軍約兩萬餘人，正陸續往朝鮮開。

他們是由衛汝貴率領的十三營盛軍；馬玉昆率領的四營毅軍，這是兩支淮軍的精銳；另外還有吉林副都統豐升阿率領的六營盛京防軍（也稱盛軍）和左寶貴率領的六營奉軍，四支大軍的統領官階相埒、資歷相當，互不相統屬。

李鴻章這以前曾奏請劉銘傳出山赴前線總統諸軍，不想諭旨尚未遞到合肥，卻從合肥傳出劉銘傳舊創復發、臥病在床連眼睛也失明的消息。

就在李鴻章失望之際，葉志超卻從平壤傳來好消息：我軍於成歡大敗倭軍，擊斃兩千餘人，因倭軍大隊開到，我軍兵單勢孤，加之倭軍有從釜山登陸的跡象，為避免遭到倭軍南北夾擊，我軍不得已繞道撤至平壤，沿途數百里行程，斬關奪隘，擊斃倭軍無數。

李鴻章閱電後不由大喜，乃決定奏報朝廷，任命葉志超為諸軍總統。眼下他向周馥、丁汝昌說起此事，仍說：「葉曙青看來還很有後勁，我淮甸舊將中，劉省三之後算是後繼有人！」

丁汝昌在一邊默默地聽著，對李鴻章此說大不以為然。丁汝昌和葉志超曾同在劉銘傳帳下共事，深知葉志超膽小畏怯、貪財好貨的個性，對此番所謂成歡大捷也很是懷疑，但北洋選將無人，李中堂聞鼙鼓才思戰將，顯是晚了一步，就像自己這水師提督一樣十分勉強，但丁汝昌不想多嘴。

這裡李鴻章介紹完陸師的基本情況後，接下便提起了錢。

人馬未動，糧草先行，四支大軍已陸續開往朝鮮，糧草、被服、薪餉項項需款，朝廷答應的三百萬一直未撥下來，所以，李鴻章一提到錢，剛才還眉飛色舞的臉一下便烏雲密布了。他狠狠地說：「賊娘的，都火燒眉毛了，可各省督撫卻黃鶴樓上看翻船，連我家大爺也是一樣，你們說讓人寒心不寒心？」

「大爺」自然是指其長兄、現任兩廣總督的李瀚章，周馥是明白內中文章的，一聽這話頭不由著急。

原來周馥眼下已被李鴻章奏調為總理東征營務兼辦糧台，他準備將營務處設在遼陽，又請調從朝鮮逃回的袁世凱為他的幫辦，一切就緒，可就是經費尚未落實。前些天李鴻章曾說戶部款子未到，他已去電向瀚章處挪借一百萬交周馥應急，現在看來這計畫落空了。於是他忙問道：「這麼說，廣東也很吃緊？」

丁汝昌一直只在聽，並未參與討論，眼下見中堂枯著眉毛歎氣，便說：「按理廣東目前不會緊張，倭人不是已向英國保證不攻擊上海及華南地方嗎？」

丁汝昌說著掰起了手指頭：「既有此說，那麼沿海富庶省份中，兩江要布防長江各口，閩浙要保臺灣和舟山，只兩廣無戰事，廣東不是還欠海防協餉嗎？先通融幾十萬百把萬又有何妨？」

李鴻章用指關節連連敲著小几，狠狠地說：「我不正是這麼想的？不想錢未借到，反胡亂燒香引出了鬼呢！」

說著，便從几上翻出一封信，遞與周馥說：「電報打去幾天無消息，今天英國郵輪『威爾士號』從廣州來才捎來他的這封回信。我家大爺信中藤長長葉蔓蔓盡訴我的苦經呢。」

周馥遲疑地接過信，匆匆瀏覽了一遍，歎了口氣又把信遞與丁汝昌說：「丁軍門，這事還牽扯到水師呢，你看吧。」

丁汝昌雲裡霧裡接過信細細讀來。

原來瀚章信中說起了廣東水師三艦滯留北洋一事——「廣乙」被毀，「廣甲」、「廣丙」仍滯留威海，粵中官紳一片譁然，大家認為粵海艦船乃本省人籌本省款辦本省防務而購，不應該北上增援他省，十年前中法戰爭時，孤拔封鎖粵海，北部灣一線交通中斷，當時粵督張之洞一再催請北洋水師南下增援，朝旨也屢屢催督，但北洋水師卻遲遲未能成行。當年法國人也保證不攻長江以北，今天日本人保證不攻長江以南，同樣的情形，當年北艦不肯南下，何來今日南艦北上？眼下又要提前半年解送協餉，他話剛出口，座下一片噓聲，撫台、藩台也板著臉不肯說一句話。瀚章在信的末尾說，他實在難拂眾人之意而順兄弟之情。

丁汝昌看到這裡，想起廣東三艦滯留北洋所起作用並不大，而「廣乙」被毀後，林國祥、吳敬榮、程璧光三管帶及粵海水師官兵無休無止地吵鬧，不由也火了，他說：「中堂，既然如此，讓『廣甲』、『廣丙』回去算了，人家和我們不一條心，強留下來沒益處！」

李鴻章說：「不，禹廷，你不明白，我也是拗脾氣，這不是為我李某人打冤家，是在打國仗，為什麼日本人喊聲打，什麼常備艦隊、西海艦隊一起來，我們卻此畛彼域，分得清清楚楚，連一點守望相助的意思也沒有？廣東兩艦是留定了，錢他不撥我請旨，指名要廣東出一百萬，他不念手足之情，難道連君臣之義也可不顧嗎？」

周馥和丁汝昌心裡明白，各省督撫劃疆自守，各人自掃門前雪，休管他人瓦上霜，李鴻章早已做在前頭了，今天也怨不得瀚章不念兄弟情份。但眼下中堂話說得決絕，他們焉能不勸呢？於是一齊勸中堂息怒，周馥並說他願偕盛宣懷去找外國銀行，憑私人信譽去碰碰運氣，反正「皇上不差餓肚兵」。仗既然打起來了，絕不能讓弟兄們餓肚皮。

李鴻章明白只有這條路好走，但仍難息胸中怒火。他朝周馥翻著白眼皮，又連連搖頭說：「憑私人信譽？這是什麼話？剛才不是說了嗎，我們是打國仗！借私債，打國仗，這是戰國時期周赧王姬延的故事，我是周赧王嗎？千古笑話！」

可不是這樣，又能怎樣？

周馥是中堂心腹人，對中堂知之甚深，知道說歸說，除了自己這主意，別無他法，又見丁汝昌仍在側，知有大事相商，也不想多耽誤，便匆匆告辭。

十二字真經

這裡李鴻章把丁汝昌讓到匟上坐下後，一邊吸起水煙一邊細細打量丁汝昌的神色，半晌才歎了一口氣說：「這些日子出巡，你曬黑了！」

聽中堂如此關切的口吻，丁汝昌有些局促不安。他說：「曬黑一些不打緊，就是沒有戰績，令人氣憤。狗日的倭虜打那以後忽然鬼鬼祟祟起來，『三景艦』不露面了，卻讓幾艘快艦乘虛擾我近海，惹得朝士們指指戳戳，讓老師受氣！」

迫於輿論，急於求戰。這正是李鴻章擔心的，也是他召丁汝昌來津要談的第一件大事。所以馬上說：「怎麼沒戰績呢？看住了家門便是戰績，保住了艦船便是第一大功，我可不是你這麼看的。」

說著，便問水師的情況，特別提到「那個劉步蟾可安份了」？

丁汝昌見中堂仍對學員上書事不能忘懷，忙說：「老師，其實劉子香是代人受過——幕後指使的不是他而是方益堂等人！」

李鴻章頗感意外地說：「哦，是嗎？」

丁汝昌說：「是的，劉子香看來是條漢子，代人受過，蒙冤不辯，門生明白真相後，頗佩服他的為人。且幾次找他談心，坦誠相勸他不應以處分為意，國難當頭，該放膽出力共同擊敗倭寇。他果然很感動，這些日子和門生很融恰的。」

李鴻章一聽這話不由又枯起了雙眉，且冷笑著說：「哦，明白了，這麼說你那出海遠航，伏擊倭艦、甚至直搗長崎、廣島的計畫是出自劉步蟾之手了。」

丁汝昌開先聽李鴻章談陸師及籌餉情形，便覺中堂調子低沉，自己和劉步蟾制定的計畫與中堂的策略有距離，眼下更聽出中堂口氣不順，忙說：「老師，難道不該這樣嗎？此番倭寇不宣而戰，擊沉我運船，使我陸師弟兄一千二百餘人葬身魚腹，水師應該報這血海深仇。眼下北洋水師將士們同仇敵愾，紛紛請戰，要求以眼還眼，以牙還牙，大隊去朝鮮南部設伏，捕捉戰機，痛殲丑類，這計畫也不完全出自劉子香之手，也是全體將士的心願呢！」

丁汝昌話未說完，李鴻章已激動了，他連連用紙煝子在空中對著丁汝昌指指戳戳地說：「禹廷，得了，我擔心的就在這裡。我看你們已中了倭寇調虎離山之計了。」

丁汝昌有些不以為然地說：「據門生看來，倭艦固然有它的長處，不過也比我們強不到哪裡去，他們雖佔有仁川港，但仁川並非軍港，這以前僅有商用碼頭，沒有很多炮台，沒有船塢、修械所，就是煤炭也儲存不多，倭艦的後方補給基地仍在本土的長崎，眼下他們陸軍在漢城有兩三萬人，軍械給養全靠國內供給，倭艦的護航任務艱難，自長崎至仁川的路程為威海至仁川的三倍，倭艦能於途中伏擊我們，我們未嘗不能於途中伏擊他們，即使打不掉他們的兵船，也可打沉他們的運船！」

丁汝昌滿以為能說動中堂，誰知中堂連連冷笑，且揚著紙煝子制止他說下去，並大聲教訓說：「丁禹廷，你錯了，大錯而特錯！」

丁汝昌此時正舉盅欲飲茶，一聽中堂口氣嚴厲，不由呆呆地望著中堂，茶盅也停在半空中。李鴻章見狀，不由放緩口氣說：「禹廷，你大概是被京師那一班不知天高地厚的書生們逼急了才想鋌而走險吧？那一班書生算什麼？十年前為中法戰爭，梁鼎芬說我有六可殺之罪，我不也頂過來了？中途設伏，尋求戰機，這正是倭人求之不得的。他們用這辦法搞了我們，豈不防我們也用同樣辦法搞他們？他們航速快，機動靈活，我們只能抱成一團他們才啃不動，分散了便只有虧吃，這些日子他們是在誘你們上鉤，你們不是在海上轉了好些日子嗎，為什麼沒遇上倭艦呢？他們火力強、航速快，豈是畏我？這是有意避我鋒芒、挫我銳氣，伊藤博文、西鄉從道都是千年老魅，由他們調教出的那班武人也絕非平庸之輩，二十年修心煉膽，到今天絕不會畏縮不前，無非是想以逸待勞，拖垮我水師將士。所謂再而衰、三而竭，我竭彼盈，北洋水師危矣！」

丁汝昌聽著中堂似是而非的理論，心中很不以為然，但三十餘年的堂屬關係，使他養成對李鴻章唯命是從的習慣，因此他明知李鴻章的本意只是想保存實力卻不敢公開駁他。

李鴻章見他不作聲，以為是自己的教訓已使丁汝昌明白，便進一步開導他說：「你還記得徐仲虎的三道防線之說嗎？我看目前中日雙方水師的勢力，能敵我分享制海之權，也就差強人意了，他們的艦為他們的運船護航，我們的艦為我們的運船護航，不再像上次那樣單獨出海。這叫做猛虎在山，待機而攫，朝廷問起時，我也是這麼明白回奏的，所以，禹廷，你那猛虎出山之策不可取。」

話說到這裡，已是午餐時分了，李鴻章話猶未盡，乃留丁汝昌陪他一起吃飯，就在萃珍閣旁邊一間小房子裡開席。

這裡本是翠帕和僕婦們用餐的地方，眼下成了李鴻章的飯廳，他邊說邊引丁汝昌來到餐間，坐下後又喚翠帕出來把盞。

丁汝昌是翠帕的故主，她也不用迴避，略彎腰斂衽為丁軍門請安，然後執壺相勸。李鴻章因大病初癒，不敢放縱，只令翠帕取出一瓶法國葡萄酒，丁汝昌用大杯，他以小杯相陪。

三盞下肚，臉上有些發燒，額上也沁出了汗珠，原來四肢像被繩索捆綁，此時反輕快舒坦起來，於是他又談起了軍務。他說：「禹廷，剛才讓你聽陸師和籌餉的情況，就是要讓你明白，當今之世，各省督撫，哪怕就是親兄弟也都是叫化子烤火，只顧往自己胯下扒，我們可不能不顧及這些，哪怕就是和日本人打仗，也只能把重擔子交與陸軍，陸軍不過死幾個人，損失幾條槍，水師要破損幾條船，那可太慘了！」

李鴻章一邊吃，一邊大談他的策略，興致很高，丁汝昌卻吃得無滋無味。

豐島海戰，北洋水師已全隊升火，只因李鴻章一紙電文便阻其行，事後劉步蟾等人便埋怨李中堂不該遙制，若再這麼事事請示而行，便只能打窩囊仗。

劉步蟾的埋怨，丁汝昌只能悶在心裡，他不能把真相講出來，其實，派出駁船運炮彈沒有如數裝回他便看出了蹊蹺，他以水師提督領兵部尚書銜，可專摺奏事，面對內外的指責，如果自辯則不會受這窩囊氣，但那樣勢必頂出恩師李鴻章，丁汝昌豈是忘恩負義之人？

他只想領水師大隊出海，捕捉戰機，與倭寇一決雌雄，既是順應劉步蟾等人的請求，也是出自內心的希望，不想如此大膽而縝密的出擊計畫制定出來，李中堂一口便否決了。他明白最能令中堂動心，也是指導中堂行動的仍是曾國藩那十二個字：淮軍利、閣下安；淮軍鈍，閣下危。所謂「猛虎在山」不過是保存實力的冠冕堂皇的藉口而已。

他想，形勢如此嚴峻，已把北洋水師推到了風口浪尖，他如何能做到既順應形勢發展，又能為中堂保住這一份家業呢？

窮追猛打

「淮軍利，閣下安，淮軍鈍，閣下危」。

廿年來，李鴻章以此為圭臬，北洋終為天下重鎮，淮軍也因此為天下勁旅，今天，丁汝昌也是帶著這十二字箴言離開了。

這樣，海上相持半個月，仍是「未能捕捉戰機」，至八月初，皇帝終於耐不住了，乃下了一道諭旨，電傳至津，謂：

現在倭船屢窺海口，海軍防剿統將，亟須得人，丁汝昌畏縮無能，巧猾避敵，難勝統帶之任，嚴諭李鴻章於海軍將校中遴選可勝統帶之員於日內覆奏，不得再以臨陣易將、接替無人等詞曲為回護，致誤大局。欽此。

李鴻章看到皇帝終於明令他撤換丁汝昌了，不由氣憤。

這時，派在京師的坐探不斷有消息傳來，謂眼下軍機五大臣形同虛設，皇帝信任自己的老師翁同龢與李鴻藻，此二人屢次於皇帝面前言及督撫權重，有「削藩」之議。此番皇帝究竟是要為海軍擇將，還是要藉機翦除他的羽翼，一時無法揣度，但利害關頭，不能猶豫。乃親筆起草了一份長長的奏疏，先將目前的局勢及自己的良苦用心敘述了一遍，又說丁汝昌統兵尚稱奮勉、水師提督確難更易，最後狠下心，老實不客氣地寫道：

……自古用兵，謗書盈篋而卒能收功者，比比皆是，伏懇聖明體察行間情事，主持定斷，臣不勝悚懼之至。」

口稱「悚懼」，其實憤懣之辭已溢於言表了。然而，儘管話已說到了盡頭，自己也向皇帝顯示了不計個人榮辱、甚至連生死也置之度外的決心，但皇帝似乎並不體諒他，別人也不想放過他，令他大掃面子的事仍接踵而至。

這天，他又收到一道諭旨，這回朝廷竟不惜踩痛腳，揭舊疤，令這位三朝老臣、疆臣領袖、大病剛癒的李鴻章在讀了這道諭旨後，竟呆呆地立在那裡，像遭了雷打一般……

張佩綸自從勸老丈人急流勇退並代擬奏疏得罪了經方兄弟後，這兩兄弟每碰見他便抹下一副臉，言談中也每每冷嘲熱諷。他看在眼中，明白在心裡，並不當一回事，只告誡自己，無事不要往前頭來，只在自己房中和妻子講究詩文，吟詠酬唱，「畫眉張敞」自得其樂。

不想這天，老丈人特派了書僮李杜來請他。他以為老丈人有事商量，跟李杜到了前面，一路之上，他只覺所遇之人目光有異，那閃鑠不定的眼神中，有同情也有譏諷，他似乎明白了什麼。待進入萃珍閣李鴻章的居室，只見老丈人面帶戚容，病雖漸痊，精神卻反不如從前，呆呆地坐在那裡，神色很是愴然。

他心裡已清楚是有什麼事了，略請安問候了起居之後，稍事寒暄，老丈人欲言又止，期期艾艾，忽然問起他與御史端良有什麼瓜葛，是不是偶然不慎得罪過此人？

張佩綸不由丈二金剛，摸不著頭腦，搜索枯腸想了半天才記起端良其人——當年他打著「清流」的大纛任總理衙門大臣時，端良還只是工部一小小的主事，七品官也，以張佩綸當時的聲望，端良根本高攀不上他，二人從無交往，哪有什麼「瓜葛」，又何所謂「得罪」

老丈人聽了他的解釋，連連點頭，但又說：「這就真是莫名其妙，豈有此理了。」

張佩綸此時更加莫名其妙，乃一再請求老丈人明示。李鴻章望著他，目光中滿是慈祥，說：「幼樵，這裡有一份上諭，你看看吧。你也是受過跌宕的人，也沒有什麼了不起的。」說完，遞過來一卷文件。張佩綸捧過一看，原來是軍機處轉發的一道上諭，上面赫然寫道：

> 御史端良奏請將革員驅令回籍，以免貽誤事機等語。革員張佩綸獲咎甚重，乃發遣釋回後，又在李鴻章署中，以干預公事屢招物議，實屬不安本份，著李鴻章即行驅令回籍，毋許逗留。欽此。

張佩綸閱過這道電諭後，先是淒然一笑——意料中的難堪終於發生了，霎時之間，他想了很多，但最後不能不歸結到對老丈人的體諒，覺得不能再讓老丈人為難，自己畢竟是「受過跌宕之人」，曾經滄海難為水，這小小的變故又算得了什麼呢？

「嘿嘿，真是窮追猛砍，不留孑遺！」他冷笑一聲，將電文遞與老丈人，然後雙手一拱，朝上深深一揖到底，說：「大人珍重，佩綸去矣！」

李鴻章見狀，心中不安，慌忙起身一把挽住張佩綸的手說：「幼樵，別急，話還未說完呢。依我看，他們並不是跟你過不去，只是成心要掃我的面子，上諭發了，把我氣足了，他們也就收兵了，你何必當回事呢。再說，天高皇帝遠，這裡又不是京師，我看誰這麼大膽敢到我的署中來與你為難！」

老丈人語意誠懇，就此一句，張佩綸不由把老丈人過去對他召之即來，揮之即去，頤指氣使甚至是冷嘲熱諷的態度全原諒了。他眼眶裡滿是淚水，卻竭力忍著不使掉下來，然而聲音卻難免喑啞了，說：「大人，不管如何，人言宜恤，君命當遵，佩綸也應有此自知之明，應當迴避以息浮議。」

老丈人無可奈何地點頭，但仍緊緊地抓住女婿的手說：「大勢去矣，聖眷衰矣。朝廷窮追猛打，殃及我的愛婿，要怨全怨我。」

說著，不由兩行老淚縱橫。張佩綸見老丈人動了感情，不忍遽去，岳婿二人，竟相對涕泗滂沱……

李鴻章泣罷追思道：「我也清楚，皇上固然不願顧及我的面子，只是這個御史端良卻好沒來由，他與翁叔平、李蘭蓀不沾邊，我一向待他不薄，見他這個都老爺清苦，那天盛杏蓀進京公幹，還令他送了兩百兩銀票與這個端良做中秋節的開銷，難道說，我這兩百兩銀子買他一個反噬？」

一聽這個細節，張佩綸一下便明白了——眼下做京官的交結地方官、互通聲氣的弊端比比皆是，有些人欲除掉對手，往往花錢運動御史出面題參，這叫「買參」，李經方既然視自己為眼中釘，早存心驅逐了，他與盛宣懷沆瀣一氣，焉知這二百兩銀子不正好讓他們「買參」了呢？

他心裡已把此中底蘊看透了，但礙於親戚情份不好挑明，尤其怕刺痛了大病剛癒的老丈人的心，心想，自己早已對仕途心灰意冷，這麼一來正好促成自己退步抽身，跳出圈子，所以，更不願挑明，只含糊勸道：「大人不要想遠了，或許這也是皇上一片好心，為愛惜大人、保護大人著想！」

說著，他又扯了一些題外話，見老丈人心情漸已平復，便告辭出來。

家醜

望著愛婿慘然離去的背影，李鴻章心中甚是不安。這真是牆倒眾人推、鼓破亂人捶的世界啊！但他豈肯認輸，尤其是驅逐愛婿，打狗欺主，他忍不下這口氣，心想適才佩綸話語含混，莫非另有隱情？

有此一想，他決心查個水落石出。不想才兩天工夫，便真相大白了——端良的這一篇彈章，正是盛宣懷進京請託的，自己那二百兩「節敬」便是盛宣懷「買參」的潤筆之資，能迅速查明此事，還得力於洋人赫德。

赫德是李鴻章密友，此番他得知中堂愛婿被逐，不待李鴻章拜託，他便出面，僅僅花了五十塊洋錢，便買通端良的書僮把盛宣懷的信偷了出來，送到李鴻章案前。

此時李鴻章正端一盅蓮子羹準備吃，一看這封信，不由怒火攻心，竟猛地將這蓮子羹往地上一砸，道：「好啊，賊娘的盛杏蓀，我就走背運了，也輪不到你來踩沉船，快，與我傳盛杏蓀！」

津海關道盛宣懷，自認做李中堂的乾兒子，十幾年來由一縣學生員入參北洋幕府，財發得不少，官做得不小，飲水思源，無他李鴻章何有今日？眼下他也屢次被人彈劾，沒有他李中堂這塊金字招牌為他擋著也早丟官卸職了，所以，李鴻章自忖要收拾一個盛宣懷為愛婿出氣易於反掌，用不著轉什麼彎子，使什麼手段，正所謂「趙孟所貴，趙孟能賤之」。

好半天，盛宣懷來了，笑盈盈邁著方步，進到裡間，面對冷面飛霜的李鴻章深深地一揖道：「中堂大人，宣懷特來請罪！」

李鴻章冷笑一聲道：「好一個口蜜腹劍的盛杏蓀，居然敢背地裡放我的冷箭！」

面對中堂氣勢洶洶的責問，盛宣懷一揖之後仍不改笑臉，且自己上匠坐了，輕鬆地說：「中堂大人欲責宣懷之事，宣懷早已知情。不過，眼下有一急在眉睫之事，非立辦不可，可否容宣懷稟過之後，再領大人的處分如何？」

李鴻章聽他如此一說，氣雖未消，口中卻不得不說道：「什麼急事？」

這時，戈什哈獻茶上來，盛宣懷取茶在手，先左右望了一眼，李鴻章會意，極不耐煩地揮了揮手，左右一齊退下，公廳上僅主賓二人，盛宣懷這才說出一個果然讓李鴻章心驚肉跳的消息：軍械局委員劉甫家中，藏有日本奸細，被其僕人舉發，首告到天津縣大堂，眼下劉甫已被天津縣知縣李振鵬派出三班六房衙役拘押。

自從豐島海戰之後，外間便議論紛紛，說中國雇請「高升號」輪船運兵，這事及出發的時間、路線都是極為保密的，日本人的軍艦何能於半途伏擊？一定是天津有日本人的坐探。

這以後，上海租界果然查出了好幾個日本人的奸細，供出了日本已往朝鮮和中國派出了兩百多名間諜的事，這一來，朝中的主戰派又大聲嚷嚷了，他們紛紛上疏謂天津有人通敵，請敕李鴻章緝捕。

其實，李鴻章自己也有些懷疑，豐島海戰，「高升輪」中伏之事，中間確有些蹊蹺，所以，眼下一聽這消息不由一驚，馬上瞪著盛宣懷道：「此事果真？」

盛宣懷一見鎮住了李鴻章，面色更是凝重了。他不慌不忙地從靴統子裡取出一張供狀，隔著几遞過來說：「中堂請看。」

李鴻章接過一看，這正是劉甫家丁于一山的供狀。據于一山說，倭人石川五一原係倭國駐天津領事館武官、海軍大佐井上敏夫的祕書，戰前此人經常往來於劉甫家。宣戰後，倭國外交官員紛紛撤離天津，這個石川五一卻於夜間藏匿於劉甫家，並出了兩塊銀元託于一山為他找來剃頭匠剃髮、改裝，早兩天石川五一更與劉甫密謀，欲用地雷（炸藥）轟毀天津軍械局倉庫！

于一山在窗下聽到他們的密議，心想，此事若讓他們幹成，整個天津豈不要化為灰燼？劉甫身為國家官員，食皇上俸祿，卻幹出這等大逆不道之事，豈不是良心讓狗吃了？他雖是一個家丁，可不能不舉報。

李鴻章一口氣讀完這份于一山畫押的親供，尤其是最後一段欲炸軍火庫一節，那額頭上的汗一下涔涔冒出，道：「賊娘的竟這麼可惡麼！」

盛宣懷說：「中堂莫非有些不信？」

李鴻章說：「偌大的天津，人稠地密，耳目眾多，軍火庫警備森嚴，埋炸藥炸軍火非一二人可為，又豈有無人發現之理？」

盛宣懷說：「是的，卑職將情斷理，也正是這麼想的。不過，天津縣知縣李振鵬接到舉報後，馬上派人包圍了劉家，不但活捉了人犯，且於暗室中搜出了炸藥、雷管，可見這個劉甫喪心病狂已到了何種地步，不過，另還有些更加意想不到的東西。」

「什麼東西？」李鴻章迫不及待地問。

「在密室中，居然還抄出了不少文件底稿。」盛宣懷仍是從容不迫地說。

「啊，都有些什麼文件？」李鴻章此時已把盛宣懷與張佩綸的糾葛放到一邊了，急呼呼地問。

盛宣懷眉頭一皺，裝出心事沉沉的模樣說：「說來，大人或許又不信，這些文件中，不但有派往朝鮮的陸軍各路統領姓名、兵力及槍械種類，還有海軍的各種情況，就連大人府中日常家事也都記錄在冊呢。」

「胡說！」李鴻章一聽，哪裡肯信，這不是說這府中也有奸細嗎？怎麼可能呢？但隨著這一聲斷喝，他又覺失態，於是放緩語氣道：「真有此事？」

盛宣懷仍是一臉諂媚的笑，又慢條斯理地從袖中拿出一份文件。

李鴻章抓過來一看，上面的字密密麻麻，第一條便是日本軍隊首批在仁川登陸後，自己對袁世凱的訓令。

此電雖用密碼拍發到漢城，但從李鴻章處交下時卻是明文，如果說這電文或許是在拍電報的中途洩露出來的話，那麼，第二條記錄丁汝昌請示海戰機宜、李鴻章指陳方略的內容一事卻更令人不解，因為這是當面說的，並沒有形諸文字，知情人極少。看到這裡，李鴻章的心一緊，失神地說：

「莫非真有什麼順風耳、千里眼不成？」

「是的，中堂大人。」盛宣懷指著紙頭說：「外間謠傳豐島海戰時，倭寇預設埋伏、張網以待是事先有人走漏了消息，卑職先以為是無稽之談，哪知全是真的。這上面全寫得明白呢。」

「這賊娘的！」李鴻章氣得咬牙切齒，狠狠地說：「你與老子仔細拷問，是誰向他們提供這些消息的，劉甫一個小小的軍械局委員，連鎮海樓也不能上，斷不知這些情況。」

「中堂大人真是見微知著、明察秋毫。」盛宣懷不失時機地恭維了一句，說：「卑職知事關重大，昨天下午親自提審了一干人犯，劉甫畏刑，供認是被石川五一收買，為他提供了軍械庫存底單，並答應去幫他炸軍火庫，但關於這些文件的來路，卻說打死也弄不明白，他只知道這文件裝在一鐵箱裡，鐵箱為石川五一隨身之物，石川經常外出，和什麼人見面或去什麼地方從不告訴他，所以不知其情。卑職只好提審石川五一，叵奈這個傢伙卻熬刑拒不招供，夾棍夾斷了好幾根也無濟於事」

「這個，這個賊娘的！」李鴻章急起來，立在地上連連以手指敲著小几道：「你不會用別的法子嗎？比方說，用燒紅的鐵筷子或別的什麼。」

盛宣懷說：「是的，所有酷刑只要人能想出來的卑職全試了，無奈這個傢伙鐵了心，幾次昏死也堅不吐實，後來卑職忽然警醒，當務之急，並不是拷掠追供，清查同夥。」

盛宣懷說到這裡猛然打住話頭，故意端起茶來潤嗓子，把個悶葫蘆丟與李中堂。李鴻章急不可耐，連連追問道：「還有什麼比追供更要緊的事？」

盛宣懷放下茶盅，又是那麼半是諂媚半帶詭譎地一笑，並壓低聲音說：「中堂試想，這個石川五一的同夥可非一般，一定是能出入禁地、參與密勿的人，此人不是中堂大人的親信，也是中堂大人的左右。試想，此供一出，能不舉國震驚，成為天下第一大新聞？皇上若問起來，大人又將何以明白回奏？再說，萬一這石川五一熬刑不過，信口亂咬，誣攀中堂親屬，中堂又將何以處置？」

「真的！」李鴻章一驚，這才考慮起後果來。他似乎聽外甥張士珩多次說起過這個劉甫，看起來劉甫是張士珩的心腹，這事傳出去，朝廷若派員覆核，張士珩怎麼說也脫不了干係，說不定還會牽扯出一些別的事來。於是，他問道：「杏蓀，你後來怎麼收場的？」

「中堂。」盛宣懷長長地歎了一口氣，說：「事到如今，卑職總算明白何所謂投鼠忌器了。思前想後，別無良策，只好吩咐馬上將一干人犯收監。又交代所有參與審理此案之人，對外不得宣揚，反正外間只知劉甫通倭，圖謀炸毀軍火庫，至於這些文件，只當沒這回事好了，反正這頭的線已給掐斷了，中堂大人這裡自己暗中留神注意就是，不然，傳揚出去，到了有些人手上又是個好題目。」

盛宣懷雖口稱中堂，但口氣很隨便，好像是和同僚說話。李鴻章此時覺得無形中有辮子抓在對方手中，也講究不得許多了，他想了想，雖在心中存了一個大大的疑團，但仍吁了一口氣說：「嗯，看來，外弛內張、暗中察訪還是一個辦法。」

這事實上已是認可盛宣懷的主張了。

盛宣懷此時也吁了一口氣。他飄然下座，很瀟灑地雙手一拱，道：「中堂大人，此事迫於形勢，只能如此，宣懷不敢居其功；中堂愛婿被逐，事出有因，宣懷亦不願任其咎。」

李鴻章似乎才記起那事一般，忙就話問話地數落他說：「是的，杏蓀，你既是我的心腹之人，所欲何求不得？你的前程遠大得很，誰也不能攔在你前頭，你為什麼不放過一個落難的張幼樵？」

盛宣懷苦笑著，又打躬又作揖道：「中堂大人，此事宣懷乃受人之託，不得已而為之。」

「誰？」

「伯行公子。」

李鴻章一聽，這才明白是李經方同室操戈，不由火冒三丈，連連頓足道：「畜牲，這豬狗不如的畜牲！」

盛宣懷此時連連作揖道：「事關大人家事，宣懷不敢過問，不過，宣懷一向唯大人之命是聽，以為伯行乃是銜命而來，私心揣度，以為大人亦不喜幼樵而又不便下逐客令，想假手他人而已。現在看來，宣懷此番是會錯意了。」

李鴻章想來，這又是家醜外揚，不由連連揮手示意盛宣懷不要再說。盛宣懷至此，正好藉機下臺，乃躬身一揖，告辭而去。

望著盛宣懷輕鬆離去的背影，李鴻章忽然有上當的感覺。心想，這個盛杏蓀真是個包藏禍心的人物，看起來，逆境中識人易，順境中識人難；背面看人易，當面識人難。

然而，就在李鴻章還在安撫內部時，日本人已對平壤發起了大規模的進攻。

第二章 碧血春秋

哀平壤

金風乍起，木葉凋零，平壤城在蕭瑟秋風中抖索……

滔滔大同江由東北而西南，流入西朝鮮灣，離出海口約百餘里的西岸就座落著平壤城，東西寬約五里，南北長約十里，城垣堅固，是為朝鮮舊京，高句麗故都。相傳平壤為箕子的發祥之地，箕子本商紂王的叔父，官太師，因諫紂王而拊逆鱗，一度被囚禁，後來，周武王滅紂，釋箕子之囚，箕子難忘故國，不受周封，乃率族人遠徙遼東，躲避於此地繁衍子孫，千百年來，他在這裡備受後人尊敬，香火不絕。

然而眼下這裡成為了中日兩國陸軍較勁的激烈戰場。隆隆的大炮聲徹夜不息，城內已有數處房屋被擊中起火，熊熊的火光映紅了平壤城的上空，十里長街在閃爍的火光中震顫——清兵開始領教日軍大炮的威力了……

幾天前，為慶祝自己升任諸軍總統，葉志超曾大宴諸將。酒酣耳熱之餘，他說了不少大話——自比跨海征東的薛仁貴，相約要與諸君痛飲東京，諸將也一個個摩拳擦掌，表示要在葉總統的指揮下大戰一場。

席散之後議及戰守大事，聶士成首先提出，平壤為四戰之地，五支大軍擠在一起十分不利，應分兵出城扼守各戰略要地，所謂「布置遠局，擇要分屯」，不然敵人蜂擁而至，四面包圍，城中守軍施展不開，縱有通天的本領，也難免不被圍殲。

左寶貴也贊成這一主張，他們奉軍最先到達平壤，他所派出的偵騎，曾在南面進行過細密的偵察，平壤以南百餘里內，有中和、祥原、黃州三城，成品字形擺在漢城來路上，為平壤門戶，如派兵分守三城，互為犄角，則進如一把三尖兩刃刀，在前方開路，守如一塊三角鐵，卡住南大門，使對方啃不動，推不開。

聶士成和左寶貴這一建議一經提出，眾人都承認確有可取之處，但一俟具體的部署調度，諸將卻又口是心非起來。

眼下平壤城中五路大軍，葉志超、聶士成率領的蘆榆防軍經牙山、成歡一戰，後又輾轉北上，月餘行軍，部隊因傷殘疾病減員最多，體力也弱，不堪擔當大任，其餘南下四支大軍中，以衛汝貴的十三營盛軍人數最多，裝備最好，按理應由衛汝貴去，但衛汝貴一聽以他為前部，立刻推三阻四。葉志超未當總統前，衛汝貴與他是比肩人物，稱兄道弟關係密切，眼下衛汝貴不奉令也奈何不了他。這樣猶猶豫豫一拖幾天，日軍已兵分四路長驅直入平壤城下了，半天工夫十里長街被圍得鐵桶似的，日軍各部做好作戰準備後，趁著夜色對守軍發起了猛烈的炮擊。

當日軍的炮彈呼嘯著飛臨頭頂時，衛汝貴不由驚呆了。十八歲便「吃糧」的衛汝貴，幾十年馬上征戰，肉屁股不知磨破了幾多皮馬鞍，昔日少年今白頭，他也由一亡命武夫爬到了從一品實缺提督。說來慚愧，當年打長毛、打捻子，官軍的洋槍洋炮盡朝長毛、捻子頭上轟，不過那時的洋槍還是威力不甚好的滑鏜槍，炮也是前膛劈山炮，衛汝貴幾時見過這麼多的後膛巨炮朝一個地方轟？準確地說是朝自己所在的地方轟。

眼下，他只覺耳中嗡嗡直響，耳膜生痛，眼前金蛇狂舞，耀眼生花，隨著一陣一陣的爆炸聲、呼嘯聲，他只覺自己的心在不斷往上蹦，腿肚子則不停地有節奏地抖，就連那根傳宗接代的「仔腸子」也似乎要縮到肚子裡去了。

彷徨無計之時，師爺陳煥章想出一個好辦法：他的駐地是一所官署，裡面案桌頗多，陳煥章令人集中了好幾張大案桌，擺在一起，上面又鋪了好幾層用水浸濕的棉被，四周都擋得嚴嚴實實的，就像一口大棺材，請衛軍門進去避炮彈。

衛汝貴雖覺裡面太暗，有氣味，但一聽能避炮彈便獨自一人鑽到了「棺材」裡。

「他娘的，葉曙青是個吊頸鬼，硬要老子守南門，挨頭刀，真不得好死！」他坐在「棺材」裡喃喃地咒罵葉志超。

這時，炮營營官張志和來尋他了。張志和這以前留學德國，專攻炮科，算得炮兵行家裡手，聽炮聲不但能分辨出是哪種型號的炮在吼、口徑多少，且能約略估算出炮的方位、距離和彈著點。張志和來尋衛汝貴，只能坐在「棺材」口和他說話。

據張志和說，倭寇擺在平壤正面的大炮足有上百門，對我軍威脅很大，只有以炮對炮，或許能緩解敵人的炮擊，所以，他主張衛軍門去見葉總統，建議他把各大軍攏來的大炮集中起來，統一指揮打擊倭人。

不想衛汝貴沉思片刻，連連搖頭說：「使不得，全軍統共有三十多門炮，單我們就佔了二十一門，豐厚齋的『鴨蛋兵』才三門土炮，葉曙青的炮全丟棄盡了，集中起來，他們不要沾我們的光嗎？我才不幹這傻事呢！」

陳煥章也一邊幫腔說：「看樣子，倭人把主攻方向擺在南方，炮全往這邊打，我們若把炮交與葉曙青指揮，他會顧及我們嗎？張營官，你是盛軍的人，應該挑磚來砌塔，怎麼還到塔上來拆磚呢？

張志和見主帥和軍師這麼說，只好怏怏地退了出來。

張志和一走，衛汝貴開始考慮起明天敵人將發起攻擊的事，心想，這麼多大炮齊轟，修築起來的堡壘只怕垮了很多，我們守南門，當大道，敵人一定會主攻這裡。

想到這裡，他派侄子衛本先去向葉志超求援，說天明倭寇肯定把主攻方向放在南門，要準備一支生力軍做機動，隨時準備增援這邊。

衛本先出去好一會才回來，據他說，北門的炮擊也同樣猛烈，他爬到牡丹台頂峰俯瞰全城，只見四城火光一片，葉志超的營務處也中彈坍塌了半片房。所以，他見了葉志超，報告請求支援的事後，葉志超只連連冷笑說：「侄少爺，你不都看見了麼？眼下是羊尾巴遮羊屁股不住，還能遮狗屁股麼？」

衛本先回去把葉志超原話一學說，衛汝貴不由無名火起，他人在「棺材」裡不能跳起來罵娘，卻怒目圓睜地吼道：「什麼？葉曙青竟如此說？娘的×，你不問問他，他這總統還想不想當？沒有老子帶十三營人馬為他抬轎子撐篷，別人能賣他的帳？」

衛本先說：「阿叔，據侄子看，葉曙青說這話是在暗示，平壤城早晚守不住，到頭來是鴨子過河各顧各！」

侄子這話對中了阿叔的心事。衛汝貴在炮擊一開始便亂了方寸，心想，自己只怕會死在這裡，他今年正好滿花甲，出發前，夫人寫信與他，說家中富饒，千叮嚀萬囑咐要他愛惜生命，切不可當前敵、冒鋒刃不顧生死。

其實，這何須囑咐呢，他豈不知合肥老家有良田萬畝，華屋千間？他哪捨得拋下這一切呢？想到這些，衛汝貴低聲問陳煥章道：「文魁，本先這話看來有道理，看這陣勢只怕是守不住。」

陳煥章說：「是的，葉曙青確實不像有死守的打算。」

衛汝貴猶猶豫豫地說：「不過，二萬人馬守平壤，後面援兵不斷，不說守十天半月，三五天總得守呀，不然，何以向李中堂交代？」

陳煥章知衛汝貴心動了，便開導說：「敵強我弱，單大炮便數倍於我。人身子可是肉做的，擋不住炮子呵？葉曙青為人靠不住，據說，這以前聶功亭守牙山，在成歡和倭人血戰，他在公州卻不發一兵一卒支援他，到頭來一走了之，你可不能不防他這一手，南門距敵最近，他把行轅放在北門，出城便是奔義州的大道，萬一他讓我們當替死鬼留下斷後怎麼辦？」

一句話說得衛汝貴如大夢初醒，他說：「娘的×，他要如此，可莫怪我不仗義！」

凌晨四點多鐘，炮聲突然停止，眾軍士都一夜惶然，炮擊才停，一個個便哈欠喧天了，但軍情緊急，誰也不敢言睡，早飯一熟，立刻敞開肚皮飽餐一頓。就在這當口，城頭瞭望的哨兵急匆匆跑下來報告說：「倭寇來了！」

衛汝貴在炮擊停止後，已從「棺材」裡爬出來，一夜未睡，舌頭泛苦頭發昏，他想爬上床美美地睡一覺，一聽「倭寇來了」趕緊奔上城頭。

炮聲雖已停息，耳膜仍在嗡嗡作響，堅固的石頭城，被日軍集中炮火轟坍了數處，城樓也被炮彈掀翻了大半邊，剩下一小半搖搖欲墜，衛本先伸手抓住一根懸著的檁條一拉，這小半邊樓也垮下了，抬頭仰望，一輪明月正掛在眼簾，洩地銀光，把遠近景物及道路照得如同白晝。

直到這時，衛汝貴才記起今天應是中秋佳節，但這個念頭只一閃便過去了，嚴峻的現實正擺在面前——順著侄子的手勢朝南細看，地平線上，如天邊雲湧，如海上潮生，出現了一大片黑鴉鴉的人群，伴隨著拂曉的南風，送來一片低沉的渾濁的吼聲，衛汝貴一下驚呆了，口中喃喃念道：「來了，東洋鬼子果真來了！」

東洋鬼子果真來了！這是中日兩國宣戰後，步兵大兵團第一次正面交手，進攻南城的是日軍的主力，由陸軍少將大島義昌率領的第一軍第五師團第九旅團……

豐島初戰告捷，北洋水師艦船一沉一毀一俘一傷。天皇得報備受鼓舞，七月初一日正式頒詔宣戰，緊接著便宣布成立大本營，直接指揮這一場「聖戰」。

幾天後，天皇親率大本營進駐廣島，以第五師團司令部為行宮，伊藤首相、參謀長棲川親王、小松近衛師團長等近臣隨駕，接著，為指揮陸師作戰，又任命原首相、現任樞密院議長山縣有朋為第一軍司令官，前往朝鮮。

長州藩士出身的山縣有朋，軍階為陸軍大將，他是軍界元老，享有無比威望，拜命之後，他即日乘快艦到達仁川，次日在朝鮮國王特使安駉壽陪同下，進入漢城，在獲知中國軍隊於平壤集結卻沒有布置遠局，而是擠在城裡尋歡作樂的情報後，山縣大將立刻制定兵分四路進攻平壤的計畫。即：第一路為主力，由第九旅團大島義昌少將率領，沿黃州、中和的大路正面攻取平壤南路；第二路由第十旅團長立見尚文少將率領，從大同江上游過河迂迴攻擊平壤東北；第三路由師團長野津道貫中將親自率領，自大同江下游入海口處渡江，從西南方向進攻；另外，令第三師團派出佐藤正大佐率領一個聯隊由廣島出發，渡海從朝鮮東海岸元山登陸，經文川、成川直指平壤的後路順安，奪取屯集在那裡的糧秣，切斷守軍的退路。

命令一下，四路大軍同時出發，大島義昌少將為搶頭功，派出一支輕騎開路，自己麾軍猛進，不到兩天便佔領鳳山、黃州、中和，控制了平壤的南大門，待左右兩路日軍會合後，馬上發起了進攻，大島義昌更是氣勢洶洶，提出在天亮前掃清城郊所有壁壘……

眼下，衛汝貴在城樓被日軍的進攻嚇得亂了方寸，只轉瞬間，日軍打前鋒的二十一聯隊兩個中隊數百人已衝到第一壘前，為配合進攻，他們架在高地上的連珠快槍（機關槍）響了，子彈「撲、撲」地尖叫著像一群馬蜂飛上了城樓，不知就裡的衛汝貴嚇得腿一軟，幾乎撲倒在城頭上，衛本先趕緊攙扶住他下城樓，衛汝貴一邊隨侄子下樓，一邊回頭吩咐護兵道：「打，打，與我趕緊打！」

於是，這邊的排子槍也響了起來……

平壤城除東臨大同江外，西南北三面為石頭城，高達三丈，城外多為沼澤。進攻南城的大島義昌旅團為方便衝鋒，將四鄰居民房屋拆毀，將木料、門板投入低窪處，鋪出了一條通道。待總攻發起時，他們分別從水灣橋、石湖亭、柯帝店三個出發地衝過來，盛軍設在船橋裡的一個大石壘首當其衝，最先與日軍接上火。

大石壘所佔地形最好，它在高阜，前面大片開闊地，視線很好。可惜負責修壘與守壘的士兵是一群「騷特子」，每到一地，不是去搶劫，便是去強姦。

修壘時，平壤居民並未完全疏散，陣地前常有女人來往，光天化日之下他們雖不敢胡來，但心猿意馬，禁鎖不住，砌石壘的石材來自街道上的鋪路石，基本上已敲打成長條形，只須用灰漿嵌縫、擺平就行。可這一班人非常馬虎，一個心思放在女人身上，所以石壘砌得很不牢固，結果，日軍昨晚大炮一轟，早坍塌了好幾處，人也傷了好幾個。

眼下日軍以此壘為首要目標，架在高阜的機槍對著它猛掃，打得石壘四處子彈亂竄，「騷特子」們沉不住氣了，只稍作抵擋便丟下傷患出逃。

於是日軍二十一聯隊很順利地佔領了第一壘。

這第一壘屬盛軍第三營，眼下三營營官吳忠義見日軍才發起衝鋒我軍便丟了第一壘，非常惱火，他狠狠地抽了守壘的哨官孫玉良一個耳光，令他帶手下殘兵去把石壘奪回來。

孫玉良猶猶豫豫，哭喪著臉正集合隊伍，日軍又開始第二次衝鋒了，此番矛頭直指吳忠義的中心堡壘。吳忠義這座中心堡壘座落在一個較高的山坡上，前面除了一條從水橋灣到城裡的大路外，兩邊全是沼澤，因處在我軍一線陣地後邊，日軍事先無法接近，也沒有用木石鋪路，只能兵力集中沿大路進攻，而這座石壘是營官的駐地，建得十分牢固，且用上了稀罕物塞門汀，炮彈不直接命中它是不會垮的。

二十一聯隊長齋藤一郎見順利地拿下了第一壘，認定中國兵不堪一擊。於是，他不等手下士兵喘過氣來，馬上又組織起第二次衝鋒。

這時，天色已經大亮，守石壘的士兵已能十分清晰地看清前面的目標，日軍的連珠快槍雖十分可怕，但也奈何藏身石壘裡的守軍不得，他們用手中的英式步槍瞄準目標從容射擊，排子槍一響，大路上衝鋒的日軍倒下了一大片。

就在這時，張志和的炮隊也開炮助威了，十幾門小炮一個齊發，全落在後面組織衝鋒的日軍中間，這一下二十一聯隊可吃了大虧，一下丟掉幾十具屍體退了下來。

齋藤十分惱火，乃騎了一匹東洋馬揮舞著指揮刀，親率一個大隊的援軍發起了第三次衝鋒。大島義昌也親自趕到了柯帝店，下令旅團的炮兵集中火力猛轟中國軍隊的炮兵陣地，終於把張志和那小小的炮營壓制住了。但這次齋藤仍未得手——吳忠義親自坐鎮石壘中，當日軍炮擊猛烈、殺聲震天，有人想逃時，他抽出手槍一槍擊斃了帶頭人，其餘的再也不敢溜了，大家硬著頭皮集中火力終於頂住了日軍的進攻。

齋藤一郎騎著東洋大馬目標顯著，吳忠義看在眼中，喚來手下護兵「劉一槍」，讓他瞄準那個騎馬的射擊。這「劉一槍」名劉偉才，槍法最準，常一槍命中百米外目標，故有「劉一槍」外號，眼下他見齋藤一郎騎一匹高頭大馬，手執軍刀，穿黃呢軍服，衣領上有領章，肩上有肩章，袖口上還有一道金箍，認準是個大官，乃屏住呼吸，瞅準目標就是一槍，一下將二十一聯隊長撂下了東洋馬。

吳忠義乘勝組織反擊，想奪回失去的陣地，但日軍這邊，二十二、二十三兩個聯隊也一齊上來了，他們的進攻雖被阻遏，但牢牢地守住既得陣地，與吳忠義相持，一直到天黑……

前面打得熱火朝天，衛汝貴卻因日軍的第二次炮擊又縮回到「棺材裡」，連三餐飯也是在裡邊吃的，天黑後，日軍的攻擊停止了，他在兩個侄子：衛本先、衛永和的攙扶下爬出來，活動一下筋骨。就在這時，一個差官飛馬而至，傳令道：「葉總統有請！」

衛汝貴趕到總統行轅時，日軍的大炮又一次猛轟起來，總統行轅設在平安道道署，它在牡丹台腳下，原是一座舊王宮，此時，舊王宮已被炸得木石橫飛，搖搖欲墜，葉志超乃下令，會議改在牡丹台下一個大地窖裡進行。

地窖十分寬敞，乃是當年平安道尹儲備食物的地方，眾將下到裡面，只見地方打掃得十分乾淨，有行軍床、桌椅，靠裡面還碼了幾排木箱子，那是國內解來尚未發出的軍餉，因為蠟燭煙出不去，地窖裡嗆得厲害。

衛汝貴下到地窖，一見裡面情形便明白，昨天一晚今天一天，葉志超也是和自己一樣，是躲在地窖裡過來的。

到會的各路統領、分統都面色嚴峻，有的還在唉聲歎息，大家各自交換情況，才一兩天不見，都有些恍如隔世之感。直到此時，衛汝貴才知開戰才一天，形勢便已十分嚴峻。

這一天，集結於平壤四郊的日軍是從四個方向發動猛烈進攻，各軍都打得十分慘烈，守東門的馬玉昆，以四營毅軍抗擊渡江而來、由立見尚文少將率領的第十旅團的進攻，打得十分艱苦。

中午，馬玉昆親率大隊反擊，受了輕傷，跟在身後的侄子馬傑卻中炮陣亡；守西門的蘆榆防軍由聶士成的侄子聶鵬程率領，配合豐升阿的盛軍居然也頂住了第五師團長、陸軍中將野津道貫親自督率的兩個聯隊的輪番進攻，但陣亡了一個營官，四個哨官，傷亡很大；而最為慘烈的要數防守奉軍，他們無論在防守北門或在順安的爭奪戰中，都遭遇了血戰。

拂曉，日軍的炮擊仍在斷斷續續轟擊時，順安方向首先響起了激烈的槍聲，接著，一騎快馬前來報告：倭軍偷襲順安。

順安是平壤北邊要隘，扼北上義州大道，既是清軍歸路，又是後方補給基地，屯集了大量糧草、彈藥和被服，由盛軍一個營守戍。

日軍指揮官山縣有朋大將看到了順安的重要，特派佐藤正大佐率軍在元山登陸，經文川、成川、蔥山直指順安。其中一個大隊動作最迅速，於昨天半晚時便已趕到了順安周邊，開始，守軍並未發現，站牆子放哨的幾個兵都聚在營房裡推牌九，日軍不動聲色，悄悄向守軍靠攏，推牌九的人中，有一人出門撒尿，發現前面開闊地上全是穿黃軍服的日本軍，嚇得尿也不撒了，從門邊抓起槍便打，可惜此時已晚了，日軍已控制了周邊好幾個堡壘，守軍倉促之間，與日軍開始了巷戰，營官並派手下親兵衝出重圍來平壤報信，待拂曉時，終因寡不敵眾而失守。

左寶貴得知順安危急的消息，不由震驚。心想，順安乃後方基地，糧草及彈藥全在那裡，可不能把順安丟了。

於是，他一邊派人向葉志超告急，一邊親自帶領兩個營來救順安。待趕到順安時，順安已經易手，日軍正趕修工事，準備迎擊我軍的反攻。

左寶貴於途中收集一部殘軍稍作調整後便發動攻擊，雙方一下打得難分難解。

日軍剛進行過激戰，尚未休息，加之長途奔襲，十分疲勞，在左寶貴的兩營奉軍衝擊下，眼看就要頂不住了，不料就在這時，佐藤正大佐帶著他的主力趕到，左寶貴腹背受敵，分兵迎擊，這一仗從清晨打到中午，日軍人數雖多，但長途奔波，十分疲勞，早、中餐全是跑著嚼的乾糧，加之大炮尚在後面，無法給對手造成威脅。

左寶貴指揮手下以逸待勞，穩紮穩打，雙方反覆爭奪、肉搏拼殺，炮子如飛蝗，正午時，奉軍另一支援軍趕到，與日軍的後續部隊絞在一起，左寶貴騎一匹高大的黑騍子帶隊衝在前頭，日軍見他頭戴紅寶石頂子，知是大官，兩個騎東洋馬的騎手揮舞東洋刀向他衝來，左寶貴毫無懼色，揮舞手中一柄大刀，只有兩個回合便讓這兩名日軍一死一傷，不料就在這時，一顆子彈飛來，從他頭頂掠過，騍子受驚，一下把他掀下騎來，左腿踝骨拗了一下，痛得滿頭大汗，但仍席地而坐，指揮衝鋒。

此時，元山方向又開來一支日軍，足有一個聯隊，對奉軍漸取包圍之勢。平壤城裡，葉志超也派來信使，謂日軍攻打甚急，玄武門主將不在，幾次出現險情，請他暫時放棄順安，趕回平壤。

左寶貴得此消息，只好下令退回平壤城。

這一天日軍進攻十分猛烈，我方損失慘重，險象環生。所以，當各路人馬把情況一擺，大家心情都十分沉重，葉志超、衛汝貴、豐升阿等人臉上更是籠罩著一片烏雲……

「糟了糟了，順安可是後撤路上的要隘啊！」衛汝貴先發出絕望的喊聲，「順安一丟，可沒有退路了！」

衛汝貴驚慌失措的神態，被葉志超瞧在眼中喜在心裡。他其實比衛汝貴膽子更小。他和聶士成率領的蘆榆防軍登陸牙山後，葉志超拒絕了聶士成移兵仁川的建議，後來日軍南下攻擊我軍，聶士成率部苦戰成歡，與日軍血戰，葉志超卻率部退守公州，不發一兵一卒增援成歡，迫使聶士成敗退公州。

後輾轉繞道北上，聶士成部擔任後衛，忍饑挨餓，歷盡艱辛。可葉志超一到平壤，立刻向李鴻章報捷，謊稱自己在成歡擊斃倭軍兩千人，李鴻章不察，竟任葉志超為總統。其實，葉志超連日本人的面也未見。

聶士成徹底失望了，乃以部隊損失慘重，欲回國招募新軍為由，電請李中堂准其回國，在得到准允後，已於四天前動身北上了。

葉志超生怕聶士成當著眾將之面揭他的老底，巴不得他離開，可聶士成一走，手下三千蘆榆防軍更無鬥志，今天才激戰一天便戰死一個營官兩個哨官。葉志超害怕了，生恐日軍攻下平壤自己死無葬身之地，所以他早打定了棄城北走的打算。

但他身為諸軍總統，「撤」字不宜出自自己之口，四支大軍中，豐升阿的盛軍和左寶貴的奉軍出自盛京將軍麾下和奉天防軍，不是淮軍系列，只衛汝貴的盛軍和馬玉昆的毅軍來自安徽，衛汝貴與李鴻章還沾親帶故；另外，豐升阿的盛軍和左寶貴的奉軍都只六個營，馬玉昆的毅軍才四個營，獨衛汝貴勢力最強，手下有十三營之眾，因此，若衛汝貴開口喊撤，眾人便不得不撤。

眼下衛汝貴軟下來了，正合葉志超之意，他馬上說：「大家只要打定主意，退路還是有的。據嚮導說，順安以西，靠甑山方向還有一條小路可通肅州、安州，只是羊腸小徑，輜重很難通過。」

衛汝貴一聽還有路可逃，不由大喜過望，忙說：「眼下這局面，還管他娘的輜重呢！留得青山在，不怕沒柴燒，老子可不願把這把老骨頭丟在高麗，趁退路未全封死，三十六計走為上！」

衛汝貴帶頭一說，豐升阿及衛汝貴手下幾個分統也跟著起鬨，都要趁夜裡倭人停止攻擊時走他娘。

就在這時，只聽「砰」地一聲，左寶貴鐵青著臉猛地站起來，掄起拳頭往桌上一砸，大喝道：「胡說，你們不都是五尺漢子嗎？天下太平時吹牛皮說大話，一旦上戰場便成了軟蛋，兩萬人馬守平壤，才守了一天便想溜，這不把祖宗八輩子的臉都丟光了嗎！」

馬玉昆也氣憤地說：「媽的×，我看你們算不得男子漢，乾脆回去抱娃子吧！」

左寶貴和馬玉昆這麼一喝罵，眾人不由低頭啞口無聲，葉志超趕緊當和事佬，他喚著左寶貴和馬玉昆的字說：「冠亭、荊山不要發火，誰說要撤呢？眼下平壤雖被包圍，可國內援兵已源源不斷開來，劉盛休的銘軍已在大東溝登陸了呢，這裡只要大家心齊，一定守下去，守到援軍到來，裡應外合，把倭人趕下東洋大海，光復漢城！」

說著他將左寶貴和馬玉昆強行按在座位上，卻又向衛汝貴、豐升阿使眼色。

衛汝貴與豐升阿本來要站起來與左寶貴、馬玉昆對罵的，一見葉總統的神色，心領神會，冷笑著坐在一邊不作聲。接下來的會議便非常沉悶了，大家雖正襟危坐聽葉志超虛情假意地說一些鼓勁的話，各人心裡卻都打起了小算盤，待葉志超宣布散會，眾人便一哄而散。

左寶貴因腿傷，行動不便，由護兵扶出地窖。

這時眾將已跨上坐騎走遠，只馬玉昆吊著受傷的膀子在外面等他，見左寶貴出來，馬玉昆上來一把扶住他，低聲說：「冠亭兄，葉曙青口是心非，可要防著他點！」

左寶貴點點頭說：「荊山兄，我明白，我已下定決心與城共殉，他人如何也管不了了！」

馬玉昆說：「你我雖決心死守，只怕他們悄悄一走了之，口子讓開，鬼子進來，我們不腹背受敵嗎？」

左寶貴想了想，歎了一口氣說：「葉曙青的三千蘆榆防軍只服聶功亭調遣，看來當初不該讓聶功亭走的！」

一聽左寶貴提到聶士成，馬玉昆也有同感，若有聶士成在，對葉志超多少也可起一些箝制作用啊！二人說起，不由歎息不已……

血染牡丹台

左寶貴和馬玉昆懷念起聶士成，其實此時聶士成也後悔不該倉促離開平壤……

李鴻章聞鼙鼓才思戰將，任葉志超為諸軍總統，既暴露了他一味主和、毫無作戰準備的真面目，也暴露了北洋帥才匱乏的家底。

聶士成也是合肥人，他不願淮軍三十餘年英名掃地以盡，想親赴天津向中堂痛陳得失，但一人離開戰場，丟下昔日患難與共的袍澤，又於心不忍，他是懷著極矛盾的心情與部眾告別的。

雞鳴上路，明月當空，一路秋風颯颯，霜華滿地，耳聞狐鳴狼嗥之聲，心想兵凶戰危之平壤，恨不能又回到夥伴們身邊。

四天曉行夜宿，終於望見了九連城，這裡屬中國地界，地處鴨綠江口，有商輪直抵天津，不料就在這時，他接到了李鴻章的電令，謂：「奉廷寄，聶士成為前敵得力之員，著毋庸回津招募。」

聶士成一見這電文，明白朝廷不欲他此刻回津，他本來也心掛兩頭，接到這電報乃在客舍將成歡之戰、北撤經過及眼下平壤諸將心態寫了一封長長的條陳，託人將信捎往天津，自己又急匆匆往回趕。

這天，他已走到了距平壤僅一百七十里的安州，先是得到了日軍大舉進攻、順安已失守的消息，接著，只見路上敗兵如蟻地往北跑，他攔住一個一問，對方回答說是守順安的盛軍。

他想，順安一丟，豈不被倭寇抄了後路嗎？看來順大道去平壤不成了。

於是，他離開大路，橫插到甑山這條小路上來，第二天，看看要到平壤的西北郊了，轉過一個村莊，突然又見敗兵如潮水般竄過來，漫無佇列，正要攔住一個問問是哪支部隊守哪裡的，忽見敗兵中有一個騎馬的官員，紅頂子涼帽背在背後，整個身子伏在馬背上，任憑戰馬狂奔亂顛頭也不抬，好像敵人就在身後似的十分狼狽。他衝上去猛地挽住此人的馬韁繩，喝道：「你是誰？」

那人吃了一驚，這才抬起頭。原來是衛汝貴的侄子衛本先。衛本先不意在此碰上聶士成，尚未清醒過來，聶士成卻先開口問道：「你不是衛分統嗎？怎麼，平壤莫非——」

衛本先定下神，結結巴巴地說：「別提了，還有什麼平壤，都讓倭寇炸成平川了，還有那勞什子連珠快槍，好厲害呀！」

聶士成心涼透了，又問：「你阿叔呢？還有葉總統他們呢？」

衛本先支支吾吾地說：「我叔在前頭，我，我是為他斷後，其餘人可管不著了。」

聶士成一下明白，守軍不是有組織的撤退而是潰逃，想到此，他不由狠狠地瞪了衛本先一眼，繼續催馬上前。

一路上，敗兵如潮湧，幾乎全是盛軍，盛軍之後是蘆榆防軍、豐升阿的盛軍、毅軍，葉志超、豐升阿及自己的侄子聶鵬程都在其中，唯獨不見左寶貴與馬玉昆，也不見有幾個奉軍的人。他還要往前趕，侄子聶鵬程一把挽住他的轡繩說：「叔，平壤已丟了，六座城門全被倭寇佔領，你一人去有什麼用！」

聶士成雖也止步了，但沉痛地說：「難道左冠亭、馬荊山全陣亡了嗎？」

其實，此時馬玉昆也已跟在敗兵後面在往北撤，只不過是躺在擔架上，由幾個親兵抬著——他把守的是平壤東門，與他對陣的是日軍第十旅團立見尚文部。馬玉昆為毅軍分統，來朝鮮的才四個營，所以守東門，東門臨水，易守難攻，不想對手立見尚文十分凶悍頑強，他見大島義昌攻成歡得手，受到天皇嘉獎，心懷嫉妒，所以此番領偏師攻平壤東門仍十分用心。

他以一部兵力在大同江正面渡江佯攻，吸引毅軍的注意力，另以兩個聯隊從大同江上游渡過來，對毅軍形成箝形攻勢。

馬玉昆人馬不多，卻也十分頑強，所以這一天的交鋒打得十分慘烈，雙方幾至白刃交鋒，馬玉昆血染征袍，身上多處負傷尚不自知。

直到衛汝貴、葉志超、豐升阿三路大軍自潰，六張城門丟了四張，日軍已潮水般湧進來，他才被人拖下戰場。馬玉昆躺在擔架上，當聽人說起左寶貴尚未出城時，不由嚎啕痛哭起來，連聲喊著說：「左冠亭，我辜負了你！」

然而馬玉昆豈知自己痛哭之際，正是左寶貴血濺牡丹台之時。

昨晚會議後，左寶貴與馬玉昆相約死守，馬玉昆回去後，左寶貴在親兵摻扶下登上了牡丹台山巔。放眼四顧，炮聲隆隆，火光四起，其間不斷有哭聲傳來，平壤城已完全籠罩在戰爭的恐怖氛圍裡。這一夜左寶貴就端坐在山坡上一塊大石頭上，呆呆地注視這一切……

今天已是八月十六日，月到中秋分外明，可惜今晚這一輪皓月被沖天煙霧給攪了，投在征人面前的是一片昏黃。沒有親人的問候，沒有朋僚的祝賀，耳邊只有炮彈的爆炸聲和淒厲的哭叫聲，想起在山東老家的老母和妻兒，他的心，像被利刃剜割般地疼痛……

牡丹台又稱「箕子陵」，相傳是箕子的安葬之地。左寶貴想，箕子算是上古賢人，自己能戰死箕子陵，也算是平生幸事了。

這一夜，日軍的炮擊不斷，山上爆炸聲不斷。拂曉時，炮擊停止了，透過曙光，望見山腳下的玄武門外日軍人影幢幢，喊叫聲一片。

左寶貴明白，日軍又要進攻了。剛想站起來，不想受傷的腿此刻腫得老高，非常疼痛。他推開親兵送來的早餐，卻叫他們去舀一大碗酒來。

親兵知左寶貴是回民，平日不沾酒，一聽他要酒，不免有些詫異，但在他厲聲催促下，仍把酒遞了上來。他接過酒，一邊大口地往腿上噴酒，讓親兵為他按摩，一邊自己大口地吞酒，憋得一張臉通紅。一碗酒很快便乾了，他讓又舀一碗，待第二碗酒將盡時，山下日軍的衝鋒號響了起來，左寶貴猛地將碗狠狠地一摔，抽出戰刀立了起來，下命令道：「打！」

左寶貴帶兵嚴於律己，賞罰分明，士卒皆樂為他用。可惜奉軍武器不及淮軍，士兵中一半仍是抬槍土銃，一半是舊式毛瑟槍，幸虧牡丹台山勢較陡，眾兵士齊心，故日軍昨天仰攻時受到了很大的損失。

今天，日軍似已接受了昨天的教訓，一開始便改變打法，他們兵分兩路，一路利用山下地形地物與守軍對峙，一路卻轉從側後包抄，不想這一招一下便奏了效。

原來守側背另一山頭的是葉志超的親兵營，今天拂曉，日軍停止炮擊後，他們正吃早飯，一個差官來向葉志超報告，說與他們陣地接壤的盛軍已跑光了。

葉志超聽到這消息，一絲冷笑掛上了眼梢——身為總統，不能帶頭先逃，但人數佔全軍將近一半的盛軍已走，南大門已經敞開，還有什麼顧忌呢？

葉志超想到這裡，叫來幾個心腹，匆匆交代幾句，心腹們心領神會，忙簇擁著他悄悄溜出了道署，由一個事先已探好路徑的心腹帶路，出城繞開日軍，朝甑山小路疾走。剛走不遠，便望見豐升阿，他也比葉志超早走，二人互不打招呼，各走各的。這時，身邊一個親兵說：「大人，是不是也給左軍門、馬軍門送個信，讓他們也及早撤呢？」

葉志超狠狠地瞪了親兵一眼，說：「都撤走無人斷後怎麼行？若倭人尾追呢？」

就這樣，兩支盛軍和蘆榆防軍在總統、統領帶領下，既不做周密部署，相互間也不打招呼，一窩蜂似地全潰散了。

不到天明，三處陣地上的人全走空了，對面日軍尚不知虛實，仍照昨天樣先打炮後攻城，而迂回攻擊北門的日軍因動作快，沒有受任何阻擊便佔領了牡丹台側面一座原屬蘆榆防軍的小山包。

直到日軍在小山包上架起大炮和機關槍朝這邊主峰猛轟，左寶貴還以為那邊是失守了，正準備派人去增援，這時，手下一個親兵跑來報告，說守南門和西門的盛軍、蘆榆防軍等不知幾時已溜了，眼下城裡已到了不少倭兵。

左寶貴聽到這消息，明白自己的大限到了，冷笑一聲，令左右為他換上嶄新的戰袍，戴上紅寶石頂子帽子，又罩上御賜黃馬褂子，然後趔趄著來到陣地前，見一門大炮架在那裡，左右炮手血肉模糊地躺在一邊，他從容上去，令親兵李志田為他裝上炮彈，親自校正了方位，瞄準側翼小山包上的日軍放了一炮。

這一炮落在日軍機關槍陣地上，「轟」地一聲，機關槍立即啞了。他又在李志田幫助下轉過炮口，朝著山下正集結的日軍又是一炮，日軍中立即倒下一大片，他和李志田還要開炮，只聽「轟」一地一聲，日軍打出的一顆重炮炮彈在他前面不遠處爆炸，一塊彈片將李志田天靈蓋削去，另一塊小一些的彈片嵌進了左寶貴的肩胛骨，鮮血立刻把黃馬褂子染得通紅。

他忍著痛，一把推開欲上來扶他的親兵，令他裝上炮彈，自己掙扎著拉響了火繩，又一發炮彈飛下山，但這時日軍的排炮過來了，陣地上一片火海，在連續爆炸聲中，左寶貴只覺眼前一黑，一下撲倒在大炮擋板上，再也沒有起來……

大東溝的硝煙

平壤失陷之日，北洋水師大隊正泊大東溝。

「有情況！」上午十一時整，北洋水師旗艦「定遠號」上負責觀察的把總林玉成大聲報告，頃刻之間「定遠」艦甲板上正值勤的軍官們都集中到了左舷，紛紛舉起了望遠鏡向西南方向瞭望。

「西南方向有可疑煙霧！」西南方天際，出現了幾縷青煙，因距離太遠，煙霧很淡，就跟流動在地平線上的雲彩一般很難發現，非行家中的行家很難斷定是煙還是雲。

丁汝昌聞訊出來了，睜著一雙布滿血絲的眼睛。三天來，他衣不解帶，未睡一個囫圇覺，平壤被包圍攻擊後，日軍切斷了守軍電訊，安州、肅州以南間或發現倭寇的遊騎、偵探，李鴻章根據手中掌握的情況，斷定平壤守軍處境困難，一面電催這以前已在奉東集結的各軍迅速在安東、九連城布防，一面催促劉盛休部十營銘軍自秦皇島上船，海運至鴨綠江口的大東溝上岸，火速南下增援。

劉盛休等不知平壤被日軍包圍後，只守了一天多便已陷落，仍在北洋水師的護送下，於八月十七日中午到達大東溝。

這地方是鴨綠江的出海口，屬奉天省的東溝縣，海口左右有薪島、鹿島。為防倭艦偷襲，丁汝昌下令，「定」、「鎮」、「致」、「靖」、「經」、「來」、「濟」七大遠及「揚威」、「超勇」、「廣甲」布成陣勢泊於口外，「鎮南」、「鎮北」等炮艇及四艘魚雷艇保護運兵輪船入港；「平遠」及「廣丙」因航速甚緩，乃令其泊於港灣內，同時下令運兵輪船趁月光皎潔，風平浪靜的機會，連夜將兵員及輜重起駁上岸。

十營銘軍，單戰鬥員便有五千人，加上騾馬、輜重、糧秣、彈藥，由駁船一趟趟分運上岸很是費時。丁汝昌迫於形勢，一邊下令各艦加強警戒，一邊催促陸軍迅速離船。

十七日下午至夜間終於平安無事地過去了，十八日早上，丁汝昌遠遠望見泊於江口的運兵船吃水線已高高地浮出了水面，明白船上的東西已越來越少了，總算舒了一口氣。

早飯後，他下令各艦做好準備，中午十二點全隊返航回旅順，待往各處檢查了一番，見時間還早，才去後面艙中休息。

自從在天津親聆李鴻章的訓示後，他心中的顧慮更多了一層，李中堂把曾文正公那「淮軍利，閣下安；淮軍鈍，閣下危」的十二字箴言轉而告訴他，是明白地警告他要保存實力，要「蓄老本」。可他作為前線統帥，若不負中堂的使命，便難逃脫「畏敵避戰」的指責，不但是朝士們的指責，也包括麾下將士的指責。

他明白，中堂是打算捨去老臉皮來對付言路上的一片噓聲了，可他丁汝昌將作何打算呢？丁汝昌一生只服膺兩個人，除了曾文正公便是李中堂。

他明白中堂的苦心，建一支北洋水師不易，他也明白李中堂的政敵們的用心，只要北洋拼光了勢力，便要一腳踹開這個影響他們施政的三朝老臣。

但是，既要與倭寇分享黃海的制海權，保住中堂的面子，又要不傷艦隊的元氣，自己能做到嗎？儘管疲勞，但這些顧慮擾得他難以入夢，就在他浮想聯翩之際，前面有人在喊「有情況！」

他一驚，趕緊披衣跑到艦橋上來。

此刻，「定遠號」甲板上聚滿了人，他們是各艦的管帶，是被左翼總兵林泰曾用旗語召喚到旗艦上來的，大家用望遠鏡向西南方向瞄了好半天，林泰曾下了這麼個結論：「可能是過路的美國船。」

林泰曾這麼說有理由——眼下中日已正式宣戰，雙方艦船已初次交火，但那只是小小的遭遇戰，尚不能代表這一時期海戰的最高水準，局中人都明白，雙方艦隊擺開主力決戰是遲早要發生的，英法俄德美等列強都很關心此次戰爭的勝負，因為這決定他們亞洲政策的走向，另外，中日兩國的艦和炮都購自他們的工廠，中日兩國的軍人都由他們的教官調教出來，這既是難得的檢驗自己工廠產品的機會，也是自己的軍官和士兵難得的觀摩機會。

所以，在調停失敗後，這些國家都先後派出了大隊戰艦來到東北亞海面觀戰，以致這一帶海面上時常出現這些國家的艦船，而這些艦船上又有好些唯恐天下不亂的好戰者，非常樂意促成兩國艦隊早日交鋒，好一飽眼福。

故此，他們經常跟蹤中國或日本的艦船，故意對著中日的艦船發信號、放禮炮，甚至向對方報告另一方艦船的位置和航向。

就在前天，北洋水師護航到大東溝，路過海洋島海面時，林泰曾管帶的「鎮遠號」右舷便發現有兩艘美國軍艦駛過，並向他們升起表示友好的信號旗，林泰曾也以同樣的方式表示了敬意。所以，今天林泰曾猜測是那兩艘美國軍艦又返回來了。

「只怕未必！」「致遠號」管帶、副將鄧世昌表示了不同的看法。鄧世昌喜養狼狗，平日最寵一隻德國牧羊犬，為它取名曰「太陽」，寸步不離，連出航也帶在艦上，此刻，他一手舉著望遠鏡向西南方眺望，一手還撫摩著「太陽」的頭。

前天路過海洋島時，「致遠」跟「鎮遠」為一隊，走在同一條航線上，所以，他也見到了美艦，眼下見林泰曾說是美艦，不由說：「前天的美艦才兩艘，可眼下這煙柱有一叢，絕不止兩艦！」

可「經遠號」管帶、副將林永升卻質疑道：「海洋島那邊大小長山島一帶，還有英國人的遠東艦隊，難保他們不會合後一起來。」

眾人大多同意這一看法，「揚威」管帶、參將林履中半開玩笑半認真的說：「鄧大人莫非有些害怕了？」

眾人笑鄧世昌膽怯，卻又莫衷一是，丁汝昌看了半天，一時很難下結論。回頭看了一眼，這才發現右翼總兵劉步蟾未出現在人群中，於是問身邊的護兵道：「劉子香呢？快，去請劉總鎮！」

眾人這才發現劉步蟾沒出來，於是一齊把目光投向駕駛台，透過駕駛台前的玻璃，發現劉步蟾伏在駕駛台前的平台上，竟酣然入睡了，那呼呼的鼾聲，竟像滾木桶一般，一聲接著一聲，護兵為難了，不由回頭望了丁汝昌一眼。

丁汝昌知道劉步蟾也是兩個通宵未睡了，要在平日，他是不忍心叫醒劉步蟾的，但此時此刻卻顧不得了，於是，他自己跑到駕駛台來推劉步蟾，並大聲喊道：「子香，子香，快醒醒。」

正在黑甜之鄉的劉步蟾被這麼一推一叫，終於停止了鼾聲抬起了頭，一雙眼睛也像丁汝昌一樣布滿血絲。他望著丁汝昌，好半天才清醒過來，一見甲板上站了許多人，明白一定是有情況，忙站起來，抓起台上的望遠鏡跟著丁汝昌走出來，眾人爭相把煙霧出現的部位指給他看。

此時，對面來船已是在全速前進，煙比剛才更濃了。劉步蟾從容地舉起了望遠鏡，仔細地觀察起來，身邊的各管帶仍各執一詞，他像沒聽見似的。

在北洋水師高級將校中，劉步蟾屬於靈魂級人物，這不單是他地位高（僅次於丁汝昌），主要是他的學問、技藝壓眾人一頭，眾人在這些事上服他，在這批管帶、大副中，除鄧世昌外都在英國皇家海軍學院留過學，劉步蟾是他們的學長，他性格內向，平時不大愛說話，遇事僅用眼神表達自己的好惡，初相交的人都說他傲慢，但事後又不得不信服他的判斷和裁決。

此刻，眾人意見不一，靜候他來裁決，大約過了三分鐘，對面艦船終於添煤和鬆動爐子了，只見霎時之間，濃煙滾滾，直沖雲霄，就在遠距離的他們這位置，也看到煙比原來更濃，也就只這一刻，劉步蟾終於找到證據了，只見他臉上的肌肉抖了一下，眼角浮出一絲冷笑，口中喃喃地說：「嘿嘿，老同學，老對手，老狐狸終於露面了！」

這話語閒閒道出，看似平和，卻如晴空一聲霹靂，一邊仍在爭論的人馬上屏聲靜氣，一下呆住了。

開炮不利

自從獲知日本天皇下詔，將他們的常備艦隊和西海岸艦隊合併組成聯合艦隊，且令海軍中將伊東祐亨為聯合艦隊司令官，海軍中將樺山資紀為海軍軍令部長的消息後，劉步蟾好些日子都忐忑不安，浮想聯翩。這時，正是方伯謙與小翠喜姦情敗露，他和方伯謙一對總角相交的摯友反目成仇，他正為家事苦惱氣憤之際。

形勢如此嚴峻，他不得不把個人私事丟開，去面對軍國大事。李中堂給他的處分雖未開復，但丁汝昌已是把整個心也掏出來給他看了，他很感動，覺得於公於私自己都不應置身事外，要切實地把擔子挑起來。因此，這些日子，他一直不回家。夜深人靜，就躺在「定遠」官艙內，靜聽濤聲，思考當前的局勢，常常徹夜難眠……

眼下他見眾人還在望他，以為大家仍未聽明白，乃指著遠遠的濃煙用十分肯定的語氣說：「諸位，前面來船乃敵艦無疑，而且，他們已傾巢來犯！」

丁汝昌一聽不但是敵艦，而且是傾巢而出，不由有幾分緊張，又追問道：「子香，你有十足的把握嗎？」

這時，林泰曾仍在堅持說，對面來船是英美兩國的艦船，劉步蟾於是大聲反駁說：「英美兩國在遠東地區的艦船多半是在大沽裝唐山來的煤，像我們一樣，煤煙是黑黃色，對面來船冒的煙帶灰褐色，是高島煤無疑！」

高島在日本九州，那裡有一座大型煤礦，日本的艦船當然全是燒高島煤，這種煤產生的煙與唐山煤煙有什麼不同之處，劉步蟾早有了比較。

經他這麼一說明，鄧世昌、林永升等人都猛然省悟，只有林泰曾及德國顧問漢納根、英國顧問泰萊等人仍持異議，但也說不出足夠的證據反駁劉步蟾。劉步蟾不管這些，他對丁汝昌說：「丁軍門，我們啟錨吧，不然恐來不及了！」

劉步蟾話剛出口，眾將一個個不但毫無畏懼，且都面呈喜色，好像都在說，終於盼到這一天了。丁汝昌把眾人的神態一一瞧在眼中，明白這些日子，李中堂不准水師去遠海尋求戰機的指令把他們壓制苦了。這班將士在大敵當前的形勢下，已把平日派系之爭的仇恨淡忘了，看來是一個心思殺敵報國了。

丁汝昌看在眼中喜在心裡，巴不得劉步蟾的判斷無誤，倭寇傾巢來犯，且擋在我艦回歸的航道上，躲是躲不掉的，事實如此，對李中堂也有個交代，而且，既然士氣如此高昂，自己也有心死戰一場以洗往昔所蒙的恥辱，還有什麼猶豫的呢？至於中堂諄諄教導的「蓄老本」之說，看來是顧不得了。

他看了一下表，已是十一點半鐘，離預定返航時間僅提前了半個鐘頭，想必各艦已準備就緒了，乃下令升起信號旗，召喚港外的「平遠」和「廣丙」歸隊，催促在港內的炮艇、雷艇趕緊向這邊靠攏。

布置完畢，趁各艦管帶都集中在旗艦上，遂在大餐間開了個短會，部署應戰事項，由劉步蟾做具體安排。戰鬥一旦打響，具體的戰術動作，艦對艦的行動，其實只能視戰場實際而定，隨戰局的變化而變化，所謂「看形作勢」而已。所以，劉步蟾的安排只是根據敵我艦艇的特點，提出幾項要點讓眾人注意，這就是敵艦噸位較小、航速快，分合容易；我艦體重而速緩，轉彎慢，沒敵艦靈活，所以，我們宜合不宜分，作戰時，應注意彼此間的聯繫，防止被敵艦分割包圍；就火力比較，則我方艦船首尾主炮可與敵艦相埒，而兩側快炮則大大弱於敵人，所以，在交鋒時，要充分利用首尾的主炮，避免側面接敵，這些平日都說過了，今天不過是再次強調而已。

劉步蟾交代完畢，丁汝昌又說了幾句鼓勵將士們放膽出力，讓倭寇有去無回的話，已是十一時四十五分了，各艦艇在大副的指揮下紛紛升旗，向旗艦報告準備完畢，於是，丁汝昌讓各管帶乘小艇回艦，各自到達後同時啟航，由旗艦「定遠」領先，迎著敵艦開了過去……

兩隊艦船相對而行，距離在一步步拉近，十五分鐘後，雙方都已能清楚地看清對方的輪廓了。

洋顧問漢納根豐島海戰後，憑自己的頭髮和膚色，被日本人救起，死裡逃生，仍念念不忘北洋水師，終於又回到了「定遠」艦上，此刻，他站在丁汝昌身邊，舉起望遠鏡看了半天，忽然輕鬆地一笑，對旁邊的丁汝昌說：「軍門大人，虛驚一場，來艦是掛的美國國旗呢！」

其實，丁汝昌也早看到了，對方領頭的一艘快艦桅杆上，高高飄揚的確實是一面星條旗，但他仍搖頭說：「不，劉子香說的有道理，對面至少有十條船，美國在遠東地區哪有如此陣容龐大的艦隊？」

漢納根此時已掏出一個大煙斗，他一邊往裡裝煙絲，一邊說：「不是說，他們可能會合英國船一道來嗎？」

英國在這一帶的艦船也不過四艘，加上美國兩艘也才六艘，可迎面而來的艦船至少有十艘，數量上已明顯地不符了，丁汝昌心裡在嘀咕，嘴裡卻沒反駁，只隨口應道：「還是穩妥些的好。」

漢納根卻說：「大人何必草木皆兵呢。中日雙方已正式宣戰，英、美等國都已宣布中立，怎麼會允許日本人掛他們的國旗呢？根據國際公法，這是要惹大麻煩的！」

丁汝昌不屑地冷笑說：「公法，什麼公法？我們東方人有一信條，叫做兵不厭詐。豐島海戰，『高升號』掛的不是英國旗嗎？倭人怎麼也開炮了呢？再說，當時雙方還未正式宣戰哩，這不也犯了公法嗎？」

一提豐島海戰，漢納根這才不作聲，也幸虧他不再爭了，因為不久後，對面來艦忽然一齊降下了星條旗而換上了日本太陽旗。丁汝昌看在眼中，狠狠地罵了一句道：「鬼東西，還想糊弄我們！」

劉步蟾此時正在駕駛室內，站在大副身邊，他從傳聲筒裡聽到丁汝昌在艦橋上罵人，也對著傳聲筒說：「這是伊東祐亨的詭計，無非是想打我們一個措手不及，這不是異想天開嗎？」

這時，日艦更近了，他們不藉助望遠鏡也能清晰地看清對方艦船的輪廓了，共計十二艘軍艦，領先的一艘艦頭昂得老高，氣勢洶洶，劉步蟾一眼便認出是排水量為四千二百噸、航速達二十二海浬的「吉野」，緊跟在「吉野」後面的是三艘快艦「浪速」、「高千穗」、「秋津舟」。伊東祐亨乘坐的旗艦「松島號」居中，「嚴島」、「橋立」、「扶桑」、「西京丸」等緊隨其後，成一個梯次縱隊向他們猛衝過來。

劉步蟾回望自己的艦隊，各艦因航速不一加之受日艦迷惑，隊形顯得有些亂。「鎮遠」、「致遠」、「靖遠」、「經遠」、「來遠」、「濟遠」雖緊跟在旗艦「定遠」的後面，「揚威」、「超勇」、「平遠」、「廣丙」卻仍被拉下很長一段距離，而「鎮南」、「鎮北」等炮艇、雷艇卻因動作遲緩，此刻仍在鴨綠江口。

面對這形勢，劉步蟾想，倭艦把四艘快艦擺在前頭，靈活機動，我們如果也是用一路縱隊與之對陣，首先不利於發揚艦首主炮火力，走陣時側面暴露向敵，容易吃虧；再說，隊形拉得長，容易被倭艦截成兩段，分割包圍，先捨「定」、「鎮」兩主力而攻我弱艦，那時豈不首尾難顧？不如做人字稜形陣，這樣艦隊距離擺得短些，側面彼此有火力支援、掩護，也可免倭艦從中穿插。

他把這個想法通過傳聲筒向丁汝昌一說，馬上為丁汝昌所採納。接著，丁汝昌令旗語兵發布命令，以「定遠」、「鎮遠」兩艦居中，「致遠」、「靖遠」為第二隊，「經遠」、「來遠」為第三隊，「濟遠」、「廣甲」為第四隊，「超勇」、「揚威」為第五隊，十艘戰艦成左右翼展開，迎上倭艦，距離是越來越近了……

劉步蟾在這邊指揮布陣之際，另一邊的日軍聯合艦隊司令伊東祐亨中將也在仔細觀察，思考破敵之策。

這以前，大本營給伊東祐亨的指令是牽制北洋艦隊，為增援朝鮮的陸軍護航。所以，他們不但在豐島成功地伏擊了中國的運輸船，且堵死了自威海至牙山的航線，予敵艦以一毀、一俘、一傷的戰績，圓滿地完成了大本營下達的任務，受到天皇傳諭嘉獎。

眼下，第一軍在山縣有朋大將的指揮下，已順利地完成了對平壤的佔領，下一步的目標便是長驅直入，不但要將中國軍隊全部驅逐出朝鮮，且要進入中國本土作戰，進一步攻佔遼東半島。

為達到這一目的，大本營已命令陸軍大將大山岩率領第二軍在廣島集結，準備先海運到朝鮮，再轉運至大連灣登陸，與跨過鴨綠江進入東北的第一軍遙相呼應，佔領整個遼東半島。因此，大本營給伊東祐亨和他的聯合艦隊下達的第二個指令是消滅北洋水師，奪取黃海的制海權。

為了像豐島海戰一樣，牢牢掌握戰場的主動權，伊東祐亨採取了聲東擊西的戰術。他一面派出「吉野」等快速艦隻組成游擊隊，在威海煙台一帶騷擾，使北洋水師後方基地警報頻傳，一面卻將大隊隱蔽在江華灣一帶水域伺機而動，迫使丁汝昌在輿論壓力下，一次一次毫無目標地盲目出海，又一次次無功而返，不但遲滯了敵方的進攻，且使他們疲憊不堪。

今天，他們終於得到了第一軍在平壤城下大獲全勝的消息，步兵第一軍將乘勝追擊，渡過鴨綠江進入中國本土作戰；第二軍出發攻擊大連灣的戰幕即將拉開，眼下北洋水師全隊已駛向大東溝，伊東祐亨認為兩國海軍決戰的時機到了。於是，率聯合艦隊全體北上，在遼東半島的海洋島附近的海面集結，準備迎頭攔截返航的北洋水師……

十一時半，擔任先鋒隊旗艦的「吉野」遠遠地發現東北方冒起了黑煙，先用信號旗向旗艦「松島號」報告了自己的發現，伊東祐亨斷定是返航的北洋水師無疑，他下達了作戰命令。

他們的艦船中，「赤城號」僅為六百噸的炮艇，而「西京丸」為一武裝商船，雖排水量只一千六百噸，卻高高地浮在水面上，極易受到攻擊。此時為督戰，海軍軍令部部長樺山資紀中將就在「西京丸」上。

所以，伊東祐亨下令，將「赤城」、「西京丸」從左側轉到右側，列入非戰鬥佇列，其餘十艦成一路縱隊，全速前進。

十二點過後，伊東祐亨在艦橋上已能明顯地看清北洋水師的艦船了，馬上下達了作戰準備。這邊劉步蟾正下令變換隊形，因航速各異，遠遠望去，顯得參差而混亂，擺了半天仍是一個半月形。「揚威」和「超勇」時速雖號稱十五海浬，但下水已十三年，機器磨損老化，眼下難達十二海浬。當丁汝昌的命令下達後，各艦調整了位置，全隊很快縮短了距離。他們前面是「廣甲」和「濟遠」，「濟遠」是全隊航速最快的，「廣甲」是一艘新船，所以，旗艦號令一下，它們馬上趕上去了，「揚威」和「超勇」卻力不從心，一下被拉得遠遠的，掉在後面。

伊東祐亨在艦橋上用望遠鏡望見這個形勢，不由竊喜，忙對一邊的「松島號」艦長海軍少將佐藤正作說：「劉步蟾想將自己的艦隊縮成半粒橄欖核，讓我們卡喉，可惜力不從心，成了一隻斷尾巴蜻蜓了。」

佐藤正作說：「既然如此，我們先放過它的頭，吃掉它的尾巴！」

伊東祐亨說：「正是這話。」

於是，伊東祐亨下達命令：「各艦注意保持隊形，加速前進，為避開敵艦艦首主炮，可採取迂迴之勢！」

霎時之間，機器聲轟隆不絕，黑霧沖天，滔滔黃海，亦為之變色……

「不好，後隊有危險！」劉步蟾在駕駛室內望見日艦全速猛衝過來，立刻明白了伊東祐亨的圖謀。他回望自己的艦隊，「揚威」、「超勇」遠遠地掉在後面，且仍是原來的縱隊隊形，而「鎮南」、「鎮北」等雷艇則更遠。

他想，若讓敵人這衝在前頭的四艘快艦撲過來，豈不仍是把我艦隊截為兩段，而前隊只能眼巴巴地望著後隊被吃掉？

於是，他一面下令「揚威」與「超勇」迅速趕上來，一邊讓前隊的所有艦隻減速，等候後隊，但命令雖下，各艦卻顯然力不從心。

這邊全速前進的「吉野」、「高千穗」、「秋津洲」四艦如同四隻土豹子，劈波斬浪，凶狠無比，欲從我主力艦左前方繞過，撲向後隊。

劉步蟾一看這形勢，不由著急，看看雙方距離不到六千碼了，他馬上下令前主炮開火，想以凶猛的炮火攔截或阻滯敵先鋒隊的衝擊。

也是活該倒楣，他一聲令下，「轟」地一聲，前主炮三十公分半的克虜伯大炮怒吼了，但隨著艦身一抖，只聽得「嘩啦」一聲，頂上的艦橋竟震飛了一角，上邊立著的丁汝昌和漢納根竟隨著震坍的艦橋跌落到了甲板上。

原來「定遠」和「鎮遠」造自光緒七年，三年完工，至中法戰爭結束後才行河試航，回到北洋，至今也有八九年了。

這兩艦的艦橋就造在前主炮炮塔上端，又名「飛橋」，用木為骨架，裹以鐵皮，不想年深月久，木已朽而鐵已蝕，經不起劇烈的震動，艦前主炮造自德國克虜伯兵工廠，口徑有三十公分半，一顆炮彈也有一百多斤，像個胖娃，裝填時也十分吃力，但效力卻是巨大的，眼下一炮發出，「轟」地一聲巨響，七千三百多噸的巨艦也為之顫抖，竟把艦橋震成了真正的「飛橋」。

霎時之間，硝煙瀰漫，劉步蟾見狀從駕駛室衝出來，也不管這一炮是否命中目標，只喊道：

「丁軍門，丁軍門，你在哪裡？」

煙霧中，聽不見丁汝昌的回答，只有漢納根痛苦的呻吟聲。劉步蟾以為丁汝昌殉職了，心中十分悲痛，但情況緊急，他也顧不得這麼多了，乃迅速退回駕駛室，集中精力注視敵情。

「定遠」發炮後，這邊「鎮遠」也用前主炮攔截敵艦了，「轟隆隆」的炮聲震耳欲聾。

其時，無煙火藥尚在試用之中，中日雙方大炮用的都是黑色火藥，每次打炮，自己的炮位馬上被煙霧籠罩，劉步蟾透過煙霧，望見「吉野」一邊打炮，一邊仍像一隻水老鼠般竄過來，不像受了重炮襲擊的模樣——原來「吉野」艦長、先鋒隊的少將司令坪井航三為躲避我方艦首主炮，在往前猛撲時，不時改變角度，只想躲過這一陣炮火攔截迂迴到我後隊去，剛才「定遠」這一炮打來時，它正好轉了彎。劉步蟾見狀，對著身邊的傳聲筒用英語大聲喊道：「尼格路斯，尼格路斯，瞄準前面的吉野與我狠狠地打！」

尼格路斯為英國皇家海軍一名退役的炮兵中尉，受聘為「定遠」前主炮的炮長，平日技術嫺熟，準頭極好的，當他聽到劉步蟾的指令後，馬上響亮地對著傳聲筒回答了一句：「阿開！」稍稍修正了一下角度，又「轟」地發出了第二炮……

「轟！轟！」這炮聲極大，像晴空霹靂，一下打破了黃海上空的沉寂，這是前隊主力「定遠」、「鎮遠」的前主炮在轟鳴。

「咚、咚、咚！」這炮聲較前一種炮聲要小一些，但極沉悶，一串串，如聲聲悶雷，使人感到震顫，這是敵人艦上的快炮在連續發射，炮彈成群穿過海空，發出一陣一陣「嘶，嘶」聲，炸得海水起了沖天水柱。

聽到這炮聲，鄧世昌彷彿渾身上下的血管都要爆裂了。

北洋水師戰將如雲，但他們的籍貫只有兩處，不是福建閩侯，便是安徽合肥，唯鄧世昌來自廣東番禺。軍官中，管帶和大副大多數人留過洋，唯有鄧世昌等少數人沒有喝過洋墨水。農家子弟鄧世昌，唯讀過幾年私塾，青少年時流落香港，在教堂當過清潔工，在洋行當過小聽差，因聰明好學，又肯吃苦，所以，操得一口流利的英語，且學會了幾何、數學，待沈葆楨接替左宗棠創辦福建水師學堂，他因能操英語，懂算學，被人推薦入學，畢業後，即在閩海水師中任職，幾年下來，積功至守備。

光緒五年鄧世昌調至北洋，從都司銜「鎮南號」炮艇管帶當起，直至記名總兵，中軍中營副將，管帶二千三百噸的「致遠」艦。

「致遠」、「靖遠」和「濟遠」都屬北洋水師中的快艦，航速每小時十八海浬，但仍不及「浪速」等艦，更遠不及「吉野」。

鄧世昌也曾去過一次歐洲，那是在光緒七年，他隨也是第一次出洋考察的丁汝昌去英國接收「揚威」和「超勇」。那一回，前後十幾個月，鄧世昌雖擴大了眼界，增加了知識，但和丁汝昌同去同回，朝夕相處，彼此關係十分融和，因此，回去之後被一班福建籍將領看作了「丁黨」，方伯謙等人千方百計想擠走丁汝昌，而代之以劉步蟾。他們不敢公開和丁汝昌對著幹，往往和鄧世昌過不去，鄧世昌其實對李鴻章用人唯親、將北洋水師這麼重一副擔子交與不習水戰的丁汝昌也不滿，但對閩人不顧大局、處處與丁汝昌為難的作法也不想附和，因而夾在中間受了不少閒氣。開頭林履中以開玩笑的方式嘲笑他就是一例，鄧世昌當時心中雖有氣，卻也一直隱忍不發，心想，究竟誰膽小，到戰鬥時見分曉。

眼下，中日雙方終於對陣了，大炮終於轟鳴了，他能不熱血沸騰而奮勇上前？

「報告，旗艦的帥旗被擊中，看不到信號了！」幾個回合之後，傳來觀測兵的報告。

鄧世昌舉起望遠鏡一看，只見「定遠」艦橋周圍煙霧瀰漫，雖未起火，卻很是混亂，帥旗果然看不見了。

鄧世昌明白，戰鬥一開始，旗艦便成了敵人的主攻目標，眼下處境一定十分困難，為減輕旗艦的壓力，他果斷地下令道：「我艦升帥旗！」

一邊的二副、遊擊周名階遲疑地說：「大人，這不是引火焚身嗎？」

鄧世昌盯了周名階一眼，說：「我們是第二隊，理應升帥旗，引火焚身怕什麼？無非就是一死嘛！」

周名階聽鄧世昌這麼一說，不再作聲。隨著一聲令下，帥旗在「致遠」的主桅上升起。這一來，敵艦的火力果然被吸引過來了。

「吉野」等四艘快艦衝在最前頭，按事先制定方略，他們繞了個彎子，避開「定」、「鎮」兩主力艦艦首主炮，走陣過來，直撲向第三隊的「經遠」和「來遠」，想從他們的後面橫截過去，把「濟遠」和「廣甲」等後隊劃出圈外。

當進入射程時，他們開動艦上十五公分和十二公分的速射炮對準我艦猛轟。

我方艦隻的火力大多依賴前主炮，除了「定」、「鎮」兩艦的三十公分半大炮，其餘各艦艦首都裝有二十六、二十四公分大炮，這種炮射程遠、威力大，可惜不能速射。日軍四艘快艦繞過我方艦隻的艦首迂迴過來後，便是欲揚長避短，充分發揮他們的火力優勢。

所以，他們這一陣還擊，打得我方甲板上煙霧騰空，「定遠」的主桅也被擊斷了。

鄧世昌見此情形，好不惱火，他一邊下令開足馬力直衝敵艦，一邊下令開放兩側的十二公分格林炮迎去。

這格林炮便是速射炮，一分鐘可發射六發炮彈。日艦已全部裝備上這種炮，總數達一百九十多門，而北洋水師因李鴻章的添船換炮計畫擱淺，所以，僅少數艦上才裝配了這種炮，總共才十多門，此刻以快對快，聊勝於無。

「咚！咚！咚！咚！」一陣快炮打過去，也打得「吉野」、「浪速」等快艦前甲板上升起一片煙霧。但「吉野」等四快艦氣焰囂張，根本不把這幾門快炮放在眼中，他們加快速度衝過來，一下便把我方前隊甩開。

第一個回合走陣而過，雙方各有損失，「致遠」前甲板上中了幾發炮彈，傷了幾個弟兄，但主體毫無損傷，而且，前後十多發炮彈打出去，也將敵艦「吉野」、「浪速」等艦甲板上的人打死打傷了不少。

「吉野」、「浪速」等從我方艦隊中穿插過來，終於攔住了我後隊的「濟遠」、「廣甲」、「揚威」、「超勇」。

「吉野」把「濟遠」和「廣甲」撇下，丟給後面緊緊跟來的「高千穗」與「秋津洲」，自己和「浪速號」連袂而出攻擊最後的「揚威」和「超勇」。

一批快炮打過來，「超勇」馬上中炮起火，「揚威」的前甲板上也黑煙沖天，情形十分狼狽。

這時，「定」、「鎮」兩艦也與敵激戰正酣。

「定遠」主桅雖被打斷，但並未受到重創，走陣過來，正遇上敵旗艦「松島」和「嚴島」，「松」、「嚴」兩艦及後面的「橋立」被日軍稱為「三景觀」，各四千二百六十八噸，上面除裝有十八門快炮外，艦首主炮先是安裝口徑為三十四公分的大炮，尚大於「定遠」和「鎮遠」艦首主炮，後來，因艦小炮大，上重下輕，行進時晃得厲害才改裝二十六公分大炮。

眼下主力相遇，一時之間，巨炮響徹雲霄，走陣而過後，「定」、「鎮」兩艦各被敵人擊中兩處，死傷了幾個人，所幸軀體龐大、堅固，而敵艦的速射炮口徑小，破壞力相對要小，故主體未受損傷。

敵人這邊，「松島」的主桅杆也被打中，一折兩斷，由「嚴島」升起帥旗；「松島」駕駛台上中了一顆重炮彈，死傷了六七個人，「嚴島」中部的軍官艙被「鎮遠」一顆二十四公分的硫磺彈擊中，引起了沖天大火。

應該說，第一個回合，中日雙方的主力打了個平手。

敵軍主力艦走陣過去後，後面的幾艘小艦、舊艦也就倒楣了。

「赤城號」才六百噸，上面僅四門小炮；「西京丸」是一艘武裝商船，上面也只四門小炮。這兩艦本沒有排入戰鬥隊形，交火後，他們遠遠地挨著旗艦這邊，想稍作應付後溜過去。

不想這邊我方艦隊成扇面衝過來，「赤城」和「西京丸」被我方「經遠」、「來遠」兩艦截住，「經遠」管帶林永升、「來遠」管帶邱寶仁一見這兩艘倭艦「吭哧吭哧」地竄過來，尤其是望見「西京丸」是艘商船，以為上面也裝有步兵，想起「高升」輪上死難的一千多名弟兄，不由仇恨滿胸，乃集中所有火力對著這兩艘想溜過去的敵艦一齊猛轟，一陣炮彈劈頭蓋腦地揍過去，打得「西京丸」立時冒起沖天大火，像一隻陀螺在水中打起圈圈來；「赤城號」上左舷進水開始傾斜了。

須知「西京丸」上有軍令部部長、海軍中將樺山資紀。所以，敵旗艦一見後隊受困，「西京丸」已淹沒在火海中，「松島」、「嚴島」立時用尾炮火力救援，這邊「千代田號」和「三景觀」之一的「橋立號」也急轉彎救駕，它們在「經遠」和「來遠」前面組成一張火網，遏制住兩艦的進攻，這樣，焦頭爛額的「西京丸」和「赤城」才歪歪斜斜地逃出了火網。

我方這邊，後隊的「濟遠」、「廣甲」也並未吃大虧，唯「揚威」和「超勇」則十分狼狽，但「吉野」和「浪速」並未能將它們擊沉。「吉野」的觀測員發現後隊吃緊，報告坪井航三艦長後，坪井便命令打旗語，會合了「浪速」掉過頭來增援後隊。

「吉野」這以前以航速和快炮獨領風騷，不想在豐島海戰中，它追擊「濟遠」時吃了「濟遠」後主炮的大虧，坪井航三非常惱火，在維修時，他決定在自己的艦首增設兩門二十八公分的主炮。不想這一改裝，也同樣破壞了原來的設計，「吉野」也頭重尾輕，艙面重而底輕，遠不及原來穩定。眼下，坪井航三想趁我方第一個回合走陣之後喘息未定，打我艦一個措手不及，所以來了個急轉彎，不想艦身子一歪，差點翻在海中，前甲板上兩個運炮彈的水手不提防，竟被掀到了海裡，幸虧大副及時打鈴下令停機，這才算穩住了艦船。

這邊「吉野」、「浪速」回頭來增援，這邊鄧世昌也想掉頭來救援「揚威」和「超勇」，他一邊下令用旗語招呼「靖遠號」的葉祖珪和他一道行動，一邊指揮著自己的戰艦從容地轉彎。

剛把艦身轉過來，鄧世昌立即在艦橋上發現「吉野」傾斜，認為機會難得，馬上加速衝過來，盯住「吉野」的左舷猛轟。

國殤

戰鬥已是白熱化了，整個大東溝海面硝煙瀰漫，炮火連天，無論敵我，陣腳全亂了。日艦的坪井航三因忙於穩定艦船，分散了注意力，被「致遠」一頓炮火打得前後甲板上都起了火。他不由怒氣沖天，一邊下令救火，一邊發旗語招呼「浪速」、「秋津洲」、「高千穗」向他靠攏，重新編隊向我方衝鋒，四快艦集中所有的火炮還擊，且主要對準「致遠」。

霎時之間，巨雷滾滾，「致遠」前後左右紛紛升起沖天水柱，甲板上彈片橫飛。鄧世昌一面沉著指揮應戰，一面不斷鼓勵士氣，勇敢地還擊敵人，突然，只聽一聲巨響，艦身一抖，像要蹦起來一般，接著艦體漸漸傾斜起來，只聽甲板下火艙的司爐張志成在大喊道：「不好啦，右舷下進水啦！」

鄧世昌一聽，先把頭探出來望了一下，然後對著傳聲筒叫道：「張志成，你嚷什麼，還不設法堵住！」

甲板上幾個搬運炮彈的水手一聽，也趕緊下到底艙搶險，有的從宿舍搬出棉絮堵洞。不料敵人又一連打來十幾發硫璜彈，甲板上烈火熊熊，濃煙滾滾，鄧世昌見狀，趕緊衝下來，取了一個水龍頭，冒著刺鼻的濃煙沖向烈火，這時，前主炮的炮長、把總李新發衝上來說：「鄧大人，這裡由我來，您上去吧！」

鄧世昌已被濃煙和蒸氣嗆得睜不開眼，發不出聲了，儘管眼淚鼻涕一齊流，他仍什麼也不顧，只把李新發一推，堅持把高壓水龍頭對準了大火，後面又衝上來幾個揮舞著拖把、棉衣的水手，一齊撲向烈火，奮力撲打，這才把一場大火撲滅。

此時四周仍硝煙瀰漫，如黑夜一般，什麼也看不見。

鄧世昌爬上駕駛台，發令加快馬力從煙霧中衝了出來。此時，他發現駕駛台上也中了敵炮，剛才還和他談過話的二副周名階已躺在血泊中，大副陳金揆右臂受傷正在淌血，堅持用左手在操縱舵輪，他一見鄧世昌，馬上指著前面說：「大人，看，吉野繞過我們在攻旗艦的後路哩。」

鄧世昌透過飄散的層層煙霧，果見朦朧中，「吉野」已扔下「致遠」，掉轉頭加大馬力撲向「定遠」。

鄧世昌令陳金揆把舵一轉，丟開對面的「浪速」，從斜刺裡衝上來，將艦首對準「吉野」的側面，對著傳聲筒大喊道：「李新發，李新發，你怎麼啦，還不快打！」

但等了半天仍無動靜，鄧世昌以為前主炮台上的人全戰死了，忙走出駕駛台，剛欲下梯子，正碰上欲上扶梯的李新發，尚未開口，李新發先哭喪著臉說：「大人，前主炮沒炮彈了；左右格林炮底座也被打壞了！」

鄧世昌心一沉，好半天沒作聲。

這時，「吉野」又發排炮了，「咚，咚，咚！」一排排炮彈飛向旗艦「定遠號」，也聲聲敲擊在鄧世昌的心上，他略一沉思，轉身對陳金揆道：「操他娘，倭艦中，數吉野最凶，若能打沉吉野，餘艦不足畏！」

陳金揆把腳一頓，說：「怎麼辦呢，我們發不出炮彈了！」

鄧世昌咬牙切齒地說：「撞沉它！」

陳金揆一向與鄧世昌同心，立志報國，此時不覺倍感振奮，於是連連打鈴，令火艙加速。

「致遠」帶著一身創傷，像一條火牛，猛地向正前方的「吉野」衝過來。這邊坪井航三正加緊從後面偷襲「定遠」，他們一排炮彈打得「定遠」後甲板冒起沖天大火，他正想招呼「浪速」和他們聯手出擊，左右夾攻，就在這時，視野中，左邊似有一艦駛來，他以為是「浪速」，仔細一看，竟是「致遠」正全速朝它衝過來，且處在最佳的射擊角度和距離之中，卻沒有開炮。

他立刻明白了鄧世昌的意圖，不由嚇出了一身冷汗。一邊下令左側快炮和後主炮攔截，一邊又拼命打鈴加速，欲甩開後面的「拼命三郎」。

「吉野」時速二十三海浬，「致遠」才十八海浬，若處在一條直線上，「吉野」要甩脫「致遠」的衝撞十分容易。無奈此時「吉野」是側翼朝著「致遠」，走的是弓背，「致遠」走的是弓弦，加之前面有「定遠」這艘龐然巨艦擋在前頭，艦尾的那門二十六公分大炮打得「吉野」不敢貿然加速上前，它欲逃無路，眼睜睜地望著「致遠」撞上來，只好拼命用左側快炮攔截，打得「致遠」甲板上彈片橫飛，且又一次起火。

此時此刻，鄧世昌火也不救了，只在駕駛台上圓睜雙眼，死死盯住「吉野」，鼓輪怒駛，直衝過來……

「吉野」無法逃脫，欲戰不能，坪井航三也傻眼了，有幾個水手開始爭奪救生圈，就在這關鍵時刻，有人來解圍了——原來「致遠」橫衝「吉野」，整個艦身暴露在敵方快艦「浪速」與「高千穗號」的正面，這正是魚雷攻擊的好機會。

「浪速號」艦長東鄉平八郎少將見此情形，趕緊下令朝「致遠」施放魚雷。

這邊「致遠」的大副陳金揆一邊在駕駛艦船鼓浪急駛，一邊在留神側面，此時眼睜睜望見一枚魚雷自水面竄過來，直奔艦首。他猛地一個左滿舵，避開了這枚魚雷。

不料「高千穗」和「浪速」緊接著又各放一枚魚雷，分別從左右竄過來，無法閃避，只聽得「轟隆」一聲巨響，如天崩地裂，一枚擊中了「致遠」火艙吃水線，另一枚擊中尾舵。

隨著這兩枚魚雷爆炸，鍋爐爆裂了，整條船斷成兩截，甲板上的人都掀到了水裡，「致遠」終於迅速沉沒了……

鄧世昌落水後，眼睜睜望著自己心愛的軍艦漸漸沉入海底，心中萬分悲痛。這時，護兵劉相忠游過來，將一隻救生圈往鄧世昌面前一推，叫道：「大人，快，往右邊游，那裡是大鹿島！」

鄧世昌此時滿腔悲憤，哪想求生。正在這時，身邊傳來一個人痛苦的呻吟，他回頭一看，原來是槍炮長李新發，他右胳臂剛才中了一塊彈片，流出的血把周圍大片海水也染紅了。

鄧世昌想起李新發才二十五歲，妻子尚懷孕在身，於是把救生圈往李新發面前一推，說：「新發兄弟，給！」

這時，我方「鎮南號」炮艇從煙霧中出現了。

鄧世昌曾任過兩年「鎮南號」管帶，艇上的水手都喜歡他。此時，「鎮南號」仗著船體小，目標小，加之海面已煙霧瀰漫，竟毫無顧忌地衝過來營救落水者，管帶趙義昌站在艇首大喊道：「鄧大人，鄧大人，快上桊杆！」

鄧世昌在水中望見趙義昌，乃大聲叫道：「兄弟，艦在人在，艦亡人亡。請轉告丁軍門，狠狠地打倭寇啊！」

這時，「浪速號」和「高千穗號」上的水兵透過煙霧，發現正在迅速下沉的「致遠」艦，不由大聲地歡呼起來，鄧世昌更覺悲憤填膺，痛不欲生，便拼命地沉了下去。

不料就在這時，他覺得腦後髮辮被什麼東西掛住，浮出水面來，回頭一看，拉住他的竟是心愛的狼犬「太陽」。

可憐的「太陽」怎知此時的主人已痛不欲生，決心以身殉國呢？鄧世昌深情地望著「太陽」，長歎一聲，雙手抱住它緩緩地沉了下去……

「致遠號」被擊沉，原來與它連袂而出的姊妹艦「靖遠」失去配合，在「秋津洲」和「千代田」兩艘快艦的圍攻下，終於不支，不得不邊打邊向主力艦「定遠」和「鎮遠」靠攏。

「定遠」和「鎮遠」此時正與「松島」、「嚴島」及另兩艘小艦糾纏著，邊打邊向東南方向退，這一來，被隔在後面的「揚威」與「超勇」處境更艱難了。不久，「超勇」的右邊吃水線被敵艦的一排破甲彈打了十幾個洞，海水大量湧進，終於緩緩下沉。「揚威」也連中數十彈，官艙及前甲板都燃起了沖天大火，無法熄滅，加之被驚惶失措的「廣甲」撞了一下，把右舷撞了個大洞，艦體立刻傾斜，管帶林履中雖千方百計指揮弟兄們搶救，終因回天乏術，眼睜睜看著自己心愛的艦隻沉沒了……

方伯謙

方伯謙立在「濟遠」的艦橋上，遠遠地看見「致遠」、「超勇」、「揚威」接連沉沒，好幾艘日艦更加有恃無恐地向他們撲過來，一時不覺心膽俱裂，他望了東南方漸打漸遠的主力艦，歎了一口氣道：「右滿舵，退，往西南邊退！」

一邊的二副楊建洛此時左臂已受傷，仍掙扎著立在駕駛台上，一聽方伯謙的命令，不由追問一句道：「大人，旗艦在向東南方向退，我們怎麼——？」

方伯謙歎了一口氣說：「眼前倭寇擺下四艘快艦擋在中間，隔斷了我們和定遠、鎮遠的聯繫，以一對四不是自討苦吃嗎？」

楊建洛一聽，覺得也只好如此，於是接受了撤退的命令。

豐島海戰後，方伯謙受到了「記大過」的處分，後來，北洋水師全隊出海巡弋，丁汝昌留「濟遠」於旅順船塢修理，並令方伯謙閉門思過。想起豐島海戰後所受的窩囊氣，方伯謙便熱血賁張，一口氣怎麼也嚥不下。

旅順船塢總辦龔照璵是李鴻章的心腹，方伯謙於是千方百計交結龔照璵，乘間便把豐島海戰的經過向龔照璵細說了一遍，並央求龔總辦為他代訴於李中堂之前。

其時，張士珩盜賣軍火的事龔照璵已聞到風聲了，為了替李鴻章遮醜，他嚴厲警告方伯謙，大隊升火後又不出海增援是奉李中堂電令，為的是不使事態擴大，眼下外間人言嘖嘖，他若再提丁汝昌不救援勢必被人拿住把柄，更加招致中堂忌恨，就是遇上朝廷來人查詢落實，也不必再提丁汝昌失約的事，只擺自己與倭艦激戰的事實，洗刷自己這「畏敵怯戰」的罪名就可，只要沒有激怒李中堂，李中堂事後一定會為他開銷處分。

方伯謙果然聽了龔照璵的勸告，把一肚子委屈埋在胸中。

龔照璵這一番話其實只想為中堂遮攔，半點也沒有為方伯謙打算，不久，李鴻章從外國報紙上得知消息，關於豐島海戰情形與丁汝昌的奏報有很大的出入，與《申報》所登載的更是大相逕庭，於是，派幕僚沈曾桐和漢納根前來查證。

李鴻章其實清楚水師中的人際關係，明白他們門戶之見甚深，派系之爭十分尖銳，怕派出去的人有意偏袒一方，故派了與武人素無交往的幕僚沈曾桐去查辦，另外，洋顧問漢納根，是「高升」輪上的乘客，是豐島海戰見證人之一，死裡逃生，從漢城輾轉來歸，顯得很是忠心，加之他又是水師顧問，心想，讓他協助沈曾桐查辦此事，總不會偏袒。

不想事情就壞在漢納根身上——原來這以前漢納根以工兵工程師的身分承修旅順黃金山炮台時，曾謊報、冒領了一萬餘兩白銀，而方伯謙也因懂工程，奉派督修過另一座炮台，實報實銷，僅花了三千多兩銀子，漢納根因此受到了李鴻章的指斥。

只因事隔多年，李鴻章忘記了漢納根和方伯謙這一段前情，而漢納根卻死死地記住了這個仇恨，眼下，他奉了中堂手令，儼然以欽差大臣自居，事情尚未查證，他便有了主意，一到旅順便一口咬定他在豐島海戰時，親自望見「濟遠號」升白旗落荒而逃。

安排查辦的丁汝昌本不喜歡方伯謙，更無心為他擔待，劉步蟾更是恨不能生啖方伯謙之肉，其餘一班將官不明真相，不便插言，而另一當事人林國祥更是口吐蓮花，能言善辯，一口咬定方伯謙先逃。

至此，方伯謙縱然渾身是嘴也說不清了，只好舉物證為自己辯護——艦上犧牲的戰士、受傷的水手、被敵人擊毀的設施，一一擺在眾人面前。

其實，只要主審的官員認真分析，方伯謙的冤情不難洗刷。但主審者心中有私，故一口咬定有假，就連被日艦打壞的設施，也被說成是艦上的人用鐵錘砸壞的。

沈曾桐鬧糊塗了，最後為定案，乃採納漢納根的建議，逮捕了「濟遠號」上好幾名水手，嚴刑拷打，逼問方伯謙畏敵怯戰的實情，好在這幾個水手還算得男子漢，打死也不屈招也不誣指。這樣，連沈曾桐也無法下台了，事情只好不了了之，僅給方伯謙一個記大過的處分。

方伯謙不服，嚷著要去天津找李中堂直接申訴，卻被丁汝昌拼命壓下來。因戰事日趨緊張，方伯謙也就只好暫時作罷，但就在這段時間裡，他和小翠喜的緋聞在水師將士中傳開了。

這以前他是閩派反丁汝昌的主將，所以皖人都恨他，眼下他倒楣，皖人無不拍手稱快；而劉步蟾是閩籍將領心中偶像，方伯謙和劉步蟾翻臉，是因小翠喜的緣故，不知內情的人便對他不屑一顧了。

這一來，方伯謙幾乎在水師中陷入孤立，裡外不是人。他本想一走了之，去南洋水師或乾脆回老家種地。要在平日，這是很容易辦到的事，眾人既然視他為眼中釘，巴不得他捲舖蓋走路，可眼下戰事正緊，又怎能走脫？何況他頭上還擔了個「戴罪圖功」的處分呢！方伯謙於是天天借酒澆愁，不與任何人交談，只有回到艦上，和部屬在一起才可得到一些安慰。

方伯謙平日和藹待人，更體恤下屬。「濟遠」在豐島力戰，帶著一身彈痕、幾十個傷亡者回到基地，不但無功，管帶且受處分，且因這處分，也帶累戰死的將士不能得到優恤，加之好幾個水手受到追查並受了刑，所以，眾人一個個義憤填膺，要找丁汝昌理論。

方伯謙只好含淚安撫眾人，說只怪自己無能，帶累弟兄們跟著吃苦。「濟遠」艦上的弟兄才沒有鬧出事來，但也因此對方伯謙更加貼心了。

此番護航來大東溝，眾將士士氣高昂，都做了惡戰的準備，獨方伯謙胸中一股怨氣難平，到發現敵情，丁汝昌、劉步蟾點將布陣，同為快速艦的「濟遠」竟被派做第四隊，與他配對的，是已有過結的廣東水師「廣甲號」。

方伯謙明白，丁汝昌這是明顯地不信任他，有幾分監視之意，這一來，方伯謙的心事又增加了幾分。不過，大敵當前，你死我活，他只能振作精神，奮勇向前。

交火之後，「廣甲」與豐島海戰中的「廣乙」一樣，十分不得力。

「廣甲」管帶吳敬榮和「廣丙」管帶程璧光在「廣乙」毀滅後，歸心似箭，事前就已約定，一遇大戰，以保船為主。

開戰前，「廣丙」因艦小速緩，被丁汝昌留在後面，算是天從人願。而「廣甲」被迫隨大隊一道行動，吳敬榮在啟航時便打定主意要開溜，第一個回合時，他算是勉強應戰，走陣而過，這是因為不應戰不行，敵艦堵住了歸途航道。

不想就這一個回合，「廣甲」的前甲板上也落下了好幾發炮彈，打得吳敬榮如褲襠裡著了火，手忙腳亂，連連喊撤。

此時，前隊走陣過來的幾組艦隻都在轉彎，要回過頭和敵艦再次較量，吳敬榮不想再糾纏下去了，心想，打贏了李中堂論功，再也不會想到小小的「廣甲」，你們一家子關起門來攤功勞；可打敗了，北洋家私大，十多條戰艦丟幾條也不可惜，卻叫我們回廣東如何交代呢？

所以，他打定主意抽身。為躲炮彈，他也不用旗語聯繫就來一個右滿舵，想從「濟遠」後邊繞過去，再往大鹿島方向撤，待脫離戰場後再傍遼東半島撤回旅順。

不想此時「揚威號」中彈起火，管帶林履中正組織人全力救火，沒留神「廣甲」會從「濟遠」

後面繞過來，閃避不及，撞個正著，只聽「轟隆」一聲，「揚威」腰部被撞個大洞，真是雪上加霜，一下便沉沒了。

「廣甲」自己的船頭也被撞壞，所幸在吃水線之上，於是跌跌撞撞地脫離了戰場。

「濟遠」失去了呼應，孤軍奮戰。當「吉野」、「浪速」圍攻我旗艦時，原先一對一攻擊「濟遠」與「廣甲」的敵艦「高千穗」和「秋津洲」轉而二對一攻擊「濟遠」。

在北洋水師中，方伯謙雖蒙了個「畏敵怯戰」的惡名，可在日本人那裡，卻對他和「濟遠號」戰艦存了三分畏怯。海上相逢，不敢小覷。

混戰中，「濟遠」甲板上中彈幾十處，弟兄們死傷了二十多人。眼下，左右快炮有的螺絲釘被震出來卡在轉盤內，致使炮座無法轉動，有的炮栓、火門被熔化變形無法使用了，僅前主炮可用，但所存炮彈僅三發，炮手或戰死或受重傷，已無法開炮了。

整條船籠罩在硝煙中，方伯謙對著傳聲筒喊了幾句，毫無反應，仔細一看，身邊的傳聲筒早已開裂，上下呼應都不靈了。

方伯謙想，主力「定」、「鎮」是顧不上我們了，既然已至無可再戰的地步，僵持下去不免要走「致遠」那條路，白丟一條船，毫無意義，遂下了撤退的命令。

這邊敵艦「秋津洲」和「高千穗」見「濟遠」在轉舵，向西南方向退走，以為它又在玩弄豐島海戰之故伎，因害怕那連放連中的尾炮，便也沒有追擊……

啞彈

隆隆的炮聲，刺鼻的硝煙，艦身劇烈的抖動，終於使丁汝昌從昏暈中甦醒過來。他睜開眼睛，只見四周硝煙瀰漫，朦朧中，好些人影在快步走動，那是搬運炮彈的士兵，他知道自己沒有死，忙掙扎著爬起來。搬運炮彈的士兵中，有一人見他坐起來，忙上前扶他，並驚喜地問道：「軍門大人，您還好嗎？」

丁汝昌耳鼓中仍嗡嗡地一片響，聽不見對方的說話聲。但他從對方的口型上約略猜測到意思，忙點點頭說：「好，好！」

說著，他想藉助對方的扶持站起來，不料剛一用力，只覺雙股刺心地疼痛，怎麼也立不起來。原來自艦橋被震坍，他從高處跌落甲板上，雙腿受了重傷，右腿且已骨折。他幾次用力沒有成功，這個士兵便欲來背他去艙裡休息，丁汝昌明白他的意思後連連搖手說：「不要管我，你去吧，讓我在這裡看著你們打倭寇！」

一連說了三遍，這個士兵見他態度堅決，只好把他抱到艙門口，讓他背靠舷梯的擋板坐著。丁汝昌又讓他去傳語劉步蟾，放手指揮戰鬥，務必要將倭人的艦隻統統打沉海底。

劉步蟾聽說丁汝昌還活著，自然放了心，但也顧不得來看望丁汝昌了。站在駕駛台上眼觀四方，耳聽八面，全身心地投入指揮中，應付眼前瞬息萬變的危急局面。

炮聲隆隆，煙霧騰騰，這已是一場混戰。身為總指揮的劉步蟾，已不知其他各艦的位置和情況，但牢牢地記住一條——時刻注意保持著和姊妹艦「鎮遠號」的聯繫，捨其他敵艦於不顧，只和

「鎮遠」聯合咬住敵旗艦「松島」和「嚴島」。

第一輪走陣，「松島」駕駛台吃了「定遠」的那顆重炮彈後，一片慘叫——伊東祐亨身後立著七個參謀和護兵立時被毀掉了三個。分隊長、海軍大尉志摩清直被一塊彈片攔腰擊中，腸子垮下一灘，倒在伊東祐亨腳邊痛苦地抽搐，好半天才斷氣。伊東祐亨本人也被彈片擦傷額角，掀掉頭盔，血流滿面。

他一邊讓護兵為他裹傷，一邊大聲命令道：「加速，加速！」

「松島」冒著滾滾濃煙，從「定遠」右舷邊衝過來，「定遠」的前主炮第二發炮彈已裝上膛，但它的旋轉角只有九十度，敵艦已處在死角上了，不能用主炮打，而要擺頭也來不及，便用右側的格林炮轟擊對方，可這裡「松島號」的十八門快炮一齊向「定遠」還擊，打得「定遠」四周水柱沖天，前甲板冒煙起火。

劉步蟾一邊下令滅火，一邊仍緊緊地盯著敵艦，注意和「鎮遠」保持隊形。

這時，緊跟在後的「經遠」和「來遠」已把「赤城」和「西京丸」打得火光沖天，傾斜了幾十度幾乎就要沉沒了。

伊東祐亨惦記著樺山資紀的安全，急忙轉彎來救，其時，這邊的「橋立」和「扶桑」已用嚴密的炮火阻遏住了「經遠」和「來遠」的進攻，「赤城」和「西京丸」趁機跌跌撞撞地逃出了火網。「松島」和「嚴島」一經掉頭，馬上又和同時掉過頭來的「定遠」和「鎮遠」遇上了。這一回正面相遇，距離且不太遠，正是發揮前主炮巨彈威力的機會，劉步蟾在駕駛台上看得真切，乃對著傳聲筒，用英語大喊道：「尼格路斯，尼格路斯，這下看你的啦！」

尼格路斯吐掉嘴中雪茄，答了一句「阿開」，立即調整測距儀測杪，主炮手、都司宋四喜拉火繩，眼見得裝填手、把總孫建清敵著懷把一顆百十斤重，胖呼呼像一個小孩的巨彈推上膛，宋四喜猛地一拉火繩。

這一炮轟出去，打個正著——炮彈竟掠過「松島」前甲板，直鑽入機艙。裡面兩台鍋爐、十多個司爐人員正在操作，猛見這顆炮彈竄過來，砸在煤艙的間板上，竟將一塊厚厚的鋼板砸了個凹洞，唬得這一班司爐和水手一個個魂飛魄散——但炮彈卻沒有爆炸。

須知這顆炮彈若爆炸，即可引爆與之相鄰的彈藥艙，還可引起鍋爐爆炸，那麼「松島號」和它所載的一百四十餘名官兵算是粉身碎骨了。所以，這一炮不但當時幾乎嚇死了一攤子人，就連事後伊東祐亨看到也出了一身冷汗。

劉步蟾站在駕駛台上，望見這一炮明明打中了敵艦卻不見爆炸，不由惱火，忙跑下來查問原因。其實，炮彈出膛後尼格路斯便發現情形有異，此刻他見眾人都莫名其妙地瞪他，好像在問為什麼。打出去的炮彈無法查看，尼格路斯於是決定仔細檢查餘下的炮彈。

眾人湊上來，看被尼格路斯拆開的好幾個彈頭，這些巨彈雖像個胖娃娃很是嚇人，卻原來中看不中用——不是引信等關鍵部位生鏽或鬆動，就是發射藥已受潮，有的筒體上的鏽已很深，且非常明顯。

原來這都是張士珩和李經方臨時在天津、大沽找洋人花大價錢買來的，豈知全是洋人軍艦上報廢了的。劉步蟾看到這情形不由氣昏了，連連頓足說：「他娘的×，由張士珩這樣的人管軍火，大清國不亡無天理！」

宋四喜一旁說：「大人，急也沒用，新補充的炮彈不能用，不如改用練習彈，練習彈威力小些總可以湊合！」

劉步蟾仰天長歎一聲，默默無語地回到了駕駛台。

這裡宋四喜吩咐改用練習彈，但還未等他們裝上練習彈，敵艦一排快炮打過來，前甲板前後左右落下好幾發炮彈，可憐的尼格路斯等七八個人一下全躺在血泊中……

戰了不知幾個回合了，右臂已負傷的林永升斜倚在「經遠」駕駛台左側，一邊監視敵艦一邊指揮眾人與敵人周旋。

在首批留英學生中，數林永升最年輕，大家都把他當小弟弟看待，尤其是劉步蟾，更是從學習到生活，對他都十分盡心，林永升因此對劉步蟾這個大哥哥最崇敬。

今年年初，李中堂巡海，林永升和方伯謙一時衝動，鼓動學生兵上書，弄巧反拙，不但沒幫劉步蟾的忙，反害得劉步蟾幾乎丟官，事後劉步蟾雖沒有埋怨他們，林永升卻後悔極了，為此，他暗暗下定決心，要在海戰中立功，為劉大哥爭氣。

戰鬥一開始，作為第三隊的「經遠號」便猛打猛衝，和「來遠」聯手出擊，只差一下就擊沉敵艦「赤城號」和「西京丸」。後來，敵主力艦及快艦為解圍，集中火力攔截「經遠」和「來遠」，排炮打得兩艦四周水柱騰空，甲板上彈片橫飛，林永升也受了傷，但他卻抱定一個信念，有進無退，誓死與敵人周旋到底。

第一個回合走陣而過，敵人的「三景觀」之一的「橋立」便偕同「扶桑號」專門對付「經遠」和「來遠」。

「橋立」噸位達四千二百七十八噸，「扶桑號」也達三千七百七十七噸，都大大超過才二千九百餘噸的「經遠」和「來遠」，火力則無論前主炮的口徑還是兩側的快炮也遠非「經」、「來」可比。但林永升和「來遠號」管帶邱寶仁毫不畏懼，指揮二艦勇往直前，打得「橋立」和「扶桑」兩艦甲板上死傷狼藉。

這時，「致遠」和「靖遠」已被敵人的快艦糾纏，漸漸駛向東北方，「經」、「來」已靠上了主力「定遠」和「鎮遠」。雙方正僵持間，從敵方陣後突然竄出了幾艘魚雷艇，其中兩艘趁著「定遠」在和「松島號」對峙，無暇顧及後邊，它們乘機在後面竄上來，欲對準「定遠」的尾舵發射魚雷。

此時，林永升雖已受傷，卻仍全神貫注地注視著海面，發現這一險情後，他立刻命令大副馮有財把艦首偏向左邊，讓自己的艦船背向「定遠」擺成丁字狀。已被「經遠」打得暈頭轉向的「橋立」正在邊打邊退，一見「經遠」擺橫，整個艦身暴露，於是瘋狂地反撲，一排炮彈飛來，「經遠」駕駛台淹沒在火海中，林永升又一次受了重傷，且傷在頭部，倒在馮有財的肩上，馮有財忙扶住他，欲招呼人抬往底艙包紮，無奈林永升雙手死死扳住欄杆不能下去，並呻吟著喊道：「不，不要——管我，打，打敵人的雷艇，保旗艦……」

一句話剛完，便閉上了眼睛。

馮有財強忍悲痛，下令左側格林炮向敵魚雷艇開火，因我艦位置十分有利，距離又近，一排快炮打過去，立刻將敵人兩艘魚雷艇打成了碎片。

可悲的是與此同時，敵人這兩艘魚雷艇也同時發射出了兩枚魚雷，馮有財閃避不及，「經遠」尾部被其中一顆魚雷擊中，只聽得一聲巨響，「經遠」尾部被炸出一個大洞，海水大量湧進，艦首一下翹得高高的，漸漸地沉下海底了……

至此，我方雖重創日艦，但自己這邊「致遠」、「揚威」、「超勇」、「經遠」等四艘被擊沉，「廣甲」已逃，「濟遠」且戰且退已脫離戰場。

劉步蟾看到這形勢，知道再也無法取勝了，只好發旗語和「鎮遠」聯繫，會合「靖遠」和「來遠」邊打邊撤出戰鬥。

這時，「吉野」等四快艦又一次重新編隊衝過來，全力以赴對付我旗艦，坪井航三仍異想天開，欲打沉我主力艦，但「定遠」和「鎮遠」兩艦如森林中的大象，仗著堅固的鐵甲，龐大的艦體，且戰且走。劉步蟾親自掌舵，憑著他嫻熟的駕駛技巧，旋進旋退，不斷變換著航行路線，掩護著「靖遠」、「來遠」及「平遠」等弱小艦艇往旅順方向退。

敵快艦追過來，就像一群凶猛的餓狼，齜牙裂嘴，但它們就是沒辦法打沉「大象」。至下午四點半鐘，「定遠」的二十四公分尾炮再次擊中「松島」的軍官艙，引起了沖天大火，「嚴島」也中了「鎮遠」兩發巨彈，左舷穿了一個大洞，死傷了數十人，船舳傾斜了五度，升起了求救的信號旗……

硝煙漸漸飄散，炮聲也慢慢稀落。伊東祐亨望見遠遠地迄立在大海中的「定遠」和「鎮遠」，雖然它們各被擊中了幾十發炮彈，艦身已傷痕累累，但仍像兩座大山巋然不動。

他知道一時對這兩座「大山」尚無可奈何，只好歎了一口氣，下令撤退。

餘波

旅順港灣靜悄悄的，但旅順港上空卻似乎籠罩著一股悲戾之氣——睡夢中的人們被一陣急驟的鐘聲驚醒了，港灣已是燈火通明，幾支探照燈被打開，燈柱在進港口航道上來回掃著，看來水師有船返航了……

又是「濟遠」帶著一身創傷搖搖晃晃地最先進港，這時已是凌晨四點了。

出發時是整整一隊船，大小十多艘，回來僅一「濟遠」，碼頭上的人很驚奇，尤其是看到從「濟遠」甲板上抬下七具屍體和十幾名傷患，眾人無不急於向方伯謙打聽其他艦船的消息。

方伯謙既疲勞又煩躁，他沒料到眾艦都未回來，想著戰場上的激烈戰鬥情形，看來各艦不是已被擊沉便是仍被敵艦糾纏，心想自己這最先回來是否又會被看作畏懼怯戰？有此一想，不免有些後怕，所以，當著眾人的面很不耐煩地說：「別問別問，天明後便會清楚的！」

說著，他也不管眾人的驚愕，便頭也不回地往岸上水師公所走，不料才走了幾級石階，只見一個女人披散著頭髮，顯得十分憔悴，從坡上衝了下來，往他懷中一撲，驚喜地叫道：「益堂哥，你可回來了！」

方伯謙定睛一看，這女人竟是小翠喜。

豐島海戰之後，方伯謙為修船一直待在旅順，沒有回威海，他也是為了躲著小翠喜，不料她竟過海來尋他了。

此時碼頭上有很多人，在熾烈的電燈光照耀下，接的接傷患，抬的抬死屍，更多的是一直待在碼頭上等候自己親人的水師官兵家屬，眾人誰不認識劉總鎮的姨太太？所以，大家一見她那個動作不由驚呆了。

方伯謙也呆了，想起自己和劉步蟾這以往的糾葛，其源頭便出在小翠喜身上，忙把小翠喜狠狠地一推，說：「誰是你的益堂哥？你瘋啦？」

小翠喜是從威海逃到旅順來的。劉步蟾發現她與方伯謙的姦情後，將她狠狠地揍了一頓後，禁鎖在威海劉公島那木屋裡，派了一個老兵看守著她，這些日子，劉步蟾出海了，小翠喜被禁閉了一百餘天，神態有些失常，她在小屋裡又哭又鬧，尋死覓活，這個老兵又不能把她怎麼樣，只好乘便船陪她過海到了旅順。

小翠喜來旅順是來尋方伯謙的，因聽說方伯謙受了處分，眼下戴罪圖功，罰在旅順修船。她要來向方伯謙解釋，要來安慰方伯謙，眼下她好容易見到了方伯謙，卻見他是這麼個態度，不由「哇」地一聲哭了，竟不顧眾人在看稀奇，又一次撲上來拉住方伯謙的手說：「益堂哥，我知道你怨我，你聽我說！」

方伯謙哪能在這種情況下聽她說呢？不由又一次把她一推，並吼道：「走開，放自重一些！」這一推，比上次推得重些，竟把小翠喜推得一個趔趄差點摔倒，然後方伯謙頭也不回地自顧自走了，小翠喜不由失望地大哭起來……

碼頭上家屬中有許多明白個中委曲的人，都上來勸她，但小翠喜越哭越傷心，竟執意要去跳海尋死，眾人好容易才拉住了她。正磨蹭著，「定遠」、「鎮遠」率領殘餘五艦及大小雷艇、炮艇返航了。

駛進港灣，各歸錨位。此番海戰，「致遠」、「經遠」、「揚威」、「超勇」被擊沉，四艦上近七百名官兵遇難，劉步蟾本來就滿腔悲憤，不料一進港就睃見「濟遠號」已靜靜地躺在那裡，顯得十分安詳與平和，不由無名火一下冒了出來。

這時，丁汝昌因腿骨跌傷已站立不起了，只因戰事緊張，一心只記掛眼前的戰鬥，故尚能勉強地勉勵士卒作戰，一旦脫離戰場，懸著的心鬆弛下來，返航途中便覺雙腿鑽心地疼痛，此刻，他躺在擔架上，由親兵抬著下船。

碼頭上已亂成一片，到處是呼天搶地、撕心裂肺的哭聲和喊聲，這是遇難者的家屬在痛悼親人，場面十分淒慘。看到這一切，劉步蟾皺著眉，怒氣沖沖地跑到丁汝昌的擔架邊，說：「丁軍門，你可看看啊，全隊的人在海上哪個不冒著敵人的炮火做殊死之鬥？眼下死的死，傷的傷，情形多悲慘？可有人卻圖安逸，剛接上火便開溜。若任這種人這麼下去，這兵可沒法子帶，仗也沒法子打下去了！」

丁汝昌正閉著眼躺在擔架上，忍受著雙腿刀割似的痛苦，一聽劉步蟾這沒頭沒腦的話，忙問道：「子香，你說誰？」

旁邊好幾個家屬對剛才方伯謙的生硬態度不滿，於是說：「方益堂、濟遠管帶方益堂，早回來了，連個戰場消息也不告訴！」

劉步蟾問道：「你們看他是什麼時候回的，大約多久？」

一個家屬不知這句話的利害，因有氣，乃誇大其詞說：「大約有兩個多鐘頭！」

丁汝昌一聽，不由氣炸了，他一邊呻吟，一邊狠狠地拍著擔架邊沿說：「豈有此理，豈有此理，你與我好好地查一查，詳情上報李中堂！」

劉步蟾得了這句話，心中有了底。不料上得岸來，正巧看見小翠喜在一邊抹眼淚，不由吃了一驚。

劉步蟾是個男子漢，大丈夫，絕不想公報私仇，方伯謙無端懷疑自己在豐島海戰時公報私仇，這只能證明他自己的卑鄙，也只能更加激起劉步蟾的憤怒。至於面前這個女人，他也不敢留，但究竟怎麼處治，因戰事緊張，不容他考慮這些，只能暫時將她禁閉，以待事平後再慢慢理會。眼下，小翠喜竟尋到旅順來了，她來尋誰？他剛要上前喝問，小翠喜一見他，馬上一甩手顧自走了。

這時，長住水師提督衙門，坐等北洋賠艦的「廣乙」艦管帶林國祥過來了，他明知小翠喜是劉步蟾的姨太太，卻說：「劉鎮台，這方管帶夫人不知怎麼鬧彆扭，一會撲在方益堂懷中訴離情，一會兒又要去蹈海尋死！」

劉步蟾正在氣頭上，聽了這話，竟如火上澆油，回到水師公所，也不再睡，略收拾一下便坐等天明，又去看丁汝昌。

丁汝昌此時正躺在床上，郎中來過，說是骨折，替他雙腿全上了夾板，敷了藥膏，叮囑他不能亂動，所以，一見劉步蟾忙說：「子香，我這個樣子，十天半月下不了床，眼下軍情緊急，請你暫時署印，呈報李中堂的電報稿，我已令人草擬，望你以國事為重，挑起這副重擔！」

眼見丁汝昌是這個樣子，劉步蟾還有何話可說？丁汝昌見他答應，一邊吩咐速去拍發電稿，呈報李中堂，一邊令人將水師提督印信搬出來交與劉步蟾。

劉步蟾以左翼總兵署理提督，所辦的第一件事便是搜集戰場情況，上報北洋大臣衙門，並調查取證，掌握方伯謙臨陣脫逃的罪證。林國祥一邊獻計說：「要查方益堂的事，必先使開他，不然，別人不好說。」

這話一下提醒了劉步蟾，就在這時，「廣甲號」上活著的人在管帶吳敬榮帶領下回來了。與豐島海戰情形相似，「廣甲」離隊出逃，撞壞「揚威」後，因慌不擇路，又不熟海圖，竟在大連灣擱淺了。好在此番擱淺在自己的水域內，用不著怕船落入敵人手中，也不用擔心被俘，吳敬榮見船開不動，遂讓它熄火，放下小艇，帶著一班人回到了旅順。

一到水師公所，又是惡人先告狀，怪方伯謙只顧自己，見死不救。就是「廣甲」撞壞了「揚威」，也說是被「濟遠」退過來逼的，大吵大鬧，再一次嚷著要北洋賠船。

劉步蟾把吳敬榮說的抄錄出來，成了方伯謙的罪證，同時又派人傳令，讓「濟遠號」去大連灣拖回擱淺的「廣甲號」。

方伯謙不知此番只睡了一覺後，情況竟變得於自己如此不利，他領命後，只認為既然是「廣甲」派在自己一隊，擱淺了去幫助拖回是自己應盡的義務，於是很爽快地答應了。

可憐此時「濟遠」船炮俱損，若中途遇敵怎麼辦？方伯謙領命下來後，外籍雇員，總車哈富門堅持不肯出海。他找到漢納根申述理由，漢納根清楚劉步蟾的用意，只留下哈富門，不讓他出海，卻仍堅持讓「濟遠」去拖「廣甲」。

「濟遠」於是由「廣甲」派出的一名三副領路，來到了大連灣。

果然，他們遠遠地便望見「廣甲」擱在淺灘上，此時潮水已落，「廣甲」幾乎半個身子到了岸上，方伯謙派人坐小艇帶鋼纜上了「廣甲」，繫穩之後，開足馬力往外拖，無奈這時的「廣甲號」

像被人施了定身法似的，任你如何設法就是拖不動。

折騰了兩個多鐘頭，勞而無功。方伯謙正要派人回去報信，再加派船隻來拖曳。不料就在這時，東南方向又出現了股股濃煙，分明是日艦又來了。

方伯謙這下著了慌。「濟遠」自大東溝苦戰，炮械全壞了，毫無防禦能力，日艦來了，徒作無益之犧牲，且白白地損失一條船。

尋思無計，時間不容他猶豫只好下令放下小艇，將「廣甲號」上的人接回，然後返航。

結果，敵人以「吉野」為首的四艘快艦趕到這裡，它們雖未能追上「濟遠」，卻發現了擱淺的「廣甲」，馬上用炮火將它擊毀。

方伯謙回到旅順，水師公所早已沸沸揚揚，都說「濟遠號」臨陣脫逃，也有貼心人透消息與方伯謙，說劉步蟾以署理提督名義呈報李中堂，謂「濟遠」臨陣脫逃，致壞戰局，請嚴厲處分方伯謙。

方伯謙一聽非常惱火，忙去見丁汝昌，別的話不說，只求丁汝昌派人上艦做實地勘查，說艦上中炮大小七十餘發，被擊毀處一一可辨，傷亡人員達二十餘人，事實俱在，怎能說「臨陣脫逃」？再說，「濟遠」也不過先回來四十多分鐘，旅順船塢總辦龔照璵可以作證。它是在失去反擊能力的情況下撤回的，能保住一條船已不容易了，怎麼反而被誣？

丁汝昌此時受傷在床，雖答應派人調查，卻分明是不信任的口吻。方伯謙見丁汝昌這模樣，清楚他是記恨前情，對自己無好感，至於主事的劉步蟾和漢納根，他更懶得去找，只好去跟龔照璵訴述，說他想脫離艦船，去天津找李中堂訴述冤情。

龔照璵卻下死勁勸他，說眼下戰事緊張，若離開艦船離開旅順豈不正好授人口實？事情總會弄明白的，李中堂一定會派人下來勘查，到那時申述，也不為晚。方伯謙聽了，只好打消了赴轅的念頭。

可他方伯謙哪知此番劉步蟾對他積恨已深，竟下了辣手。就在他向丁汝昌申訴時，劉步蟾已飛電天津，除詳報大東溝海戰詳情，將鄧世昌、林永升等人的戰績及「死事甚烈」的情況如實申述外，又將「濟遠」管帶方伯謙畏敵怯戰、先行逃走、牽動大局的事鋪敘了一番。

這一份電報報上來，李鴻章看到自己苦心經營的水師竟一戰而喪失五艦，痛心之餘，十分憤怒，馬上將詳情轉奏上去，主張嚴懲「牽動大局」的方伯謙。

只三天，旌表並從優議恤鄧世昌、林永升等死難烈士及「將臨陣脫逃的濟遠管帶方伯謙就地正法」的電諭，便由李鴻章轉到了旅順，可憐此時方伯謙尚在夢中。

這天，龔照璵在留守衙門辦了一桌豐盛的酒宴，請方伯謙赴席，只說是為他壓驚解悶。方伯謙不疑有他，欣然赴席。酒過三巡，菜上五道，龔照璵藉口有事，暫時離席。不一會，只見督標參將劉德貴帶了幾個人出現在門口。

方伯謙平日與劉德貴極熟的，此時雖覺尷尬，卻仍打招呼道：「福三，什麼事？」

劉德貴是劉步蟾的侄子，與方伯謙也是同鄉，他深知這中間有些事實不清，念及平日交往，心有不忍，猶豫了半天才說：「益堂叔，這不關小侄子的事——皇上來了旨意，叫您老人家接旨！」

方伯謙這才知道龔照璵也並未把真心掏與他，但此時此刻，他尚未意識到是「接」將「就地正法」的旨，只以為頂多不過是丟官，連充軍都未想到。所以，當眾親兵動手要綁他時，他仍瞪了眾人一眼，吼道：「綁什麼？大不了這官不做罷了，老子回鄉種田還好些！」

眾親兵知其中利害，怎能不綁？此時劉德貴已閃開，親兵們竟不由分說，將方伯謙放倒在地，五花大綁，推推搡搡到了劉公島龍王廟前的大坪裡。

這裡已聚集了不少人，督標兵為防止方伯謙的部屬劫法場，特從宋慶那裡調來一營毅軍，荷槍實彈，包圍了法場。

劉步蟾在眾護衛簇擁下，著冠服高坐在案桌邊，當方伯謙被帶到後，眾兵丁喝令方伯謙跪下。一見這陣勢，方伯謙才明白過來，連連大聲喊天叫屈，林國祥竄過來，踢他一腳道：「你小子兩次臨陣脫逃，畏敵怯戰，還有什麼屈不屈的，值價一些上路吧，明年今日便是你的周年！」

方伯謙一見林國祥，不由雙眼冒火，破口大罵道：「林國祥，都是你這龜兒子使壞，老子死到陰間也不會饒恕你！」

可這時劉步蟾手一揮，眾兵丁如狼似虎地撲上來，一把將他按倒。劉步蟾大聲道：「方伯謙，皇上有旨，令將你就地正法，你趕快謝恩吧！」

方伯謙一聽「就地正法」四字，如五雷轟頂，大聲道：「我不服，是你們栽誣的，死到陰間也要和你劉子香對質！」

劉步蟾哪裡肯聽他的，手一揮，令軍士推出執行。

就在這當兒，只聽人圈外一個女人撕心裂肺的哭喊聲傳了過來，聲聲道是：「殺不得，殺不得，劉子香，你可不能為了一個賤女人，屈殺一個手足兄弟啊！」

劉步蟾吃了一驚，抬頭看時，只見人圈忽然閃開一條巷，小翠喜披頭散髮哭著衝了過來。劉步蟾好惱火，趕緊離座迎了上去。小翠喜撲上去抱住劉步蟾的雙腿央求道：「子香哥哥，你饒了他吧！全是我的錯！」

劉步蟾此時已憤恨到了極點，猛地一腳，踹翻了小翠喜，又連連催促劊子手行刑。小翠喜見狀又爬起來往方伯謙這邊跑，想去攔阻劊子手行刑。可劉步蟾哪容她做出這一步，乃抽出腰間的手槍，只聽「砰」地一槍，擊中小翠喜的後心。小翠喜掙扎著挪了幾步，終於撲倒在方伯謙的腳下。

方伯謙一驚，熱淚一下湧了出來，還未待他開腔，劊子手刀一揮，他的頭已滾落在地上了……

第三章 張冠李戴

再見度遼將軍章

平壤失陷，聶士成在安州收拾敗卒，會合劉盛休的銘軍布置防守，但得勝後的敵軍如潮水般地湧來，衛汝貴的盛軍中，有部分士兵投敵，竟被派做前導，領日軍來進攻我軍，聶士成手下一班殘兵無法抵擋如水決長堤之勢的敵人，只好和劉盛休退入義州，進而退保本土的安東和九連城。

日軍在山縣有朋大將催督下，麾兵北進，飲馬鴨綠江邊，行將進攻奉東。

緊接著平壤的敗報，大東溝更傳來令人驚心動魄的噩耗——北洋水師與倭艦遭遇，一場激戰，我方損失「致遠」等五艦，餘艦均受到大小不等的創傷，目前在旅順修整。

有關這類消息的電報，都一封追著一封報到天津，送達李鴻章的案前，一份份電報，如一把把利刃，在慢慢地剜割著他的心，他的心在滴血了……

須知這不是五艘戰艦，而是他半邊心頭肉呵！三十年洋務，奔走半生，追求半生，為保住這心頭肉，開戰以來，避不出戰，忍受著舉國上下的詬罵，想不到該喪失的仍然喪失了，那麼，還指望什麼呢？

「中堂大人。」一幕僚于式枚匆匆走了進來，一眼望見座上的李中堂那一副失魂落魄的模樣，不由一驚，滿腹話語，欲言又止。

李鴻章此時也不顧什麼儀表，或被人看出什麼敗相了，竟當著于式枚的面用手帕拭去雙頰長長的兩道淚痕，聲音喑啞地說：「若晦，什麼事儘管說吧！」

于式枚斟詞酌句好半天，才期期艾艾地說：「吳清卿昨天到津，軍機處今天便有密諭電傳與他，大人欲知個中詳情否？」

李鴻章一聽，這才記起眼前另一要務——因當前形勢嚴峻，朝廷任命已是湖南巡撫的吳大澂再次來津幫辦北洋軍務。

十年前中法戰爭吃緊之際，朝廷曾有過這麼一回，那回吳大澂可謂一事無成。此番他又自請長纓，欲帶兵去與倭寇見個高下，朝廷正用人之際，馬上照准，他自湖南輾轉北上，已於昨日下午到津，照例今日會來會見。

但人剛到，朝廷便有密諭電達，于式枚講到此事時吞吞吐吐，這情形自然引起了李鴻章的注意。於是問道：「莫非你知道？」

既是密諭，當然只吳大澂一人知道。不過，李鴻章清楚，于式枚若是想知道，只須稍動一下腦子，仍然有的是辦法。果然，于式枚湊上來，放低聲音說：「好像是與衛達三、賈毓之爭當盛軍統領有關！」

賈毓之名起勝，他與衛汝貴皆為劉銘傳手下大將，論資歷，賈起勝要強於衛汝貴，盛軍統領周盛波丁憂後，統帶無人。有人說，李鴻章開始想任賈起勝，衛汝貴得知消息，送了一萬兩銀子與李經邁，於是，衛汝貴如願以償。

不想衛汝貴不爭氣，此番去朝鮮，隊伍紀律敗壞，一路燒殺姦淫如火燎原，奉東的地方官已檢舉奏報到京，加之失守平壤，又是衛汝貴帶兵先逃，於是，群臣交章彈劾，朝廷認真追查，且查到那與謠言有關的一些事了，這真應了評書藝人一句套話：「從前所做事，沒興一齊來。」

李鴻章聽于式枚憂心忡忡地一說，仍冷笑一聲說：「哼，朝廷既然將北洋這麼一副重擔交與我，誰當統領誰不當統領自然權力在我，循序漸進也好，破格超擢也好，難道全要將理由奏明朝廷嗎？衛達三與賈毓之都是淮人，都是我一手提拔的，不會厚此薄彼！」

于式枚見中堂嘴硬，不由暗暗著急。中日剛剛交戰，我軍便敗報頻傳，李鴻章實難逃其咎。此時外間傳言，要比這事嚴重得多——只因海陸皆敗，淮軍無能，已是所有人的共識，朝士中有一大批人主張棄淮用湘，因而原左宗棠手下征西舊將，紛紛奉詔提兵北上。

吳大澂早年曾任陝甘學政，和左部軍官相處甚得，加之撫湘兩年，要網羅曾、左、彭、胡的一班舊部非常容易，此番北上，曾國藩的孫子曾廣鈞，左宗棠的兒子左孝同便被他延至幕府，尊為上賓。用遺響至今的曾、左的名義去號召湘籍帶兵官，自然能收到事半功倍的效果——吳大澂已非昔日「吳下阿蒙」矣！

十年前吳大澂與李鴻章執拗，李鴻章曾出言相譏說，你只是「幫辦」不是「會辦」，可眼下已有人猜測，吳大澂大有來頭，朝廷徵辦衛汝貴，用意是「項莊舞劍」，又令吳大澂查辦，已是暗伏「以湘代淮」的玄機了。

于式枚是李中堂船上的人，且不說個人前途、命運皆寄託在此，就是追隨左右、託以腹心，這一份知遇之恩也無法一下割捨的，所以他一聽有密諭寄達吳大澂，不待吩咐便去找門子，且一下便探得了實情。他明白宦海風濤、仕途險惡，所以乘間諫道：「青蠅點素，白璧受玷，大人還是穩著點好。」

李鴻章神色雖有所動，嘴裡仍強道：「若晦，我清楚，朝廷已有意敲山震虎了，可我怕什麼，就是焚林而獵、涸澤而漁我也豁出去了。他吳大澂算什麼東西，我可不願降志辱身，對他假以辭色！」

于式枚聽出李鴻章雖然嘴硬，卻分明是轉託他人的意思，於是自告奮勇說：「這事您就交與晚生去辦吧。吳清卿手下辦文案的張士達是晚生的同鄉，他昨天一到天津便來看望晚生，密諭的內容也是他透與晚生的，晚生何不回訪時就和他談談呢。在您這邊算是領了他的情，又不失身分，至於衛達三那裡，他兒子不是在天津嗎？他該去活動活動，代他老子剖白一番！」

于式枚的意思很明白，他去找張士達通融仍是打李中堂的招牌，衛汝貴的兒子去活動則是須用銀子開路了。李鴻章見于式枚說的有理，也就順水推舟點頭了。

就在這時吳大澂來拜府了。

自請長纓、北上抗倭的欽差大臣吳大澂顯得有些激動。

五月中旬，中日發生糾紛的消息傳到長沙，吳大澂正做六旬大壽，在又一村撫署，接受下屬文武的祝賀。因在前一天晚上他做了一個夢，夢見一隻巨大的怪鳥，落在撫院中庭的老槐樹上，對著他的居室哇哇叫個不停，他覺得晦氣，馬上取出洋槍，只一槍便把這怪鳥打死了。不料次日即看到邸抄，謂中日為朝鮮事起了爭端。

他仔細研究這邸抄，從幾個當事人的名字上產生聯想，認為應了自己的夢——邸抄上說朝鮮東學黨作亂，國王向我請援，日本公使大鳥圭介卻帶兵不請自來。他想「大鳥」不就是夢中那隻怪鳥嗎，原來他注定要死在我手中呢。

十年前，朝鮮發生甲申政變、吳大澂奉旨赴漢城查辦，獨闖朝鮮議院，制止了朝鮮親日大臣金宏集與日本人的談判，贏得朝野一片讚揚聲。吳大澂由此自詡是「朝鮮通」。今天又有佳夢先兆，於是他就在壽宴上宣布：自請長纓，跨海征倭。

吳大澂說到做到，這天晚上，也不用幕僚動手，自己執筆寫了一份言詞激昂慷慨、大義凜然的奏疏：願親提一旅之師，渡海破敵。

此舉立刻得到朝廷主戰派的讚揚。這派人積極主戰，罵李鴻章顢頇無能，卻有人說他們是紙上談兵，只有嘴上的功夫而已，如今果然有書生主動請纓，願親赴前敵。當年的中興名臣中，曾、左、彭、胡不都是以書生從軍，立下不世奇勳嗎？吳大澂未嘗不可繼武前賢，嗣續絕響！

於是，朝士們紛紛上書促成其事，皇帝也終於批准了吳大澂的奏請，下詔令他交卸撫篆，克日赴津門幫辦軍務

他於八月底交卸撫篆，自長沙啟程，由漢口乘輪去上海，再轉海道赴天津。

在威海、旅順，他以奉旨幫辦軍務的名義視察了水師殘存艦隻及各海口炮台，認定北洋水師仍攻不足而守有餘，而陸軍的勢力卻大得很。心想李鴻章的確是暮氣深重了，守著這一大攤子家底還怕了小小的東洋鬼子，我建功立業的機遇怕是要從這裡開始了。有此一想，他信心更是十足了。

到天津後，下榻於吳楚公所，行李剛剛安頓，便有一名衣著十分寒酸且跛了一條腿的秀才赴轅求見，口稱：「持有重寶，特來獻於吳清帥之前！」

隨從見其出言荒誕，正欲將其驅逐，不想幕僚張士達出門拜客，看到了這一幕。張士達聽此人口氣不小，有了興趣，盤問幾句後，便將他帶了進來，先問來歷。這人不慌不忙，從懷中掏出一個舊布包，打開來，竟是一方斑斑駁駁的古印，上面五個鐵線篆字：「度遼將軍章」。

張士達一見，竟掩飾不住興奮，忙將這秀才和印一起帶了來見吳大澂。見面之後，張士達先賀

喜道：「大人，又一個吉兆？」

吳大澂問：「什麼吉兆？」

張士達把那印亮了出來。吳大澂忙取在手中看了看——此印外表斑斑駁駁，似是出土之物，上端有龜紐，印文為朱文正字，用的是懸鐘體小篆，很有一些古意。考究金石書畫，吳大澂算得當時的一代名家，今天這人特地衝他來「獻寶」。弄得好，便是寶刀贈壯士，紅粉饋佳人，不好呢，關公門前要大刀，張士珩已打折他的右腿了，左腿豈不岌岌乎危哉？

只見吳大澂接印在手嗅了嗅，果然有一股泥土腥氣，又將印拿在手中把玩，再上下打量這個「獻寶」之人，好半晌，抬頭用賣弄的口吻問張士達道：「你可識得此物？」

張士達看出吳大澂已是喜歡上這古印了，於是說：「這個，晚生實在知之不多，正要請教。」

吳大澂略一沉吟便侃侃言道：「按印字從爪從卩，意即用手執節，節即憑證。秦漢以前印章多為隨身佩飾之物，至漢之後才為鈐記之用。兩漢拜度遼將軍的先有范明有，後有吳棠、皇甫規、橋玄，皆兩千石以上之大員，此印若是官印則嫌小，看它上有龜鈕，顯係佩飾之物，加之又是朱文正字，則更可證明我的判斷了，眼下造假古董的人很多，但多為淺陋之輩，哪能知如此道竅？看來此印絕非贗品！」

「獻寶」的這個秀才也知吳大澂是書畫金石鑒賞名家，開始有些猶豫，但米甕空空，賭債急迫，他不得不冒左腿再被打折的危險。所以，當吳大澂拿著印仔細把玩之際，他的心怦怦然幾乎要蹦到口裡了，眼下見吳大澂開口便否定了贗品之說，不由十二分喜歡，口齒也伶俐起來，先趴在地上連叩三個響頭，恭維道：「大帥法眼，生員佩服！」

張士達不失時機地恭維道：「大人履新，便有人獻度遼將軍之印。漢之遼東即今之奉天、盛京，正是大人大旆行將指向之地，而漢代的吳棠焉知不是大人遠祖？這真是好兆頭！」

吳大澂一聽，不由連連點頭，開懷大笑。又問秀才道：「本院問你，此印是你偶然得之還是祖傳之物？」

秀才又叩一個頭，稟道：「回大帥話，此印為生員掘土所得！」

吳大澂點點頭又問道：「李中堂坐鎮津門，如泰山北斗，海內無不景仰。這印何不獻與李中堂？」

秀才內心好一陣緊張——當初獻與張士珩，竟然遭識破，於是一條腿被打折，還敢去他舅舅面前獻醜嗎？心裡這麼想，面上卻忙叩頭道：「生員雖一介寒士，但還是明大勢、知興衰。李中堂雖位極人臣，但於金石毫無考究，怎比大帥書香門第、家學淵源？這叫『貨無識者不賣』。再說呢，此物沉埋土中近兩千年，此番問世，豈是偶然？它必應在一個行將立大功、有大作為的人物身上。李中堂雖勳名蓋世，畢竟是過去的事，如今垂垂老矣！鐘殘漏盡、尸居餘氣之人，能有何作為？眼下倭寇犯邊，淮軍暮氣沉沉，所謂強弩之末，勢不能穿魯縞也。只有大帥如旭日初升、氣運正隆，此番拜命出師，必成大功，晚生正是為此才懷璞自薦，試問當今天下英雄，豈有第二人能受得此印？」

這一頓米湯灌將下來，吳大澂一下被灌醉了。不覺笑顏逐開，連連說：「好，來人，看賞！」

秀才的本意便是得錢。若賞個差事好是好，但怕日後露餡，於是跪下叩頭。

一聽叫賞，手下專管此事的材官一時怔住了。吳大帥一般的賞是有定格的，可這「賞」卻沒準，賞多少呢？張士達一旁見他發怔，乃向他伸出三根指頭，悄聲說：「當然是重賞，沒有這個數，何以顯得隆重？」

於是材官進內，一下拿出六封共三百兩銀子賞了秀才，秀才一生也沒見過這麼多的銀子，不由喜上眉梢，歡欣雀躍而去。

所謂宋人以燕石為玉，什襲緹巾之中；楚人以璞玉為石，兩刖卞和之足。人生何處辨真假？

秀才走後，吳大澂拿著這印把玩，竟愈看愈真，愛不釋手。他知漢代官員有佩印的習慣，於是又用一根彩絲條子，把這印繫在腰間，彷佛已登壇拜帥一般，自我欣賞，好不得意。

接下來辦公務，馬上有一疊電報送來，除了軍機處轉述皇帝的密旨，令他察訪衛汝貴得任統領的經過外，另有兩件是湘軍將領陳湜和魏光燾打來的。

原來這班征西舊將已奉旨率部開拔北上，前鋒已到張家口和山海關一線。他們打來電報，謂部隊裝備太差，還是左宗棠征西時發的舊式毛瑟槍，已用了近二十年，有的槍托朽了，有的撞針掉了，不能使用，平日用它防邊，嚇一嚇土匪還差不多，真正要與倭寇接火拼殺則不濟事，必須更新裝備才能上前線；另外，涼秋九月，塞外草衰，要早早地為士卒預備寒衣。

電報往吳大澂這裡打，用意很清楚：我們只認你這個主兒。這正是吳大澂需要的，他心裡雖受用，可此番北上，僅帶了十幾名幕僚和五十名衛隊，要槍沒槍，要錢沒錢，如何回覆呢？他沒料到只聯繫了幾支部隊便有這麼多實際困難和麻煩找上門來，也沒有別的辦法，只好來找李鴻章。

李鴻章此番算是落教，一聽吳幫辦來訪，立刻下令敞開中門迎接。吳大澂心裡清楚此公已是認輸了，眼下「前度劉郎今又來」，自已無妨傲一些。

他邁步上前，雙手只一揖道：「久違了。」

李鴻章連連拱手作答，說：「清卿，甲申一別，忽忽十年，你倒是愈加精神了。」

一提起十年前的事，那回硬是被李鴻章晾起甩開的，吳大澂臉上的笑便有些掛不住了。二人一同進到上房，李鴻章延吳大澂上匠，吳大澂也老實不客氣地昂然坐下，獻茶畢，李鴻章說：「清卿此番請纓殺賊，氣貫長虹，滿朝公卿，無不交口稱譽。老朽無能早該讓賢，這以後可要看清卿挑大樑、唱主角了。」

李鴻章恭維之餘，用了一個「看」字，吳大澂居然沒聽出弦外之音，口中仍謙虛道：「哪裡哪裡，晚生此番不自度德量力，貿然請纓，其實只是慕大人威名，自薦來聽差遣，當馬前卒而已，破倭大計仍須仰仗老帥。」

李鴻章其實早已把吳大澂那一份傲勁看在眼中，微笑道：「有道是當仁不讓。清卿又何必過謙呢。」

說著故意壓低聲音，神祕兮兮地說：「聽說慈聖已懸下賞格：能破倭者當虛揆席以待。清卿，老朽這裡預為之賀。」

入閣大拜，這當然是吳大澂巴望得最苦的，可是，以他的資歷和聲望，真不啻山遙水遠，除非他此番能打到東京還差不多。他不知這也是灌米湯，不由越加喜孜孜的。

寒暄已過，言歸正傳，說起來意——欲北洋將庫存的快槍五千桿及相同口徑的子彈二百萬發撥與魏光燾、陳湜兩部，另外，趕籌棉衣一萬套及帳篷一千具，分批起運至秦皇島或營口上岸，準備分發給開赴遼陽的湘軍。

接觸到這些具體事務，吳大澂才領略到李鴻章的厲害。只見他一邊微笑一邊搖頭，後又長長地歎了一口氣說：「清卿，快莫提起物資，這真是一本爛帳，寒磣得很。」

吳大澂一怔，忙問：「怎麼會呢？天津機器局自同治九年創辦，二十四年來造槍造炮日夜不停，眼下難道連萬餘桿的庫存也沒有？」

這話的口氣很生硬，頗有些質問的味道。不料李鴻章的口氣更硬。他說：「天津機器局這些年造是造了些，庫存上萬桿的日子也有過。不過，那是過時的黃曆——自從光緒十四年朝廷下詔不得再添船換炮後，天津機器局便因經費無著，常常半年幾個月不開工，技師、洋匠更是走了不少。前年平熱河金丹教之亂，損壞不少槍支，再以後平朝鮮東學黨、更換直隸防軍、裝備東征各軍，早已將僅有的一點庫存耗盡，眼下聶士成在津沽招募新軍，曹克忠在天津辦團練尚有人無槍。這些情形，老朽早已奏聞朝廷，皇上都知道得一清二楚。」

吳大澂一聽這些不由傻了眼，忙說：「這，這，這眼下湘楚各軍已陸續開拔，不日將在榆關集結。他們手中的槍，多是已用過二十年的破槍，子彈口徑多不合，都在指望換槍呢，晚生兩手空空，如何發付他們呢？」

這話出口，吳大澂顯是黔驢技窮。可在李鴻章聽來卻十分快意，笑了笑，似感慨殊深地說：「唉，清卿，所謂老成謀國的難處便在這裡呀。老朽自咸豐初年投身營伍，幾十年來惡仗打過無數，什麼樣的難題沒經歷過？我朝自剿長毛以來都是兵由自募，餉由自籌，幾時有人安排得熨熨貼貼過？左文襄公征西時，十萬大軍靠各省協餉，他嘆惜各省督撫在他面前一提到錢便如鈍刀子割肉，從來未痛快過。我辦海軍又何嘗不是？戶部是事先從不撥一文錢，事後卻要找你核算，分釐絲毫都要合上卯榫。這些年老朽是拆東牆補西壁早已黔驢技窮了，難得你肯出來頂這爛攤子，老朽也樂得卸責。你若不信，何不去機器局、軍械局各處查查，若還有庫存槍支，你可立刻具疏，彈劾李某人貽誤戎機。」

這話一半牢騷一半也是實情，但在吳大澂聽來都是挖苦與嘲笑，到後面簡直是要脅。聽得吳大澂臉上一陣紅一陣白的。心想，你在我面前擺什麼老資格呢？這已不是半年前巡視水師時可自矜自傲了。眼下朝廷已在商議處分你，說不定哪天欽使要來拔你頂上的三眼花翎、褫你身上的黃馬褂子呢！眼下皇上令我察訪你兒子代收賄賂的事，這只怕僅僅是先給你一個下馬威呢？這麼一想，吳大澂也不客氣了，竟硬梆梆地頂撞道：「中堂大人這一本苦經晚生可不想聽。晚生不過一幫辦頭銜，哪敢查大人的庫？這裡無槍械、被服可撥，總要有處可撥，該上奏皇上的事自然會上奏的。」

說著，他憤然離座，雙手朝天一拱算是告辭，然後拂袖而去。

吳大澂一走，陪坐於一邊的于式枚不由急了。他勸李鴻章道：「大人不是正有事找他通融嗎？何不把話說得委婉些。」

李鴻章沒好氣地說：「我說的句句是真，怎麼就不委婉呢？」

于式枚陪笑著說：「總是中堂不想給他面子。」

李鴻章冷笑說：「他這口氣，直把北洋當成了他的後路糧台，也太不自量力了嘛。」

于式枚不無擔心地說：「這種人小肚雞腸，我怕他小題大作，大人須防著點。」

李鴻章鐵青著臉，連連冷笑著說：「你放心！我痛惜的只是北洋水師——」

餘下的話，口張開半天又嚥下去了。于式枚回到下處仍在猜測，中堂未必就不擔心他的祿位？

戴張冠，代桃僵

其實，不用吳大澂告御狀，皇帝已下決心揣掉李鴻章了。

平壤失守的消息電傳至京，朝野無不震驚，主戰派更是瞋目攘臂，大罵李鴻章。皇帝為此立即於養心殿召集樞臣會議，眾人進殿時，發現御案之側掛了一副東北亞地圖，平壤及奉天等地刻滿了指甲印記，皇帝看來已在地圖前瀏覽多時了。

眾臣進來後，他顯得很激動，不等眾臣跪安畢便指著地圖問道：「平壤不守的消息你們大概都知道了吧。平壤至鴨綠江不才那麼遠麼，過了鴨綠江不就是奉天麼？太祖的陵寢不就在奉天迤南的近郊麼？」

一連幾問之後，他把眼光在各大臣臉上一一掃過，最後停留在翁同龢臉上，說：「真想不到四大軍及葉志超如此窩囊，小小的平壤城，守兩天也沒守住！」

翁同龢此時雖低著頭，但憑感覺也知道皇帝在望著他，他雖滿肚子話要說，但還是忍住了，要讓慶王先說，從體制上講，慶王為領班軍機大臣，例應由他先回奏，另外，慶王一直力保李鴻章，堅持主和，如今弄成這個局面，他要看慶王還有何說，所以，明明知道皇帝在望他，他卻把頭側過去望著慶王。皇帝終於明白了師傅的意思，於是點名道：「二叔，漢城不保、牙山不守，眼下平壤又丟了，這李鴻章究竟是怎麼回事？」

慶王無法沉默了。可說什麼呢？他生性才具平平，不善言詞，有理的事也說不出理，更不用說強詞奪理了。眼下見皇帝點到他，只好叩一個頭奏道：「平壤失守後，李鴻章已有奏報，說明戰守經過，且有自請處分摺子附後……」

話未說完皇帝早不耐煩了，心想這不是答非所問嗎？忙打斷他說：「處分？眼下可不是講處分的時候，就是把他李鴻章殺了有什麼用處？」

一聽皇帝口中冒出把李鴻章殺了的話，孫毓汶不由震驚。眼下朝野上下無不目他為「李黨」，若殺李鴻章，他和徐用儀的腦袋能保得住嗎，慶王長皇帝一輩也開口便碰釘子，他想該自己說幾句了，與其說是為李鴻章辯，還不如說是自辯；與其說是保李鴻章，不如說是自保。於是趕緊應道：「臣以為皇上此說，可謂一語破的，當務之急，該是下一步的打算——如何禦敵於國門之外。李鴻章久歷戎行，屢為國家戡平大亂，不能謂其不知兵。此番之誤，實在是迫於形勢，求勝心切所致。眼下倭人乘得勝之師長驅直入，眼看行將飲馬鴨綠江，為穩妥計臣以為還是從長計議為好。」

徐用儀馬上附和，他回奏道：「臣也是此意，李鴻章這以前之所以不欲戰，實在是已洞燭其奸、老成謀國之舉，臣在總理衙門亦曾和洋人討論中倭局勢，洋人中也不乏了解雙方勢力者，早在中日啟釁之初，洋人就曾斷言，倭人兵鋒雖銳，而只利速戰，不宜持久。中國若先取守勢，一年後倭人必不支，怎奈輿情不恤，倉皇應戰，終墮倭人術中，眼下事已至此，切不可再操之過急！」

翁同龢與李鴻藻一聽二人之議，不但把目前戰事失利歸咎於主戰一派，且說到底三句話不離本行——所謂穩妥和從長計議，仍不過是求和。翁同龢還想忍一忍，倒看他們還要說些什麼，李鴻藻卻忍不住了，馬上反駁道：「臣以為此番中倭之戰，李鴻章一開始便存畏懼之心，一味忍讓，一味求和，且甘心墮入倭人術中，何所謂洞燭其奸又何所謂老成謀國？這是有心貽誤。再，丁汝昌在豐島海戰時，全隊已升火待發，是他發報阻攔，坐失戰機；衛汝貴縱容部下燒殺淫掠，被韓人視為土匪，又豈是輿情不恤？坊間傳言，謂李氏父子有巨款存於日本，李經方娶倭女為妾，以至此番戰事，李氏父子聞敗則喜，聞勝則憂，辜恩溺職，毫無心肝。臣以為李鴻章父子有通敵之嫌，不嚴懲李鴻章，實在無以振人心而肅國憲！」

皇帝想起李鴻章自開戰以來種種失宜舉措，也怪不得別人如此抨擊他，不由氣憤已極，人一激動，不由引發了病症——只見他忽然滿臉脹得通紅，頭上霎時冒出了虛汗，喉間痰湧，以致連連咳嗽起來，那樣子好像要一下昏厥了。

御前會議，機密異常，關防也很是嚴密，就是宮娥、太監也全退到了廊下，眾大臣一見皇帝氣成這樣，不由慌了手腳，乃由慶王提議，各大臣暫時退下，然後讓小蘇拉進來伺候皇帝。

原來皇帝體弱，近來時局緊張，皇帝憂時傷神，得了一種陰虛燥熱之症，御醫除開了藥之外，又加了個單方，即參麥飲——無非是沙參、麥冬為主，外加玉竹、冬桑葉之類，請皇帝渴時作茶喝。

此刻不是服藥的時候，皇帝退入裡間，待心氣漸漸平復，喝了幾口坐在暖壺上的「參麥飲」，又拈了一塊潤肺生津、止咳化痰的萊陽梨膏糖放在口中，一邊細吮一邊想剛才大臣們的話——照孫毓汶、徐用儀所說，李鴻章之敗，實在是形勢所迫，情有可原；然照李鴻藻所說，李鴻章簡直與石敬瑭、秦檜無異。且不說這兩種批評是否得當，皇帝只覺都有些文不對題——倭寇已飲馬鴨綠江，當務之急是如何退敵，但大臣們就是不能體察自己的苦心。所以，當皇帝第二次出現在御座上後，他開門見山就說這事。

說到退敵之策，孫毓汶來時已有腹案，剛才是尚未說出來便被李鴻藻把話頭接過去了。眼下見皇帝提起忙又奏道：「據臣看來，目前倭寇兵鋒正盛，若長驅直入，不但聶士成、劉盛休以新敗之兵難攖其鋒，就是在奉東布防的宋慶等部也難阻擋。昨天，有俄國使館書記伊萬持其公使喀西尼之函來訪。據伊萬所言，俄廷經過會議，仍樂意居間調停，以臣之見……」

孫毓汶的話尚未說完，只見李鴻藻與翁同龢都在冷笑，而一旁的慶王卻在狠狠地扯他的衣襟，他眼睛往上一瞄，只見御座上的皇帝臉色突然陰沉得十分可怕，他嚇得趕緊住嘴。這時皇帝把口裡半截梨膏糖吐了出來，喝問道：「孫毓汶，你難道除了一個和字再無他法嗎？」

孫毓汶身子一抖，無言以對。

其實，皇帝的態度已十分明白——自從日本人在豐島擊沉「高升」輪後，皇帝就覺得自尊心受到了損害——堂堂的中華大國，竟敗於小小的島夷之手，這讓他何以對列祖列宗，何以向天下臣民交代？如果說這以前的和，還可向世人顯示一個大國以大事小的寬容，那麼眼下的和是皇帝死也不願聽到的了。

那算什麼？那只是屈辱，年輕的皇帝哪能接受屈辱！果然，皇帝接下來便將主和的李鴻章、孫毓汶等數落了一頓，說李鴻章昏憒無恥，說孫毓汶受人蒙哄。這一頓訓斥毫不留面子，是平日少見的，直罵得孫毓汶連連叩頭、請罪。

這一切都在翁同龢預料之中。直待皇帝罵完在喘氣時才奏道：「皇上所責，可謂洞燭實情，明見千里。倭人以區區島國，維新不過才二十年，哪裡就如此強悍？總是主事人畏懼，才坐使倭人猖獗。眼下倭人起傾國之師遠道來犯，扯旗放炮也不過才三五萬人，可我勤王之師已絡繹於途，總數不下十萬，與倭人拼死一戰，掃穴犁庭，正其時也。唯主帥膽怯，其事難成。所以，臣以為要激勵將士、振奮精神，只有罷免李鴻章，另選能臣，率師破敵！」

翁同龢這一建議自然合皇帝之意，皇帝連連點頭，又問慶王道：「二叔以為然否？」

慶王心裡是向著李鴻章的，但眼見孫毓汶觸了霉頭，翁同龢佔了上風，只好說：「皇上聖明，翁師傅之議也不錯，不過，眼下奉東尚有數萬淮軍，若不用李鴻章，又有誰可替代？」

這個題目是早已橫梗在主戰派面前的一道難題，可眼下難不倒他們了。李鴻藻馬上應道：「臣以為眼下淮軍已成疲頑之師，不可再用；李鴻章衰邁昏憒，毫不足恃，湘軍為曾國藩左宗棠創建，曾左遺響至今，威名遠播，不若以湘代淮，定能挽回頹局，另外，兩江督臣劉坤一乃湘軍宿將，資望不在李鴻章之下，吳大澂主宰湘政多年，深孚眾望，不如以劉坤一代李鴻章坐鎮天津，以吳大澂赴遼東總前敵，這樣定可挽狂瀾於既倒，滅倭寇於東瀛！」

此議一出，慶王再也無法反駁了，皇帝更是深壯其言，於是君臣有了定論——罷免李鴻章，調入內閣供職，調劉坤一北上接任直隸總督兼北洋大臣，調吳大澂以幫辦名義赴遼督師，劉坤一未到任之先，由吳大澂署理。

不料皇帝才做出決定，那邊慈禧太后便知道了，當皇帝午後去頤和園請安時，慈禧太后便向皇帝問起此事，皇帝只好一一稟告。慈禧沉吟良久說：「李鴻章年邁，精力是有些不濟，不過，你那翁老師便一點責任也沒有麼？他是看人挑擔不費力，這麼多人跟一個李鴻章過不去，就是無人能代替他！」

皇帝忙陪著小心說：「不是兒子跟李鴻章過不去，只因在這事上他太令兒子失望了，一味和戎，結果被洋人愚弄，致使喪師辱國！」

慈禧冷笑一聲說：「李鴻章縱然打了敗仗，可有一門本事是他人萬不能比的，那就是洋人信他的羈縻，有事便指名要和他談，眼下俄國人不是仍願出面調停嗎？若果有此事，李鴻章不出面誰能出面？」

皇帝至此才明白太后仍在想著一個和字，留下李鴻章，即為和談留下一條退路。他不由痛心疾首地說：「親爸爸，倭寇滅我朝鮮，飲馬鴨綠江，行將犯我陪都，禍及祖陵。眼下臣民無不義憤填膺，對倭人恨之入骨，兒子身為萬民主宰，這個和字是萬難出口的。兒子想過了，調劉坤一來天津坐鎮，由吳大澂總前敵，起用湘籍功臣宿將迅赴戎機，沒有打不過倭寇的！」

慈禧一聽，連連拍著龍椅扶手冷笑道：「好啊，你的翅膀硬了，我的話也不聽了。淮軍打不贏湘軍打得贏，李鴻章不行吳大澂行，我看你去打吧！我問你，再過一個月是什麼日子？看來，你是成心要在這時氣我！」

皇帝一聽這話，嚇得趕緊跪下，跟他一道來請安的皇后、瑾妃、珍妃也一齊跪下，口稱：「請太后息怒。」

皇帝還想申辯，不料因激動，一口痰又湧上來，在地下竟喘成一團。

慈禧太后見狀冷笑一聲，轉身由眾宮嬪簇擁著去園子各處閒逛消食去了，只有珍妃不忍心，趕緊上來扶皇帝，只見此刻皇帝憋得滿臉通紅，額上冷汗直淌，兩行熱淚正叭噠叭噠直往下淌……

皇帝終於拗不過太后，回宮後趕緊收回成命。但心中這股氣難平，仍決定予李鴻章以警告，這便是拔去三眼花翎，褫去黃馬褂子。這邊太后也傳下懿旨，令翁同龢親自去天津傳旨申飭。

自京師至天津的路上，翁同龢頗費躊躇。本來，看到自己的政敵倒楣，且由自己去宣布處分，應是一件極開心快意的事，但翁同龢畢竟非同流俗，所謂推己及人的忠恕之道是他經常向皇帝闡述的儒家倫理，能不一以貫之？而且退一萬步講，仕途之凶險，如蹈虎尾而履春冰，誰也難保君恩永沐，他可不是那種淺薄之輩！尤其是想起李鴻章的過失給國家造成的不利局面難以收拾，下一步將由他們主戰的一派分擔責任，對戰局究竟有幾分把握，那是很難預料的事，所以，這一路來他顯得憂心忡忡。

從通州起水路，沿北運河直到西沽，只一天多的時間便遙遙望見天津城樓了。這時，只見前面鼓樂喧天，黑鴉鴉一群人擁在那裡，這是前來迎接欽差的隊伍，李鴻章和吳大澂都來了。

欽差的座船在銃炮和鼓樂聲中緩緩靠岸，跳板搭好後，李鴻章和吳大澂一前一後上了船，李鴻章仍舊穿著一品文官公服，外罩黃馬褂子，頭上那鏤花金座頂子下，擺動著一支碩大的三眼花翎。

在平日，像這樣的場合李鴻章這一身穿戴是極自然的，但今日在知內情的人眼中便有些特別了。翁同龢在和他見面時，特別對那支三眼花翎看了幾眼。李鴻章卻顯得無所謂，仍是那麼步履從容，每一個細節都極有分寸，上船後，先對著大官艙中央供奉著的聖旨請安，行三跪九叩大禮，然後再和翁同龢見面。

「叔平兄，辛苦了。」

「翁老師，辛苦了。」

李鴻章和吳大澂一前一後向翁同龢道乏，翁同龢也忙不迭地向二人拱手答禮，並回說：「彼此彼此。」

略述過寒溫，翁同龢又講了此番來津的安排，李鴻章便藉口先進城布置，上岸坐原轎回城。翁同龢也不勉強，僅約定下午來北洋大臣衙門宣旨。

送走了李鴻章後，便和吳大澂坐船緩緩進城，想細聽吳大澂對前方軍務的籌畫。

吳大澂自請長纓，化解了主戰派選將無人的窘境，而翁同龢等人的竭力推薦，才使吳大澂的自薦受到重視，加之任京官時，吳大澂亦是清流幹將，一向與翁同龢同聲相應、同氣相求，所以他們顯得十分親密，李鴻章一走談話便毫無顧忌。

「我的來意，應該都清楚了吧？」翁同龢問。

「包括合肥本人都知道了。」吳大澂的回答簡單明瞭，且馬上湊近來單刀直入地切入正題：「晚生就是不明白朝廷何以不能痛下決心？」

「唉！」未曾開言，翁同龢先長長地歎了一口氣，然後說：「李少荃樹大根深，皇上也不能操之過急啊。」

「啊！」吳大澂不勝驚訝地說，「難道還怕他造反不成？眼下擔任天津城防的是曹克忠的團練，不屬淮系，他敢輕舉妄動，讓曹克忠收拾他！」

「非也非也。」翁同龢知道吳大澂誤會了，連連搖手說，「要說他想造反倒不至於，我的意思是他腰桿子硬是有人撐著。」

「哦，明白了，園子裡的那位老佛爺一直器重著他。」吳大澂分明是不服氣的口吻。

「對的，老佛爺不想讓人攪了她的好日子，自然要留李少荃和協洋人。」翁同龢微微歎氣。

「唉！」吳大澂也歎氣了，「前線將士之所以不肯放膽出力，就是心存觀望，上頭態度遊移，太后一心想和，將士又如何肯用命呢？」

翁同龢見吳大澂一副和李鴻章勢不兩立的口吻只好勸道：「清卿你放心，仗是一定要打下去的，太后的心思只皇上和中樞明白，下面並不知情，宣戰詔書早頒發了，關鍵就看你了。你如能迅速出關，在前方打一兩個漂亮仗，那麼皇上信心足了，老佛爺的和字也不好出口了，就是要拿掉李少荃也更名正言順了。」

吳大澂自然把握十足地表示不負眾望，但接下來便擺困難——槍支、彈藥、糧草、被服無一不缺，縱是力挾泰山的壯士，也不能張空拳而往，加之李鴻章負氣使性，不肯合作，前前後後，訴說了一遍。

對這些情況，翁同龢也心中有數，乃表示一定全力支持，就是北洋不撥一槍一彈，他奏明皇上，在南洋、閩浙、兩廣也要湊足，絕不讓「壯士」扼腕。

一聽要槍有槍、要彈有彈，吳大澂自然拍胸脯保證，於是，這一頭等大事就這麼在舟中談妥了，看看還有一段水程才能到欽差行館，他們又回過頭談李鴻章。吳大澂說：「晚生原以為李少荃不會出迎的，隨便找個藉口或稱病不出多好，他不是最愛以老賣老嗎？這當眾摘翎子褫黃馬褂多難堪？」

翁同龢沉吟良久，這才斟詞酌句地說：「李少荃不愧一代梟雄呀！他明知太后會撐他的腰，雖心痛老本喪失，卻裝出一副大丈夫提得起放得下的神氣，讓你奈何不了他。」

聽翁同龢如此一剖析，吳大澂不由氣憤，發誓要迅速趕赴遼東一掃妖氛，非得讓李鴻章的威風掃地以盡不可……

不知不覺間，欽差的座船已進了城。繞過了白河邊上的北洋大臣公署，轉入南運河，駛近了南運河邊上的天津縣署碼頭，欽差大臣行轅便設在縣署邊的驛館內，翁同龢一行稍作安頓後，下午便乘坐綠呢頂子八抬大轎出行了。

這時，北洋大臣公署中門洞開，李鴻章仍著公服迎於門外。這裡轎子一直抬進二門，翁同龢坐在轎子裡眼望著李鴻章那一身冠服很費躊躇。

因已是第二次見面了，所以免去了客套，翁同龢下轎後，二人在鼓樂中攜手進入大廳。廳中面南早設下香案，翁同龢大步跨入後馬上立於東邊，由李鴻章面北向那虛設的座位再次行三跪九叩首的大禮，口稱「恭請聖安」，一旁的翁同龢答「聖躬安」。這才算是完成了迎接欽差大臣的禮節。

這時，李鴻章仍長跪不起，在場者都明白，接下來該由欽差宣讀聖旨了。

翁同龢此行是代表皇帝來宣布對李鴻章的處分並申飭的，若是京師，傳旨申飭的差使往往由皇帝身邊的太監來執行。所謂「申飭」便是責備、訓斥，說俗些，便是「罵一頓」，至於罵的內容，這是沒有現成臺詞的，往往由太監信口所出。所以，受申飭者如果事先沒有賄賂太監，到時這班閹人口中有的是令人難堪的詞，會像污水一樣一古腦兒全潑出來，此時他「口含天憲」，代表皇帝在罵，你也奈何他不得。於是便有愛面子的老夫子因恥於向閹人行賄又受不了這一頓「申飭」而自殺的。

好在今天沒有出現這一幕——翁同龢貴為帝師，於這些事情的處理極有分寸，就在轎子到二門那一刻，他已打定了主意，心想，李鴻章以道光進士，三朝重臣，他縱不顧及這三朝老臣的面子，也要考慮到國家的體面，太后不是還要利用他和洋人辦交涉麼？

然而翁同龢雖不忍，李鴻章卻顯得很是坦然，他在恭請聖安時，是免冠三跪九叩，此刻他把那鏤花金座三眼花翎的帽子端在手中，仍跪在地上靜候綸音，一臉的倔強不屈之氣。

翁同龢接過隨從捧著的黃綾封套，慢慢拆開，待要宣讀又有些猶豫，李鴻章反投過目光銳利的一瞥，意在催促他快些宣旨。翁同龢無奈，只好將諭旨打開，草草地念了一遍，無非責他不設先事之防，一味依靠洋人調停終至喪師失地云云。

然後將諭旨摺好插入封套再供在香案上，接下來該是宣布拔去三眼花翎、褫去黃馬褂子了，但這是已寫在諭旨上的，翁同龢不再臨場發揮，見李鴻章仍神情沮喪地跪在那裡，忙疾步上來扶他，雙手剛伸過來，李鴻章卻把捧在手中的頂帶花翎往他伸出的手中一送，翁同龢剛下意識地接在手中，他又幾下脫下了黃馬褂子，一併交到翁同龢手中，這才在左右攙扶下，巍巔巔地站了起來，倒把個翁同龢閃在當中發怔。

李鴻章賞穿黃馬褂子是在同治二年攻克蘇州後蒙恩獲賜的，他的雙眼花翎是同治三年攻克金陵後，封一等肅毅伯時一道獎賞的，百戰奇勳，來得十分艱苦。只有這三眼花翎來得僥倖——今年正月初一，以皇太后本年六旬大壽，加恩中外臣工，慶郡王被封為慶親王，本是賞戴雙眼花翎的李鴻章賞戴三眼花翎，眾人也都賞差有等，算是覃恩普敷，皆大歡喜。不想才幾個月工夫，又被拔去了。李鴻章顯得很是坦然，倒是翁同龢面子上有些過不去，他將手中物事往左右懷中一塞，上前安慰道：「少荃兄，雷霆雨露，總是天恩，你可要想開些。」

李鴻章嘴角浮起一絲淺笑，未置一詞，大有曾經滄海難為水之意。這一來反顯得翁同龢這一說是少見多怪或是多餘的了。

二人攜手進入密室，分賓主坐下後，侍從獻茶畢趕緊躬身退了出來，華麗而寬敞的屋子裡，就剩下他們二人，翁同龢這才抽空細細地打量對面的李鴻章。

四年前，李鴻章曾奉旨入覲，後又隨鑾駕至東陵，那回為借洋債、修鐵路等事與一班守舊官員大動唇舌，也與任戶部尚書的翁同龢有過數次長談，其時李鴻章六十有八，但極矍鑠，那一副身子骨硬朗得如府前的石獅子，雙肩平抬，目光如電，說話的聲音清晰、洪亮，底氣十足，若不是那一頭銀絲，別人會說他不到六十。

半年前翁同龢又一次與他見面，那是他請假南歸掃墓，走海路經過天津時。那一回的李鴻章與四年前比雖略顯老相，但仍十分健旺，像一棵不老松，無半點病態。

然而，才短短的六個月，卻情形大異了。他和他攜手入內室時，竟發現他佝僂著身子，左肩傾斜於一邊，步履拖沓而乏力，那滿布紅絲的眼眶和沙啞的嗓音，顯是熬夜和失眠的結果，那略帶浮腫的雙頰和渾濁的目光卻明顯呈病相。

看到這情形，翁同龢也不得不承認，這半年的操勞和打擊，對他委實不輕，自立門戶、任人唯親、貪戀祿位、畏懼怯戰都是事實，至於朝士們說他「聞勝則憂、聞敗則喜」卻是說過頭了。

「叔平！」李鴻章低低地叫了一聲，聲音有些喑啞，「慈聖和皇上特遣你來，有什麼話你都說出來。」

皇帝的話都體現在諭旨上，但未能盡意，而慈禧太后仍有欲李鴻章浼俄國使臣出面調停的話，翁同龢以天子近臣、主戰派領袖是恥於出口的，他於是想就這半年來李鴻章的失誤提出質詢。這，或可說才是真正代表主戰派意見的「申飭」，但如何開頭，如何完整地表達出意思又不因李鴻章的不服而頂撞？

論科名，李鴻章比他早九年中進士，是他的老前輩；論地位和聲望，李鴻章以內閣首輔和疆臣領袖無論如何也要壓他一頭，為此，他早準備了腹案。

「少荃兄，」翁同龢終於開口了，且先從遠處下箸，「前幾天，朝鮮國王李熙遣大臣閔尚鎬改著洋裝逃到京師，求總理衙門大臣代奏皇上，訴說此番倭人滅其國家、淩其宗社的慘狀，所謂兩百年來，中國御賜之印信圖書盡被收繳，國王和王妃行將被放逐遠惡荒島，慈聖和皇上覽奏之餘，無不惻然下淚，朝鮮為我藩籬，兩百年來歲修職貢，眼下藩籬不保，我朝廷何以固疆圉、對藩臣？揆之情理，該是疆臣失職吧。」

翁同龢一邊說一邊注意李鴻章的神態，見他連連點頭，這才放心。

翁同龢不愧一代帝師，這裡用的可算是春秋筆法——朝鮮防務由北洋負責，朝鮮丟了，北洋大臣當然有責任。李鴻章於是說：「誠然，朝鮮淪喪，其罪在我。」

翁同龢接著說：「據報，自五月初你遣兩千蘆榆防軍進駐牙山剿匪，當時大鳥圭介僅帶四百名衛隊先遣入王京，此時若指揮得宜，仿十年前袁世凱之手段，分軍控制仁川港，另以偏師入駐漢城保護國王，倭寇縱有通天手段也無法施展。你卻深恐事態發展，激怒倭人，棄仁川不守，棄漢城不顧，致使葉志超部坐失良機，國王落入大鳥圭介手中；這以後你不整軍備戰，今日借俄人以牽掣明白望英人以調停，致使倭人得以從容進軍，我軍卻困守牙山，進退失據，種種失機，皆源於你的畏怯。眼下皇上欲責你舉措失當、緩不濟急，此八字之責你當做何解釋？」

對於這些具體布置的失宜，翁同龢說得有根有據，李鴻章推脫不得，只連連點頭說：「皇上此八字之責，臣不敢辭。」

「還有。」翁同龢顯是激動了，音調也提高了許多，「有人奏，葉志超生性貪鄙，前在朝陽剿教匪時便誣良為盜，濫殺無辜，此番援韓，五月初開赴牙山至七月退守平壤，實不曾與倭寇照面，他居然捏報勝仗，冒功貪賞；衛汝貴一卑鄙小人，平日只知克扣糧餉，中飽私囊；抵平壤後，不戰而逃，其家書被倭寇繳獲，載諸報端，竟有『家既饒於貲，宜自頤養，且春秋高，望善為計，勿當前敵』之語，以至列國轉載，傳為笑談。葉志超、衛汝貴皆你一手拔識之人，多次密保在案，並譽為忠勇之士，你嘗以知人善任自詡，不知葉、衛二人忠在哪裡，勇在何方？說你用人唯親、結黨營私。你可有過自省？」

翁同龢這話同樣有根有據，一語中的。但論起來，「營私」就不是開先的「舉措失當」了，「舉措失當」只是失職，而「營私」可與臣節有關。所以，翁同龢說過問過，李鴻章既不點頭也不回答。但翁同龢沒注意到這些，且說話速度加快了：「你嘗沾沾自喜，謂通洋務善外交，朝廷也放手讓你辦洋務二十年，眼下倭人以區區島國，維新也不過二十餘年，居然兵脅中華，淮軍水陸皆敗，堂堂中華，泱泱大國，何以不敵一蝦夷？有人說你這二十年一味阿諛媚上，恃寵而驕，所謂洋務，毫無實際，清夜捫心自問，可對得起朝廷？」

這話更不堪了，且一筆抹殺了李鴻章辦了二十多年的洋務，尤其是「阿諛媚上」、「恃寵而驕」兩句，分明是指幫慈禧太后挪海軍經費修園子的事。

一提頤和園，他立刻想到那「借雞孵蛋」的承諾，這可不是他一人在「媚上」，而是翁同龢也有份的，甚至有些費用是打著海軍的招牌，直接由戶部劃過去的，這不但是帝父醇親王的責任，身任戶部尚書翁同龢更要負主要責任。

今天，這口眾人皆要分背的黑鍋，翁同龢推給李鴻章一人背，李鴻章能不大起反感？尤其是想起後來中日之間已戰雲密布，他的速購快艦的奏疏仍被留中，這完全是翁同龢有意裁削督撫兵權的結果。他想，你翁同龢身為帝師，天子近臣，又是怎樣贊襄軍國大事的呢？

這裡翁同龢仍在滔滔不絕地「述旨」，李鴻章卻突然大笑起來，那樣子像是在笑翁同龢賊喊捉賊似的。翁同龢以為自己的話傷了他的心，他難以自制而失常了，忙打住話頭寬解地說：「少荃兄，君子有不虞之譽，求全之毀。皇上的責備或許有欠公允，你有則改之，無則加勉罷！」

李鴻章卻毫不理睬他，笑畢又顧自長長地歎了一口氣。翁同龢見狀又說：「或許你另有隱情，可直接向皇上表述，不好形諸文字的可由我代你陳情。」

不料李鴻章連連冷笑道：「唉，叔平，有什麼隱情呢？這些年辦洋務也好，辦海軍也好，個中曲折，天下人共知。我也不辯，只是想告訴你，這以前戴張冠，代桃僵，姓李的何其迂也！」

翁同龢一聽這話，一下噎住了……

主戰派

翁同龢在天津只待了兩天便回京覆命了，李鴻章那不屈不撓的頡頏強項使他吃驚，尤其是那「戴張冠、代桃僵」之說，更是諉過於上、甚至辭連太后，身為天子近臣的翁同龢深感震驚，認為這樣的話不宜出自臣子之口。

回京不敢隱瞞，一五一十向皇帝奏聞，皇帝同樣深感震驚，乃下決心要拿掉李鴻章，唯眼下戰事正緊，淮軍跋扈難制，他不能不慎重其事。

看看到了九月底，戰事更趨激烈，形勢也更緊張起來。

日軍第一軍在陸軍大將山縣有朋的指揮下，由立見尚文少將率領的混成旅團為先鋒，於九月下旬在朝鮮的義州發動了對中國本土的進攻。

朝鮮的義州與中國的安東、九連城隔鴨綠江相望，中國軍隊據守這一線的有好幾支隊伍，他們是四川提督宋慶所部毅軍、前不久從秦皇島海運至大東溝的劉盛休的銘軍，還有黑龍江將軍依克唐阿的鎮邊軍及從朝鮮退回的各部殘兵，總數達五十餘營、三萬五千餘眾。他們以九連城為依託，沿鴨綠江布防，由宋慶總前敵節制各軍，行營設在距九連城百餘里的鳳凰城。

日軍先集結於義州，山縣有朋大將駐定州，指揮各路人馬發動對中國本土之戰。立見尚文少將的混成旅團在義州虛張聲勢，擺出大舉渡江作戰的姿態，待把中國軍隊的主力吸引到義州渡口後，日軍卻從上游和下游大舉強渡過江。

守軍開始未察覺到日軍的意圖，待發現後，趕緊分軍抵禦，但一經扯動，陣腳便亂了。最無心打仗的是衛汝貴的盛軍。

十多天前，一道朝旨下來，葉志超和衛汝貴皆被逮捕，鎖解進京問罪，餘部由新任直隸提督聶士成統帶，李鴻章怕聶士成一時難以馭眾，又指派盛軍舊部呂本元、孫顯寅暫時幫帶。聶士成知盛軍那一班驕兵悍將被衛汝貴放縱慣了，難以駕馭，故遲遲未到任接受，仍只統率蘆榆防軍，把盛軍交與呂本元與孫顯寅。

這一班殘兵敗將打仗不行鬧事行，他們一見統領被捕，軍心更加渙散，混跡其間的一些流氓無賴竟投降了日軍，又在日軍槍口驅動下，為日軍引路及陣前勸降。日軍則乘我軍軍心動搖，在猛烈炮火的掩護下，發動猛烈攻擊，只一個衝鋒上來，守軍便跑的跑，降的降了。

接著，敗兵像一股洪水沖到了依克唐阿等軍陣地前，敗兵在前頭逃日軍在後頭攆，相距不遠，守軍開始不能開槍打自己人，待放過敗軍，日軍也衝到陣地前了。依克唐阿抵擋不住，只好棄防走寬甸。

左翼一垮，日軍分道迂迴包圍，劉盛休的銘軍也支撐不住棄城奔大高嶺。宋慶在鳳凰城聽說九連城已失，立即棄鳳凰城而敗走摩天嶺，於是，日軍乘勢佔領鳳凰城。

這樣，短短十來天，仍是由李鴻章臨時拼湊，倉皇布置，以淮軍為基幹的防線崩潰了，李鴻章想以陸軍為主禦敵於國門之外甚至收復漢城的希望化為雲煙。

日軍佔領安東、寬甸等數州縣，又兵分三路，一路由鳳凰城直取摩天嶺；一路由長甸、寬甸殺向靉陽；一路折而向西南，由東溝直攻岫岩。

倒是聶士成沉得住氣。

他那幾千蘆楡防軍在成歡、在平壤已受重挫，但卻在虎耳山堅守了一陣，予日軍以極大的挫傷，後因諸軍敗北，日軍得以集中兵力猛攻虎耳山，他才在眾寡懸殊的情況下撤向摩天嶺東南的草河口。不久，日軍從鳳凰出發的主力及從寬甸出發的偏師在草河口會合，又一次猛攻聶士成據守的陣地。

草河口拱衛摩天嶺，摩天嶺為遼陽門戶，若此地不守，日軍便可長驅直入奉天省會。聶士成知道這一層利害，乃會合依克唐阿及盛軍殘部，在當地鄉勇、民團配合下堅守，日軍數次猛攻均未得手，相持了十多天，聶士成的陣地仍巋然不動。日軍反丟下了大片屍體，山縣有朋無奈，只好轉攻海城。

中國軍隊如此地不堪一擊，更加堅定了天皇大舉入侵中國的信心，大本營乃下令組織第二軍。第二軍由第一師團和第六師團的混成旅組成，由陸軍大將大山岩任司令官，於本月中旬陸續由廣島出發，乘海輪直奔大同江口，略作休整後又海運至遼東半島的花園口，在那裡登陸攻向皮子窩。目標是奪取金州及大連灣，從後路攻陷旅順。

遼東半島與山東半島一齊延伸向大海中，就像兩隻強有力的胳臂拱衛著京津，如果遼東半島失陷，京津則如壯漢斷臂；摩天嶺為奉天的天然屏障，海城為奉東衝要，這兩處戰略重地若不守，勢必危及奉天城，奉天城為大清國奠基人、太祖高皇帝努爾哈赤定都的盛京，努爾哈赤至今仍長眠在城東二十里外的陵墓裡。那裡一直被視作愛新覺羅氏的發祥之地，從某種意義上說，奉天的重要勝過北京。

所以，奉東大敗的消息傳出去後，昏睡的北京城又一次被震動了。

這天，翰林院編修文廷式正與侍郎志銳在書房中密談，志銳的叔父長敘當年任廣州將軍時，文廷式以名士而被長敘延聘為西席，教授志銳的兩個堂妹——眼下的珍妃和瑾妃，所以，文廷式和志銳私交極好，常出入志銳家中。

這天，因憂傷時局，文廷式來到志銳家中，商議挽救危亡之方，就在這時，福建道監察御史安維峻滿頭大汗地尋來了，一見文廷式，安維峻忙說：「我知道你在這，所以一找就著。」

文廷式已隱隱約約猜到了安維峻所為何事，便說：「是又有什麼新聞嗎？」

安維峻說：「不得了，不得了，我聽內奏事處的人說，今天又有好幾封告急電報到檔，說倭寇兵分兩路，大舉進攻，一路已佔領鳳凰城，正向岫岩進攻，海城已戒嚴；一路在花園口登陸，行將攻向金州，旅順也將不保了！」

「啊！」志銳和文廷式同時一驚，原籍東北且熟悉奉東地形的志銳馬上問道：「那宋祝三到哪裡去了？」

宋祝三即宋慶，祝三是他的字，他是淮軍宿將，眼下統帶毅軍，馬玉昆即他的部下，在淮軍名將中，他算是強中之強，不料此時也不行了。安維峻一聽他提宋慶，馬上不屑一顧地說：「宋祝三？哼，他早溜了。倭寇攻安東、九連城，他的行營紮鳳凰城，一聽九連城失守，他馬上開溜，逃上了摩天嶺，倭寇跟在他背後追，僅遠遠地望見他那支大辮子和背在腦後的紅頂子！」

「淮軍都靠不住了，上樑不正下樑歪。」文廷式一邊歎氣說，「不但李少荃應該褫職，淮軍也應全部解散！」

志銳此刻比較冷靜，他書房中這時也掛了一張放大了的東三省輿圖，這些日子他也天天在研究。此刻他走到圖前，一眼就找到了鳳凰、岫岩及海城的位置，也一下便測出了海城與奉天之間的距離——北上不到三百里，馬隊一日可到，八旗貴戚出身的志銳，奉天在他眼中自然比北京還重要，眼看奉東危急，不由不感慨系之：「海城若不守，主和的那一班人又有話說了。」

主和的又有話說了，這是他們深惡痛絕的。這些日子，日本人一邊加緊進攻，一邊吹出了和談的泡沫，上海的報紙轉載了一條從東京發出的消息：中日交戰，日本共耗費了兵費四百兆，中國如若求和停戰，起碼必須如數照賠兵費。

四百兆便是四億兩，這就是說，日本人是按中國的人口總數提出賠償要求的——四萬萬中國人，每人必須賠他一兩銀子。這個數目不說絕後，至少也是空前的，相當於大清朝廷五年財政總收入，也是《南京條約》賠款的二十倍。

為此，眾人都覺得匪夷所思，不屑一提，但列強駐北京的公使又活躍起來，紛紛表示願再次為中日的和平奔走效勞。

俄國的喀西尼最先提出，接著，德、法兩國及美國也有所表示，英國人更不甘落後，英國公使歐格納甚至帶著夫人到頤和園，以獻壽為名，向慈禧太后贈送了許多珍奇玩物，博得慈禧太后的歡心後，乘機提出願充當調停人。

英國人的調停條件是國際共管朝鮮，這樣的條件顧及了中國的面子，較日本的要求容易接受得多。所以，慈禧太后又幾次面諭皇帝，未嘗不可一試。

有慈禧太后帶頭，朝士中馬上有人回應，李經方的兒女親家、御史楊崇伊上了一道奏疏，謂時事孔艱，請起用恭親王共商大計。這道奏疏雖未明目張膽地提出和議，但用意卻彰然若揭——恭親王持論素來穩健，力主和戎，當政二十餘年，辦洋務很有經驗。若起用恭王，敏感的人馬上就能猜到是欲用他出來主持外交談判。

因此，此奏被熱血賁張、一心要挽回面子的皇帝批了個「所請不允」，但接著又有禮部侍郎李文田上了一道同樣內容的奏章，這道奏章又被皇帝留中。

有人看出，這二人大有來頭，絕不會就此甘休，很有可能還會有人出來說。志銳清楚這些，不由擔憂：一旦皇帝頂不住慈禧太后的壓力，竟接受日本人的條件，勢將遺禍百世，陷國家社稷於永遠無法擺脫困境的深淵。

文廷式和安維峻也意識到了這點，安維峻甚至想起了於他有知遇之恩的左宗棠。十年前的中法戰爭，左宗棠力主和法蘭西血戰到底，以致耄耋之年仍出任欽差大臣，親臨福州前線督戰，臨終昏迷之際仍高喊「娃子們出隊，與我打孤拔去」。這些情景，至今思之仍令人感奮，他不由歎了一口氣說：「平生不談和議事，千秋唯有左文襄，要是左文襄公還在，局勢恐怕不會一敗塗地到這種地步！」

「平生不談和議事，千秋唯有左文襄」一句，是左宗棠死後有部屬這麼輓他，這話說得有些過頭，所以，志銳說：「曉峰兄，話可不能這麼說，俗話說，國家興亡，匹夫有責，當國家危急時，救亡圖存又豈止一個左文襄呢？我大清子民有四萬萬，豈能將國家前途寄託在一二人身上，這麼說，更顯得我們這一班書生無能，只能徒效新亭之哭。」

安維峻聞言一怔，點點頭，說「當然，我不過一時的激憤而已。」又問道，「公穎莫非也想投筆從戎？」

志銳說：「正是此話，我想回鄉去辦團練，學曾文正、左文襄的故事。」

說著，志銳便把自己的想法向兩位好友說了出來。此番中日大戰，朝廷選將無人，主和的一派人瞧不起他們這一班書生，說他們只能徒逞一時口舌之快，「百無一用是書生」。志銳聽了這些話非常生氣，將星零落，後繼無人，實在是國家社稷之不幸，也是他們這班食君之祿而不能解君父之憂者之恥。轉念一想，本朝的功臣曾國藩、左宗棠等人不也是以書生從軍，辦團練起家嗎？我何以不能效法他們？尤其是聶士成守戍草河口的事於他以極大的鼓舞，聶士成在敵眾我寡的情況下，大敗日軍立見尚文混成旅團，主要靠的便是當地百姓自發組織起來參戰，他們為我官軍提供情報，擔任運輸，從而使日軍行動暴露無遺，處處挨打，日不能行軍，夜不能安枕，終於被迫停止進攻。

志銳老家在吉林，知道吉林深山老林中有很多礦工和獵戶，都會打槍，且準頭十足，他想回到老家，將這些人招募起來，編練成軍，與倭冠周旋。

安維峻和文廷式一聽這主意馬上叫好。文廷式說：「公穎，這真是好主意。自古兩國之爭，必須立足於戰，能戰才能和。目前這局面不扭轉，前線不打幾個大勝仗，你想和，倭寇只怕也不願呢，兄弟我真恨不能隨你一道去。」

安維峻說：「小弟我何嘗又不想呢。」

說著說著認了真，他二人果真扎手捋腳，擺出了共赴國難的架勢。志銳忙說：「這就不必了，報國的門徑多得很，二位一個為言官，一個為講官，職有專司，眼下和議之風又起，我們一定要頂住，絕不能讓主和派得勢。」

二人聽他這樣一說，才改變了主意。文廷式說：「好，好，練兵保國，公穎首當其難；這口誅筆伐，我二人也就責無旁貸。」

三人計議一定，馬上分頭準備。

使壞

倭寇犯邊，人心惶惶，頤和園卻一派昇平景象。

已是九月底，距萬壽節不到半個月了，雖然太后有懿旨：倭寇犯邊，國家有事，慶典只在宮中舉行，停止頤和園受賀。但為了這一天，銀子已揮霍得比扔狗糞還不如，改變受賀地點又有什麼意義？何況王公大臣的貢物照常在進，太后仍在大咧咧地「加恩賞收」，所以，下面仍在巧立名目地搜刮，大大方方地送。

這天，皇帝進園已是下午兩點了，秋分後日短夜長，加之天氣陰沉晦暗，霧氣濛濛，頤和園早亮起了電燈，遠遠地只見大門口那座巨型彩門樓上，八盞大紅宮燈映得四下如火如荼，喜氣洋溢，皇帝一望見這景象就搖頭。

這些日子，警耗噩音一日數至，因據守大連灣的宋慶已調奉東，李鴻章上疏說起金州、大連灣防務空虛，他無法保證遼東半島的安全。吉林將軍長順也上了一道奏疏，說起倭寇兵鋒之銳，無人敢攖其鋒，甚至歷數前線各軍直至京師神機營，都不是倭軍對手。

皇帝批覽這些奏章，頭上冒起了虛汗，就在這時他讀到了志銳自請回鄉辦團練的奏章，覺得只有志銳還虎虎有生氣，不覺輕輕地吁了一口氣，對一邊的翁同龢說：「老師您看，志銳此說不啻空谷足音。」

翁同龢於是接過志銳的奏疏細細讀了一遍，奏疏中志銳引曾國藩練湘勇卒成大功為例，主張仿前人成例，募農民壯健者訓練後，就地抗倭，保家衛國。為此，他願回吉林老家試辦，為士大夫先。翁同龢讀後不由點頭，說：「志銳既有此心，皇上何不玉成之？」

皇帝見師傅贊成，乃提筆批了幾句勉勵的話，同時命志銳赴吉林任團練大臣。

不料接下來又有幾封奏章提到請起用恭親王共商軍務，皇帝看著心中猶豫，不由放下朱筆，繞殿徘徊了……

照眼下局勢的發展，已到了準備應付倭寇進犯京師的時候了——京師防務非同一般，非一個親貴王大臣不可。

眼下京畿大軍雲集，統帥卻一直無人，有臣子說起咸豐九年英法聯軍攻北京時，係由先帝派恭王留守北京，又說，同治七年春間捻軍犯直隸，也是由恭王督辦畿輔防務。皇帝不由想起此番若用恭親王主持京畿防務，當比用慶王強得多。

這以前，當楊崇伊提出起用恭王時，皇帝曾詢問過翁同龢的意見，翁同龢認為，眼下正是須將士用命的時候，若重新起用恭王，會給朝野造成皇帝有求和打算的誤解，進而動搖軍心，皇帝這才作罷論。不料眼下又有一班人再次提出這個話題了，於是，皇帝用商量的口吻對師傅說：「師傅，此時若起用恭王，明令他督辦畿輔防務，別人難道也認為是朕要求和？」

翁同龢知道皇帝也動心了。

翁同龢與恭王之間不存在個人恩怨，十年前恭王被罷免他還遭受池魚之殃，一道被罷免，眼下畿輔大軍雲集，但派系混雜，沒有一個親王出來，誰都無力號召，尤其是中樞無人，慶王實在肩膀太軟，挑不起這一副擔子，能讓恭親王出來主持樞務未嘗不是好辦法。但一想起當初恭王的被罷免，是觸怒了慈禧的緣故，慈禧對恭王積怨很深，幾年前醇親王尚健在時，曾由醇王提出，請在太后萬壽節時讓恭王隨班祝嘏，就連這樣的要求也不為慈禧恩准，此番皇帝若不稟過太后便起用恭王，只怕又要惹起太后大動肝火，所以，他力勸皇帝進園稟過太后之後再定。

這天慈禧太后午覺醒來，興致頗高，吃了一盞冰糖蓮子羹，一邊用牙籤慢慢地剔牙，一邊聽皇帝回事。

皇帝首先談總理衙門接待英國公使歐格納商談調停中日戰爭之事，這是慈禧太后交代下來的。談到這件事、皇帝不由感慨系之——憑心而論，自從咸豐末年文宗憲皇帝駕崩於熱河行宮，三十餘年來，慈禧太后宵旰憂勞，不僅撫育出了兩個皇帝，且歷經大難，致國家轉危為安，這些不能不歸結於她的精明幹練，作為愛新覺羅氏的子孫能不感激？今年是她六十大壽，人生能有幾個花甲？皇帝揣摩透了她的心事，也確實想讓她樂一樂，無奈國運如此艱難，皇帝不能捨國家社稷於不顧而委曲求全。所以，眼下講到歐格納的調停，他不由歎了一口氣說：「回親爸爸的話，英使歐格納的調停，並無幫中國壓服日本之意，據他說只是幫中國向倭人求情，就說賠軍費一項吧，倭人眼下放出風來，要大清償款四百兆，他們從中講情，讓倭人酌減。兒子認為這不是辦法，四百兆減半不也是二萬萬兩麼，這怎麼可答應呢？再說，倭人提出要以天津作質，就是說，必須讓他們佔領天津，待我們簽字劃押，交出兩百兆才交還天津，這又怎麼可以呢？」

慈禧太后一聽，也面有難色，問道：「樞臣們怎麼說？」

皇帝說：「樞臣中，二叔實在是束手無策，孫毓汶、徐用儀、汪鳴鑾等人因前一陣子主和，備受非議，所以，眼下不敢說話，更不敢拿主意。」

這些都是慈禧所預料到的，於是她又問道：「你那翁師傅怎麼說呢？」

翁同龢、李鴻藻當然是反對和議，反對接受日本人如此苛刻條件的。但皇帝因在太后跟前幾次提到翁同龢的主張，都受到了太后的訓斥，眼下她又用如此輕蔑不屑的口吻提到翁同龢，知道太后對他已抱有很深的成見，如果此刻說出翁同龢反對和議，必更加引起太后的不快，所以只好說：「翁師傅說此事關係重大，他請兒子稟明親爸爸，請親爸爸拿主意。」

「嗯！」慈禧太后對這個回答很滿意，又說，「是的，你那翁師傅只會啃八股，其實不諳外交、不懂洋務，更不會和洋人去據理力爭。倭人要賠四百兆，就照賠嗎？民間俗話說得好，漫天要價，就地還錢。如何去與洋人周旋，翁同龢可不是這塊料。」

皇帝於是說：「這事確有些棘手，若論諳外交懂洋務，李鴻章倒是內行。不過，眼下他正主持軍務，若由他出面講和只恐動搖軍心，再說，他也不敢出這個頭，不敢再擔名聲。」

皇帝把這些難處擺在前頭，想讓慈禧太后絕了求和的念頭。不料慈禧停了半晌，忽然說：「唔——不是有人提出，讓你六叔出來共商大計嗎？若說議和之事，倒是你六叔在行，洋人也肯聽他的約束。」

皇帝不意慈禧太后自己提出了恭親王。這以前，當御史楊崇伊上疏提出起用恭親王，翁同龢便指出此議大有來頭，除了楊本人與李經方為兒女親家外，恐怕也是對來自頤和園發出的議和之聲的一種呼應。今天看來，這推測沒錯，不然，太后何以說「有人提出」？皇帝不願再觸霉頭了，他點頭承認道：「是的，確有好幾個人提出起用六叔，不過，六叔傲慢無禮，屢迕親爸爸，兒子不想用他。」

慈禧太后寬容地一笑，說：「這倒沒什麼，讓你六叔出來也好。十年前之所以罷黜他，是他自己不檢點，落下一些把柄讓人家抓著，以致備受攻擊，我想保全他也擋不住輿論。這十年閉門思過，總該有所省悟，再說，他身邊幾個愛使壞的人也不在了，用他主持外交，不無裨益！」

「是！」皇帝不由興奮了，他響亮地回答了一聲，又說：「兒子先替六叔叩謝親爸爸大恩。」

接下來又談了幾件細務。慈禧太后很開心，談完政務又讓皇帝和眾妃嬪陪她在園子裡各處走走，因外面冷風刮面，只好又回到暖閣子裡，陪她下象棋。

在眾后妃中，數珍妃的棋下得好。於是，由珍妃與太后對奕，皇帝在一邊為太后支招，皇后則和瑾妃在一邊有一搭沒一答地閒話。

珍妃怕惹太后不高興，不敢拿出十分手段來，頭一局她做出絞盡腦汁的樣子還是輸了，第二局也費了九牛二虎之力仍只下了個和棋，第三局還是被太后殺敗了。

一連下了三局，慈禧太后略有倦意，但興致仍很高，所以不讓撤，叫皇帝和珍妃下，自己在一邊觀戰。

珍妃在太后面前留一手，在皇帝面前可不是這樣了。一來她想顯露一下棋藝，讓太后瞧瞧；二來麼，她有心在皇帝面前撒嬌。所以，十幾個回合後，便殺得皇帝只有招架之功，而無還手之力了。

珍妃的姐姐瑾妃口中雖和皇后在說話，眼睛卻不時往這邊棋盤上睃，當發現少不更事的妹妹把車馬炮架在皇帝這邊逼宮時，不由著急。皇后也著急，她不會下棋，便讓瑾妃過去為皇帝解圍，不想瑾妃棋藝也平常，出的主意並不高明，當珍妃的車馬炮圍著喊將軍時，她勸皇帝移一車過來頂著拼車，沒注意珍妃這邊還有一士角炮，所以，珍妃也不管車了，只移馬過來掛士角將軍，皇帝的士支開也是白搭，馬後炮把皇帝逼得無路可走了。

珍妃贏了棋，有些飄飄然，她睃了姐姐一眼說：「據奴才看來，皇上該拿主意的時候應自己拿，怎麼要信人家的呢？人家的主意不見得高明麼。」

不料這句話出口，竟觸犯了慈禧太后的大忌，她馬上變臉了。先是狠狠地瞪了珍妃一眼，說：「啊，原來你平日是這樣在皇帝跟前使壞的！」

珍妃聞言一怔，說出去的話再也收不回了，她深悔自己得意忘形，失口闖禍，忙一下跪倒，叩頭謝罪道：「奴才不敢。」

可已經太晚了。慈禧太后憤然作色，立了起來說：「哼，我說皇帝歷來孝順，近來怎麼有些不信我的話了，原來還是另有人在背後鼓搗。皇帝你自己說，應不應該信我的？」

皇帝此時也慌了，趕緊跪下道：「親爸爸息怒，念珍妃年幼無知，饒她這一回，兒子回宮後一定好好教訓她。」

皇帝下了跪，皇后、瑾妃也坐不住了，霎時地下跪了一大片人。本來一家人和和氣氣的局面變得十分緊張、難堪。慈禧太后沉下臉，令珍妃回去閉門思過。珍妃叩頭謝恩退出後，慈禧太后又抓住機會，狠狠地將皇帝數落了一頓。皇帝怕太后再發火，陪在一邊小心翼翼閒話，又陪太后用過晚膳才敢告辭回宮。

皇帝回到宮中，立刻去翊坤宮道德堂看望珍妃。珍妃被太后這麼當眾訓斥還是頭一遭，此刻她已哭成了一個淚人兒，聽說皇帝駕到，趕緊出來迎接。

皇帝見她雖是雲鬟半嚲，兩淚頻彈，卻仍掩不住那嬌嬈玉貌、窈窕芳容，不由心痛，趕緊將她扶起來，牽著她的手進入裡間。並喚著珍妃的乳名說：「二妞兒，我知道你委屈，本來嘛，一家子說話，誰會留這些神呢，以後注意一些就是。」

皇帝這一說，珍妃越加覺得委屈，因四下無人，她竟嚶嚶地哭出聲來。皇帝著了慌，趕緊取出手帕來為珍妃揩淚，又勸了她許久，這才把珍妃哄住。

皇帝心中明白得很，珍妃是撞上的。太后雖鬆口讓恭王出山，心中其實是迫不得已，她怕恭王東山再起後，皇帝便有了靠山，從此不再聽她的話，故從珍妃話中找碴子，給皇帝敲警鐘。

這一夜，皇帝就睡在道德堂，不料第二天清晨，慈禧太后竟派了一名太監前來傳懿旨，謂：

珍妃年輕孟浪，出語荒唐，貶為貴人；禮部侍郎志銳以貴戚干政，授人口實，貶為烏里雅蘇台參贊大臣，立刻出京，不准延宕。

皇帝一聽這道懿旨不由驚呆了——究竟是太后不喜歡珍妃從而波及其兄長志銳，還是太后不喜歡志銳等主戰派而遷怒珍妃？他實在猜不出其中的玄妙。但老佛爺的懿旨是必懍遵的，想起自己還剛任命志銳為吉林團練大臣，更是南轅北轍了。

唉，什麼萬壽大典，覃恩普敷呢，分明是國家蒙難，忠臣遭殃的時候！

人生的環形路

投閒十年，閉門思過的恭親王奕訢終於拜受了讓他出山的詔命——在內廷行走、管理總理衙門、兼管海軍事務、會同辦理軍務。

面對這一道諭旨，他雖深有感慨，也有過猶豫，但仍二話沒說便叩頭謝恩。

才過花甲之年的恭王，看外表已十分衰老，親王府的生活雖然十分優裕，但三十多年政壇風雲變幻及嘔心瀝血的政務操勞，已毫不留情地在他身上、面上留下了難以磨滅的痕跡——他已是一個滿頭銀絲、目光呆滯、齒髮搖落、佝僂龍鍾的老人了。當宣旨的內監念完朱諭上來扶他的時候，百感交集的恭王幾乎一下從內監手臂上滑脫，撲倒在紅氍毹上。

隨後，他馬上去頤和園謝恩。

恭王進頤和園，這是頤和園竣工六年來第一次，觸目處玉砌雕欄、豪華富麗自不待說，看得恭王心驚肉顫。恭王是因修這個園子才被攆出軍機的，而今，因修成這個園子造成海防空虛，水陸兩軍因而大敗，他又因這敗殘局面無法收拾、慈禧皇太后又授意皇帝再度起用而重新出山。

十年河東又河西，自歎走不完人生環形路——他之所以願意奉詔，是衝著自己是先帝親弟弟、衝著愛新覺羅氏列祖列宗來的。可笑拜命之後，門丁馬上捧上一摞名片。十年冷落，望秋先寒，今天，恭王府又熱鬧起來，一班不曉事的官員居然還循舊例前來賀喜。

「國難當頭，何喜之有？」恭王令門丁統統擋駕，不惜擺出一副拒人於千里之外的面孔，然而，恭王可以拒百官，卻不得不來頤和園「謝恩」。

「皇帝年輕，身邊那一班人也不得力，李鴻章也老糊塗了，是我提醒他不要忘記你的。」叔嫂相見，雖是君臣名份，但口氣卻仍像敘家常。

接著，慈禧在自我表白一番之後，又歎了一口氣說：「我老了，精力大不如前，國運艱難賴老成，一切就靠你了，你好好地和皇帝去商量，和也罷，戰也罷，總要有十足的把握。」

「是，臣總要盡心盡力地去輔佐皇上。」恭王含糊地答了一句後，覺得再無法續下面的話。

還能說什麼呢？好像一局棋，已被幾著臭子下得一塌糊塗；好比一台戲，被幾個唱草台班的胡謅幾句後無法接龍，如今拉他下此殘局、接唱殘戲，他怎能「有十足的把握」呢？

不料他的含糊回答仍讓慈禧滿意。十年冷落，十年隔膜，全因為自己的一時之怒，慈禧見了恭王，也有幾分內疚。所以，她顯得十分隨和，十分通情達理，說了許多勉勵和寬慰恭王的話。

第二天，恭王便去了總理衙門。主持總理衙門的軍機大臣孫毓汶、徐用儀、汪鳴鑾自然早早地立於儀門迎接恭王。慶王因恭王出山，樂得安閒自在，託故未到。恭王掃視眾人一眼，孫毓汶是恭王最不喜歡的人，當年罷恭王而用禮王、慶王，實際上是由醇王操縱，這中間儘管是慈禧太后的主意，但也有一些兄弟相爭之意，而孫毓汶正是走醇王的門路才一下變得大紅大紫的，如今，醇王早謝世，國事日非，剛被起用的恭王哪有心思修這舊怨？

客套幾句之後便議起了正事。先聽孫毓汶談這幾個月的外交經過，熟悉中日之爭的內幕，和了解各國的態度，一邊聽一邊看案卷。

首先便看到了李鴻章的一封來信——直到這時恭王才明白，英國公使歐格納在前不久又去了一趟天津，在李鴻章那裡先透露了願再次充當調解人的意思，可李鴻章眼下正因軍事上的失利不敢再擔求和的名聲，歐格納因而在津門不得要領，李鴻章於是便向總理衙門寫信，說明歐使來津經過，並明白表示：如果要談和，中國無論如何不能答應賠款和放棄朝鮮。

恭王看到這封信，不由在心中發笑。當年日本西鄉從道犯臺，毫無戰果可言，居然也拿走了五十萬兩軍費和撫恤費；而今大動干戈，要他停戰，豈能不破費？朝鮮已被他佔領，他還能退出嗎？恭王明白，受到議處的李鴻章小心謹慎了，把這個刺兒頭往總理衙門推。

「蝮蛇螫手，壯士斷腕。」恭王喃喃地說，「此時此刻，仍想要住保朝鮮只怕是不可能了，至於賠款四百兆，這只怕依不得。」

徐用儀說：「六爺不知道，倭人這賠款數額只是他們報紙上刊登的，並非倭國朝廷的原話。再說，他漫天開價，我還可就地還錢呢！」

汪鳴鑾也說：「正是這句話，這又不是只有倭人說的，還有個公論嘛！」

恭王說：「但不知英國公使怎麼說？」

孫毓汶一直在聽，此刻也接言說：「歐格納前天在總理衙門談了很久，他們認為這四百兆確實太嚇人了，不過，他認為只要雙方肯和就好商量。像倭人提出要佔領天津等地作為擔保，歐格納便明白地指出這不合萬國公法。因為按國際慣例是你佔領的地方才可為質，你兵力未達到的地方怎麼可提要求呢？另外，英使提出各國共管朝鮮，就我們這邊而言，如果無力取勝，各國共管比倭人獨佔強，怕就怕倭人未必肯就範。而中樞會議時，李蘭蓀和翁叔平一聽這話就暴跳如雷，說朝鮮歷來為我藩屬，各國共管將來必貽患無窮。」

恭王一聽，不由問道：「那依他們的呢？」

徐用儀說：「依他們的便是打到底！」

恭王和李鴻藻同在軍機處共事最久，當然熟悉李鴻藻的為人，所以，一邊聽一邊歎氣說：「李蘭蓀食古不化，水潑不進，能打誰不願打？總得量力而行，眼下這形勢，你拿什麼去跟人家打？」說著，他搖搖頭，又長歎一聲說：「當年曾滌生就說過：處今之世，用今之兵，雖諸葛復生不能滅賊。所以，他主張含羞忍垢，奮發圖強。雖然他死得太早了，李少荃卻仍能照他的話做，十年前的中法之戰，李少荃不主張打，我也不主張打，可朝士們不諒，我是落了那樣個下場，李少荃呢，幾乎被罵得體無完膚。這以後朝廷也沒有認真反思，正本清源，把洋務辦好，局面自然每況愈下了。」

恭王這一頓牢騷發得火氣十足，好像主和才是救國的唯一之方，這自然引起三位一貫主和的總理大臣的共鳴。

孫毓汶說：「六爺此說真是洞徹表裡，一語中的。眼下朝堂之上，言戰的就是岳飛，言和的便是秦檜，這還讓人有說話的地方嗎？」

徐用儀說：「豈但只此，在那班人眼中，此番失利是辦洋務的結果，海軍不該辦，洋學堂要停，連鐵路也會被敵人利用，統統要不得。」

第一天來總理衙門便聽了這麼多牢騷，好在恭王也是有備而來，於是，他丟開自己的怨氣，反過來安慰三大臣，並說起自己應付清流的辦法：「對這班人最好就一條——不理睬！」

討李《檄文》

可不理睬別人仍要說，才過一天，便又有人上書，先是由文廷式發起，邀集翰林院及上書房三十五名翰林包括新科狀元張謇、新補授翰林院編修蔡元培等全列了名，指名彈劾李鴻章。

皇帝覺得彈劾的事件仍是採自道路傳聞，並無實據，於大局無補，所以並未重視，看後放在一邊不交樞臣們會議，這就是「留中」了，這是皇帝常用來對付言詞激烈的臣子的一種方法——不理睬。

不料接下來又有一疏，是福建道監察御史安維峻單銜上奏。皇帝只要一看安維峻的名字便皺眉，此人好危言高論，常有驚世駭俗之語，自中日啟釁以來，他已數度上書，力主罷斥李鴻章，看來，此番一定又是重申前議。所以，皇帝一邊拆封，一邊也在考慮對策，打算他若又是一些言詞激烈的話，則也一齊「留中」。不料才啟封，略翻了翻，一行字便跳入眼中，看得他心驚肉跳：

……皇太后既歸政我皇上矣，若仍遇事牽制，將何以上對祖宗……

皇帝看到這一行字，不由大吃一驚，連忙左右掃視了一眼，只見服侍他的幾個小太監都站得遠遠的，一個個索然寡味，呆若木雞的樣子，這才略寬了心，乃將安維峻的疏文鋪開，從頭至尾看了一遍。文章是先從李鴻章開刀的：

……李鴻章平日挾外洋以自重，因不欲戰，有言戰者動遭呵斥，淮軍將領望風希旨，未見賊先退避，偶見賊即驚潰。我不能激勵將士，決計一戰，乃俯首聽命於賊，然則此舉非議和也，直納款耳，不但誤國而且賣國，中外臣民無不切齒痛恨，而又謂和議出自皇太后意旨，太監李蓮英實左右之，臣未敢深信，何者？皇太后既歸政我皇上矣，若仍遇事牽制，將何以上對祖宗，下對天下臣民？至李蓮英是何人斯，敢干政事乎？如果屬實，律以祖宗法制，豈可縱容？唯朝廷受李蓮英恫喝，不及詳審，而樞臣中或係私黨，甘心左袒，或恐決裂，姑事調停，李鴻章事事挾制朝廷，抗違諭旨，唯冀皇上赫然震怒，明正其罪，布告天下。如是而將士有不奮發，賊人有不破滅者，即請斬臣以正妄言之罪。

原來那天在侍郎志銳家中，文廷式、安維峻見志銳投筆從戎，毅然請旨去吉林練軍，頗受感動，二人相約要對主和者口誅筆伐，撥亂反正，絕不姑息苟且，堅持與日本人戰到底。

不想志銳的奏疏遞上去後，剛得到皇帝的嘉許，馬上又有內監前來傳旨，志銳竟被貶往外蒙的烏里雅蘇台。

文廷式和安維峻聞訊去志銳家中探詢，志銳也覺莫名其妙，直到傍晚才有內監從宮中傳出消息，說珍妃出言不慎，慈禧太后震怒，將珍妃貶為貴人，志銳之貶，也是出於懿旨指定。

三人聚在一起一核計，覺得所謂珍妃出言不慎是假，慈禧急於求和，藉此拿志銳開刀，予主戰派以警告是真。

志銳此時儘管有一腔熱血，義薄雲天，也不能抗旨不遵，再說，他也怕慈禧擴大事端，株連一大批志同道合之輩，所以，一邊連連安慰兩位好友，一邊馬上收拾行李，準備去烏里雅蘇台赴任。

望著好友頃刻之間就要遠行，且是去那風雪迷茫的荒漠，文廷式和安維峻心中非常難過。他們告別後，二人在路上又商量起來。文廷式說：「太后此舉，分明是欲為和議鋪路，故拿公穎開刀，想讓我們箝口。我們偏不信這虛聲恫喝，要如何就如何。」

安維峻說：「正是這句話。處此形勢之下，求和是遺禍無窮的蠢事，要趁這股風才露頭，狠狠地駁斥！」

文廷式說：「上一回我們欲邀集六部九卿官員一齊聯銜上疏，被翁師傅拼命壓住了，眼下看這形勢，還是眾人聯銜上疏聲勢大，也可使楊崇伊那班人箝口。曉峰，你可願和小弟去分頭串連發動？」

安維峻說：「這是好主意，但不知你這篇文章主旨是什麼？依我看，揚湯止沸，不如釜底抽薪，要剎住這股風，必須正本清源，從源頭上著手。」

文廷式仔細玩味這句話，不由吃了一驚，問道：「曉峰兄莫非要扯上一些宮廷內幕？」

安維峻說：「不是麼？要撥亂反正、正本清源，文章便要從太后身上做起，不然的話，不痛不癢，不能振聾發聵。所以，我想寫一篇討李檄文，雖然主攻合肥，卻要上聯太后，下掛李蓮英，你敢不敢也列名其上？」

文廷式想了想，雖心中對安維峻的大膽由衷地佩服，但還是搖了搖頭說：「曉峰，道理固然如是，但這麼做，恐適得其反。你試想，我大清目前政局如一個病入膏肓之人，只能慢慢地培元補氣，萬不能一開始便投以猛藥。你看，連一個李鴻章也搬他不動，哪能憑一篇奏疏便搬動太后呢？那要出大事的！」

安維峻見好友猶豫，認定他是害怕，不由冷笑一聲道：「好好好，文道希，我知你也是好龍的葉公，我也不願連累你，我們各行其道罷！」

說著，安維峻拱手一揖，飄然而去。

眼下皇帝看了這道奏疏，不由百感交集。安維峻這篇疏文雖仍是攻李，但與文廷式不同的是他竟然扯上了太后，把朝政的弊端歸結到了太后頭上，所謂「皇太后既歸政我皇上，若仍遇事掣肘，將何以上對祖宗，下對臣民？」這一句道出了皇帝的苦衷、心中的怨憤。這也是人人可意會而又不敢言傳的事實。今天，這個安維峻居然形諸奏章，只此一句，讓太后知道，認作大逆不道，十顆腦袋也不夠砍了。

皇帝不由想，天下只有讀書人最癡，自己的御下便偏偏有這最癡的讀書人，居然真的視砍頭為兒戲。皇帝有些激動，想把這道奏疏藏起來，或帶回後宮邀心愛的珍妃一同看，讓她也可藉此一舒胸中之憤懣。但剛一轉念，馬上警覺——這裡若把奏疏留下，管文件的內奏事處太監馬上就會發現，倘若追問起來，豈不要惹出麻煩？想到這裡，馬上傳旨：「請翁師傅」。

翁同龢進來了，跪安之後，立刻發現皇帝神色不對。這時皇帝讓他近前，把這份奏疏往他面前一移，說：「您看看去。」

翁同龢也不動聲色，就在下邊把這道奏疏細細看了一遍。看完之後，按捺不住心跳，低聲問道：「皇上打算何以處置此事？」

皇帝歎了一口氣說：「怎麼處置呢，還不只好也淹了它。」

「淹了」或者說「蔭幹」都是指「留中」，即不做任何答覆而存檔。翁同龢沉吟半晌，搖了搖頭說：「不行，留中是不行的。」

皇帝說：「這個安維峻也是個癡人，明知不可說而說，明知不可為而讓我為。雖然如此，我怎忍心加罪於他！」

翁同龢說：「」「皇上固然是有道明君，不忍加罪忠良，可此事傳到太后那裡，豈不要怪罪皇上？到時皇上想保全他，只恐也無能為力呢。」

皇帝說：「就在朕這裡淹了，誰還知道呢？」

翁同龢說：「皇上可熟悉安維峻的履歷？」

皇帝說：「他好像是光緒庚辰科中的進士，甘肅分闈後的頭一名解元。」

翁同龢知皇帝對這個安維峻了解得不多，於是詳細地介紹起這個人。

他是甘肅秦安人，家境貧寒，在皋蘭書院讀書時，受左宗棠賞識，贈以膏火，才得繼續自己的學業。這以前，甘肅雖從陝西省劃出自成一省，但鄉試還是和陝西合併舉行，貢院在西安，甘肅的士子須跋山涉水奔西安赴試，非常辛苦。

左宗棠出督陝甘，次第翦平各股回民起義武裝後，於同治十三年奏請甘肅分闈鄉試，並創建貢院，親自為貢院題聯，所謂「共賞萬餘卷奇文，遠擷紫芝，近搴朱草；重尋五十年舊事，一攀丹桂，三趁黃槐。」而這安維峻便是在分闈後的頭場鄉試中「一攀丹桂」，中了解元。這以後兩次參加會試，第二次才中進士。安維峻對左宗棠感激涕零，做人行事也很有「湖南騾子」的強勁。

介紹了這些，翁同龢於是說：「皇上，據微臣推測，安維峻敢寫這份奏疏，是已下定破釜沉舟的決心了，這個人認死理，抱定以死建言為讀書人立身處世的準則，所以，皇上想將他的摺子淹了也淹不了，臣只怕他此刻已將這疏文底稿交與二三好友傳閱了。這類驚世駭俗之文，是很令人欣賞並共鳴的，不出三五天，一定一傳十，十傳百，怎麼能不傳到太后耳中去？到時太后查問起來，皇上將何以自辯？所以，微臣請皇上還是三思而行，真要保全這個安維峻，不如先議處他。這於安維峻也是求仁得仁，絕不會怨皇上。」

皇帝聽師傅這麼一說，覺得在理。於是歎了一口氣，乃以朱筆批道：

軍國要事，仰承懿訓遵行，天下共諒。乃安維峻封奏，託諸傳聞，竟有皇太后遇事掣肘之語，妄言無忌，恐開離間之端，著將安維峻交部議處。欽此。

翁同龢對安維峻算是了解的，所以，他的判斷沒錯。就在安維峻被議處時，他這篇疏文在京師已是掀起滿城風雨，以致人人皆知了。眾人紛紛打聽安維峻其人，並爭相轉抄他的奏疏，一時竟有洛陽紙貴之勢。

孫毓汶等人雖恨透了這班讀書人，但當皇帝將安維峻交部議處時，也不敢流露出十分的高興，怕犯眾怒。恭親王卻不以為然，這樣的奏疏只能轟動於一時，於局勢毫無裨益。但恭王也理解安維峻這類讀書人的癡心，想保護他，於是說：「這種人無非是想以一死來換一個好名聲。若治罪反成全了他，最好的法子只有不理睬。」

但部臣們議來議去，不理睬是不行的，因為這是離間太后與皇帝的「母子」關係。於是，定了個革職充軍的罪。安維峻在封奏遞上後，早已做了準備，連妻室兒女也拜託了至親好友，所以，處分下達後，他便告別親友，毅然就道。果然是「求仁得仁」，送別時，幾乎是萬人空巷。

然而，就在京師這班主戰派慷慨激昂，振臂高呼，爭著要做安維峻第二、第三時，日軍卻不因這些人的慷慨激昂便停止進攻。——十月初九日——慈禧老佛爺六旬大慶的前夜，在第二軍司令官、陸軍大將大山岩的指揮下，第一師團終於攻陷了遼東半島上的重鎮金州，北洋水師的基地旅順口暴露在日軍的炮口下了……

第四章 朝廷內外

萬壽無疆

十月初十日，慈禧皇太后的六旬慶典——耗資千萬、舉國奔走效力、人人都在議論、人人都怨氣沖天的「萬壽節」終於如期舉行。

雖然停止在頤和園受賀的懿旨早已頒示大小臣工，但那是老佛爺體恤時艱的英明之舉，作為兒子的皇帝卻不能不率領眾親王大臣再三懇請，老佛爺自然也就「俯順輿情」。於是一切仍按原計劃進行，皇帝、諸親王、貴戚及文武百官仍去頤和園祝嘏。

慶典從初八至今慶了三天，皇帝是每日清晨進園，至晚才回城，各衙門大多已放假，才起復不久的恭親王躬逢其盛，不過，他直到初十清晨才去頤和園，其餘的日子都一直待在總署，與各國使節頻繁接觸。

這天清晨，西直門至海淀的路上，騾馬、大轎絡繹於途，袍笏甲冑之盛可謂空前——前來慶壽的王公大臣及文武百僚幾乎都是帶著夫人成雙成對地入園的，熙熙攘攘，挨挨擠擠，錦袍燦爛，翎頂輝煌，男人們粗門大嗓的招呼聲中，時不時夾雜著嬌鶯軟語。

園門口警衛森嚴，全副武裝的侍衛們眈眈虎視入園之人，車夫、馬夫、轎夫一概被擋在園外，進入園子，裡面處處張燈結綵，鼓樂喧天，處處花團錦簇，爭奇鬥妍，遊人像到了南天門、水晶宮，鋪排裝飾，氣勢恢宏，人人都有目不暇接之感。

初十是正日子，人特別齊，也比前兩日更隆重，先是百官朝賀，然後是放生、賜宴、看戲，由身著袞服的皇帝率諸王公大臣進行。

因怕臨時出現差錯、不吉利，早在十天前，各官員便偕命婦們進園演習禮儀，男穿花衣（蟒袍），著冠服，女眷則鳳冠霞帔，齊至排雲殿按品級排班站立，由贊禮官呼跪起叩首等，眾人則動作劃一地行三跪九叩之大禮。所以，當這天慈禧太后升御座接受朝賀時，一切都顯得井然有序。

當鹵薄前導，慈禧太后坐玉輦從寢宮來至排雲殿時，一片昇平之樂奏起，百官從殿階排立，一直到了前面紫霄殿與芳暉殿之間的大坪裡，隨著慈禧升上御座，山呼聲立時響徹雲霄，跪拜起舞，井然有序。

朝賀畢，慈禧太后退入後面暖閣子裡休息，僅留下皇帝、皇后、長公主及各王爺福晉陪著閒話，各官則攜眷在園中遊玩。

十時正，眾人齊聚萬壽山頂看放生。放生為慶太后萬壽的一大善舉，事先由宮人及眾官員們搜羅、呈進了上萬隻鳥，致使京師鳥市一空，此時萬壽山佛香閣簷下及樹叢中的枝椏上掛有無數鳥籠，等待著老佛爺來超生放飛。

慈禧坐軟轎登山後，先至佛香閣佛像前焚香祈禱，然後走出閣子，李蓮英早提一精巧鳥籠跪上前，由慈禧親手開籠放生。

慈禧放過後，眾內監、宮娥紛紛將山上鳥籠打開放生，一時萬鳥騰空，遮天蔽日，很是熱鬧。而最令人稱奇的是慈禧太后身邊數名太監手中的鳥籠，裡面關了鸚鵡，足上鎖了鐵鍊，開鎖後，這些鸚鵡非但不飛走，且能山呼萬歲，引得眾人嘖嘖連聲，稱讚不已。李蓮英因而跪奏道：「老佛爺福大，鸚鵡感動慈悲，自願在宮中伺候。」

慈禧太后聽了，更加樂不可支。

面對這種場面，恭王覺得十分乏味。十年來，他以待罪之身閉門思過，還未參與過慶壽大典。那年醇親王代他請於慈禧太后，請恩准隨班祝嘏，遭到了太后的嚴詞拒絕，叔嫂之情算是絕了。今天，慈禧太后和皇帝好像要把過去十年所欠的情一次補足似的，對他特別關注，朝賀之後，慈禧即傳懿旨，將恭王福晉留在身邊，恭王則緊隨皇帝之後陪侍於左右，到各處閒走，看太后放生。

中午，慈禧太后賜宴諸王及諸福晉於昆明湖畔的清晏舫，賜百官宴於聽鸝館，繁文縟節，纏住了心不在焉的恭王。下午，又陪慈禧太后和皇帝在德和園內的頤和殿大戲台看戲。

頤和園是恭王被罷黜後才修成的。閉門思過期間，聽家人談起慈禧太后挪海軍經費修頤和園，有意要重現圓明園舊貌。此番入園祝嘏，可謂親身體會到此語不虛了。單只這戲台便可稱一絕——台分三層，層層飛簷斗拱，裝飾彩繪人物花鳥，每層台面內安裝機關活絡，可上下升降，最合適演出慈禧太后愛看的神仙鬼怪戲。

演出時，上層點綴成天界，靈霄殿、南天門，一樣白雲冉冉、星辰河漢儼然；中層布置為人界，青山綠水、田疇茅舍、織女採桑、農夫耕種；下層自然是幽靈地界，豐都城、望鄉台，青面獠牙、赤髮惡鬼，陰慘慘，冷淒淒，森森鬼氣。

這天，譚鑫培、羅百歲、汪桂芬、孫菊仙等伶界名人一齊粉墨登場，大軸子連台轉。第一齣便是《八仙上壽》，飾演壽星的多達六十人，恰應著太后六旬之數，而道童則一百二十多，六十加番，舞台雖大，也擠得滿滿的，走動起來，台上台下的人一樣多。

演過這場應景的熱鬧戲，接著便是太后自點的《混元盒》。這是一齣有名的神仙鬼怪戲，講鄱陽湖水妖金花聖母與張天師鬥法的故事。演出時滿台怪異，蜈蚣精、蠍子精、蛤蟆精呼風喚雨，張天師、喪門星、天兵天將騰雲駕霧；牛鬼蛇神齊集一堂，天上地下滿是妖氣……

這種只有大場面而毫無情趣的戲曲，恭王看著如同嚼蠟。他見慈禧身邊的皇帝看著看著在打哈欠，而慈禧太后正和皇后及眾親王福晉在一邊看戲一邊閒扯，手指往台上指指戳戳，誰也沒注意他。心想，此時不走，更待何時。於是悄悄起身，只和身邊的小蘇拉吩咐了幾句便退了出來。

恭王想獨自在園中散一散心，待後面上有情趣的戲時再進來。剛出園門，只見一個太監從宜芸館這邊走過來，在那裡探頭探腦，逡巡不進。

恭王定睛一看，認得是內奏事處的人，知他們在這個時候是不會出現在這裡的，來了便是有急事。乃喚住問道：「你叫張國安嗎？來此何事？」

張國安很高興恭王能叫出他的名字，乃打千請安，然後悄聲道：「稟王爺，消息不好，金州已失守了！」說著，他從懷中取出一個黃匣子。

恭王一見，知道這裡面裝了前線來的戰報，是須交皇帝親自開啟的。

金州為遼東半島重鎮，明代即闢為衛所，拱衛旅順後路，金州不守，旅順垂危。這個消息太突然了，必須馬上制定對策，但此刻皇帝正在陪太后看戲，貿然啟奏，報告壞消息，必惹太后不高興。

恭王左右為難，想了想，只好重新進去，終於在頤和殿後面看到了一群小太監在地上玩擲石頭的遊戲，他認出了一個叫王承歡的是皇帝身邊人，於是走過去將王承歡叫出來，低聲吩咐了幾句，王承歡領命來到前頭。

這時，皇帝正陪坐在太后身邊，眾目睽睽，王承歡不敢造次，只立在一邊目不轉睛地望著皇帝，好容易盼到皇帝眼光朝他這邊掃過來，乃抓住這個機會，向皇帝使了個眼色，皇帝會意，起身對慈禧太后告假道：「親爸爸看戲，兒子出去一下再來。」

待慈禧點頭後，這才帶了一個小蘇拉匆匆出來。走到殿後的廡下，回頭一看，周圍無閒人，只王承歡緊跟上來，在他耳邊悄悄地說了一句。皇帝一聽，臉色大變，忙隨王承歡走出了戲園。

這時，恭王已恭候在芸宜館圓洞門口，見了皇帝，趕緊要下跪請安，皇帝瞥見四下無人，一把將恭王拉住道：「六叔，快別這樣，先找個地方說話吧。」

於是，君臣二人進入芸宜館內，這裡悄無一人。皇帝留小蘇拉和王承歡在館外守候，不許閒雜人員入內，然後和恭王攜手進到裡間，只見這裡面陳列的全是盆景，只東廂房有書案及文房四寶，下面兩排梨木椅子，皇帝強拉恭王並排坐在椅子上，恭王呈上黃匣子，皇帝親手從裡面取出了李鴻章發來的密電，雙手抖著將電文內容掃了一眼，臉色更加慘白了，口中說：「這怎麼得了，這怎麼得了！」

說著，又把電文遞與恭王，說：「六叔，你看。」

恭王於是雙手捧著電稿看起來。日軍第一軍衝過鴨綠江後，在草河口、摩天嶺、寬甸一線雖被聶士成部拚死擋住，稍挫鋒芒，但第二軍卻銳氣正盛。他們在遼東半島的花園口登陸後，連克皮子窩、三十里堡，只幾天時間便進圍金州，意在控制大連灣，進攻旅順。據守在這裡的主力宋慶部毅軍已抽調到奉東，另一支主力銘軍分統趙懷業因怯戰而丟失了一個大好機會——日軍在花園口登陸時，因那裡水淺不得攏岸，只能用小皮筏轉駁，歷時十四天，趙懷業如在日軍半渡時擊之，當可獲大勝。但他竟棄而不顧，坐失戰機。這以後日軍進圍金州，金州守將徐邦道因兵單，屢屢向趙懷業請援，趙懷業在大連見死不救，日軍遂順利地佔領了金州。

這一來，趙懷業在大連灣也待不住了，乃退走旅順。

旅順為北洋水師第二大基地，內有亞洲最大的船塢和修械廠，周圍山頭向海一面炮台密布，但當初設防時，只考慮敵軍從海上正面進攻，未料到日軍會從背後來，所以，有密於防前而疏於防後的缺陷，李鴻章發現了這一點，乃將淮軍精銳毅軍和銘軍派駐大連灣，由掛兵部尚書銜的宋慶節制，保守後路，不料後來奉東告急，毅軍被抽調一部支援奉東，防線便鬆動了。日本人看出了破綻，立刻派大山岩率第二軍攻佔大連灣，從背後扼旅順之吭！

只要稍具軍事常識的人都能看出這著棋的凶險了，但誰能拿出解圍的手段呢？

李鴻章在這份密電中，把所有的利害都闡明了，對趙懷業的無能也予以無情的揭發，直言不諱，這與以前報告軍情時，為部下的無能遮遮掩掩的手法完全不同了。皇帝和恭王都明白，李鴻章顧忌重了，怕擔責任。

「唉，倭人兵鋒如此精銳，淮軍又如此不濟，這都是事先沒料到的。旅順眼看就不保了，這局面真不知怎麼收拾！」處此靜室，皇帝和恭王的談話完全是侄子向叔叔請教的口吻，看不出半點君臣名份。

這時，外面的鑼鼓聲一陣緊似一陣，裡面叔侄二人更加心慌意亂，面面相覷。恭王匆匆看完電奏，將其納入小几上的黃匣子裡，長長地歎了一口氣說：「金州、大連灣一線不也有三四十個營近兩萬之眾嗎？銘軍以前由劉銘傳統帶，是淮軍的中堅，怎麼也打這樣的窩囊仗呢？」

恭王這一說，更牽動皇帝的愁腸，呆呆地瞪著恭王，先是一聲長歎。

這些日子，除了李鴻章不斷有電奏到京報告前方戰局，麇集前線的各路統帥——黑龍江將軍依克唐阿、吉林將軍長順、盛京將軍裕祿、金州副都統連順等，凡有專摺奏事權的都有戰報電奏。所以，皇帝對目前戰爭局勢已十分了解，談起來滔滔不絕卻又嗟歎不已。

說起來，豈但銘軍這以前戰功卓絕，是一支打過硬仗的部隊，就是擺在牙山、平壤、奉東的部隊也幾乎全是國中的精銳，就說宋慶，這以前平長毛、平捻、平回幾乎無役不勝，能攻善守，戰功卓著，當年醇親王巡海至遼東，閱毅軍，歎為諸軍之冠，並曾親解身上蟒服贈宋慶，可此番宋慶守九連城，與倭寇連照面也沒打一個便逃。

陸軍如此，水師也是一樣，丁汝昌率剩餘六艦在旅順，竟聽任倭寇水師在近海橫行，聽任倭軍在花園口登陸，玩寇縱敵，到了令人不能忍受的地步。皇帝一口氣說完這些，最後歸結到了李鴻章身上，他說：「六叔，李鴻章這些年確實是大不如前了，再讓他留在那個位置上將會壞大事，朝廷再不痛下決心是不行了！」

聽皇帝說到這些，恭王也隱隱約約猜到李鴻章的結局了。畢竟兔死狐悲，物傷其類，也是過來人的恭王心中能不替國家惋惜，能不替李鴻章的前途惋惜？他點點頭說：「前方軍務糜爛至此，李鴻章確實有責任。只是臣以為處置李鴻章之事畢竟沒有前方軍務緊急，眼下旅順垂危，若旅順失守，渤海灣之險倭人將與我分而據之，後果更將不堪！」

皇帝說：「何嘗不是這話。六叔，眼下滿朝公卿，無論文武，主戰的是不能帶兵的，能帶兵的又一個個畏懼怯戰，最令人失望的莫過於此！」

恭王聽皇帝這麼說，明白前者是指清流那一班書生，於是問道：「李鴻藻、翁同龢兩位師傅對時局想必也有進陳？」

皇帝沉吟良久，才吞吞吐吐地說：「剛才不就是說他們嗎？翁、李二位師傅素不知兵，徒有一腔忠憤，這些日子議起大事來，他們除了與人抬槓，指斥他人無能無恥，再也拿不出什麼破敵之策。」

恭王聽到這裡，不由點了點頭。皇帝雖生性懦弱，但並不糊塗，對人對事，也極有分寸，主戰的不能戰，能戰的不敢戰，而且，翁、李的主戰，其實是對敵情一無所知之下的一種盲目衝動。看起來，這局勢非一個和字怎麼了得？

但恭王想起了總理衙門三大臣的話，主戰的才是岳飛，主和的便是秦檜，所以，眼下就是主和的也不敢言和了。不由多了一份心思，說：「眼下湘軍各路人馬已陸續開到，吳大澂怎麼還在天津磨蹭呢？軍機間不容髮，再拖下去局勢更糜爛了。」

皇帝說：「吳大澂在天津籌備軍務，朕已數度電催他迅赴戎機。唯軍火、軍需兩缺，他已奉敕從兩江、兩廣調撥了一批洋槍及棉衣、軍帳，只待這些物資運到，便出關督師！」

恭王聽著，心中有一句話，橫梗在喉，卻說不出來，無奈只好點了點頭。皇帝似已猜到恭王有話要說，索性問道：「淮軍暮氣已深，不可恃，只好寄希望於湘軍。湘軍為曾國藩創立，受曾國藩、左宗棠調教多年，眼下曾、左雖歿，但遺響仍在。所以，眾臣都主張以湘代淮，不知六叔以為然否？」

恭王心中其實很不以為然——淮軍暮氣已深，湘軍更甚，還在曾國藩活著時，便已看出湘軍不復可用，至左宗棠征西歸來，所謂湘楚健兒已是強弩之末了。但恭王卻又舉不出可替代湘淮的將帥，舉不出替代的兵勇。再說，朝廷為調湘軍北上勤王，已費了諸多周折，他不願無端指斥批評，所以，猶豫片刻，含糊地說：「但願湘軍果然能奮發圖強，掃盡妖氛，以抒聖母皇太后、皇上之憂。」

皇帝從恭王模稜的話語中體會出恭王有未盡之言，但也體諒恭王的難言之隱。所以他說：「不過，話說回來，國庫如此空虛，國力如此羸弱，就是湘軍出師後，真能如人所願打幾個勝仗，也必然難以為繼。所以，談和這條路是免不了要走的。只要不讓朕太丟面子又不傷國家元氣，將來見了列祖列宗還有話說，倭人有什麼條件朕都會答應的。六叔，你說呢？」

有了這句話，恭王心中便有底了。於是說：「皇上聖明，其實，翁同龢、李鴻藻等人確實赤心可嘉，可惜的就是不明大勢，不知變通，未免心有餘而力不足。武力不如人家，便應謹慎，不該輕易言戰。李鴻章之所以期期艾艾、行動遲緩，就是因為看出這點才心有顧忌，所以，李鴻章也是確實有難處。」

皇帝一聽恭王又提起李鴻章，且有幾分為他開脫的意思，不由眉頭緊鎖，趕緊打斷恭王的話說：「六叔，和談的事，你就放開手腳籌畫吧。」

恭王見皇帝極不願再提李鴻章，也就不勉強了。君臣正談到緊要處，忽聽隔壁的戲園子內鑼鼓聲大震，接著又傳出嗡嗡一片的喧鬧聲——原來戲已演到張天師召來計都、喪門星諸路神仙，合心合力將眾妖精拿住收在混元盒內去了。扮演張天師的青鬚俞菊笙此時臨場發揮說：「好了，無論東洋的、西洋的妖怪都收盡了，天下太平了，眼下王母娘娘正在慶壽，本天師還要去趕蟠桃會哩！」

這一說，眾人立刻明白他的所指，忙一齊歡呼叫好。御座上的慈禧太后自然高興，忙叫有賞。伺候一旁的小太監們趕緊抬來一個小笸籮，把大捧的小銀錁子往台上丟，這一來，台上台下鬧成一片。

皇帝一聽這聲音，知道這一齣戲已演完了，想到太后正在看戲，兩廊陪侍的不但有文武百官，且還有各國使節和夫人，自己是不能中途退出的，不然，不唯太后會不高興，且將引起各種猜測。於是，又交代恭王一句：「放心去辦」。自己又忙去前頭伺候老佛爺。

千方百計

皇帝既然交了底，恭親王於是就放心去奔走言和。但此時此刻，若說主和的人從此便沒有顧忌，卻也不盡然。

尤其是此番慈禧太后六旬慶典的大喜之日，志銳、安維峻等人以言獲罪，貶謫的貶謫，充軍的充軍，而喪師失地的李鴻章卻僅僅只褫去黃馬褂子、拔去三眼花翎，對此，「清流」無不感到憤怒。他們對李鴻章的攻擊更加激烈了，上海的報紙甚至全文刊登了安維峻及文廷式、張謇、蔡元培等三十五名翰林的奏章，連街頭巷議也都是痛罵議和的聲音。

朝野不齒和談，皇帝為恤輿情，赫然震怒，一連下了幾道嚴懲前線將士玩寇縱敵的上諭，衛汝貴、葉志超被鎖解進京後，下了刑部大牢，趙懷業遭到了革職留任的處分。上諭還令李鴻章從水師將領中遴選幹員代替丁汝昌，而令丁汝昌來京聽候議處。這一連串諭旨的下達，群情更加激憤，對議和的人來說，無形中也是一種壓力。

這天，恭王在總署和三個總理衙門大臣談起了議和的事。原來萬壽節後第二天，張之洞從湖廣總督任所發來一通電奏，謂現任湖北布政使王之春，在廣東任布政使期間，曾接待過來遊歷的俄國皇太子尼古拉。王之春因平日留心洋務，在接待尼古拉皇儲時，不像一般官員一樣一問三不知，而是有問必答，因此，深得尼古拉的好感，臨別之際，並約王之春將來遊歷俄國。

此番俄國沙皇亞歷山大二世薨逝，太子尼古拉將繼位稱三世，各國紛紛遣使祝賀，中國作為鄰邦，也應有所表示。張之洞於是上奏朝廷，力薦王之春赴彼得堡弔唁老沙皇逝世，恭賀新沙皇即位——所謂弔賀是名，聯俄制倭是實。

皇帝將這道奏疏發交總理衙門各大臣合議，大家議來議去，覺得聯俄制倭確是一著好棋。中日開戰以來，李鴻章一再向朝廷獻議也是聯俄制倭。試想，俄國人若能從海參威派出一支兵到朝鮮，或者是把兵艦開到東京灣，這對倭人是何等的威脅？這幾乎是開戰以來，李鴻章夢寐以求而不得的事。

但王之春就是立刻動身，路上也須耽擱時日，縱能說動新沙皇，同意出兵派艦，大半年的時間也就過去了。眼下日軍正攻旅順，以俄制倭，緩不濟急，王之春就是再世的申包胥，也難去效秦庭一哭。但大家議來議去，也沒有其他辦法，再說從長遠之處來看，結好俄國是必要的，王之春還是要去。

接下來議第二件事。據李鴻章來信說，有一個熱心為中國出力的外國人，此人是天津海關稅務司德國人德璀琳。此人長相酷似當今德國鐵血宰相俾斯麥，因此雄心勃勃，想在東方幹出一番轟轟烈烈的事業來。自任天津海關稅務司之後，根本就不把總稅務司英國人赫德放在眼中，此番看到中日兩國打得難解難分，乃自告奮勇，願代表中國政府，或代表李鴻章本人去見日本首相伊藤博文，說服伊藤博文罷兵言和。

李鴻章將此事寫信告訴總署，並說眼下兩國正交兵，彼此音信不通。而照英國公使歐格納的調停，手續繁複——他得聽取我國朝廷的意見後電告英國外交部，再由英國外交大臣轉告日本駐英公使青木，由青木再電告日本外相陸奧宗光。這麼往返轉述，經常詞不達意，不得要領。眼下這個德璀琳雖為中國客卿，畢竟是外國人，他以局外人的名義直接去日本，成，可代表中國談下去，先打開僵局；不成，也不致丟面子讓人家看笑話。

李鴻章在信中最後提出，若總署認為此事可行，可代奏朝廷，必須給德璀琳一個名義，眼下他的頭銜僅為四品卿，似乎份量太輕，李鴻章建議朝廷賞德璀琳以頭品頂戴，讓他即日乘他國郵船赴日。

孫毓汶向恭王講述完這件事後，恭王一直未作聲，他是在考慮李鴻章的用意。這裡徐用儀卻先發感歎了，說：「李少荃也是煞費苦心，照眼下這形勢看，也只有這條路。」

徐用儀說的也正是恭王想的，所以他馬上接言道：「筱雲，你的意思是說目下言路上過於囂張，李少荃這是欲請外人為他做箭靶，避流矢？」

徐用儀說：「正是此意。既然主和的是秦檜，主戰的是岳飛。那麼，哪怕是太后懿旨、皇上明詔，也沒有人願出這個頭，當這議和欽差大臣。」

孫毓汶趕緊附和說：「正是這話。此番這和很不好議，不賠款、不割地恐怕是和不成的。誰去談、誰簽約誰就準備挨罵。積羽沉舟，積毀銷骨，千夫所指，無疾而亡。李少荃今年七十有三，還能風光幾年？就不想曲終奏雅？所以，只有讓外國人去！」

恭王聽著不置可否，眼睛卻望著一邊的汪鳴鑾。汪鳴鑾一直未開口，臉上卻盡是遲疑和猶豫。恭王看出他有不同看法，乃問道：「柳門，你說說吧！」

汪鳴鑾期期艾艾地說：「據鄙人看來，此事確實其難其慎，所以擔心一開始便會遭人非議，而且，想攻擊的人很容易找到軟肋，畢竟是主權所繫呀，怎麼讓外國人代朝廷簽約畫押呢？」

孫毓汶一聽，不由氣咻咻地說：「事情到了這一步，要想別人不議論是辦不到的。既然自己人誰也不願去，那就只好拜託外國人，兩害相權取其輕。」

徐用儀說：「六爺的意思呢？」

恭王歎了一口氣說：「柳門、萊山的話都有理，事情到了這一步，臉面是顧不得了，要罵也只好由人罵，不過，我所擔心的是倭人肯不肯接納這個德璀琳。將心比心想一想，假如我們打贏了，伊藤博文本人不來，卻派一個不相干的外國人來，我們會不會接納？」

恭王一說，三個總理大臣似一下醒悟過來，在佩服恭王慮事周密的同時，不由又有些擔心起來——照恭王這麼說，中國朝廷不派出有身分有地位的人出馬求和還成不了事。恭王以皇叔之尊，是不能去的；李鴻章以七十高齡，太后、皇上必不忍心讓他去冒這個險；那麼，自己身為總理各國事務衙門大臣，正管著這事，這趟差事還真是無法推脫、賴不掉。想到這裡，三個總理大臣一個個面面相覷，無不誠惶誠恐。孫毓汶想了想，說：「六爺，事已至此，先不要想遠了，倭人接受不接受暫不管它，咱們按咱們的辦法，奏明皇上派這個德璀琳去試試，就是倭人不接受，也總有個說法，只要倭人有了說法，咱們也可再商量下一步棋。」

徐用儀也說：「眼下只能是走一步看一步，當務之急是休戰，千方百計延緩倭人的進攻，保住旅順不受攻擊，保證局勢不再惡化。所以，派人去試探一下未嘗不可，只有通過接觸，才知對方底細呀。」

恭王一想，也只好如此。

求生求死兩不堪

就在中樞思謀如何保住旅順時，旅順卻早早地陷落了。其實，此時駐防旅順的淮軍仍有三十三個營共一萬六千餘人，提督、總兵、都統有好幾個，但除了徐邦道、姜桂題等少數將領外，都無心守戍，一經交火便逃。

奉令節制前線各軍的旅順船塢總辦龔照瑗在日軍尚未攻城時，便以求援為名，乘快艇逃到威海，在受到他人指責後乾脆溜到了天津；而衛汝貴的弟弟衛汝成雖然也官至記名提督，兄弟倆不愧一個娘生的，一聽炮聲腿肚子就顫，衛汝貴逃命時尚不離開部隊，衛汝成卻更徹底，竟然獨自化裝潛逃，逃得不知去向，以致皇帝下旨拿問時得畫影圖形、四處搜捕……

日軍幾乎未遇什麼抵抗便佔領了旅順，但慘無人道的日軍仍對旅順的無辜百姓進行了空前的姦淫與殺戮——婦女幾乎無一不被姦淫、殺害，以致全城兩萬多人被殺死，老人、兒童也未能倖免，僅留下三十六名壯丁掩埋死屍……

歐美各國不少赴前線採訪的記者目睹日軍的暴行，紛紛將實情發電訊至本國，指斥日軍是披著文明外衣的野獸。這在輿論上對日本形成一種壓力，日本外相陸奧宗光不得不出面為日軍的屠殺作解釋，儘管欲蓋彌彰，但日本是戰勝國，各國仍不得不對日本刮目相看。

旅順失守後，翁同龢、李鴻藻同時向皇帝上疏引咎辭職，軍機處其他人也紛紛自劾，皇帝當然溫旨挽留。為了下一步的和談做鋪墊，非借重恭王不可，於是，又明發上諭，調恭親王入值軍機，並寫明恭王班次在慶王之上，這樣恭王在十年前的職務都恢復了。

李鴻章也跟著自請處分，他的奏疏一上，立即得到了回應——上諭謂李鴻章調度乖方，革職留任，摘去頂戴花翎。這道諭旨立即傳到了天津，傳到了鎮海樓。

此時的鎮海樓，與輝煌燦爛的頤和園比，簡直是兩個世界。從大西北滾滾而至的寒流早一掃園中的青綠，鎮海樓甬道兩邊排排撐天而起的白楊已只剩光禿禿的枯枝，就像垂死的老人伸向空中的手。殘葉滿地堆積，被西北風一吹，沙沙聲，淒淒切切，像無窮無盡的秋雨；迴旋飄舞，又如靈前隨風起舞的紙灰；府中人一個個緊繃著臉，無精打采，如同在寒風中抖索的蟬；就連府門口那一對猙獰咆嘯的石獅子也沒了昔日的威風，它倆迎著寒風，迎著冰淩花，分明擺出了一臉哭相……

「李中堂將何以退敵？」眾人帶著這個問題，把期待的目光投向重門深掩的萃珍閣。

李中堂將何以退敵？這些日子，他固守危樓已到了殫精竭慮的地步了。

屋子裡早早地升起了炭火，白銅炭盆裡熊熊燃燒的銀骨炭把整個屋子烘得熱呼呼的，但他的臉仍是那麼蒼白，本來不高的顴骨因面容的消瘦變得非常突出，平日望人目光如電的瞳仁顯得十分乾涸和渾濁，如死魚眼一樣沒有神光，說話的聲音也明顯地底氣不足。

這情形，眾人都看得出，這個自詡為中興名臣、歷盡艱難而終成大功的人物已被無情的現實擊倒了，成了一個徹頭徹尾的失敗者。

「嘿嘿，革職又還留任，」李鴻章在接到上諭看到對自己的處分後，苦笑著對于式枚說：「看來這局棋仍得由我下完！」

于式枚見此情景有些納悶：中堂這苦澀的話語中仍有幾分自信。他，究竟還何所恃呢？真正百思不得其解……

受傷尚未痊癒的丁汝昌又一次被召到天津，同來的還有洋顧問漢納根、泰萊。走進北洋公署，才進到二門，便遠遠地望見甬道邊像碼城牆一般堆了數百隻大木箱，丫環僕婦們還在穿梭般地從各個屋子裡抬出類似的木箱子，李經方、經述、經邁兄弟正指揮幾十名男僕抬著木箱往騾車上裝。丁汝昌經過時，一邊和李經方兄弟打招呼，一邊用眼掃視這些箱子。箱子又大又結實，四角包著銅角，每隻箱子上掛一把大鎖外，還貼有一道上有中堂手書「少荃手記」四字的封皮。

丁汝昌明白裡面定是金銀等貴重物品，心裡不由咯噔一下——旅順口失陷後，日艦開始出現在山東海面，一時謠言四起，形勢更趨緊張，明眼人已看出畿輔的危險了。京津兩地的達官貴人、富豪商賈已開始做逃難的準備了，從北通州沿運河南下的船價一下漲了好幾倍，天津城裡的人則搭乘外國郵船南下走上海、廣州，不願走的則把貴重物品寄往租界。

丁汝昌想，看來謠言未必不真，李中堂幾十年宦囊豐盈，富可敵國，這些大概是其中一部分罷，這是海運南下送往合肥，還是寄往紫竹林租界呢？難道他連天津也不打算守嗎？

望著丁汝昌撐一根拐杖一跛一跛地走進來，李鴻章不由把要狠狠地訓斥他一頓的話嚥下去了。這一場戰爭的殘酷激烈和複雜多變，連自己也始料不及，又何況丁汝昌一赳赳武夫呢？他親自下座相迎，扶住他的手臂，不讓他打千問安，又殷殷地說：「禹廷，辛苦了！」

丁汝昌是做了來挨罵的準備的。朝廷嚴懲敗軍之將，葉志超、衛汝貴已下了大牢，龔照璵、趙懷業、衛汝成等一大批淮系將領全被嚴旨拿問，對他丁汝昌的處分是革職來京問罪。為此，李鴻章在自身難保的情況下仍死死地保丁汝昌，說丁汝昌不比葉、衛諸將，在艦船勢力明顯不如敵人的情況下，仍做了殊死抵抗，中外有目共睹，又說丁汝昌手中尚有許多事須做交代，無人可以接替，眼下日艦步步進逼，與其臨陣易將不如讓他戴罪圖功。另外，他又示意漢納根、泰萊等洋員出面上書朝廷挽留丁汝昌。

因此，丁汝昌沒有去刑部大牢和葉志超、衛汝貴等人作伴。眼下丁汝昌見中堂毫無責備之意，反熱情相迎，開口道乏，這一份體貼與三十餘年耳提面命的知遇之恩如涓涓暖流，滾向心間，他不由一下熱淚盈眶，哽咽著說：「老師，門生使您失望了。」

李鴻章連連搖手道：「得了，事已至此，後悔已遲了，只是我沒想到你居然也對我的話當作耳邊風！」

口氣雖然和緩，語調卻十分嚴厲。丁汝昌不由一怔，慢慢地低下了頭。

李鴻章讓他上匠坐了，又示意兩個洋人坐在下邊，望著面色赧然的丁汝昌問道：「下一步怎麼個打算呢？」

丁汝昌歎了一口氣，喃喃地報告北洋水師近況——除了被打沉、炸毀的五艦，眼下尚有「定遠」、「鎮遠」、「濟遠」、「靖遠」、「來遠」五條大船及「廣丙」等小艦和十多條雷艇。前些日子，「五大遠」在旅順搶修，至日軍攻旅順前，他們不分晝夜，加班加點，眼下雖未全部竣工，但基本上主機完好，能正常行駛，除尚有部分炮座未修好，也勉強能戰了。將士們經此番血戰，大家已明白合則生、分則死的道理，皖人與閩人之間磨擦反少了，大家同仇敵愾，當日艦蹤跡又在我山東半島海面開始出沒時，紛紛向丁汝昌請戰，要求把艦船開出去，和倭人決一死戰。

李鴻章立刻問道：「看來你又是來向我請戰的？你還想和倭人大戰？」

丁汝昌一怔，硬著頭皮說：「是的，且不說眼下舉國憤怒，責我輩軍人無能之聲不絕於耳，就說眼前形勢，已是羝羊觸藩，顧不得身軀顧不得船了——與其讓人家堵住出海口一鍋端，不如拉出去拼個你死我活！」

李鴻章聽著臉色十分陰沉，連連冷笑說：「八月間你手中七大遠，外加揚威與超勇是九條大船，我不主張和倭人拼，你置我的忠告於不顧，在大東溝和倭人拼主力，你的好戰之心應滿足了，眼下九條大船剩五條了，今天你還要拼，難道你真的打算拼光了老本去蹲刑部大牢嗎？」

丁汝昌見中堂發火，忙說：「門生言猶未盡。」

李鴻章說：「你還有什麼說的？無非是憑一時血氣之勇，可你拼得過誰呀？北洋水師此番損失五艦，倭人一艦未損，原來是一對一，眼下是十對五，你不是送死嗎？」

丁汝昌被中堂如此一頓搶白，委屈得雙淚長流，喃喃地說：「眼看倭人要封鎖海口對我合圍了，將士們都說這是打的窩囊仗！若再這麼下去，便只能等倭人來甕中捉鱉，這兵也更不好帶！」

李鴻章白了他一眼說：「哼，你剛才不是還說大家同仇敵愾嗎？難道你那一班部下只有奔死路才同心，求生則不同心了？」

丁汝昌面對不可理喻的老恩師的冷嘲熱諷，無言以對，便倔強地呆在那裡，把臉偏過一邊去。

漢納根和泰萊枯坐一邊，早忍不住了。他二人各有一套破敵的良方要來獻與李中堂，今見丁汝昌挨訓，心想，這正是自己獻計獻策的機會。漢納根馬上搶著說：「中堂大人，要打敗日本的聯合艦隊，辦法還是有的。」

李鴻章不意這個外國人插話，且口出大言，忙問道：「你有什麼辦法？」

原來和前任顧問琅威理一樣，漢納根也有當海軍司令的夢想，所以，他的辦法便是花重金籌組一支雇傭軍。智利的「五月十五號」買不到了，倫敦造船廠船台上的快艦也已有主了，但只要肯出錢，出兩至三倍的高價，漢納根有把握在最短的時間內，迅速組成一支雇傭軍海軍投入戰鬥。

據他說，就在天津和上海，便有不少外國的退役軍人，他可在極短的時間內召來；另外，遠東地區還停泊有不少外國艦船，只要價錢可觀，舊船當新船買，人家還真的肯賣——依漢納根的想法，這支完全由洋人組成的志願艦隊若突然出現在西朝鮮灣或日本海，與北洋水師遙相呼應，日本人不慌了手腳嗎？不過，要指揮這麼一支雜種艦隊，其司令官一職非他莫屬！

李鴻章耐心聽著，沉吟半晌，竟一個勁地搖頭道：「真是匪夷所思！」

漢納根這個日耳曼人雖會說中國話，但還弄不明白「匪夷所思」這個詞，不過，中堂那神態分明是不為所動。他不甘心放棄這機會，耐心說服道：「中堂大人當年平長毛不是得力於華爾、戈登的洋槍隊嗎？只要中堂肯花錢，我一定能組成一支海上常勝軍！」

李鴻章仍一個勁搖頭說：「唉，時勢不同，境界各異，水師也非陸軍可比！」

漢納根急了，說：「中堂大人，眼下你們敗局已定，日本人的議和條件也公布出來了，且不說割地，單賠款便是四萬萬兩白銀。我想，與其拿這麼多錢去賠，不如花錢買艦還有打贏的希望。再說，就是再買十支北洋水師也不過這個數呀！」

李鴻章望一眼這個熱心腸的日耳曼人，不由歎了一口氣。前些日子買艦的機會多多，可朝議不許，有人甚至說是「濟盜兵而齎寇糧」，那還是掌握在北洋水師手中，置於朝廷控制之下，何況成立雇傭軍，完全由洋人組成、由洋人指揮呢？漢納根雖會華語，在華為宦多年，但對中國的政治還是太缺乏了解了，他一時說不清，只能搖頭歎息。

一邊的英格蘭人泰萊見中堂不說話只搖頭，以為是嫌漢納根的條件太高，出不起大價錢。於是乘機插言道：「中堂大人，鄙人的妙法花錢不多，只要很少很少的投入，便可使北洋水師轉敗為勝。簡單地說，只花一百萬美元即可！」

李鴻章一聽，雖然仍一臉的疑惑，但仍示意他說下去。

原來這個英國人有個朋友自美國來，據他說，這個人有一項非常了不得的發明，能於大晴天製造霧氣，不論春夏秋冬，也不管陰晴雨雪，只要開發他的機器，立時煙霧瀰漫。這個人已來到天津，帶來了全套圖紙和說明書，並願意受聘指導生產，條件是給他一百萬美元，即出讓這項專利。試想，當敵艦來進攻你時，你把霧氣放出來，敵艦不辨方向，豈不擱淺的擱淺，觸礁的觸礁，不戰而自敗麼？泰萊說完這些又說：「此人在天津住美國領事館內，只要中堂大人願意見他，馬上可見到。」

李鴻章見泰萊說得神乎其技，不由半信半疑。心想，古籍上說黃帝征蚩尤，蚩尤能造大霧，難道西方也有蚩尤一類？但轉過一想，怎麼可能呢？雖說洋人奇技淫巧越出越奇，但霧雨雷電乃一種天象，豈能以人力製造？泰萊見中堂不信，又說：「大人，我這位朋友既已來天津，何不見一面、試一試呢？若只花一百萬美元便打敗日本，多合算啊！」

李鴻章動心了，乃問道：「假如我們買了他的技藝，做出這放霧氣的機器，須多長時間？」

泰萊把握十足地說：「我問過，從建廠到試製一年時間便成！」

李鴻章啞然失笑：「晚了，緩不濟急！」

泰萊還要囉嗦，李鴻章不耐煩了，望了丁汝昌一眼，見丁汝昌低頭坐在一邊生悶氣，他知這個追隨自己近三十年的部屬有些倔脾氣，自己要說服他時有些事不足與外人道，乃起身往裡間走，並說：「禹廷，你來一下。」

丁汝昌於是向兩個洋人點點頭，做一個稍候的手勢，便跟在中堂後面進了裡間密室。

李鴻章往上面一坐，又示意丁汝昌挨他坐下，歎了一口氣，自我解嘲地說：「唉，禹廷，你把這兩個活寶帶來，這不是俗話說的『曹操背時逢蔣幹』嗎？」

丁汝昌沒好氣地說：「打不能打，逃不能逃，我是病急亂投醫啊！」

李鴻章話不投機，又不想訓斥丁汝昌，只長長地歎了一口氣說：「唉，既有今日，何必當初。我是如何教導你的？眼下想與倭人分享制海權都不可能了！」

丁汝昌忿忿不平地說：「是我們要打嗎？我可是一直懍遵只在近海護航的指示，硬是被倭寇堵在大東溝的歸途上，逼我們拼嘛！」

李鴻章一拍桌子訓斥道：「其實只要你不打算拼，大海上廣闊得很，應付一陣就撤，小雷艇、運船硬要丟也可丟，一下損失五艦，我這叫血本無歸呀！」

丁汝昌還要抗辯，李鴻章手一搖說：「算了，不要再辯了，我不怪你就是。」

丁汝昌只好把自辯的話嚥下去不作聲。李鴻章將心比心又歎了一口氣，用十分和緩的口氣說：「我明白你的心境，上不見信於朝廷，下不見諒於將士，夾在中間，其難其慎，眼下在我這裡若還得不到諒解，又向誰去訴苦經呢？不過我告訴你還是那句話：水師在，閣下安；水師亡，閣下危。你若不千方百計保全幾條船，便只能去蹲刑部大牢；你若保住了老本，朝廷斷然派不出代你的人。」

丁汝昌一聽這話，眼淚終於忍不住像斷了線的珠子「吧嗒吧嗒」直往下流，幾乎是用乞求的口氣說：「老師，倭寇已一步步逼近了，怕只怕他們攻佔山東，北洋水師被人家甕中捉鱉！」

李鴻章沉吟半晌，搖頭說：「還不至於。威海不比旅順，距威海不遠便是煙台，那是洋人的通商口岸，倭人不能不有所顧忌。再說，恭親王不是奉旨復出了嗎？總理衙門已接受我的建議，派德璀琳去日本議和。只要和下來，北洋水師也就無虞了。」

直到這時丁汝昌才明白中堂不准出戰的本意——仍在寄希望於和談。可日軍攻下旅順後已明顯地擺出了攻山東的態勢，而且顯然是奔北洋水師來的，看形勢他們不徹底摧毀我軍是不會甘休的，所以，中堂望和不過是讓他們等死罷了。

丁汝昌真想也拍桌子和中堂辯論一番，可三十年來的唯命是從使他鼓不起勁，五尺漢子不由又一次雙淚滾滾。看來，連像鄧世昌、林永忠那樣轟轟烈烈地去死也辦不到，只能按照中堂給他安排的那個窩窩囊囊地的死法去死。他感情複雜地望了一眼座上嗒然無聲像一具僵屍似的老師，心想，這只怕是最後一面了。

皇叔乞和

年過六旬的恭親王一步跨入美利堅合眾國駐華公使館大門時，那一顆心像灌了鉛一般沉重。前不久，他在總理衙門所擔心的事，如同預言竟早早地被印證了，德璀琳的熱心受到了日本人的冷遇和嘲笑——他到達廣島後，接待他的日本官員只是一個普通的驛丞，與外務省毫無關係，態度也十分冷淡，僅安排他住三等旅館。當他把李鴻章致伊藤博文的親筆信交出去後，這個驛丞竟然通知他，作為交戰國的代表，他尚不夠資格。李鴻章致伊藤首相的信，也純屬私人信件，算不得正式的外交使節的身分證書。至此，德璀琳甚至連地位稍高一點的日本官員的面也沒見到，便被冷落在旅館裡，才住了兩天便被限令出境了。

消息傳來，恭王只微微歎了一口氣：這本是預料中事。但他對和談仍懷著希望，故不惜以「皇叔」、「親王」之尊，頻頻造訪東交民巷的各國使館，又在總理衙門或自己府中接見回訪的公使，他不相信列國會眼睜睜地站在旁邊，看著日本這隻「狗」去咬死中國這隻「羊」。

這時，另一個頗工心計的「熱心人」出現了，這就是美利堅合眾國駐華公使田貝。

田貝自光緒十一年接替楊約翰出任駐華公使，至今將近十年。這期間，他不但學會了一口流利的華語，成了一名中國通，且在駐北京公使團中嶄露頭角，成為一名十分活躍、頗受人注目的人物。

他工於心計，善於訪察駐在國的情形，無論朝廷政治、官場習俗、民間風情，無不留意。另外，田貝肯下功夫，頻頻出現在京師各部院衙門和王大臣府第，優遊樽俎之間，與中國的公卿士大夫交朋友。哪怕就是對恭親王，田貝使華之日，正是恭王遭貶斥、逐出軍機之時，板凳一坐十年冷，但田貝也願「燒冷灶」，不時拜會這位在野的王爺。儘管恭王為避嫌，不與官場上人來往，更不願見洋人，以免別人說他「交通外國，挾洋人以自重」，所以，田貝的拜謁十有九不見，但恭王對這個美國人，仍不乏好感。

這天，田貝主動上恭王府拜訪已出任領班軍機大臣的恭王，道賀之後，單刀直入，說起了眼前的戰事。

「六爺可知道遼東前線的最新消息？」田貝一邊品茶，一邊用關切的口吻問。

恭王清楚，目前戰場實況，洋人掌握的比當事者一方要詳盡得多。自己的消息來源不外乎帶兵官的奏報，這種奏報往往被誇大或被掩飾，可信程度極差，而洋人則派了許多記者赴前線，耳聞目睹，親歷親見，所以要準確得多。想到這些，他忙含含糊糊地說：「知道一些，日軍第一軍在奉東前線的進攻被我聶士成部阻遏住了。」

「啊，那已是一個禮拜前的事了。而且，被擊退的不是日軍主力，只是一支偏師。」田貝嘴角浮出一絲狡猾的笑，又繼續用關心、同情的口吻說：「眼下日軍的第二軍配合第一軍主力在遼南開始發動新的攻勢，昨天第二軍已拿下復州，第一軍拿下了岫岩，合力攻海城的局勢已形成了。」

「是嗎！」恭王口氣雖然平緩，但仍掩蓋不了內心的震驚。海城為遼南重鎮，北上奉天可繞開聶士成仍據守的摩天嶺，往西可攻牛莊、錦州，戰局將越發不可收拾。想到此，他有幾分不信地說，「日軍的第二軍不剛剛打下旅順嗎？怎麼這麼快又北上呢？」

「這個——」田貝嘴角一癟，流露出幾分嘆服又幾分憐憫，說：「王爺，據前線電訊看來，此番中日戰爭局勢出現這麼快的一邊倒之勢，令局外人驚詫不已。照這樣的速度發展，不出兩個月，他們將在山海關下會師！」

恭王真有些難堪，訥訥地說：「倭人太凶殘、太狡猾、太無人道了！」

說著，恭王便歷數日軍不遵守萬國公約，向中立國船開炮；背信棄義、濫殺無辜等等罪行。田貝耐心聽恭王說完，然後緩緩地說：「日本人在開戰後，確有許多越軌或者說是違反國際慣例的行為。不過，在你死我活的戰爭中，這都是司空見慣，可以理解的。關鍵是誰能取勝，勝利者就最有發言權！」

田貝這話，赤裸裸地宣揚強權政治，所謂強權即公理，而且，面對戰敗國的親王，這口氣太冷漠。

恭王不由歎了一口氣，自第二次鴉片戰爭英法聯軍進北京，恭王以親王之尊，不得不卑躬屈節與洋人周旋，三十多年來，他對這一點體會最深，痛恨列強橫蠻無理，更恨自己不能振作，今天，堂堂中華竟敗在小小島夷日本人手上，還有什麼說的？他於是虎著臉說：「公使先生，日本兵的強悍，也不過逞一時之威，他們若仍不知收斂，待我大清皇上赫然震怒，舉國上下，敵愾同仇，各省人馬一齊發動勤王，那時勝負尚不可預料！」

田貝微笑著說：「六爺，中美兩國，一向交好，鄙人不但十分同情貴國目前的處境，且也十分理解六爺的心情，所以，寧願相信六爺所說全是真的。不過——」

田貝說著，吞吞吐吐，似有難言之隱。恭王不知這洋人心裡想說什麼，於是問道：「不過什麼，你只管直說！」

田貝笑道：「鄙人的話或許太直，請六爺原諒。」

恭王說：「只要是實情，請直說無妨。」

田貝於是說：「日本一小小島國，維新也不過二十餘年，為什麼堂堂中華，泱泱大國竟敗於這麼一個毫不起眼的島國？個中原因，王爺想過沒有？」

恭王強自鎮靜，矜持地說：「這也沒什麼少見多怪的，所謂勝敗乃兵家常事。所謂兵無常勝。」

田貝搖搖頭說：「這話太籠統，據鄙人所知，中國的老百姓、中國的大兵們都是好樣的，可中國的官，無論是帶兵的官、管老百姓的官都太無能、太無恥了。這當然不包括六爺您。」

恭王一聽這話，待要發作，但一想起這是自己讓他說的，便強忍下來，半天沒有開口，面色十分難看。田貝看在眼中，心裡卻很得意。

原來平壤陷落後，李鴻章受到議處，田貝獲知這一消息後，乃向本國總統寫了一份詳盡的報告，內容開始就與今天說的一樣，說中國以完全無準備狀態捲入戰爭，其原因主要是統治者之無知、無能與無恥，中國朝廷幾乎無官不貪、無事不賄、上下相欺、大小相欺；中國軍隊中貪污成風，吃空額，扣軍餉習以為常；眼下北京人人思逃，唯一出路為無條件求和……

數說到最後，田貝密請總統同情中國，並出面調停。其實，何所謂同情，只不過藉此增強美國人在亞洲的地位和作用，並從中撈取好處而已。美國總統對這個報告十分重視，馬上商請前國務卿科士達去亞洲，先到日本，再到中國，摸清雙方虛實，打算正式充當這個調停人。

眼下，田貝已打聽到俄國人不願單獨調停，除非各國或數國統一行動，而英、法等國雖口頭熱烈卻行動遲緩，實際上仍是採取觀望態度。田貝想，突出美國在亞洲形象的機會來了，眼下第一步便是逼中國人就範，而要做到這一點必須先打下中國人上自慈禧皇太后、皇帝下自文武百僚身上那種妄自尊大、目中無人的虛驕之氣，只有這樣，才能乖乖地由我裁定。

因此，他今天專揀恭王不愛聽的講，專揭大清國的傷疤。說到最後，田貝歸結到此次戰爭的責任，說是因為中國堅持在朝鮮的宗主權而引起的，並說中國在朝鮮的宗主權自允許朝鮮與列國訂約後便自動放棄了，此番袁世凱欲重新行使宗主權，干涉了朝鮮的內政，日本為了維護朝鮮的獨立與自主，才派兵進入朝鮮，因此也就爆發了戰爭——這其實是眼下日本人宣揚的陳詞濫調，被田貝搬來作為貶低中國的證據。

試想，如此腐敗、內政不修的國家，還有什麼資格以宗主國的地位出現在朝鮮呢？

恭王聽田貝如此一說，不由又羞又氣。

羞的是這個田貝居然對中國觀察如此細緻入微，能了解這麼多有關中國的情況，能說出這麼多醜聞，作為當今「皇叔」，他像被人當眾揭出了隱私，無顏見人；氣的是自己所在的皇室確實不爭氣，不能振作，眼下居然敗於一小小島國之手，自己以至尊至貴之軀，竟又一次拱手取悅於夷人，已滿花甲之人，聽任一個後生小子的指責。這不是自身受辱，而是國家受辱。

恭王很想手一揮，下令將這個狂妄的洋人轟出去，但轉念一想，又不得不盡力克制自己，只用極嚴肅的語調說：「田貝先生，你說了許多不負責任的話，鄙人不想反駁你。為政者戒多言，言多必失。這是敝國古代賢人一句名言。」

田貝今天的目的其實已達到了。所以，他笑了笑，裝出猛然警醒的樣子說：「啊，六爺還是生氣了，請原諒。鄙人今日說了這麼多，確實有些不中聽，不過，僅僅也是為了印證一句貴國的名言：物必自朽然後蟲生。請六爺再次恕我直言。」

田貝說完這句，匆匆告辭。

優遊壇坫

恭王沒料到這個田貝的到來，居然會給自己帶來這麼多的不快。心想，世亂奴欺主，時衰鬼弄人。中國縱然一時不振，也不致如此靦顏求人。

不料接連幾天，前方敗報不斷，繼岫岩、復州失陷之後，日軍第一軍又連克折木城和海城，盛京門戶為之洞開，愛新覺羅氏的子孫，無不為長眠在盛京的祖宗努爾哈赤擔憂了。

山東方面，警報更令人驚心動魄——日軍的快艦像幽靈似的頻頻在榮成、威海海面出現。山東巡撫李秉衡手中不足二十個營的兵力，要沿上千里海灣布防，防不勝防。處此形勢之下，除了求和是再無他法。

這天，李鴻章直接給恭王寫了一封信。信中說，他已獲悉美國前國務卿科士達動身東來的消息，科士達在職期間，與時任日本駐美公使陸奧宗光很有交情，日本人又一直與美國關係密切，如果科士達從中斡旋，「倭人或肯就範。」

恭王讀信後，馬上想起田貝在他跟前那一番狂悖之詞，心中十分不快，猶豫再三，但一想到局勢如此危急，自己也就矜持不得。所謂受人求者常驕人，求人者常畏人。他只好抱著屈辱的心理，以回拜的名義往訪田貝。

「王爺，聽說天津海關稅務司德璀琳作為中國的求和使者去日本，竟吃了閉門羹，有這回事嗎？」田貝似早料定恭王會來「回拜」的，見面時嘴角浮出一絲不易察覺的嘲諷與得意。

德璀琳去日本是祕密進行的，田貝知恭王忌諱這個話題，但他偏偏開口就提這事。恭王把田貝的態度早瞧在眼中，心中雖十分反感，但仍勉強點了點頭。說：「是的，德璀琳是個熱心腸的人，他不忍心看見中日兩國生靈塗炭，故自願充當和平使者，前往日本勸和。」

田貝見恭王把「求和」說成「勸和」，不由嘴角又一癟，露出恭王極不願看到的那種微笑。說：「聽說此事是李中堂的主意。當然，處在李中堂的地位，他的難處很多，很令人同情。不過，這個德璀琳太自不量力了。」

恭王說：「何以見得？」

田貝說：「王爺未必不清楚，聽說此事一開始王爺您便不以為然。王爺辦洋務三十餘年，當然明白，日本已步入文明開化國家之行列，凡事講究法度，德璀琳雖是中國客卿，可身分不尷不尬。另外，一個小小的海關官員，怎麼能代表一個國家處理停戰媾和的大事？且不說這是貴國朝廷自失主權，就在他人看來，這也是極不負責任的行為。」

恭王一聽這話，不由瞥了陪同前來的徐用儀和汪鳴鑾一眼，半晌無語——田貝此說，比當初自己說的更一針見血。這個可厭的洋人態度雖然狂悖，但說話還算直率，不像英國人歐格納他們愛繞圈子，一口的外交詞令，使人摸不著邊際。

回過頭來又想，當初擬派德璀琳去日本議和確實考慮欠周，徒增人恥笑——田貝話語中讚日本為文明開化國家，這不明顯地流露出對大清的輕侮與蔑視？再說，中樞會議，自己對派遣德璀琳赴日一事不以為然，這是極機密的事，這個美國人何以得知呢？恭王此時內心充滿了羞憤與疑懼。

徐用儀知恭王不悅，忙說：「德璀琳之行純屬私人性質——他並未奉國書、未奉明詔。再說，作為一種外交試探，這也未嘗不可！」

田貝聽了又冷笑一聲道：「徐大人，你的所謂試探是一種自欺欺人的、可笑的試探，因為你們的對手可不是那麼可以隨意愚弄的。而且，貴國的行為愈輕率，愈不考慮後果，只能愈招人笑話！」

田貝最後一句說中要害。處此形勢之下，恭王縱想說幾句硬話也說不出來——他知道這樣爭辯毫無益處，只能自取其辱。他示意徐用儀不要再說，自己改用委婉的口吻說：「田貝先生的確見識宏遠。眼下這形勢也確實於中倭雙方都不利，每延長一天，勢必導致更多的無辜受害，望閣下體念中倭兩國百姓受難深重，從速斡旋，勸和為上。」

田貝直到把恭王逼到這個地步，才說出自己的調解方案。這期間，他與國內文電往返，與國務卿格萊錫早商討出了逼中國就範的方案——田貝作為美國公使，不宜介入中日之間的談判，僅以「傳言人」身分出現。至於前國務卿科士達眼下已非政府官員，當然可不受約束。必要時，科士達可以中國和談使團顧問的身分出現，眼下科士達已到達日本，會見了伊藤博文與陸奧宗光。日本方面拒絕公布議和條件，但表示願意接納一個有全權資格、有權在割地、賠款的條約上簽字畫押的中國使節。

恭王一聽，不由默然——田貝把德璀琳的出使貶得一錢不值，但科士達的調停也還是私人名義。只不過是日本人傲慢起來了，成心把個面子賣給美國人而已。

另外，恭王還有更擔心的事——這以前各國報紙對日本人的態度紛紛猜測，有消息說，日本軍界一班跋扈的軍人和民間的激進份子提出要先佔領北京才肯議和。眼下既然願接納議和使者，即表示和談已有一線希望了，但派誰去談，在哪裡談，日本究竟會提出什麼苛刻條件，都在未知的迷霧中。

恭王一顆心沉重得再也無法比擬。

第五章 悲乎，威海

侯府諜影

得知朝廷終於採納恭親王的主張，派出了戶部侍郎張蔭桓和署理湖南巡撫邵友濂為首的議和使團赴日的消息後，李鴻章總算稍稍安了一下心。

不料就在此時，傳來日軍大隊艦船炮擊登州且有可能強行登陸的消息。他明白，日軍是奔威海的北洋水師基地來的，只有最後消滅北洋水師，完全控制山東半島與遼東半島，完全斬斷拱衛京津的雙臂，渤海灣才無險可憑藉，他們才可隨心所欲地在大沽登陸。

心急火燎的李鴻章一邊急電向朝廷告急，一邊電商山東巡撫李秉衡，趕緊布置登萊一線防務。可氣的是山東防軍主力多奉調赴遼南，眼下李秉衡手中不足二十個營。李鴻章清楚這點，不由急得像熱鍋上的螞蟻，也偏偏就在這個時候，李經方那個小妾田中桂子出了大事。

發現田中桂子行跡可疑的是李經述，開始只當與人有姦情。

經述自從糾纏翠帕，被父親當場拿獲受到痛責後，他只能閉門思過。這以後中日戰起，為方便，李鴻章乾脆吃住在萃珍閣，李經述再也無法挨翠帕的邊。花心大少鎖不住心猿意馬，只好乘大哥李經方不在家時常去租界經方公館中，和田中桂子鬼混。

田中桂子模樣和翠帕相似，身為小妾，又為夷人，李經方對她拘管得並不嚴。平日總是信馬由韁，讓她三街六市地亂跑。李經述暗地稍事挑逗，一拍即合，常趁李經方不在家時，「青山正補城牆缺」。不想這一段日子，田中桂子卻對經述疏遠起來。每逢經述來公館時，她不是藉故躲開便是作聲作色，一副凜然不可侵犯的樣子。

李經述以為她是故意拿架子慪他，後來才發現，這個東洋女子不像是作假。心中不由納悶，慨然想，既有今日，何必當初？就是再忠烈的女子，只要上了手，便只有男丟女，哪有女拒男的？於是，他吩咐身邊的小廝福兒，又告訴經方公館守門的曹老頭，大家用心，暗暗地留神。

這一留神，居然還發現了一點蛛絲馬跡。曹老頭告訴他，「每逢晚上老爺外出，角門總有人出入。」

原來經方的公館不大，前後門都臨街，後面小角門一到晚上便要上鎖。這門也由曹老頭看管，每到晚間由他鎖上後門。這幾天他發現明明鎖好的後門，到早上是開著的。開始，他以為是自己忘了，後來才發現確有人出入後門，且用了鑰匙。這鑰匙除了他便只有姨太太有。

經述一聽這情況，馬上就有了結論：一定是田中桂子有了外遇。心想，田中桂子最愛去看戲，說不定是嫖上了哪個戲子。這一想，口中馬上湧出無盡的酸水。心想，這賤人本是藝妓出身，上不得台盤。叫化子當了官仍不忘狗飯缽。經述決心代替哥哥治一治這女人。

這天下午，李經方奉父命偕田中桂子去俄國領事館拜會領事加西尼，督促俄國加緊牽制日本，雙方態度非常友好，談得十分投機。加西尼是個風流的外交官，公事之餘，最愛跳舞，和經方夫婦常在舞廳見面周旋。這天談完公事，留下經方夫婦共進晚餐，然後在領事館跳舞。

田中桂子平日最善此道，且舞姿優美，一到舞池便如一隻花蝴蝶，在眾賓客中翩翩飛舞。

這天，她和加西尼才跳了一支曲子，便微蹙雙眉推說身子不舒服，留下侍女伺候經方，告辭了領事和領事夫人後，匆匆跳上馬車離開了領事館。她先令車夫在大街上兜了一個圈子，確信沒有跟蹤後，便逕直奔自己的家，下了車，客廳也不待便急匆匆上樓回自己住房。這時，正是華燈初上之際，府中人忙於晚飯後的收拾盥洗，樓上各房關門閉戶，闃然無聲，誰也沒去注意她。

她先奔自己的小盥洗室，擰開龍頭唏裡嘩啦地洗了一陣，換上睡袍回到前面的臥室。就在這時，只見一條黑影不知從哪裡竄出來，見四下無人，身子一閃上了二樓，又一閃便進入田中桂子的房間，房門隨即被輕輕掩上了。

這情景，早被暗中盯梢的曹老頭和福兒看在眼裡。原來這天福兒正在曹老頭家聊天，田中桂子的馬車一進門，他倆便留神她的動靜。眼下分明看見有人進了她的房間，二人好不高興，為了搶頭功，福兒讓曹老頭繼續監視，自己趕緊跑到書房裡，告訴了佯裝在用功的李經述。

經述一聽，好不高興。他身邊除了福兒，另帶了兩名健僕，一個外號叫「山貓子」，另一個稱「毛猴子」，都是他父親身邊人，都有幾分武功，經述特地把這二人帶在身邊。此時一聽福兒的報告，馬上帶了這兩名健僕直奔田中桂子房間，打算將此姦夫、淫婦拿獲，當面羞辱一番，也出一出胸中這股酸氣。

衝上二樓，來到田中桂子的房門前，只見裡面燈光突然一黑。經述情知裡面的人已警覺，趕緊猛地一腳，踹開房門，眾人一擁而入，只見黑暗中隱隱約約有兩個人，正慌慌張張攜手直奔後面。

原來李經方這公館乃法式洋樓，前面走廊相通，後面有大露台，經述他們從前面衝入，卻忘了在後面設伏。田中桂子在房內聽出聲音有異，乃與這男子攜手從後門出來，想從另一間房子裡出去。這裡經述一夥人猛撲上來，她見來得凶，便猛地將那黑影一推，突然抽出一把鋒利的匕首反身迎了上來。

跑在最前頭的是「山貓子」，這也是一根輕骨頭，只道是風月場中風流事，想竄到前頭在田中桂子身上討點便宜，沒提防她手中有刀。見她猛丁地回轉身，他忙一個猛虎撲食撲上去，想一下摟住這俏麗的東洋婆。不想田中桂子手中這把匕首尖兒正迎著他，只見她猛地用力向前一送，匕首已捅進小腹。

跑第二的是「毛猴子」，他還不知「山貓子」已吃了刀，見「山貓子」已撲上了田中桂子，他便去逮那個黑影子。此時，外面燈光閃爍，他不但從後面看清了此人的身影，也看清了他手中提一個盒子。「毛猴子」肚內尋思，那盒子一定是首飾盒，這小子一定是欲拐了女人私奔。於是也一個餓狗竄襠衝上來。這人此時已爬上了陽台邊的欄杆，「毛猴子」這一撲，他那裡正好縱身一跳，人未逮住，但把對方手中的盒子搶到手中。

此時田中桂子一刀刺翻了「山貓子」，「山貓子」不由慘叫一聲，捂住肚子往下蹲，田中桂子抽出帶血的刀，揮舞著撲向後面的李經述和福兒。

李經述一下慌了神，他沒料到這女子竟這麼凶橫，公子哥兒的他，還沒有見過這陣仗，一時不知如何應付。倒是福兒機靈，此時忙喊道：「二爺，二爺，快摟火呀，用快槍打！」

李經述一下被提醒了。原來李經述手中握有一支小巧玲瓏的勃朗寧手槍，他只是來捉姦，也沒多帶人，為了嚇唬田中桂子，他特地帶了一支防身的手槍。福兒這一提醒，面對田中桂子帶血的匕首，他也橫了心。

這裡田中桂子以為事情敗露，什麼都完了，揮舞著刀子衝上來找經述拼命，咫尺之外的經述用不著瞄準，只猛地一摟火，只聽「砰」地一聲，一下就打中了田中桂子的左胸，田中桂子只晃了晃便倒下了。

這裡「毛猴子」只搶到了那只盒子，往樓下一看，那個黑影早一溜煙從角門溜出去了。他知追不上了，乃打開盒子一看，裡面只是一盒普通的點心，根本就沒有半點值錢之物。「毛猴子」別提有多失望，他一火，猛地將這點心盒扔下了樓。

望著田中桂子仰臥在血泊中，未經過大事的李經述不由慌了神。一來這是大哥的愛妾，怕經方不依；二來這裡是洋人的租界，治安由洋人負責，大小事須報告洋人。此番殺了人，以經述的地位當然不會把他怎樣，但勢必弄得通城皆知，尤其在這種時局下，於父親及自己名聲不利。

這時，公館中人多被驚動了，紛紛跑上來問怎麼回事，連一向不理家事的經方原配張氏也從三樓下來了。一看這情形，不由大驚失色，連忙問小叔子道：「他叔，這是怎麼回事，這是怎麼回事？」

經述情急智生，略一沉吟，也不理睬張氏，只匆匆向眾人下了三條命令：一是趕緊派人堵在門口，洋人的巡警若聽到槍聲前來查問，只說不小心爆裂了一隻暖水瓶，並無大事；二是趕緊將受了重傷的「山貓子」悄悄抬了送往華界醫治；同時又下令將田中桂子的屍首暫時移到她的房中，將陽台上的血跡洗乾淨，並告誡公館中人，不准走漏消息。

布置完了，他見張氏還怔在那裡，知一時也解釋不清，只略安慰了張氏幾句，也不派人去喊經方，卻自己逕直奔北洋大臣衙門來尋父親首告，是獎是罰，由父親裁決。

路上，「毛猴子」忽然歎了一口氣，說：「奇怪，這麼一個如花似玉的少奶奶，竟會去偷一個下人！」

「誰？你說誰？」李經述直到這時才記起那個姦夫，他只看到一個黑影子，沒看清面目，眼下

「毛猴子」這麼一說才記起。忙問道：「你莫非看清了那人的模樣？」

「毛猴子」點點頭說：「看清了，但若不是親眼和他打了照面，死也不會相信這事。二爺您說是誰？就是常來府中賣花、喝醉了亂唱的那個癲子。」

「啊！」經述不相信地說：「你看真了，果然是他？」

「毛猴子」賭咒發誓地說：「二爺，小子講了胡話，您可當著老中堂的面割掉我的舌頭！」

聽他這麼一說，經述胸中疑團越來越大：田中桂子以死相拼已有些反常，而姦夫竟是那麼一個齷齪人物則更不好理解。於是，他覺得更應該去向父親報告。

這天，李鴻章一邊令李經方拜會俄國領事，一邊卻在鎮海樓接待法國公使施阿蘭，雙方就中日戰事新發展交換看法。

因指望法國調停，李鴻章十分巴結，會談後又留公使共進晚餐。

施阿蘭是一個美食家，最愛吃中國菜，李鴻章投其所好，令廚子按宮廷菜譜整治出一桌很具特色的滿漢全席，又令羅豐祿、于式枚等作陪，一頓飯吃了一個半鐘頭。好容易結束了宴會，送別了公使，李鴻章回到上房，想歇一歇消食，這在這時，神色緊張的李經述一頭闖了進來。

事情雖有蹊蹺，起因卻是自己吃醋，以小叔子去捉嫂嫂的姦，李經述不管如何也說不出硬朗的話，尤其是自己的一些不乾不淨的行為，這邊府中人也略有風聞，他更怕父親已掌握了自己什麼把柄，又翻出來追究他，所以，經述開始見了父親那焦灼、疑惑的目光時，反有些猶豫。但禍闖出來了，父親這一關遲早要過，只好硬著頭皮如實吐真情。

李鴻章虎著臉聽兒子敘述，開始果然是一驚，露出幾分鄙夷不屑的神色，但聽著聽著，忽然眼睛一亮，像是讓人一下點撥、領悟到了什麼謎一般，竟很認真地聽起來，連一些被經述忽略、一筆帶過的細節也注意到了。待經述說完，他忽然和顏悅色地說：「你趕快回去，將那盒點心尋了來。記住，此事你必須親自去，不可交付外人！」

李經述見父親沒有責備他，反像是有幾分讚許的模樣，不由高興，於是興沖沖領命而去。

過了好一會兒，李經述返回來了，父親仍在上房等他，見他手中果然提了一盒點心，李鴻章迫不及待地接過點心盒，燈光下先仔細察看它的外形，這點心不過是天津十八街的普通油麵餑餑兒，打開盒子，往桌上一倒，倒得餑餑兒滿桌亂滾。

李經述有些莫名其妙，卻見父親一下從盒底下摳出一張紙展開來，上面寫滿了字，且全是日文。父子倆湊在燈下仔細研讀——雖念不通，卻能看懂個大概，上面竟說起中日戰爭和外交，扯上了俄羅斯和法蘭西。父子倆正驚詫不已，李經方已風風火火、怒氣沖沖趕來了。

李經方怒目圓睜，緊盯著經述，李鴻章沉下臉，命令似地對長子說：「你別理他，先與我翻譯這字條兒！」

李經方使日三年，對日文已相當精熟，接過字條，竟流利地翻譯出來，不想這一下，連自己也驚呆了——上面寫的，竟全是下午自己和俄國領事加西尼的談話要點。

李經述此時那高興勁真不知要如何去形容了。直到這時，他才明白田中桂子何以要和自己以死相拚。人一得意，未免忘形，乃大聲笑著說嘴道：「我早看出來了，眼下天津、上海都發現了日本奸細，其實，那一班普通人能刺探到什麼機密呢？我們每次出兵，倭人都能事先得知消息，布好陷阱，所以，我斷定這奸細在府中，在我們家裡……」

話未說完，只見對面的父親突然臉色一變，先左右看看，見無他人在場，突然出手，猛地扇了他一記耳光，道：「胡說！」

經述被打得兩眼直冒金星，一下怔住了，雙手護住臉道：「爹，您這是為什麼？」

李鴻章此時顧不得三十歲兒子的臉面了，竟對他怒目而視，低聲吼道：「老子打的就是你不知深淺，此事傳出去，滿門抄斬！」

李經述挨了這一巴掌不由深感委屈，眼淚一下溢了出來。經方卻明白父親這一巴掌其實是打他，不覺有愧，忙拉經述退下。

春燕、岩鷹

聽到樓上響起了槍聲，正逃命的杉岡不由怔了一下，但一想到自己的使命和勢單力薄的處境，他又放棄了轉身的念頭。

他是在得知秀子的消息後加入玄洋社的，以他的知識和才幹立即受到了重視，隨即被派到天津。日本駐天津領事館武官井上敏夫中佐同時也是玄洋社派駐天津的頭目，杉岡見了井上敏夫，憑他那豐富的學識、睿智而雄辯的口才以及曾在首相身邊工作的經歷，立即受到井上敏夫的尊敬與信賴，對他言聽計從，並願意讓他指揮散布華北地區的黨徒搜集情報。

但杉岡捨棄首相府祕書的職位來此，可不是為了這個位置，他仍記掛著心上人秀子，乃苦苦哀求井上敏夫，請他告訴秀子的下落。

開始，他受到井上敏夫狠狠地斥責，甚至要把他作為違紀的人遣送回國。但杉岡聲淚俱下的乞求和對情人矢志不渝的追求感動了他，終於答應為這一對情人安排一個見面的機會。

去年十一月初三日為天皇誕辰紀念日，日本人稱之為「天長節」。那時，中日關係還維持著表面的和諧，為慶祝這個節日，日本駐天津領事荒川已治在領事館設宴，邀請李鴻章和各國駐津領事，李鴻章因身子不適，乃令李經方作代表，李經方於是偕田中桂子一道赴宴。

那一天的慶典十分隆重，席間有日本的相撲和歌舞。田中桂子以能歌善舞在外交官中享有盛譽，在幾位年輕外交官的提議和荒川已治領事、井上敏夫中佐的熱情邀請下，李經方讓田中桂子登台唱了一支日本歌，立刻博得了眾人雷鳴般的掌聲，盛情難卻，她又跳了一個日本舞，這一回的掌聲比上次更熱烈。下來後，荒川已治的夫人邀田中桂子去自己房中更衣，不料一進入荒川已治領事夫人臥室，田中桂子立即看見了立在房中的杉岡。

「春燕！」

「岩鷹！」

二人幾乎是同時張開雙臂朝對方撲過來，緊緊地摟抱在一起。「岩鷹」和「春燕」本是杉岡和秀子熱戀時相互的暱稱。

那時，他們在一起盪秋千，像一對凌空展翅的燕子，相互追逐，又像是搏擊青雲的鷹，不料後來，「春燕」失蹤，「岩鷹」成了離群的孤雁。

今天，一別兩年的一對情人終於又見面了，他們緊緊地摟抱在一起，不知過了多久，所有探詢、責備都成了多餘的東西，他們任熱淚交流……

突然，外面傳來領事夫人輕輕的咳嗽聲，秀子好像一下醒悟過來，她猛地掙脫了杉岡的摟抱，且低聲斥責道：「你是誰，怎麼敢這樣對我？快與我滾！」

杉岡大吃一驚，說：「秀子，我是杉岡呀！你忘了我們的過去了嗎？」

秀子冷笑一聲道：「過去？過去早死了，如今，我是堂堂大清國總督的兒媳婦！你是誰？」

杉岡一聽這話，立刻明白了自己眼下的地位和處境，記起了自己在荒川巳治和井上敏夫面前的誓言，只好呆呆地立住了。

秀子見杉岡終於冷靜下來了，雖仍熱淚盈眶，但她堅決地擦乾了眼淚，用冷冰冰的語調說：「為了我們大日本帝國的利益，為了天皇陛下，杉岡君，請你忘了我罷！」

說著，她在領事夫人的梳粧檯前稍作收拾就毅然拉開房門，邁著輕盈的步子走出去了。

杉岡望著她的背影，竟一下跪倒在房中……

事後，井上敏夫向他介紹了秀子——田中桂子的情況。

她眼下是日本軍部攫取中國上層情報的諜工，因為她出色的工作，在軍部、在玄洋社內已被傳說成神奇的女神。說完這些，井上敏夫警告杉岡，玄洋社為把這麼個釘子安在李鴻章身邊費了很大的功夫，不要想入非非，破壞這個計畫，否則，不但帝國利益受到不可估量的損失，他本人也將受到玄洋社的嚴懲。

在井上敏夫如此嚴厲的警告下，杉岡只好以一個武士的名義發誓，斬斷情絲，成全秀子以身報國的大志。井上敏夫對杉岡的表白十分滿意，在杉岡的央求下，他安排杉岡充當與秀子的聯絡人。這樣，北洋公署和李經方的公館外經常出現一個瘋瘋癲癲的賣花人，這就是杉岡。他不但每天能在天津大街上佯狂放歌，能在門禁森嚴的北洋大臣衙門前留連徜徉，後來通過秀子的安排，他甚至能溜進李經方的公館和秀子幽會。

隨著中日戰爭的激烈進行，帝國軍人獲得了空前的勝利。在日本國內舉國若狂的歡慶聲中，人們沒有忘記能為帝國軍人提供準確情報的人。除了玄洋社內部和軍部少數幾個知情人，大家都在傳說一個神奇女神，是她的顯靈顯聖的點化，才有今天的勝利。由此，大家一提到這事便顯出無比欽敬、無比嚮往的神色。

聽到井上敏夫傳達的這些消息，杉岡對秀子更加欽敬不已。不料就在這時，出現了一個意想不到的變故——因旅順危在旦夕，李鴻章電令丁汝昌火速將正在大修的水師各艦撤往威海。

這是一個很好的、聚殲殘餘北洋水師的好機會，當秀子通過杉岡把消息傳遞出去後，派去送信的羽田在大沽被查獲了。

自從出現劉甫、石川五一的間諜案後，天津與大沽等地對日奸的盤查忒嚴，羽田就在這時被發現了，他雖熬刑不招，但從他身上搜獲到的電令和一些文件卻證明日本的奸細非同尋常，除了劉甫和石川五一，仍有奸細在猖狂活動。

李鴻章派出的偵探更加緊了盤查和搜索。為此，玄洋社派在天津替代井上敏夫的乃木推斷，秀子有暴露的可能。他告誡杉岡，不要再去與秀子聯繫了，但杉岡怎麼能捨下秀子呢？今天，他是豁出命來的。一見面，杉岡就說：「秀子，我是來通知你的，上頭決定讓你撤退。」

秀子說：「撤退！為什麼？」

杉岡說：「羽田出事了，那些情報已落到了支那人手上，他們能從知情人範圍上查到你的。」

杉岡說著，上前拉了秀子的手便要走，不料秀子猛地拂開他，斬釘截鐵地說：「我到此地步不容易，我不走，就是死也死在這！」

杉岡說：「秀子，我知道，你是平岡浩社長親自安插在此的人，除了平岡浩太郎的手令，誰也無法支使你。但是，眼下形勢突變，事急從權，你已為帝國攫取了價值無比的情報，使帝國在征清戰爭中取得了無比輝煌的勝利，你成了帝國上下人人尊敬的英雄，若脫險歸國誰也不會責怪你。」

不料此時的秀子卻像一隻暴怒的母獅，她怒斥杉岡道：「杉岡君，你是個武士嗎？武士的第一美德便是堅忍你知道嗎？你是玄洋社的社友嗎？玄洋社的宗旨是忠於天皇，民族第一，帝國第一，沒有個人安危的條文，你只想逃跑，不配一個武士的稱號！告訴你，我是衝北洋水師來的，來了便沒想活著回去，我要和北洋水師一道覆滅！你走吧，走！」

杉岡苦苦勸道：「秀子，我知道你的志向，但眼下北洋水師快要完蛋了。你用不著再待下去了。老賊李鴻章根據羽田身上的情報很容易查找到你，他會用最野蠻的手段處死你！」

不想秀子仍無動於衷，她把頭一昂，無所畏懼地說：「玄洋怒濤，勢可滔天——這就是玄洋社的精神。我身為大和民族兒女，早已下定以死報國的決心。」

說著，她取出一盒事先準備的點心交與杉岡，並催他快走。

杉岡還要說什麼，就在這時，樓梯間突然傳來急促的腳步聲，李經述等人來捉姦了。杉岡的心一橫，就要開門衝出去，秀子卻比他更鎮靜，她將點心盒匆匆往杉岡手中一塞，自己迅速從床下取出一把匕首，然後拉起他的手就往後面跑。不料這一切都遲了……

眼下，秀子死了，由她收集的最後一份情報也丟了，他在天津再也沒必要待下去。想到當初和秀子之間的山盟海誓，想到自己堂堂的武士反不如一個女人，杉岡真恨不得一下撞死……

他懷著極度痛苦的心情逃回了住所。但由李鴻章親自下達的搜捕令已發布四城，天津府署派出的兵丁、捕快到處在搜捕一個瘋瘋癲癲的賣花人。

杉岡的住所不久即被發現，虧他警覺，化裝成一個商人，逃到了大沽，花重金雇了一條漁船，於黑夜逃出了大沽口，在海上漂流了三天才到達旅順，找到日本佔領軍司令部，把秀子殉國的消息告訴了自己人。

香銷

李鴻章十分懊喪地回到了萃珍閣。

翠帕仍跟往常一樣，在門口迎接。他攙著翠帕的手步入內室；翠帕只覺老爺子的手很涼，像捏著一塊冰似的，便親切地說：「老爺子，你的手怎這麼涼啊？快來暖和暖和！」

說著，她把他按在暖炕上坐好，又把那個大白銅炭爐移近一些，然後轉身入內，取出坐在小泥爐上的熱茶與他暖身子。但他顯得有些木強不靈，只抬起頭，衝著翠帕發怔。

是的，晚妝未卸的翠帕確實好看，鴉髻初盤，蛾眉乍掃，淡淡朱唇如蓮瓣初開，盈盈雙眸如一泓春水。

他縱情地把目光停留在翠帕的臉上，像把玩一件雕飾，翠帕被他看得渾身不自在，只好揭開茶盅，把滾燙的茶水吹了吹，自己先試一口，然後直接送到他的嘴邊，說：「您今晚怎麼啦？喝口茶潤潤嗓子、暖暖身子。」

李鴻章望著翠帕，其實仍在想田中桂子的事，李經方這孽障本是迷戀眼前這張臉才娶田中桂子的，究竟是該責備四十歲的兒子，還是該已年逾古稀的老人自省自責呢？他顯得興味索然，好半晌才歎了一口氣說：「唉，煞費苦心，人家可真是煞費苦心呀！」

翠帕從這莫名其妙的話語中，看出了不尋常，乃順勢坐上炕，挨近他的身子，他於是拉住她的手，久久地凝視著，突然長歎一聲，像是自言自語地說：「經方那個媳婦，被經述給打死了。」

猛地聽了這消息，翠帕不由驚呆了，她閃開一些距離望著他，說：「什麼，您說什麼？我不信！」

李鴻章一直處在懊喪、煩躁之中，被翠帕緊緊盯住追問，不由更加沮喪。忽然，他記起翠帕在這府中最親近田中桂子，田中桂子常趁他不在時，朝這藏有機要密件的房中跑，不覺怦然心動。

他的目光一直停留在翠帕的臉上，原本是慈祥和親切的笑容不見了，代之是犀利的目光和緊繃著的臉，緊緊地盯住翠帕反問道：「你吃驚麼？」

翠帕見他目光有異，不由一怔。經述與田中桂子有染，她也有所風聞，眼下經述突然殺嫂，這中間有什麼過節？在李鴻章咄咄逼人的目光下，她不由心虛了。她怕他又扯上往事，於是說：「我怎麼不吃驚呢，人家和我親近，常來走動，這下一個伴也沒有了。」

李鴻章聽她這麼一說，一股無名火全冒出來了，竟猛地扇了她一個耳光，說：「伴，豺狼也可為伴麼？就因你扯她為伴，我的祕密全被她偷走了！」

說著立起來，指著翠帕狠狠地訓了一頓，罵完人他便轉身下了樓。這晚上就再也沒有上樓，而是宿在後面小妾莫氏的房中。

自從寵上翠帕，莫氏已被他冷落了整整三年，今天，乍見老爺子出現在房中，就如天上掉下來的一般，親熱得不得了。但李鴻章卻神情木然。躺在莫氏身邊，一會兒想起了日本人，處心積慮，煞費苦心，居然派出了田中桂子這樣的女子充做他的兒媳婦，自己面對這樣一個工於心計、不擇手段的敵手，不失敗又待怎的？

一會兒，他又想起了翠帕，先只想自己這一大把年紀了，弄這樣一個美人在身邊，怎麼說也不合適。不想這幾年相處，他和她竟在相互順應中釀就了一種情分。她是那麼貼心體意地伺候他，尤其是這半年中，面對雲詭波譎的局面，自己焦思殫慮、心力俱竭，若不是她的精心調養和細緻入微的伺候，自己只怕早已倒下了。生活中，他是一刻也離不開她了，今天，大勢已去，敗局已定，自己遷怒於一婦人，這算什麼呢？

這一巴掌出手是何等的不該啊！翠帕被驕寵慣了，是不是想得開？有此一想，心中越加難安。這一晚輾轉難眠，頭腦中似有某種預感。

果然天亮起床，前頭便傳來消息：翠帕懸樑自盡了！她應是不堪其辱而死的。

李鴻章此時正在穿衣，聽了這消息，不由仰天一聲長歎。——玉殞香銷，是否是自己一生事業將毀的前兆？

下策

日艦炮擊登州只是佯攻，其志在威海，聲西而擊東，突破點選在威海以東一百四十里的榮成縣成山角——欲迂迴背後扼威海守軍之吭。

此時，遼東形勢已急轉直下，奉天危急，前線督兵大員慌了手腳，急忙抽主力保衛省城。不料日軍卻在遼東取守勢，而把攻擊重點轉到渤海另一邊的山東。

十二月下旬，日軍艦船紛紛南下，待他們炮擊登州時，登州鎮總兵章高元已奉調率部赴營口，北援遼東，負責登州城防的統領夏辛酉僅以明代遺留下的戚繼光所鑄銅炮還擊，這對配備有現代巨炮的日軍鋼甲快艦形同兒戲。

於是，夏辛酉派出快差，至煙台山東巡撫行轅向巡撫李秉衡告急。

李秉衡此時也如熱鍋上的螞蟻——日軍艦隊已雲集沿海，其司令官伊東祐亨已照會英、法駐煙台領事，說日軍不日將攻煙台，務請兩國領事及僑民在四十八小時內撤離。

煙台無城池，這以前僅為一漁村，因明代戚繼光在此為抗倭建有烽火台報警，故名「煙台」。據同治元年中英、中法《天津條約》，劃煙台、牛莊及臺灣的淡水等處為通商口岸，煙台才有商賈聚集，成為一個城市，英、法兩國並在此設領事館。

此時，英、法兩國駐煙台領事接到伊東祐亨的照會，不由慌了手腳，一邊通過公使向日本政府提出抗議，一邊又向李秉衡提出務須保護通商口岸的要求。而在渤海灣、黃海一帶遊弋觀戰的英法戰艦也奉本國公使之令，紛紛向煙台海面集中，煙台的局勢突然緊張起來。

李秉蘅迫於形勢，趕緊收縮兵力，原來部署在榮成一帶的鞏綏軍、嵩武軍同時奉調向煙台靠攏，準備抗擊在煙台登陸的日軍。

這一著正中日軍下懷。日本陸軍第二軍的第二、第六兩個師團是十二月二十日從廣島登輪的，先集結於大連灣，會合已攻克金州、旅順的部分日軍共約兩萬餘人，用輪船送往山東。

十二月二十五日，炮轟登州的日艦紛紛東移，凌晨，在榮成縣成山角外海遊弋的日艦突然逼近海岸，用小火輪拖帶舢板在成山頭南面龍鬚島強行登陸。

這時，守戍成山頭的官軍才四哨人馬，不足五百人，而日軍第一批登陸的便有一千餘人，官軍營官閆守禮迎戰不力，很快便敗退了。

日軍得以搶佔了灘頭陣地。待後續部隊陸續登陸，馬上直攻榮成縣。

榮成縣守城的僅為地方團練，中日宣戰後才召集攏來，尚未認真訓練過，所以，當日軍炮擊後發起衝鋒時，團練馬上潰散了，日軍很順利地佔領了榮成縣。縣令楊志仁倒是個有氣節的人，見倭寇蜂擁而至，復城無望，為免受辱，乃和家人一道投繯自盡。

日軍終於很順利地從威海衛的東南角上捅開了一個大缺口。榮成縣如遼東的金州，金州失而旅順危，眼下榮成失守，人們似乎看到旅順的冤魂在威海衛的上空晃盪。

日軍登陸後，巡撫李秉蘅一邊向北洋、向朝廷告急，一邊又懸下重賞，要把敵人趕下海。但事與願違——敵軍非但沒有被趕下海，反而步步進逼，十二月廿八日，日軍分兩路攻向威海，其中一支竟順利攻下距威海南幫炮台不過十里的楓嶺，南幫炮台的守軍已能清晰地聽到日軍登陸部隊發出的小鋼炮的轟鳴和機關槍連串的吼聲了。

劉公島上的形勢更加緊張了。

因為倭寇幾次大的戰鬥都選在我國的傳統節日前後——五月初四日宣布出兵朝鮮；八月十六日進攻平壤；慈禧太后萬壽節前一天攻陷金州；過小年前炮擊登州；過小年後陷榮成。

眼看又是除夕了，李鴻章似有某種預感，乃於前一天急電丁汝昌，謂日軍可能於除夕或新正之日發起總攻，務必做好戰鬥準備。

丁汝昌哪敢懈怠，他命令所有戰艦一齊升火，官兵一律不准上岸或離崗，岸上各炮台也一齊戒嚴，軍士輪番守衛和瞭望。到晚間，劉公島龍王廟前及另一小島——日島的主峰上，幾組探照燈一齊打開，強烈的光柱在海面上搜索，半點也不敢懈怠。

按說，日艦要從海上正面進攻劉公島和威海衛是相當困難的，日軍也沒有這個打算。眼下伊東祐亨雖指揮大小四十多艘戰艦擺在威海的洋面上，但只能封鎖北洋水師的出海口和航道，使之無法逃遁，卻也不敢靠攏來。因為威海南北幫六座岸炮台及劉公島、日島的炮台大小上百門大炮一齊指向大海，只要敵艦駛近便可開炮轟擊。

但炮台防得了正面卻無法顧及背後；可轟擊從海上來的，卻打不到從山背後來的。

除夕這天，白天大海上的敵艦沒有動靜，看看夜幕降臨，估計這天算是平安過來了。於是，丁汝昌下令水師官兵在各自艦上聚餐，卻令各艦管帶、大副去水師提督衙門議事，同時也準備了宴席。

不料眾管帶、大副陸續到齊，卻始終不見劉步蟾的影子，派護兵去請也不來，丁汝昌只好自己上艦去請。

「子香，大時大節的，怎麼這麼早就睡？」

丁汝昌登上「定遠」艦，進到軍官艙，只見裡面靜悄悄的，小燈泡發出昏暗的光，照見劉步蟾和衣倒在床上，一隻酒壺已底朝天歪在一邊。聽到丁汝昌的呼喚聲，劉步蟾勉強睜開眼，橫了丁汝昌一眼說：「什麼大時大節，我只怕應了一句俗話：大年三十吃年飯——好日子已是過完了！」

丁汝昌委婉地說：「子香，俗話也說：天無絕人之路。你我也不要太傷心、失望了。倭寇手段雖辣，但李鑒堂中丞和戴孝侯卻非龔照嶼、趙懷業輩可比。聽說，李鑒堂已懸重賞，獎勵將士反攻榮成。重賞之下，必有勇夫，只要後路無虞，正面倭寇雖多也奈何不了我！」

李鑒堂和戴孝侯是指山東巡撫李秉蘅和南北幫炮台守將、記名道戴宗騫。眼下就靠這兩人的兵保護威海的背後，丁汝昌故有這一說。不想劉步蟾聞言忽地坐起，望著丁汝昌冷笑道：「事已至此，你怎麼還在做夢呢？李秉蘅手中才幾個兵？就是個個是天神也寡不敵眾！」

丁汝昌遲疑了一下，說：「眼下是除夕，倭寇不也要過年麼？再說，冰天雪地，倭寇行動不便，倭兵多來自薩摩、廣島，不耐嚴寒。」

劉步蟾又鼓他一眼說：「唉，時至今日，你還在說夢話。什麼過年，倭人打下威海，滅我北洋，逼我國賠款四百兆，小小島國，陡然發富，可以天天過年；嚴寒嚴寒，海城和蓋平不就是在三九天拿下的嗎？」

丁汝昌被劉步蟾幾句話嗆得開口不得，好半晌才歎了一口氣說：「子香，事已至此，我也不是不明白，死馬只能當作活馬醫，破船就當破船划算了。坐以待斃總不是辦法，今晚計議，就是大家出主意，死路裡面尋生路！」

二十年風風雨雨，各存門戶之見，有爭有合，爭少合多，丁汝昌還算尊重人才，劉步蟾也不忍心在關鍵時刻撒手，此刻，聽丁汝昌如此說，馬上應道：「好，就衝你這句話，我也不去會上說，就在這議出一個醫死馬、划破船的方案來。」

丁汝昌於是問起具體的做法，劉步蟾乃提出上中下三策，即：第一，趁日軍尚有部分戰艦在榮成角一帶保護運船，我們這裡用雷艇打頭陣，弱艦居中，鐵艦斷後，乘夜色衝出海口，或西走煙台、津沽，或南下膠州、閩粵，分散突圍，日軍首尾不能相顧，此為上策；中策做固守打算：鑒於日軍已從背後攻至楓嶺，威海南北幫炮台早晚必失，日軍若以炮台的岸炮從背後轟我艦船，後果不堪設想，患至而慮，莫若早圖。所以，應趁敵人尚未佔領威海，自己先行拆毀炮台，以保澳內艦隻無後顧之憂；如果既不能分散突圍，又不拆後路炮台，那便連死守也算不上，只能叫守死，守死自然是下策。

丁汝昌聽了劉步蟾這上中下三策半天沒有作聲——朝廷為嚴明軍紀、穩住陣腳，對臨陣脫逃之人嚴加懲處，衛汝貴已於十二月二十一日被押赴菜市口公開斬決；葉志超、龔照璵、趙懷業諸人仍下在刑部大牢，外間輿論洶洶，大有不殺這批作戰不力的將領不足以平民憤、振軍威、肅國法之勢。丁汝昌也是「革職拿問」的處罰，是李鴻章及北洋水師外籍雇員聯名擔保，才獲恩旨准他「將經手事件完竣、即行起解」。

所以，他現在已是犯官身分，身家性命全部押在水師這幾艘戰艦上了。眼下除了「定遠」、「鎮遠」兩大鐵艦，尚有「靖遠」、「濟遠」等四條巡洋艦，「鎮北」、「鎮南」等炮船，十餘隻雷艇及「寶筏」等差船、運船，大大小小也還有三四十艘，這些艦船強弱不齊、航速不一。倭人在威海外海密匝匝排了好幾層戰艦，能保證全軍突圍嗎？突圍到外海後，縱有「定」、「鎮」斷後，能攔阻倭寇的快艦穿插和分割包圍嗎？尤其是他想起了中堂的警告——眼下遼東、山東各路大軍仍在血戰，水師獨自棄港而逃，朝中那一班指天畫地、高談闊論的書生又作何看法？丁汝昌思前想後，仍然顧慮重重，始終不能擺脫種種束縛。他說：「子香，先別忙定下吧，等大家到齊了再議，看看是否還有更穩妥的辦法可想，再呈報李中堂定奪何如？」

不想劉步蟾拍案而起，吼道：「丁禹廷，算了，看來你是不見棺材不流淚，這個時候還念念不忘你那恩師李中堂，李中堂心裡可有你，可有國家，可有北洋水師？天津之行你看到什麼？是他把金銀珠寶往南運，他連天津也打算放棄了，他是成心讓你替他做犧牲呢！他不准我們出海是仍在希冀和議能成呢！停戰能保船嗎？哼，這算盤只想了自己這一頭，我若是伊藤博文和西鄉從道就不會這麼想，北洋水師這塊肉已到了嘴邊能放棄嗎？李中堂步步失算，你卻唯他之命是聽，做白日夢，你的夢該醒了！」

丁汝昌雖也承認劉步蟾氣鼓鼓說出來的全是真的，但要他推翻自己在李中堂面前的承諾卻下不了決心，他雙淚長流，苦苦勸道：「子香，我不怨你衝撞我，但你也該為李中堂設身處地想一想，為了海軍這個夢，他三十年嘔心瀝血，指望的就是這幾條船，想保住的也就是這幾條船，若水師完了，他也必定無望了！」

劉步蟾此時已氣到了極點，自開戰以來，處處被動，就是因丁汝昌受「保船」思想的束縛，眼下已鑽在死胡同裡了，仍在想著保船，氣上心頭，忍無可忍，竟抓起桌上的酒壺猛地往地上一砸，說：「李中堂，李中堂，北洋水師成也是他，敗也是他。你問他去吧！孰凶孰吉，何去何從，就他一句話！」說著，他往床上一躺，扯起被子蒙頭一蓋，再也不理睬丁汝昌。

丁汝昌見此情形，眼淚不由汩汩而出，嘴張了張，終於將要說的話嚥了下去……

軍心

丁汝昌前腳走，都司王平、守備穆晉書後腳跟了進來。

這二人都是劉步蟾的福建閩侯同鄉。眼下王平為一號雷艇管帶，穆晉書為「定遠」的管輪。進門後，王平推了推蒙頭睡著的劉步蟾，說：「大哥，子香大哥，姓丁的早走了。」

劉步蟾怏怏地坐起來，說：「嗨，豬羊走至屠宰家，一步步來尋死路，完了，我們都完了！」

說著，便把剛才的爭論說了一遍。

一聽劉步蟾提到用雷艇打頭陣突圍，王平尚未開言，穆晉書忙說：「大哥，你怎麼能出這主意呢？這可是送肉上砧板呢！眼下口外倭艦密密匝匝擺了兩三層，大炮齊對準了東西水道出口，只怕連距離也測準了的，只要我們的艦船出口，便一頭鑽進他們的火網裡，縱有翅膀也飛不出去！」

「正是這句話！」王平一邊附和說，「就算能衝出一個口子，可往哪裡走啊？我們這幾十號船大小不一、航速不一、強弱不一，顧此失彼，任你往哪裡走都無法擺脫敵艦！」

劉步蟾不耐煩地一擺手，說：「算了，這些我都想過，不管如何，在大洋上和倭寇拼，哪怕全軍覆沒，也比讓人家關門打狗，甕中捉鱉強！」

穆晉書搖著頭說：「大哥，依小弟看，你何必這麼犯傻？李中堂用人唯親，這麼大一支艦隊交與一個外行、一個長毛降將統帶，能不全軍覆沒嗎？眼下朝廷已傳諭拿問丁汝昌，等將姓丁的捉將去了，由你當家了，兄弟們再來為你撐篷！」

王平也說：「對！要突圍，當初日本人未來，你便提出南下走粵閩，他們不肯聽。眼下讓我們當炮灰、塞炮眼犯得著嗎？乾脆等和談好了。」

劉步蟾不意自己的親信眼下也反對突圍，而且，穆晉書的話中還有一些「黃鶴樓上看翻船」的味道，聽著很不是滋味，忙正色道：「你們怎麼是這麼想的呢。丁禹廷確實不該只知保船，但也不是貪生怕死之輩，朝廷要拿問那是皇上糊塗，我們一旁袖手旁觀更不應該，尤其是坐等和談，那更是等死！」

穆晉書和王平在劉步蟾發火時便已來到了外面，眼見得丁汝昌怏怏而去，原以為劉步蟾徹底和丁汝昌翻臉了，他們是想乘隙而入的，不想劉步蟾公是公，私是私，大節上一點也不含糊。穆晉書不由冷笑道：「子香大哥，這些年弟兄們跟著你，圖的是什麼呢？北洋水師到此地步怪誰？若不是紫禁城裡那老佛爺只知享樂，移海軍經費造頤和園；若不是皇帝只知逢迎太后，不准咱們再添船換炮；若不是李中堂只知用人唯親；堂堂北洋水師能敗在小日本手中嗎？眼下誰不明白大清氣數已盡、國將不國了呢？我們吃糧當兵的犯不上去學岳武穆，盡愚忠，要明白，那是誰也不會為你樹牌樓的！」

劉步蟾一聽穆晉書這口氣不由更加吃驚。

這些日子，外面謠諑紛傳，有人說，日本人已把奸細派到了劉公島的漁村，策反、勸降北洋水師官兵，看來，穆晉書這話大有來頭。於是，他故意放慢語調，輕鬆地說：「晉書老弟，這道理誰不會說，誰不會想？我問你，就丟開君臣大義一層不說，你妻兒老小還在閩侯，就不想保條命回去見一家老小？」

穆晉書沒看出劉步蟾是在套他，竟推心置腹地說：「活命？活命的路子多的是，只要大哥信得過兄弟，兄弟可……」

一句話尚未說出口，一邊的王平心計比穆晉書多，看出劉步蟾言不由衷，先是頻頻向穆晉書使眼色，此刻趕緊打斷他的話，說：「老弟，你信口胡說什麼？子香大哥尚已束手無策，你能有什麼能耐？」又回頭向劉步蟾陪著笑臉說：「大哥，他是剛才灌多了黃湯。」

劉步蟾猛地站了起來，大喝一聲道：「放屁，什麼黃湯灌多了，老子早看出來了，你們兩個已變心了。你們常去岸上漁村鬼混，一定是受了倭奸的蠱惑，告訴你們，我劉步蟾可是五尺男子，背棄人倫不認祖宗的事我可做不出，你們若有什麼舉動，看我不活剮了你們！」

說著，他從枕下抽出一支左輪手槍，往桌上一摜，說：「你們可認得這個？」

嚇得王、穆二人連連跪下告罪，並發誓永遠追隨子香哥，劉步蟾這才手一揮，讓他們滾蛋……

「水師軍心已不穩了。」這二人一走，劉步蟾馬上意識到了這點，這是帶兵之人最擔心的，尤其是處此形勢之下，又有什麼辦法呢？丁汝昌優柔寡斷，顧慮重重；強敵壓境，志在必得，希望在哪裡呢？他愈想愈煩躁，不由信步走上甲板。

大年三十，他不想家，也不想妻小，但忽然想起了小翠喜和方伯謙。

這些日子，他常常無端夢見他倆，有時向他冷笑，有時又向他怒目而視，還有一回，竟夢見方伯謙攜著小翠喜的手笑盈盈地向他走來，醒來後，懊惱、悔恨到了極點——直到殺了方伯謙之後不久，他才從一個閩籍老水兵口中得知，小翠喜與方伯謙是老相好，後來算是割愛相贈，再後來，洋人報紙上，關於「濟遠號」在海戰中，兩次都頑強拼搏、致使敵艦大受損傷的報導，也斷斷續續傳到威海了，劉步蟾這才有些醒悟。

可此時的醒悟又有什麼用呢？為此，他離開了劉公島上曾與方伯謙朝夕相處的木屋，離開了水師公所，整天待在艦上，一人喝悶酒。

隨著戰局的急轉直下，個人的前途，水師的命運已不難預測了。由此，他又想起了昔日的同窗——坪井航三和東鄉平八郎。

二十年前不曾用正眼瞧過的小日本，今天居然一步一步走向勝利，不久的將來，他們就將以勝利者的姿態出現在威海，在劉公島，在自己面前，趾高氣揚，不可一世，自己只能甘拜下風。

現實是殘酷的，無情的，一切不由人，全由著冥冥之中的造物主。但是，堂堂五尺男子，血肉之軀，就這麼聽任命運宰割？

他頂著北風，漫步在甲板上。

除夕之夜，黑得深沉。昔日喧囂熱鬧的軍港，如今全籠罩在戰爭的恐怖氣氛裡，沒有歡笑，沒有鞭炮，四周如死神降臨，出奇地沉寂，只有朔風掠過艦面、掠過檣桅，發出淒厲的嗚嗚聲，像是發自地獄的鬼哭……

威鎮海疆

「丁軍門回來了！」丁汝昌快快回到水師提督衙門，眾人已等得不耐煩了，但看到他身後並無劉步蟾時，又都露出了失望的神色。

眼下水師諸將，漢納根已去北京遊說，欲另組雇傭軍；左翼總兵林泰曾因指揮「鎮遠」撤往威海時不幸觸礁，竟憤然投海自盡；鄧世昌、林永升、林履中、黃建勳皆與艦同殉；方伯謙被正法；僅署理「鎮遠」管帶楊用霖、「來遠」管帶邱寶仁、「靖遠」管帶葉祖珪等老將，其餘都是遞補上來的新進。

這班人大多出身閩籍，唯劉步蟾馬首是瞻，眼下劉步蟾不來，他們失望極了。這時，酒席已備好，丁汝昌慢吞吞坐到自己的座位上，揚了揚手說：「劉子香不來了，大家開始吧。」

眾人跟著就座，照規矩是各人滿上三盅，先敬丁汝昌，再相互恭賀，但今天卻誰也不舉杯動箸——面對如此嚴峻的局面，面對一臉悲戾之色的軍門大人，縱有山珍海錯、玉液瓊漿，眾人又如何吞嚥得下？

「越是危急關頭，越應該同仇敵愾，所謂『兄弟鬩於牆而禦侮於外』，劉子香拒不赴會不應該！」有人在嘀咕了，這是坐在丁汝昌下首、擔任劉公島守備的步兵統領、記名提督張德三。

在這樣冷清的場合下，連一聲輕微歎息幾乎所有的人都能聽到，何況是口齒清晰的私語呢？眾人都抬起了頭。

張德三字文宣，是張士珩的堂兄，在李鴻章面前也叫一聲「舅」。這張文宣的官其實是一刀一槍在戰場上拼來的，平日既不貪財也不怕死，可惜不該也叫李鴻章做「舅」，這個時候，人人都在罵李中堂用人唯親，大家都在看笑話，他自然成了「裙帶官」的標本，何況張士珩盜賣軍火，北洋內部人人皆知，無不切齒痛恨，他夾在渾水中，池魚之殃，代人受過，不夾著尾巴做人，居然還指責劉步蟾。

本來就窩了一肚子火的閩籍將領馬上起而應戰。原「廣乙」管帶、現任「濟遠」管帶的林國祥馬上瞪了張德三一眼，反駁說：「哼，有些人只會指責別人，就不想想，劉子香鎮台受的委屈有多大，若能依他的，能到這個地步嗎？」

丁汝昌白了林國祥一眼，沒有作聲——劉步蟾提議水師全隊南下走閩粵，正中廣東三艦官佐下懷，所以，他們一致附和劉步蟾。尤其是這個林國祥，能由小小的「廣乙」管帶而接替方伯謙出任大型快艦「濟遠」管帶，完全是劉步蟾一手提攜，所以，他對劉步蟾感激涕零。丁汝昌明白這層關係，對他的話懶得理睬。

但張德三是個直性子，自認問心無愧，也不怕別人如何看他。見林國祥存心起鬨，馬上斥責道：「這是什麼話，戰守大計，自有上官權衡，軍人只能聽上頭命令！你算得什麼，居然也說上話了！」

按說，林國祥只是一從三品遊擊，哪有資格和記名提督、實缺統領頂嘴。可此時此刻，林國祥連丁汝昌也敢頂撞，哪把個張德三放在眼中。馬上一拍桌子道：「哼，好一個上官權衡，連我們粵海水師也被你們『權衡』進去了，還有臉吹牛皮說大話。我看，今日之敗，就敗在你們一班爭權奪利的安徽佬身上！」

這話說出來可不只傷眾，且是有意挑釁了。丁汝昌此時萬念俱灰、愁腸百結，根本無意和林國祥拌嘴，但張德三等一班皖籍將領哪能忍下這口氣，於是立刻和林國祥對罵起來。這邊「廣甲」管帶吳敬榮、「廣丙」管帶程璧光等閩粵籍人士馬上也站在林國祥一邊幫腔。這一來，誰還有心思赴宴議事？「威震海疆」的金匾下，一群人吵成一團。

丁汝昌知道這已不是過去的門戶之爭，而是軍心動搖了。自己已是待罪之身，還有什麼威儀來彈壓？他想起劉步蟾的「三十夜吃年飯，好日子過到了頭」的話，只好連連揮手說：「好了好了，大家都不相讓，散夥算了。這除夕夜的團年飯也團摶不攏了！」

眾人既已撕破了臉，便什麼都不顧及了，紛紛站起來相互指責，把失敗的責任推向對方，眾人像都窩了一肚子火，是選時擇日定在今天發洩似的。丁汝昌無計可施，只好退入後堂，由這一班嚣張混帳的驕兵悍將吵了個一佛出世，二佛升天，直到一個個喉乾舌苦，才悻悻而去——滿桌酒菜都原封未動。

丁汝昌一人在內堂繞室彷徨，唉聲歎氣。眾將離心，不遵約束到如此地步，這是他不曾料到的，所謂「罷馬不畏鞭箠，罷民不畏刑罰」。敗象早顯，敗局已定，眾將離心，還有何能為？

他不由仰望堂上那「威震海疆」的金匾喘氣，這是水師提督衙門建起後，由李鴻章手書的，這四字寄託了李中堂後半生的光榮和夢想，他把它交付與我，望我能真正擔負起京津鎖鑰這一副重擔。可眼下呢？「威震海疆」四字竟成了對他的嘲笑。

張德三偕楊用霖匆匆進來。二人見丁汝昌像一個夢遊人，茫然地踱著方步，不由遲疑地立於一邊。丁汝昌望見他們，停下來，搖了搖頭，用喑啞的語調說：「完了，全完了！大敵當前，軍心離散，我已是摶沙乏術，只能聽天由命了！」

張德三說：「大人，事態確實已十分危急，但聽天由命的話說不得，無論如何總要對得起皇上，對得起李中堂，也要對得起自己。」

丁汝昌長歎一聲說：「唉，天不佑我大清，才使得李中堂長才難展。事到如今，還有什麼指望？敵人已佔領楓嶺、橋頭，距南炮台不過十里，炮台一丟，水師艦船背腹受敵，內外夾攻，不亡又待如何？反正我早已向李中堂辭行、告別了！」

丁汝昌說到後來，已是熱淚縱橫。

張德三和楊用霖忙勸慰他。但事已至此，誰還看不清結局？凡打定主意做忠臣孝子的人，此時都已心痛如割，只勸了幾句，張德三和楊用霖自己也是涕泗橫流。張德三哽咽著說：「我和沛之就是為炮台之事來的，你不妨聽聽他的說法。」

楊用霖以副將任「鎮遠」大副，眼下署理管帶，他為人文靜，不愛多言，但很有見識。他說：「適才大人所慮極是，魯撫李鑒堂中丞雖懸下重賞，要把敵人趕下海去，可據標下看來，這是萬難辦到的，李中丞手下嵩武軍不足五千人，其餘皆民團，人數雖眾，訓練未精、且武器低劣，而倭寇在榮成登陸的有兩萬餘人，他們是衝著我們水師來的，志在必得，加之他們武器精良，訓練有素，一路上又淨打勝仗，士氣旺盛得很。所以，威海的陷落是早晚的事。威海南北幫六座炮台數十門大炮旋轉角度多為一百八十度，只能朝前和左右打，不能向後打，敵人若佔領炮台，用岸炮轟擊澳內艦船，後果將不堪設想，所以，標下以為先下手為強，趁倭寇尚未佔領炮台，咱們自己先把炮台的炮拆卸了，以絕後顧之憂！」

楊用霖這主意正是劉步蟾的中策，丁汝昌至此，只能連連點頭稱是。

威海衛背靠山巒，面臨大海，炮台就設在沿海的半山腰，分南北兩大處。鎮守炮台的主將為記名道戴宗騫，他與分統劉超佩分任北幫和南幫炮台的戰守之責，劉超佩受戴宗騫節制，戴宗騫的統領衙門設北幫炮台。

南幫炮台有灶北嘴、鹿角嘴、龍廟嘴三座炮台，中間各有深壕及胸牆連絡，面海一方十分險要。北幫炮台有北山嘴、黃泥溝、祭祀台三座炮台，建築與防務亦如南幫，也都是面海的一面設防，背後毫無防範。

這些日子，日軍艦船不斷在沿海騷擾，炮擊沿海守軍及漁民村落，炮台守軍奮起反擊，曾擊毀日軍雷艇兩隻，傷其軍艦一艘。守軍沉浸在勝利喜悅中，但沒奈何日軍會從榮成登陸，從背後襲來。

當榮成縣陷落後，戴宗騫和劉超佩商量，臨時從炮台守軍中抽出一部分兵力由戴宗騫率領親自去後路扼守南北虎口的險要。年前的二十八日，敵軍攻佔楓嶺，山東防軍嵩武軍幾度反攻均未能奏效。

除夕之日，東南方炮聲隆隆，有消息說敵人另一支偏師已拿下威海東南邊的橋頭鎮，威海後路藩籬盡失，敵人若從後山攻上來，居高臨下俯射，守軍連個藏身之處也沒有。所以，分統劉超佩每想到此便背上發怵，不得不考慮退路了。

就在這時，丁汝昌乘坐一艘小型登陸艇帶了一大幫子人從劉公島過來了。一聽要拆毀炮台，劉超佩不由高興——他們的任務是守炮台，敵人便是奔炮台而來。炮台若拆毀了，對敵人便失去了意義。而且，劉超佩也用不著守著一堆廢鐵做殊死抗爭，可以名正言順地退往煙台。

所以，他毫不猶豫地答應了丁汝昌的要求。丁汝昌這裡已帶來了洋技師浩威及修械所數十名中國工匠。一聲令下，這班人紛紛奔向南幫三座炮台，將大炮的火門、炮栓、瞄準鏡、底座鋼圈等拆卸下來，又於炮座下埋上炸藥，必要時即炸毀炮台。

劉超佩陪同丁汝昌坐鎮灶北嘴守軍營房監督，只等這裡完工便去北幫炮台。

這時，楓橋及橋頭方向又一次槍聲大作，有消息說，敵人正大舉進攻南虎口。

劉超佩惦念著守戍在那裡的主將戴宗騫，忙著調兵遣將增援。丁汝昌卻不管這些，加緊督促拆卸，整整忙了一天。黃昏時，工匠們的工作大體完工了。不料就在這時，後山的槍炮聲突然沉寂下來，不一會兒，戴宗騫帶一隊護兵興高采烈地下山來了。

十年前，北洋水師已初具規模，丁汝昌等人創議水師營制時，參照洋人成例，保護基地的炮台、步兵受水師提督節制。但李鴻章奏報上去後，中樞會議時，認為這樣一來，丁汝昌又管艦船又管陸軍，許可權豈不太大了？乃採用相互制約的辦法，炮台自成建制，管水師的只管水上，管炮台的只管炮台。

所以，旅順的陸上防務由龔照璵負責，威海的防務由戴宗騫負責，劉公島的防務由張德三負責；由文職管兵，不受丁汝昌節制。

此時，戴宗騫是在南虎口督戰獲勝後，趕回來催調援軍和彈藥的。

今天上午，佔領楓橋和橋頭鎮的敵軍出動兩百餘人，由渡邊少佐指揮前來搶佔南虎口。不想這邊戴宗騫有備。雖是新春，將士們仍蹲在臨時挖掘的壕溝中，槍不離手，彈不離身。

當敵人分兩路翻過山坳向我軍陣地襲來時，立即被守望的我軍戰士發現。戴宗騫命令手下做好準備，又令營官劉樹德選了一百名精壯，反披白被單，利用雪地為掩護，迂迴到敵人後面的山樑子上，這裡日軍衝到距我軍陣地十幾丈遠的地方時，戴宗騫一聲令下，我軍快槍、抬槍、鳥銃一齊響，打得敵軍紛紛敗退，滾下山坡。這時，埋伏在後面的劉樹德營又在後面發起突襲，兩下夾攻，一下打死了五十餘名敵軍。

渡邊趕緊將部隊收縮到對面山坡上，因輕兵來襲，未攜大炮，僅有兩門小鋼炮。而這邊戴宗騫也有兩門山炮，雙方對峙，打了整整一個下午，渡邊少佐沒佔到半點便宜，於是收拾殘部，抬著死屍和傷患狼狽退回楓嶺。

首次交鋒獲勝，戴宗騫更加信心十足，到黃昏時，見敵人紛紛撤兵後退，乃親自趕回來抽調援軍及趕運彈藥，又派人去海寧（牟平）與嵩武軍統領孫萬齡約定，欲乘勝反攻，將敵人一舉趕下海去。

不想回到南幫炮台，卻見水師大批員工在拆炮台，埋炸藥，戴宗騫頓時勃然大怒。

「混蛋，這是誰讓你們幹的？」戴宗騫對正在灶北嘴炮台下接炸藥引線的洋匠大吼。這個洋匠名瑞乃爾，是德國克虜伯兵工廠兵工及爆破工程師，不懂華語。此刻他正埋頭工作，猛見這個紅頂子官員對他怒氣沖沖，手之舞之地大吼，不知何故，便也不客氣地對他哇啦哇啦起來。

正在這時，丁汝昌聞訊趕來了。

「孝侯！」丁汝昌遠遠地喊著戴宗騫的字大聲制止道，「別吼他了，是我讓他們幹的！」

一聽是丁汝昌讓幹的，戴宗騫掃一眼隨後氣喘吁吁趕來的劉超佩大喝道：「好啊，丁禹廷，我們水陸兩途，互不相統屬，你不管艦船倒管起陸軍來了，這是誰授予你的權利？」

丁汝昌見戴宗騫發這麼大的火，忙陪著笑臉解釋道：「孝侯，你別忙，聽我說。」

「說什麼，我不聽！」戴宗騫死死盯住丁汝昌，氣呼呼地說，「丁禹廷，我清楚，你貪圖享樂，畏敵怯戰，強敵壓境，你帶著艦船縮在澳內不敢出頭。眼下人言藉藉，連李中堂也吃你連累了，告訴你，朝廷律例條條，嚴懲敗軍之將，衛汝貴已開刀問斬，葉志超、趙懷業、龔照璵也已下在獄中，且也有旨將你拿問，你以待罪之身不思立功贖罪，卻只想毀炮台以圖塞責，你也算是有心肝的人麼？」

丁汝昌被他這麼劈頭蓋腦痛罵一番後，心中雖然有氣，但仍強壓住怒火，說：「戴孝侯，眼下敵人已攻到南虎口，炮台眼看守不住了，敵人若以你的炮攻我的船，後果不堪設想，你要想清楚！」

戴宗騫冷笑說：「胡說三千，誰說炮台守不住了？今天進犯南虎口之敵就被我守軍擊敗，遣屍三百後奔楓嶺而逃。我這裡已約了孫萬齡，要乘勝拿下榮城縣，將倭寇趕下大海呢！」

丁汝昌知道他在做白日夢，又不能斥責，只苦苦相勸道：「孝侯，倭寇在榮城登陸的有兩萬餘人，死了區區三百人算什麼？小勝不足以扭轉敗局。」

戴宗騫連聲冷笑道：「丁禹廷，大東溝一戰，你是嚇破膽了，如今草木皆兵。兩萬倭寇算什麼？李中堂已奏准朝廷，下旨令蘇皖北上勤王之師增援山東，眼下前鋒已過德州，不日可到威海，到時還怕區區兩萬倭寇？」

丁汝昌見他如此自信，不由焦躁，但一想到自己眼下的處境，又不好發作。只能耐住性子，反覆說明。

此時此刻的戴宗騫正意氣高昂，哪肯信他的。他見丁汝昌糾纏不休，便逼他拿出李中堂的電令，說除非李中堂有令毀炮台，不然，誰也不准動炮台一顆螺絲釘。後來他乾脆說：「算了算了，丁禹廷，我若守不住炮台我自以一死謝朝廷，不關你的事。炮台是我督修的，一磚一石無不滲透了我的心血，我的職責是守炮台，不是毀炮台，誰要敢毀炮台，我便和誰拼了！」

說著手一揮，立刻上來幾十個護兵，這些人在南虎口殺日本人殺得眼睛也紅了，氣勢洶洶的，立刻用寒光閃閃的刀逼住了技師和工匠。戴宗騫喝令他們排除炸藥，又將拆下的火門、炮鏡等重新裝上去，然後又當著丁汝昌的面下令道：「任何人都別想拆毀炮台，誰要敢動手，格殺勿論！」一聲令下，護兵們無不懍遵。

丁汝昌見此情形，只好又怏怏地回劉公島去了。皇上不給他面子，下屬也敢藐視他這個革職犯官，鼓破亂人槌，牆倒眾人推，他又怎麼能奈何這個本不相統屬的戴宗騫？

這裡洋技師和工匠們無法，只好連夜加班，又花了整整一個晚上，才把白天忙了一天的工作恢復原樣，待炮台的人檢驗了一遍，已是第二天清晨了。浩威、瑞乃爾等人吃了一些東西，便上了小艇回劉公島。

不料就在這時，後山的南北虎口突然槍聲大作、喊殺聲大起，不一會兒，山頂上便出現了日軍的太陽旗……

炮台失陷

原來渡邊少佐在南虎口吃了虧，當他帶領殘兵，抬著五十餘名陣亡者及傷患回到楓嶺時，受到了師團長黑木中將的嚴厲斥責，幾乎被正軍法。渡邊為贖罪，乃向黑木請示，欲趁中國軍隊不備，於黑夜殺個回馬槍，黑木中將批准了他的計畫，派出一個大隊約四百餘人由渡邊率領再次撲向南虎口，同時，為支援渡邊，又派大寺少將另率一個大隊攻向北虎口，自己親率大軍隨後前進。

渡邊捲土重來時，已是拂曉，此時戴宗騫已下山，只留下營官劉樹德守口。劉樹德見日軍白天吃了虧，已撤往楓嶺，估計要來也要在第二天，所以下令除了站牆子的哨兵，其餘的早早休息，因山腰有一座關帝廟，可避風雪，便暫時做了營房。

不想半晚風狂雪猛，哨兵在山頂上待不住，便溜到廟裡來烤火取暖，而恰在這個時候，渡邊的四百多名兵士摸上來了，因沒有哨兵，無人發現，竟讓他們一路順利地直達山頂，佔領了塹壕，包圍了這座關帝廟。

因白天的慘敗，渡邊非常惱火。他下令在高阜架起了機關槍，封鎖了正殿及兩廊，當有個哨兵出外觀望時，立即被撲過來的日軍一刺刀捅死，守軍有的尚在睡夢中即被日軍砍死，有的尚未穿上衣服即被亂槍射殺。與此同時，北虎口也傳來槍聲和爆炸聲——大寺少將也得手了，混戰到天明，南北虎口的七百名守軍已傷亡殆盡了。

佔領了南北虎口，便可以高屋建瓴之勢，拊威海之背而扼水師之吭了。

站在山頂，望見南幫三座炮台——灶北、鹿角、龍王廟挺立山腰，向海的一面蜿蜒的胸牆如一道長城橫亙其間，後面無任何防禦工事。再把目光放遠一些，便可望見外海的本國艦船隱隱約約穿梭在波濤中，威海，已被他們在外海封鎖，在背後包圍了。隨後率大隊趕來的黑木中將非常高興，一邊下令發信號與本國艦船聯繫，相約攻取炮台，一邊將攻擊部隊略作調整，組織火力，掩護大隊下山向炮台守軍發起猛攻。

聽說丁汝昌親自率洋匠去南幫炮台毀炮，劉步蟾明白丁汝昌終於採用自己的中策，做固守待和的打算了。但停泊在澳內的艦船失去炮台的掩護究竟能堅守多久呢？由此，他徹夜未眠。清晨，他被威海方向清脆的槍聲驚起，當他來到甲板上時，也聞聲趕來察看情況的都司林玉成把望遠鏡朝他一遞，報告說：「大人，看來威海的南北虎口都失守了。」

其實，此刻不用望遠鏡也可看到，就在威海後面的楊風嶺、百尺岩等處山路上，已密密麻麻地布滿了黑點點，槍聲和吶喊聲像是海潮一般，一浪高過一浪地傳來，劉步蟾見狀，馬上親手拉響了警報。不一會兒，各艦都已完成戰鬥準備，他馬上下令發炮支援炮台守軍，攔截衝下山的大隊日軍。

這時，外海日軍的艦隊也開炮牽制炮台了，而屹立在威海澳與外海之間的劉公島、日島上各炮台也開炮回擊敵艦了，一時之間，炮火連天，交叉對射，打得非常激烈……

睡在灶北嘴的劉超佩被激烈的槍聲和爆炸聲驚醒了，他知敵人已發起進攻，趕緊穿衣下床。這時，護兵進來報告說，敵人已襲佔南北虎口，他不相信有這麼快，趕緊跑出來，準備集合隊伍。不料此時大隊日軍已翻過山樑，如一片黃塵滾滾而下，與此同時，左右山道上擺的兩挺機關槍也同時吼叫起來，和著掩護步兵的排子槍，呼嘯著，如拋沙撒豆似地灑下來，劉超佩尚來不及閃避，腿上早中了一彈，痛得他滿地亂滾，哇哇直叫，虧兩名護兵冒死上前將他扶起，翻過胸牆往水邊撤。

因敵人是從背後來的，炮台守軍完全暴露，被居高臨下的日軍掃射，紛紛中彈，沒死的只好跟著劉超佩往水邊跑，衝上渡船往劉公島上逃。

好在澳內水師的大炮響了——此時的劉步蟾尚以為炮台已被拆卸，所以，只下令轟擊衝下山的日軍。

行進在山坡上的日軍暴露無餘，艦上的格林快炮一排炮彈打過來，打死日軍一大片，稍稍阻遏了下山的日軍對我炮台守軍的追殺。

大寺少將率隊已衝上炮台，他發現守軍已失去有組織的抵抗而在分頭逃命，不由高興地登上石梯向後面哇哇喊叫，指揮眾軍士上前。不料就在這時艦上又一排炮彈飛來，竟將他一下炸得血肉橫飛。

日軍的死傷雖和炮台守軍一樣慘重，但其後續部隊在黑木中將催督下，仍前仆後繼，源源不斷地向炮台擁來，他們已抱定不惜犧牲、志在必得的信念，轉眼之間，終於完全佔領了灶北嘴和鹿角嘴炮台。龍廟嘴由於距離較遠，暫時還在我軍手中。

這時，外海日軍艦隊也在用強大的火力掩護、支援登陸艇載陸戰隊士兵向延伸在海中的龍廟嘴進攻，雙方激戰至晌午，孤立無援的龍廟嘴在敵人水陸夾擊之下也終於易手了。

劉步蟾立在艦橋上，眼睜睜地望著炮台陷落，沮喪之餘，尚存三分僥倖，心想，幸虧昨天把炮台拆了，不料就在這時，一旁的林玉成報告說：「大人，您看，丁軍門在令我們所有艦船撤往西口！」劉步蟾正全神貫注地注視著前面炮台，以為自己聽錯了，回頭望了林玉成一眼，林玉成知他未聽清，又大聲把命令重複了一遍。劉步蟾不解地問道：「真的嗎？」

「是的，這是旗艦上發來的命令！」林玉成說著，手向附近泊位上的「靖遠號」一指。

原來丁汝昌自從劉步蟾拒不赴宴後，心中有氣，「靖遠」管帶葉祖圭和他關係較密切，於是他便上了「靖遠」艦，這一來，「靖遠」成了旗艦。

眼下劉步蟾一聽要撤往西口，忙不解地說：「那東口子不敞開了嗎？敵人雷艇來襲怎麼辦？」

林玉成說：「看起來，只怕是南幫炮台沒有拆，那個戴孝侯有些認死理、咬牛筋！」

劉步蟾一下全明白了，不由捶胸頓足地大罵道：「他娘的×，李鴻章嫌用人唯親還不夠，又還要讓下屬相互牽掣。西洋各國都是岸炮歸海軍司令統一指揮，這才事權歸一，他卻要互不相統屬，這下好了，曹操背時逢蔣幹，北洋水師遇上戴宗騫，亡得更快了！」

林玉成也熟一些內情，忙糾正說：「李中堂奏報上去時不是這樣，這是軍機處改成這樣的！」

一言未了，只見灶北嘴、鹿角嘴的炮台果然向澳內的水師艦船開炮了。水師艦船因在近距離內，死角大，無法有效還擊，而炮台的地阱炮卻可俯射，且因距離近，命中率極高，幾乎不用測杪便可直接轟。

這邊水師各艦方接到西撤的信號，紛紛拔錨啟碇，那邊的炮台第一排炮便打過來了，因「靖遠」排在邊上，又升著水師提督旗，黑木中將便令所有的炮先往「靖遠號」上打，一排炮彈打過來，甲板上的水兵倒了一大片，一顆霰彈打進火艙，引起鍋爐爆炸，頓時氣浪滾滾、白霧瀰漫……

劉步蟾一邊看得明白，十分擔心丁汝昌的安全，他一邊令各艦用格林炮還擊，拼命壓住炮台的火力，一邊令左右升起帥旗。

但這時的「靖遠」已被打得癱軟了，當炮台上又一排炮彈飛來，左舷吃水線終於被破甲彈洞穿數處而下沉了。

劉步蟾一面派出小艇救人，一面加速向西口撤。威海港灣寬約二十里，成凹形。水師艦船全數撤往西口，雖進入南幫炮台死角，但東口的防務卻是自動地放棄了，此時若北幫炮台也陷入敵手，水師便無處可避了。

北幫炮台此時卻出奇地平靜。

「來人啦，集合！」昨天一天苦戰，夜裡又折騰了許久，戴宗騫醒來時，南幫炮台三處已有兩處陷入敵手。

他沒料到日軍會捲土重來，且來得這麼快，驚恐之下，趕緊集合隊伍，想把南幫炮台奪回來，可等了半天，只見親兵戴燦跑了來，沮喪地說：「大人，還集什麼合，山上全是鬼子，待他們衝下來我們便全完了！」

戴宗騫抽出手槍吼道：「糊塗王八羔子，皇上養兵千日，用在一時，平日老子的訓示全忘了嗎！做忠臣孝子的時候來了！」

可戴燦哭喪著臉說：「大人，您還提這些有什麼用。眼下弟兄們卻認為是報復您的壓餉銀的機會來了呢，誰願出力！」

原來戴宗騫雖口談忠孝節烈，做官卻貪得狠，這以前監修炮台，偷工減料，狠狠地撈了一把，後來作為鎮守威海的主將，又創立了「壓餉銀」名目——因兵士逃亡的多，他為此規定新兵進營必扣下三個月餉俸，至離營或開拔時才補發。

當官的為貪污這一筆「壓餉銀」，便無端虐待士兵，動輒罰做苦役，迫使他們逃亡，也就吞沒他們存下的「壓餉銀」。

士兵對此非常痛恨。眼下他們見日軍已佔領後山，居高臨下，若抗擊勢必有一場惡戰，誰願賣命呢？所以，當南炮台打響後，這邊的士兵便開溜，到戴宗騫集合人馬時，人都走光了。

戴宗騫見狀，忙大聲斥責戴燦道：「混帳東西，不只為幾個錢嗎？快去傳我的命令，壓餉銀全部發還，只要能奪回南炮台，本官還有重賞！」

此時此刻，誰還貪他的那份「重賞」，連營哨官、隊長也自知大勢已去，只顧逃命了。戴燦從東頭喊到西頭，不見士兵們出來集合，卻在後面看見士兵們正零零總總、陸陸續續往外跑——要趁日軍尚未將威海通往煙台的路堵死而逃活命。

戴宗騫耳聽得南炮台槍炮聲一聲比一聲緊，眼看著水師艦船邊打邊往這邊撤，可他在統領衙門等到最後，連親侄子戴燦也不見來回報了。他不由絕望了，乃舞著手槍狂叫道：「完了，炮台丟了，水師完了，叫我怎麼去見李中堂啊！」

就在這時，只見一艘快艇靠岸，劉步蟾帶了一隊水師護衛及好幾個洋人技師氣勢洶洶地衝了上來，他們是來強行炸毀北幫炮台的，劉步蟾見戴宗騫跌坐在石階上痛哭，一點也不憐惜，只連連冷笑道：「姓戴的，人家的炮台是屏障軍港、保護艦船的，可你的岸炮卻把我們的兵艦打沉了，你還有什麼說的？」

劉步蟾說著，也不待戴宗騫回話，只部署手下毀炮台，先毀彈藥庫，再毀炮。

戴宗騫默默地望著這一切，凄然慘然地傻笑道：「完了，完了，你到皇上、中堂那裡去告我吧！」

說著，用手槍向太陽穴開了一槍，隨即撲倒在劉步蟾腳下，殷紅的鮮血染紅了大片雪地。

苦撐

威海南北滿布敵寇旌旗，周圍傳來好幾個水手失望的抽泣聲，劉步蟾拖著極度疲勞的身子斜倚在艙門邊，用布滿血絲的眼睛失神地、冷冷地注視著眼前的一切，像一個入定的老僧，萬念俱空。

自南北幫炮台失守，劉步蟾再沒有離過船登過岸，水師殘存的戰船逼處西邊的港澳內，稍有不慎便會受到南幫炮台的炮擊，他們不得不十二分地小心。

掃視眼前，大小戰船擁擠著，靜靜地躺在水面上，昔日縱橫海上，劈波斬浪的雄姿不見了，像一片片遭到颶風襲擊的殘荷，像一條條挺著肚皮的死魚，被波浪推搡著，了無生氣；皚皚白雪，劍氣森森的劉公島已籠罩在硝煙與火海中。

連日炮戰，炮台、水師提督衙門、軍械修理所、倉庫、兵營及島上的漁村皆已中彈，滾滾濃煙中不時竄出高約數丈的紅色火舌，黑的煙、紅的火焰被潔白的大地襯映得十分醒目，哭喊聲、呼救聲由呼嘯的北風裹著不時傳來，昔日威嚴、肅穆的軍港如今成了一座人間地獄……

劉步蟾默默地注視著這一切，那漁村的火焰像是燃燒在心裡，身後鋼板如冰塊似的涼，面前朔風如利刃在割，他渾然不覺。

猛地，他打了一個噴嚏，身邊如影隨形的護兵劉偉才終於忍不住了，將手中的黑色大氅披上他的肩頭，又提醒道：「大人，甲板上風大，您好幾天沒睡過囫圇覺了，還是回艙去歇息一下吧！」

似乎這不是關心是諷刺，他狠狠地盯了劉偉才一眼，想開口訓斥他，甚至要揮手甩掉肩上這多餘之物。就在這時，艦頭一個聲音在喊：「看啦，東口子來了一艘小艇！」

劉步蟾抬頭望去，果見一隻小艇上懸白旗緩緩地由東口子進澳，又加快速度向他所在的「定遠」艦駛來，艇首立著一人，身材高大，手持一面小白旗不斷揮舞著，片刻工夫便到了眼前，劉步蟾知道是日本人派使者來了。

丁汝昌自落水被救起後便臥病在床，當家的只有他。於是，他振作精神，威嚴地立於艦舷邊，冷冷地俯視著來人。小艇在他嚴密地注視下，緩緩地靠了上來。

「嘿，劉鎮台，久違了！」艇首這個打白旗的人，遠遠地便用流利的華語向劉步蟾打招呼，又快步登上舷梯。

劉步蟾終於認出此人是「定遠」艦前任槍炮長、自稱「魚雷專家」的美國人畢士根。那一回，畢士根去「五號雷艇」指導演習魚雷轟船，劉步蟾立於一旁看畢士根操作示範。

不想這個畢士根是個只會吹牛皮說大話而毫無真本領的人，身為「魚雷專家」，看不懂德國造的魚雷發射器使用說明書，不懂操作程序，在充氣不足時便啟動按鈕，結果白白浪費了一枚魚雷。為此，他被劉步蟾看出破綻，報請丁汝昌後將他開革了。但畢士根不甘心他的東方淘金之夢就這麼破滅，又改投日本海軍，因其熟悉北洋水師內情而被日方重用。今天，他作為日本海軍的信使出現在「定遠號」上了。

劉步蟾冷冷地注視著他，對他熱情伸出的右手不作回應。畢士根尷尬地將伸出的右手收回來，卻用不無得意的語調說：「總兵大人，鄙人受大日本帝國海軍聯合艦隊司令官伊東祐亨中將之託，特此前來下書。鄙人雖在日本海軍任職，但仍享有美利堅合眾國國籍，請務必保證本人安全。」

說著，他從隨從手中接過皮夾，取出一份牛皮紙封套的文件，雙手遞了上來。

劉步蟾狠狠地盯著畢士根，雙眼像冒出了火，畢士根被他盯得心裡發怵，雙手不停地抖著，牛皮紙封袋被折成兩節，前半節垂了下來。他見劉步蟾盯著他，欲接不接，不屑一顧的樣子，只好改用懇求的口氣說：「大、大人，您看看吧，我，我可是看在當年同事份上，為，為拯救北洋水師而來！」

劉步蟾不屑地接過牛皮紙封套——並沒有封口、一下露出了裡面雪白的信紙，這是一份最後通牒，西人稱之為「哀的美敦書」。

伊東祐亨不愧為中國通，身邊又不少漢學先生，這一份勸降的信委婉動人，頗富文采，先敘中日同種同文，為一衣帶水之鄰邦，應以友誼為重，接著筆鋒一轉，說日本為保護朝鮮，不得不兵戎相見，但這是國與國之間的事，並不妨礙私人交誼，又說：

……時局之變，僕與閣下從事於疆場，抑何不幸之甚耶？然今日之事，國事也，非私仇也，則僕與閣下友誼之溫，今猶如昨。僕之瀆書，豈徒為勸降而作哉。大凡天下事，當局者迷，旁觀者清。今有人焉，於其進退之間，雖有國計身家兩全之策，而為目前公私諸務所蔽，惑於所見，則其友人安得不忠言直告，以發其三思乎？僕之瀆告閣下者，亦惟出於友誼，一片至誠，冀閣下垂諒焉……

接下來，伊東祐亨便分析此番中日之戰，日勝華敗之原因，指出中國朝廷「墨守常經，不諳變通」，而日本卻能「因時制宜，更張新政」，故能在遭受列強侵凌下繼而崛起。

憑心而論，劉步蟾不得不承認伊東祐亨說的是實情。但他不願再看下去了，因為接下來，伊東祐亨便用極委婉的口氣勸降：

既值此國運窮迫之時，臣子之為邦家致誠者，豈可徒向滔滔頹波委以一身，而即云報國耶？以上數千年，縱橫幾萬里，史冊疆域，炳然龐然，宇內最舊之國，使其中興隆治，皇圖永安，抑亦何難？夫大廈之將傾，固非一木所能支。苟見勢不可為，時不云利，即以全軍船艦權降與敵，而以國家興廢之端觀之，誠以些些小節，何足掛懷，僕於是乎指誓天日，敢請閣下暫遊日本，切願閣下蓄餘力，以待他日貴國中興之候，宣勞政績，以報國恩，閣下幸垂聽納焉……

於是，他又古今中外，舉了許多含羞忍垢「雪會稽之恥以成大志」的例子，勸他率水師餘艦早日歸降。

劉步蟾一口氣讀完這份文件，手不由抖了起來，眼前又一次浮現出當年在倫敦海軍學院求學時與日本同學比試的往事。當時是何等的躊躇滿志，誰料到一晃二十年，竟落到這樣的結局……

這時，畢士根又趨前一步，閃爍其詞地說：「劉大人，眼下這形勢，你應該看得清楚了……」

話未說完，劉步蟾雙目圓睜盯住他，大喝道：「畢士根，閉起你的鳥嘴滾蛋吧，回去告訴伊東，我劉步蟾候著他，只要我還有一口氣，他便休想進入威海！」

說著，手一揮，立刻上來兩名護兵，猛地撲上來，左右挾住畢士根。劉步蟾下令道：「讓這個反覆無常的傢伙吃點苦頭！」

兩個護兵齊聲應了個「是！」發一聲喊，竟一下將這個美國人舉了起來，畢士根還在哇哇大叫，兩個護兵一齊用力，竟「撲通」一下，將人扔進了刺骨的海水裡，幸虧小艇上的人手快，趕緊將他救起。他那個隨員嚇得趕緊開溜，下到小艇上狼狽而去。

目送敵艇遠去，劉步蟾不由又深深地歎了一口氣——北洋水師全體官兵已到最後關頭，伊東祐亨來信勸降，他把我們看成了可折節屈膝、卑鄙無恥的小人了。戰士的悲哀，莫過於被對手所輕視，這是最大的侮辱！劉步蟾終於陷入無比的悲憤之中。

「李元良回來了，李元良回來了！」左右水兵在呼喊。劉步蟾聞言一喜，忙問道：「在哪？」

水手指著岸上，只見遠遠的一夥人，正簇擁著一個漁夫模樣的人走來。定睛一看，正是昨天奉劉步蟾之令，化妝成漁民乘小舢板偷渡去煙台求援的二副李元良。

眼下威海失守，戴宗騫八營守軍全部潰散，但山東巡撫李秉衡尚在煙台，劉步蟾懷著一線希望、派李元良赴煙台求援，望李秉衡能奪回威海炮台，眼下李元良回來了，他能帶回一點希望嗎？

「大人，情況不妙！」李元良登上甲板，不待劉步蟾發問，先報出一句令人十分失望的話，接著從懷中掏出了一封信。

原來日軍拿下威海後，第二、第六兩師團會合，向西北擺出攻擊煙台的陣勢。李秉衡此時手下才四營嵩武軍，這是前任山東巡撫張曜的基本部隊，是當年在收復新疆時立有赫赫戰功的勁旅，張曜已故，嵩武軍統領孫萬齡老邁，武器又多窳敗，人數又才兩千，豈能抗衡兩個師團的敵軍？所以，當聽到兩路敵軍已在威海會合，有攻煙台的模樣，李秉衡趕緊將巡撫行轅撤往蓬萊——其實，日本人只是擺出姿態，做做樣子而已，他們攻佔威海、消滅北洋水師的目的已接近完成，並無意深入山東內地，尤其是像煙台這種通商口岸，日本已有不損害第三國利益的承諾，更不願得罪英國人，李秉衡虛驚一場而已。

李元良趕到蓬萊見到了李秉衡，呈上了劉步蟾以丁汝昌名義寫的親筆信，又聲淚俱下地敘述了劉公島軍民的困境。李秉衡雖也焦慮萬狀，卻派不出半個兵來救援。聽了李元良的報告，又看了李秉蘅深表歉意的信，劉步蟾徹底失望了，只呆呆地仰望著灰濛濛的蒼穹……

就在這時，「廣甲」管帶吳敬榮、「廣丙」管帶程璧光、洋顧問泰萊、洋技師浩威、瑞乃爾以及王平、穆晉書等一大幫人走了過來，泰萊是個中國通，華語說得很流利，見了劉步蟾，老遠就說：「劉大人，日本海軍司令官伊東祐亨派信使來了，是有這回事嗎？」

劉步蟾知道李元良回來，援兵無望的消息已傳出去了，這班人來意不善，於是眼一瞪，沒好氣地說：「什麼雞巴信使，純是無恥勸降，被我扔到海裡去了！」

泰萊故作驚奇地說：「什麼，劉大人，你闖禍了，中國不是有句俗話嗎？兩國交兵，不斬來使，國際法也保護信使不受侵害，何況他還是個美國人呢？」

一邊的洋匠浩威也用英語哇啦哇啦地說了一通，大意是說：劉大人，您及您的水師士兵都是好樣的，在此次戰爭中已盡了最大的努力，如果貴國的步兵也能像海軍一樣奮不顧身，戰局或許是另一個樣子了。眼下敗局已定，該為個人安危考慮了，在我們西方，戰士只要在作戰時盡了力，戰敗了繳械投降不是可恥的事，國際法也規定，戰勝一方不得侮辱、虐待放下了武器的俘虜。劉大人曾在西方學習，應該明白這點，你羞辱了信使，就可能導致對方的報復，也必然連累我們！

劉步蟾不待浩威囉囉嗦嗦說完便斥責道：「什麼信使，我懲罰的是前北洋水師不稱職的雇員，眼下做了日本人奸細的畢士根，他不配稱作信使，我之所以懲罰他，是要讓他明白，作為一個雇員，受中國政府高薪聘請，應該盡職盡責，不要朝秦暮楚，毫無羞恥之心。另外，我也正告你們，這是在東方，東方人有自己的道德準則和信念，有自己的是非好惡標準。繳械便是投降，便是背叛，是一個男子漢大丈夫最可恥的行為。所以，我們除非戰死別無選擇。至於你們的安全，這是你們在受雇簽約時，便應該考慮到的事，本官處此形勢之下，無法保證。不過，我告訴你們，任何與軍令相抵觸的宣傳鼓動，本官都將視為反叛，將毫不留情地予以鎮壓，反之，則將受到獎勵，就是戰死，也一定受到我國朝廷的從優撫恤！」

眾洋人一聽，皆不滿地喊了起來。而吳敬榮、程璧光等一班中國軍官卻面面相覷，面帶慍色——畏劉步蟾之威，他們不敢把想說的說出來，眾人見劉步蟾這裡潑水不進，不知誰喊了一句：「他不過是右翼總兵，署理提督，咱們找真正的當家人丁汝昌去！」

這樣，這夥人才停止糾纏，卻罵罵咧咧地上劉公島水師提督衙門去了。

半夜時分，臥病的丁汝昌從昏睡中突然被一陣猛烈的炮聲和爆炸聲驚醒了。他勉強睜開眼睛，只見窗外的天空被強烈的探照燈和爆炸的火光映得通紅，警報聲、快速炮的怒吼聲、雷艇的隆隆機器聲以及近處腳步聲、呼喊聲吵成一片，他從雜亂無章的聲音中，終於聽到一句是「敵人的雷艇從東口子攻進來了！」

丁汝昌聽到這話不由全身一震。

黃昏時，他剛吃過第三劑解表發汗藥，頭上出了一點毛毛汗，剛要入睡，泰萊、浩威以及吳敬榮等一班人闖進了他的臥室。見面之後，他們也不管丁汝昌一臉病態，開口便指責劉步蟾不該污辱了信使，又說北洋水師已處絕境，要他這個主帥愛惜將士們的生命，不要做無謂的犧牲。

他當時頭昏腦脹，渾身乏力，也沒有精神和這班人理論，心腹親隨、侄子丁威與丁毅在一旁忍不住了，喊來幾個戈什哈不顧一切地將這一班人轟了出去。眾人走後，他思前想後，無計可施，悲憤填膺，氣血上湧，竟把剛喝進肚的藥嘔吐出來，淚水也不覺如涓涓細流，竟然濕透了枕頭。兩個侄子好容易才勸住了他，又勉強喝了半碗藥，輾轉反側好半天，剛朦朧入睡，可不久又被驚醒了。自從山東吃緊，劉公島上的水師眷屬統統撤離，他的夫人已回到天津的公館，這裡陪伴他的便是在營務處任職的兩個侄子，此刻，他們大概被炮聲驚起出外察看情形去了，他連喊幾聲見無回應，只好自己抖索著籠好棉衣下了床。他想走出這座衙門去前面看看，先扶著房中的桌椅站了一刻，只覺眼前金星亂冒、天旋地轉、全身軟塌塌的，雙腿無比沉重，萬難挪動半步。

這時，外面炮聲更緊了，有時像還夾有巨彈的爆裂聲，好像敵人已攻上了劉公島，殺到水師衙門的大門口來了。

他想，水師大小數十隻戰船逼處一隅，擠擠挨挨施展不開，敵人小型魚雷快艇來攻，若不能組織有效的炮火攔截，待敵人衝過來，隨便發射一枚魚雷便可擊中一艘軍艦。

想到劉步蟾一人在獨撐危局，他便心急如焚，抓起一件皮大氅勉強往身上一披，拉開門栓便往外走，無奈雙腿不聽使喚，出門時竟被門檻絆倒，他撲通一下，倒在地上，又一次昏迷過去……

他再次醒來時天已大亮，身子也已回到了床上。外面的炮聲早已停息，只見丁威、丁毅圍在床邊，二人正默默地垂淚，模樣十分悽惶。

「半晚時，你們到哪裡去了？」丁汝昌囁嚅了半天，才問了這麼一句，其實不問也知道，所以，不待他們回答又問道：「昨晚是怎麼回事，劉子香的人呢？怎不見來商量？」

這一問不打緊，丁威和丁毅竟一下嚎啕大哭起來。丁汝昌知道情況不妙，但越不妙他越要知道結果。連問幾句不開聲，只是哭得更加急促。丁汝昌火了，用腳踹近邊的丁威說：「究竟怎樣了，快說！」

二人好容易止住哭，相互補充著把昨晚的戰況講了一遍。

原來昨天劉步蟾拒絕了勸降之後，見東口子已敞開，雖然事先已在一些水域敷設了水雷和木樁等障礙物，但停泊在外海的敵艦這些天已派了奸細進入劉公島漁村，摸清了一些布防情況，畢士根能乘小艇公然由東口子駛入澳內便是明證。

他怕敵人趁黑夜派雷艇進港偷襲，下令讓王平等人將十多艘魚雷艇擺在前面澳內，必要時以雷艇對付雷艇。不料王平早有逃生之念，已串通了一夥人，他們雖不敢公然對抗劉步蟾，卻暗中做了打算，領命後，於深夜趁劉步蟾不在甲板上的機會，竟開動雷艇偷偷地從東口子溜了出來，沿著祕密通道往煙台方向拼命地出逃了。

外海的敵人聯合艦隊見我方的雷艇出逃，一面派出快艇追擊，一面趁我方艦船失去雷艇屏障之機，派出大批魚雷快艇沿著我方雷艇出澳時的水跡衝進來實施攻擊了。

劉步蟾得知雷艇出逃的消息異常憤怒，但事已至此，不等他發火敵人便先發動進攻了，他見情況緊急，忙下令所有艦船集中火力組成一道火網攔截敵魚雷艇，不想此時，「濟遠」管帶林國祥還有心思尋花問柳，當敵人雷艇來攻時，他還宿在劉公島買賣街的妓院內，有他帶頭，各艦都有好些人找相好的找相好，軋姘頭的軋姘頭，以致好多人缺崗，艦上無人炮不響，所謂「火網」便處處有漏洞。狡猾的敵人於是覷著空檔衝過來了。

這邊在崗的人雖拼命攔截，也擊中、擊沉了兩艘敵艇，但仍有兩艘衝了過來，進入了大炮射程的死角。於是，他們朝攔在前頭的「定遠」艦發射了好幾枚魚雷。可憐「定遠」鐵甲艦百戰不摧的鋼鐵身軀此時無法閃避，隨著幾聲轟然巨響，竟被魚雷在吃水線下穿了好幾個大洞，海水大量湧進來，尾部漸漸下沉。幸虧離岸不遠，岸上的人拼命絞起纜繩，拖到岸邊才沒有全部下沉，那不屈的頭仍高昂在水面上，艦首那三十公分半口徑的大炮仍昂然指向敵方……

劉步蟾受了重傷，又隨著傾斜的甲板滑到了水中，卻並未被波濤立即吞沒。望著心愛的戰艦如大廈在傾覆，心如刀絞。這時，好幾個護兵發現了他，一齊向他游過來救援，岸上也有人向他甩救生圈，可他卻置一切於不顧，從容地從懷中拔出了手槍，指向了自己的太陽穴。岸上和水中的人一時都呆住了，隨著一聲悶響，四周不由響起了一片哭聲……

一聽劉步蟾已以身殉職，丁汝昌只覺眼前一黑，大叫一聲昏暈過去。

玉碎

北洋水師提督衙門的大廳上，那「威震海疆」的金匾下坐滿了水師官佐，大家的臉色就如門外冰天雪地的世界一樣，十分嚴峻和冷漠，誰也不願說話，到處是唉聲歎氣，雖是元宵佳節，卻沒有半點節日氣氛。傷心失望和疾病腿傷使丁汝昌徹底垮了，他已像一具枯骨，頹然坐在上頭，了無生氣。

劉步蟾的死使他痛不欲生，王平、穆晉書等人的私逃又使他憤恨不已。無奈，他只好扶病下床，獨支危局。威海的失陷，斷絕了與京津的電訊聯繫，經過連日的炮戰，劉公島庫存本就不豐的彈藥也快告罄了，糧食、蔬菜也難支持一個星期，而日軍又頻頻發動攻擊，面對如此嚴峻的局面，他已完全束手無策了。

「寧為玉碎，不為瓦全。大人，為了不使戰艦資敵，應全部將其鑿沉，將碼頭、倉庫炸毀，不讓倭虜佔半點便宜！」楊用霖跑到丁汝昌的病室，向形銷骨立、病體懨懨的水師提督獻議，張德三和他一道來的，也於一旁深表贊成。

丁汝昌望著二人，眼眶中馬上湧出了一股熱淚——自開戰以來，中樞不諒，「清流」攻擊他貪生怕死。眼下，他不能奮勇殺敵，擊敗倭寇，但可以一死明志，這是他早已打算好了的。然而，就是下決心死也不是一件容易的事，處此重圍中，沉船毀械得部眾協力同心。為此，他不得不抱病出來，召集水師及炮台各級官佐會議，拖著羸弱的身軀，喘著氣，宣布了這一決定。

「什麼，沉船？」

「濟遠」管帶林國祥最先起來反對。他掃了眾人一眼，旁若無人地說：「這可不行！敵寇將至，與船同殉，這是應該的。可這只是對有守土之責的北洋水師而言，不關我們粵海水師的事，我們是客軍，我們這三艦可是我們廣東自籌款子購來的，是李少荃中堂向我們李筱荃制台借來的。三艘已毀了兩艘，就是將『濟遠』賠與我們，我們也還是吃了虧。眼下要毀艦，你們毀自己的吧，『濟遠』和『廣丙』絕不能毀！」

林國祥的話音剛落，「廣甲」管帶吳敬榮、「廣丙」管帶程璧光馬上附和，他們齊聲說：「正是這話，我們的防區在廣東，我們是客軍，無守土之責，更不能跟著你們賠老本！」

有他們三人帶頭發難，營務處一班文職官員也紛紛附和。主持營務處的候補道牛昶炳微笑著把頭一偏，說：「若說守土之責，這只能責之武員和正印官，我們一介書生，既無兵權，又無實際責任，皇上只讓我辦文案，可沒讓我上陣殺敵！」

楊用霖一見這形勢，氣得雙手連連顫抖，竟指著他們說：「這是什麼話，我都替你們害羞。國家興亡，匹夫有責，你們是不是大清國的子民？是不是由皇上的俸祿養著？無事時，你們不也口口聲聲，談忠孝節烈嗎？不也一個個裝出一副孝子忠臣的面孔嗎？今日到了驗真假的時候了，便都有理由置身事外了，分什麼此畛彼域呀？分什麼文職武職呀？倭虜可是對大清國宣戰，並不只是對北洋宣戰，人家打起來，不分西海岸、東海岸，合起來便是聯合艦隊。可我們呢！李少荃中堂向李筱荃制台借艦，這真是笑話，我都替你們羞死！」

張德三也拍著桌子說：「大限已到，盡忠盡節是個人的事，誰也不勉強誰，但船械是國家的，可不能資敵，誰反對毀船械，應以通敵之罪論處！」

張德三滿以為這話至少可鎮住一些還顧及退路的人和尚注重名節的人，誰知林國祥卻冷笑道：「張文宣，你別說大話唬人。誰通敵賣國啊？你去京師問問，去翻滬上的新聞紙看看，誰不說你那老舅通敵賣國呢？連三歲小孩也說『李二先生是漢奸』呢！不然，偌大的北洋水師能是今天這結局？」

吳敬榮也說：「是嘛，李中堂不賣國，皇上怎會革他的職，摘他的頂子？」

這麼一說，滿堂譁然。

張德三被噎得滿面通紅，有口難辯，欲下座來揪吳敬榮，與他拼命。牛昶炳裝出關心的樣子，拉住張德三的手說：「文宣兄，算了，你少說幾句不行嗎？說多了有你的氣受！」

丁汝昌見此形勢，知大勢已去，眾將徹底離心，自己再無力約束。他不甘心，掙扎著向眾將攤牌道：「各位大人，敵寇將至，絕不能以船械資敵，這算是對國家、太后、皇上最後有個交代，大家人雖在這裡，家小貲財多在內地，一旦被視作叛逆，可是要罪及妻孥的，這比衛汝貴、葉志超的畏敵怯戰還要加一等，這擔子兄弟可擔待不起！」

眾人不願毀械沉船，是怕日本人來了無法交代，難逃活命，但主動投敵怕的便是丁汝昌口中這句話，所以，巴不得丁汝昌為首投敵，擔待這天大的罪名，他們跟著受惠卻不擔責任。眼下丁汝昌說擔待不起，他們口雖不說，卻都是一臉慍色。

丁汝昌不理會這些，趁熱打鐵，向眾人簡要地部署了沉船毀械的各項大事和要點，眾人默默不語，散會後，不到半個時辰，劉公島上空突然響起了一片吼聲——約三四百名水手和步兵吵吵嚷嚷向水師提督衙門擁來，守衛在衙門前的少數護衛見形勢不對，一邊趕緊關起大門，一邊飛快稟報負責警衛的提標參將謝先駿。

待謝先駿聞訊趕來時，大坪裡已聚滿了亂兵，正吵嚷著要進大堂見丁軍門。謝光駿抽出手槍，怒聲喝道：「此處為提督衙門，不准喧嘩吵鬧，不然，格殺毋論！」

只見人群中走出一個廣東口音的瘦個子，不屑地瞥了謝先駿一眼，說：「你還威風什麼？我們是來求丁軍門放一條生路的，又沒造反！也犯了法嗎？」

另一個福建口音的人也說：「丁軍門下令沉船毀械，日本人來了，必然遷怒於我們，我們不沒命了嗎？」

這夥亂兵跟著起鬨，你一句，我一句，張德三和楊用霖此時尚在衙門裡，和丁汝昌商議後事，聞訊趕了出來，好言好語相勸。但這個時候已無尊卑之分了，眾人不唯不信，不肯散去，有的還露出了刀械，佔領了兩邊廡舍，聲言丁軍門不收回成命他們便不散。

楊用霖無法，只好耐著性子，苦口婆心地向亂兵們曉以大義，張德三卻火了，他退了進來，馬上吩咐護衛去炮台調他自己親自管帶的一營親兵，命令他們全副武裝趕來平亂。衙門裡好幾個師爺來攔阻，說這樣只會激成大變。

這邊親兵還未調來，山下卻槍聲大作，開窗望去，漁村及買賣街上火光四起，槍聲不斷，有消息說，亂兵已搶了好幾家鋪面，眼下已結隊包圍了糧台，要求把欠餉全部關清。島上亂成一團，誰也不能出面勸阻或進行有效的彈壓，當然更無人去執行丁汝昌的沉船毀械的命令了。

入晚，泰萊、浩威等洋人紛紛湧進衙門，圍著丁汝昌喋喋不休。這些人曾聯名向皇帝保丁汝昌，使他沒有像葉志超等人那樣去蹲刑部的大牢，更沒有像衛汝貴那樣被砍頭，得以在此「戴罪圖功」，現在，他們向丁汝昌指出，只有接受日本人的投降條件，獻出艦船和炮台，才有可能保障眾人及自己的生命財產的安全，不然，將招致日本人的懲罰。他們還說，假如因投降日本，皇上降罪，他們保證再次聯名上書說情。

丁汝昌此時兩眼昏花，四肢乏力，額上冷汗淋漓，喉中痰往上湧，躺在床上眼望著帳頂不作一語，只默默地垂淚。這一班洋雇員卻不管這些，他們甚至連丁汝昌不是劉步蟾，根本不懂洋文這一點也忘了，對著他指手畫腳，哇啦哇啦地指斥不休。

就在這時，山下突然傳出排炮的射擊聲，子彈呼嘯著，掠過院子裡的梧桐樹梢，怒吼聲一陣蓋過一陣。有人說，水師和炮台守軍有好幾個營的人正式譁變了，要來攻提督衙門。床頭立著的丁威和丁毅一聽，竟嚇得嚶嚶地抽泣起來……

丁汝昌見此情形，知回天乏術了，他趁眾人吵吵鬧鬧、無人注意之際，突然從枕下抽出手槍，揮舞著對眾人大喝道：「別說了，要我投降，除非是死！」

說著，對準自己的太陽穴猛扣扳機，只聽「砰」地一聲，丁汝昌頭一歪，頓時血流滿枕。這突如其來的一招，把滿屋子坐著的、站著的、指手畫腳的、誇誇其談的洋人全嚇呆了。他們好半天才回過神來，見丁汝昌已死，他們便商量著幹他們要幹的事了……

這時，得知丁汝昌自殺的消息後，島上亂兵躁動不安的情緒消失了，接下來是惶恐、悲傷、憤怒和慶幸，大家都商量起如何尋出路、生路了，那些原先追隨丁汝昌、劉步蟾的人，那些立意要為皇上盡忠的人瞬間全癡呆了，至夜半，又傳出張德三和楊用霖自殺的消息，他倆一個也是用手槍，另一個卻是吞了煙膏……

啊，劉公島

日軍聯合艦隊司令官伊東祐亨中將終於踏上了劉公島。他和大隊隨員在牛昶炳為首的文武官員恭迎下，大搖大擺地上岸，又驕傲地回首四顧，然後矜持地登上了北洋水師提督衙門前的石階。

最先迎降的是「廣丙」管帶程璧光。他會日語，因此受眾人推戴，乘「鎮北號」炮艇，升起白旗去外海向日軍請降，降書仍用丁汝昌的名義，且鈐蓋了北洋水師提督的大印。

於是，伊東祐亨終於慷慨地應允了他們的投降要求，並保證水師官兵及中西各員、島上居民的生命財產安全，只要他們一個個簽署近期內不介入戰爭的保證，即允許他們西渡回家。

島上文職人員以牛昶炳職銜最高，所以，這一份無條件投降書由他代表北洋水師、代表死去的丁汝昌去日軍旗艦「松島號」上簽署，然後，由他指派人領航，讓伊東祐亨和他率領的聯合艦隊浩浩蕩蕩從東口子開進了威海海灣。

這時，風雪早停了，海上仍是陰霾滿天，靠岸時，各艦鳴禮炮示威，軍樂隊奏起了日本國歌《君之代》，隨著日本國旗在劉公島各制高點及「鎮遠」等艦上升起，日軍順利地完成了對北洋水師基地劉公島的佔領。

大清國北洋水師眼下尚存「鎮遠」、「濟遠」、「來遠」、「平遠」、「威遠」等五艦，「鎮」、「濟」、「來」三艦尚稱完整，「平」、「威」為舊艦，另外還有「鎮北」等六艘炮船，「康濟」等運輸艦以及原屬廣東的「廣丙」，大小共約三十餘艘，眼下，這些艦艇全成了日軍的戰利品。

伊東祐亨心情異常亢奮——旅順和威海如一把鐵鎖，牢牢地控制著渤海灣，北京和天津賴此鎖鑰，便有泰山之固。眼下，這一把鐵鎖被徹底地砸碎了，且一下變成了一把鐵鉗，由自己控制，緊緊地鉗住了清國朝廷的咽喉，北京的那個朝廷處此鐵鉗之下，能不俯首貼耳地乖乖就範嗎？

二十年來，大日本帝國向大陸擴張的夢想終於在我們這一代軍人的身上實現了，帝國勝利的旗幟終於高高飄揚在清國的海軍基地上空了，身為帝國軍人，能不為本國光輝燦爛的遠景、能不為英勇善戰的軍人感到歡欣鼓舞和驕傲嗎？

伊東祐亨率領東鄉平八郎、坪井航三等一班戰將手按佩劍、懷著蔑視一切的心情，雄赳赳、氣昂昂地跨進了水師衙門大廳，但一進來，目光立刻被並排擺著的五口棺材吸引住了。

五口棺材中，中間一口躺著的是丁汝昌，右為劉步蟾、楊用霖，左為張德三、戴宗騫，沒有人為他們守靈，也沒有人在一邊哭奠，他們的一班追隨者大多跳海自盡了，僅剩一個佝僂著腰的老兵在為他們焚化紙箔，唯一的一盞長明燈因油盡燈枯，只跳了幾下便馬上熄滅了……

早在程璧光來請降時，伊東祐亨便從程璧光口中得知這幾個人殉職的消息，當時心中竟也有幾分惻然——中日在海上角逐馳騁已二十餘年，雙方將領彼此之間也很熟悉了，伊東曾在廣島、長崎接待過率艦來訪的丁汝昌，也曾率艦訪問過威海和天津，受到了李鴻章的接見和丁汝昌的接待，但伊東祐亨最熟悉、也最佩服的還是劉步蟾。

他對劉步蟾是心儀已久，當在威海第一次和劉步蟾相見時，往日的傳言便被證實了，伊東覺得劉步蟾很像他們日本人，精明幹練、意志堅強，卻又從不向人顯露。他後來甚至為此失望過，沮喪過，認為中國有了劉步蟾等一批海軍人才，自己這一代人的努力是否白幹了，日本軍人的大陸夢是否又將化為泡影。

但後來的事實改變了他的看法，鼓舞了他的決心——劉步蟾等人學成歸國後得不到重用，受到了淮系的排擠和守舊派的歧視，中國的朝廷並不重視海軍，視渤海、黃海不如昆明湖，視戰艦不如昆明湖上的石舫，雖花大價錢買下如許戰艦，卻不珍惜，既不添船換炮，也不好好操練，於是，北洋水師終於敗在帝國海軍的炮口下了。

伊東祐亨想，若中國朝廷也如日本，讓劉步蟾等一批將才暢行其志，那麼，說不定今天的主客之勢將要倒過來，不是日本的軍旗在威海升起，而是清國軍人在廣島、長崎或是佐世保升他們的黃龍旗了，而躺在棺材中的不一定不是我！

清國像劉步蟾這樣的軍人還有多少，一旦清國警醒過來，重用他們呢？伊東祐亨的步履再也輕鬆不起來了，他的臉色再也開朗不起來了。他率領他手下的將軍們，面色凝重而莊嚴地繞著五口棺材緩緩地走了一圈，又鄭重其事地在五人靈前各上了一炷香，然後是虔誠地鞠躬。

翌日，伊東祐亨從降艦中選出三等舊艦「康濟號」，下令拆去大炮，改裝成一艘商船，由原艦人員駕駛，載了丁汝昌、劉步蟾等五人靈柩去煙台。

此時，劉公島上的日軍戒備森嚴，從原水師提督衙門大堂至劉公島碼頭上，崗哨林立，由原北洋水師降卒抬著五人的靈柩上了「康濟號」後，「康濟號」緩緩地駛離碼頭，人們看到它的主桅上仍飄揚著大清帝國的黃龍旗和北洋水師提督的帥旗，送行的樂隊奏出了悲哀欲絕的輓歌，炮台及日艦也齊鳴十二響禮炮……

這天，應邀前來參觀戰利品的英、法、俄、德、美等國遠東艦隊的司令官，紛紛乘船來到劉公島，伊東祐亨在原北洋水師提督衙門設宴款待，宴會就設在上懸「威鎮海疆」金匾的大廳內，隨行的有大批歐美記者。

眾洋人目睹這一悲壯場面，無不為之動容。

當記者問起伊東祐亨何以對死去的丁汝昌等人如此禮遇時，伊東祐亨威嚴地瞥了階下鵠立的牛昶炳、程璧光等人一眼，不無感慨地說：「丁軍門等人雖失敗了，但作為一名軍人，他們的行為無愧於這一稱號。憑心而論，他們算得上支那的英雄，值得尊敬！」

隨著眾人的一片讚頌聲，這班降官、降將們個個滿臉飛紅……

第六章 中堂祭海

相對如夢寐

祭灶的鞭炮聲，終於劈劈啪啪地響了起來，由遠而近，此起彼落，間或傳來一兩聲土銃聲，天崩地裂，令人膽戰心驚。空氣中瀰散著刺鼻的火藥味，合著遠近的嘻鬧聲、吆喝聲把新年的氣氛點綴得更濃。

甲午年的年關在民間仍然是像模像樣的除夕，戰爭畢竟還離得遠，要走避的都遠徙他鄉了，留下來的仍得照常過，只要有人煙，灶神便得罪不起，上天言好事，下界報吉祥——似乎人人都在局中，又似乎個個都置身事外，只關心自己這個家……

滿懷愁緒、困守鎮海樓的李鴻章也感覺到了節日的氣氛，但憑欄遠望，滿目陰霾。那鉛灰色的、沉重的雲團，籠罩津門，連接畿輔，鎮海樓沉浸在蕭然悲戾的氣氛中，又哪裡去尋半點愉悅與歡欣？

常年這個時候，大沽口封凍後，洋人商船結隊南下或回國，北洋通商事務結束，身為直隸總督的李鴻章，早在十月末便回到保定督署，要等到明年三、四月間冰河解凍、春暖花開，洋船絡繹而來時再返天津。

按朝廷定制，十二月二十日起，大小衙門，一律封印停止辦理公事，要到來年正月上元燈火之後才由欽天監擇吉奏准開印。這一時期年終政績考核，皇帝頒賜恩賞，通省官員敘勞績，皆大歡喜。

所謂「年年臘朔御重華，賜福蒼生筆有花。御墨龍箋書福字，近臣分載福還家。」這首竹枝詞敘的便是聖祖康熙時的年關盛況，這以後，歷朝沿襲，至慈禧太后垂簾，也常親書福字和壽字，頒賜近臣。疆臣中，以李鴻章勳望名位最高，又近在畿輔，故每年必有頒賜。新正之日，省城各衙門官員必至督署恭賀新春，然後又排班隨李鴻章面北行三跪九叩大禮，遙祝太后、皇帝新年吉祥如意。

至正月初五日，是李鴻章的壽誕之期。若是平常，李鴻章必不肯受賀，但擋不住下屬文武官員的殷殷之情，兩年前他古稀初度，慈禧太后賜以「調鼎凝厘」匾額，還有「棟樑華夏資良輔，帶勵山河錫大年」壽聯；皇帝則賜以「鈞衡篤祜」匾額，也有「奎鹵恩榮方召望；鼎鐘勳勩富文年」壽聯。

那一天，督署冠蓋雲集，喜氣盈庭，壽禮紛呈，競奇鬥異。中樞政要，大小京官及各省疆臣司道乃至外國駐華使節，無不專電專函致賀，附送禮物，風雅者，則以詩文、聯語為祝。熱熱鬧鬧三天，可謂盛極一時，除了帝王之家，誰還能比？又有誰不豔羨稱頌他、這位砥柱政壇三十年，享譽中外、福壽雙至的老人？

然而，這一切都成了歷史。回首往事，如過眼雲煙，他自受到革職留任的處分後，外界謠諑紛傳且肆無忌憚，上海的報紙除捕風捉影，刊登一些不利於他的消息外，甚至整篇登載御史彈劾他的奏疏，所謂「通敵賣國」、「喪心病狂」之類的話語也公然指名道姓地載諸報端。

眼看這一年快過完了，但仍傳來日軍炮擊登州、登陸榮成、擊敗李秉衡的嵩武軍和鞏綏軍、直取南幫炮台的消息。他明白北洋水師已危在旦夕，自己三十年洋務的本錢就要毀於一旦了，幾乎痛不欲生。就在這時朝廷又有電諭：調雲貴總督王文韶為幫辦北洋事務大臣。

這以前吳大澂是幫辦軍務大臣，劉坤一是督辦軍務欽差大臣，這兩人的職責專指遼東軍務，所以，二人一個已將行轅暫駐錦州，一個將赴山海關，北洋事務仍由革職留任的李鴻章在主持。眼下這一道上諭傳下來，明眼人無不搖頭歎氣：王文韶這以前兩任軍機大臣，政見一向與李鴻章不合，眼下以他來幫辦北洋，分明是為下一步的取而代之做伏筆了。

李鴻章三十年聖眷不衰，今天終於君恩不再、且危機日夕逼近，左右終不相信這是事實。但越來越多的消息都在證明朝廷已在動手了，親友不由人人自危起來。子侄輩中，李經方最心虛，龜縮在租界家中，稱病不出；外甥張士珩本已回到了合肥老家，因有御史舉發、彈劾，諭旨令地方官拿辦，他得知消息出逃，至今下落不明，其餘的子侄都因有這樣或那樣的瘡疤，一個個忐忑不安。

偏偏在這個時候，居然還有人來燒冷灶、撞木鐘——衛汝貴於前不久被押赴菜市口砍了頭，合肥過去威風顯赫的勳臣巨室之家葉志超、龔照璵、趙懷業等人家屬已感覺到了「王法條條不容情」的可怕，無不號啕哭叫。

為挽救親人性命，他們自然四處奔走。因不察形勢不明內幕或病急亂投醫，連走背運的李鴻章也不放過，畢竟是「故主難忘」呵！葉志超的長子、龔照璵的妻子、兒子、趙懷業的弟弟等十多個人在京師營謀無望，又紛紛回到天津找上門來哭訴，求李中堂擔責任，上疏為他們的親人開脫。

他們這要求遭到了李鴻章的嚴詞痛斥和堅決拒絕，但他們仗著北洋大臣衙門中親朋故舊多，又不能把他們怎麼樣，執意胡攪蠻纏，鬧得閤府上下，一餐團年飯也吃不自在。

就在這個時候，為避嫌疑而回了原籍的女婿張佩綸又來津了。張佩綸如今成了死老虎，不被人注意了，加之他老家河北豐潤距遼東前線已不很遠，此時大軍在那一帶集結，處處屯兵，兵糧餉運，騷擾無窮，他不勝其苦。妻子菊耦又惦記處境已十分不妙的父親，於是，他率性又回天津度歲。

李鴻章日日為警耗噩音所包圍，女婿的到來，多了一個分憂與出主意的人，心中略感安慰。回想起半年來的風雲變幻，岳婿相見，真有「相對如夢寐」的感覺。

「賊娘的劉峴莊真不顧大局！」一見了女婿，李鴻章開口便罵劉坤一。

眼下他如一個落水之人，四處撲騰，哪怕碰到的是一根腐草一片爛菜葉，他也要緊緊抓住，絕不鬆手。三十年嘔心瀝血的營謀，三十年因此而飲譽中外，憑的便是這一點本錢，可以說北洋水師與自己榮辱與共休戚相關呵！為此，年逼夕近他仍頂風冒雪訪劉坤一於行轅。

北上勤王之師中，有湘軍宿將李續賓之子李光久一支老湘軍在榆關集結，受劉坤一節制，他商之於劉坤一，想將李光久部改用船運芝罘，解威海之圍。

不料尚未出口，已被劉坤一猜出來意，竟以攻為守，先提議將正在奉東作戰的直隸提督聶士成留下來，而李鴻章在籌措京畿防務時已視聶士成為津門保障，一再請旨催督聶士成必須回任天津，朝廷鑒於京津的重要，已同意聶士成回原任。

眼下劉坤一卻要把這員戰將留在奉東，李鴻章當然不能答應，兩下言來語去，互不相讓，竟吵了起來。劉坤一急了，竟說了一句湖南方言，說：「中堂，眼下是叫化子照火，都只顧往自己胯下扒，兄弟我羊尾巴遮羊屁股不住，還能遮狗屁股嗎？」

李鴻章不懂這話的意思，一時沒和他理論，二人不歡而散。回來的路上聽在場的一個湘籍隨員解釋，才知那是各人只顧各人，他已自顧不暇之意。眼下他憤恨不已地告訴女婿：「你看他劉峴莊這是什麼話？這算是老成持重、統籌全域的大臣說的嗎？北洋水師完了，山東沿海完了，獨保遼東有何意義？」

「大人，何必呢？」張佩綸不意老丈人竟和劉坤一翻臉，處此形勢之下，他真為老丈人擔心，所謂多一個朋友多一條路，少一個仇人少一堵牆啊！所以馬上勸道，「劉峴莊確也自顧不暇，再說，再說——」

張佩綸說到這裡猶豫起來。——老丈人政壇風雲三十年，從不認輸。上回扯旗放炮要辭官到頭來偃旗息鼓就是明證，怪不得曾國藩說他拼命做官，時至今日焦頭爛額仍無退意。

張佩綸的未盡之言馬上被李鴻章猜到了，他連連冷笑說：「幼樵，你的意思我明白，不過，我是不會認輸的。朝廷派王夔石來，想讓他來代替我，我看誰來都差不多，這一局殘棋要下完還非我莫屬。」

聽著老丈人如此胸有成竹的話，張佩綸終於悟到了一些端倪。這以後，李鴻章仍做垂死掙扎，電訊四處求援，要解救困在威海的北洋水師。須知那不僅是忠實執行他的命令的部眾，也是他的命根子呵！

不料電報拍出去後，回電文字雖異，意思卻相同：「羊尾巴遮羊屁股不住，哪能遮狗屁股」？新正不久，威海方面終於傳出南北炮台全部陷落的消息。威海至京津的電訊早斷了，消息是由魯撫李秉衡奏聞的。得此噩耗，李鴻章終於支撐不住，竟眼前一黑，昏了過去……

雷霆雨露

北洋水師全軍覆沒的消息，比實在情形早三天便傳到了京師，這是先行逃跑的王平、穆晉書謊報軍情的結果。他們率雷艇逃到煙台後，竟向駐萊州的山東巡撫李秉衡報告說，水師已全軍覆沒了，他們是潰圍而出的。李秉蘅得報，一面下令加強煙台的守備，不再對威海做救援的打算，一面電奏到京——其實，此時丁汝昌等人尚在固守待援。

朝廷苦心經營、耗資巨萬的北洋水師便這麼毀滅了，消息傳出，京師上下無不切齒痛恨倭寇，無不交口痛罵斷送水師的李鴻章。朝野上下又一次掀起規模更大的「攻李」高潮。為俯順輿情，激勵將士，皇帝於當天頒發一通親筆朱諭，謂：

> 李秉蘅電奏海軍各艦被擊覆沒情形，覽奏曷勝憤懣。北洋創辦海軍，殫盡十年財力，一旦悉毀於敵，隳防縱寇，震動畿疆，李鴻章專任此事，自問當得何罪？惟現值海防益急，若立於罷斥，轉得置身事外。茲特切申諭，李鴻章當自念獲咎之重，朝廷曲宥之恩，激發天良，力圖補救……

這一道上諭仍不由電訊傳達，而是軍機處交兵部用「四百里加緊」廷寄當天便遞到了天津。

此時，劉坤一已赴山海關督師，廷寄送達剛剛到任的王文韶手中，指定由他宣讀。

王文韶是去年九月赴京賀壽離開昆明到京的，所以，幫辦北洋的上諭一發表，只幾天時間便到了天津履新。聽說李鴻章因連日傷感，眩昏症復發而不良於行的消息，他也是宦海沉浮、幾經跌宕之人，看了這道上諭，毫無幸災樂禍之心，倒平添了幾分兔死狐悲之感。乃懷了上諭，坐轎以探病為由前來拜府。李鴻章聽說王文韶來拜，由經方、經述兄弟攙扶迎至二門。

「時局孔艱，中堂玉體違和，實在是國家的不幸！」見面之後，王文韶先說了一句客氣話，又握住李鴻章的手，十分關心體貼地打量著他，說，「唉，這副擔子實在不輕啊，這完全是心力交瘁的結果！」

李鴻章也握住王文韶的手，長歎一聲說：「唉，局面敗壞至此，總總是我無能所致，皇上除舊布新，予夔石兄以重任，這以後挽狂瀾於既倒，扭轉這不利局面就要靠夔石你了。」

王文韶一聽，不由搖頭。王文韶字夔石，浙江仁和人。他是由左宗棠、李鴻章交相保舉才得躋身政要的，光緒八年，因以雲南報銷案坐失察罪，被「清流」彈劾而逐出軍機。他在任軍機大臣期間雖揚左而抑李，但與李鴻章舊誼未斷，就在那年罷相南歸時，李鴻章還於津門宴別，一盡地主之誼。

一晃十二年，王文韶雖東山再起，但想起往事，能無唏噓感歎？今年他也六十有六了，常犯氣喘病，北洋衝繁疲難，局面如此糜爛，不是一個閱歷豐富、手段高強的硬角色擔當不起，他自知才具有限，有什麼能力去「力挽狂瀾」？所以怕的就是這句話。

雙方客氣一番，又對愈來愈不利的戰局感歎了幾句。王文韶見李鴻章精神尚可，於是拿出這道上諭，期期艾艾地說：「中堂，這裡有剛遞到的一份上諭，上面雖是朱筆，無非仍是翁叔平門下那班人咋咋呼呼、興風作浪之故，皇上不得不敷衍一下。所謂愛之彌深、責之彌切，你千萬不必放在心上！」

李鴻章看到又有上諭遞到，交由他人宣讀，心中便明白不是好事。好在王文韶公事私辦，沒有拿雞毛當令箭，認真執行這「傳旨申飭」，反以溫語勸慰化解，心中才稍稍舒展一些。比較劉坤一、吳大澂那皮裡陽秋、咄咄逼人的嘴臉，王文韶倒是要厚道得多，當下，他懷著感激的心情，和王文韶傾吐這些年辦洋務、辦海防所經過的困難和所受的委屈……

不料傳旨申飭不三天，又一道廷寄忽然遞到天津，此番不是由王文韶宣讀，而是由差官直接到北洋大臣衙門宣布。

眼下北洋大臣衙門的人，都是驚弓之鳥，只要聽說「傳諭」便惴惴不安，認定不是好事，不想開讀之後，令人頗感意外——上諭不但開復了李鴻章的處分，賞還了三眼花翎和黃馬褂子，且命李鴻章來京陛見，商討當前大局。

王文韶得知消息，一面暗自慶幸兩天前自己的舉動得體，留了後路，一面趕緊坐轎前來賀喜。見了李鴻章，看了隨上諭而來的恭親王的信，這才得知詳情——原來此番救李鴻章出困境的，不是別人，竟是把李鴻章逼上絕路的對手伊藤博文。

威海炮台陷落之日，正是張蔭桓、邵友濂一行到達日本廣島之時。廣島為戰時日本大本營所在地，天皇即駐蹕於此，中國北洋水師全軍覆沒的消息由大本營新聞官發布後，廣島的居民像吃了迷幻藥，一個個奔騰跳躍，狂歡不已。他們聚集街頭，白天舉小旗遊行，晚上則提燈示威，忘乎形跡。

就在這時，大清國派出的議和使團到達這裡。一行人由天津至上海，由上海轉赴長崎，會合了已等候在那裡的美國顧問科士達，第二天，偕科士達乘輪抵達廣島。這天天氣晴和，抵廣島碼頭時，只見人頭攢動，擠擠挨挨，全是爭相圍觀的市民，恥笑聲、嘻鬧聲不絕於耳，極盡輕蔑污辱之態。

見此情景，張、邵二使不覺悲憤填膺，但古往今來，求和使者哪有不受辱的？既來之，則安之，他們只能含羞忍垢住進了日本人為他們安排的旅館，做好會談的準備。

第二天，議和使團拜會外相陸奧宗光，由陸奧引見，又拜會了首相伊藤博文伯爵，約定雙方在廣島縣知事大廳正式會見。至此，日本方面始正式亮出底牌，天皇已任命首相伊藤博文和外相陸奧宗光為和談使臣，至於和談條件，須待正式會談時始提出來。

這天，雙方正式會談，第一個程序是雙方相互審閱對方的全權證書。直到這時，張蔭桓等人才真正體會到何所謂「弱國無外交」——上岸時，百姓圍觀，指斥詬罵，那只是小國寡民的無知，此時此刻，談判桌上不容分辯，聽任盛氣凌人的一方裁決，才是真正的屈辱。在看過日本方面的全權證書之後，張蔭桓他們自然沒得說的，可日本方面在看過他們的全權證書後，卻由陸奧宗光提出，證書上詞意含混，中國使臣全權不足，不具備和談條件。

張蔭桓、邵友濂反覆說明，日本方面卻宣布休會。

第二次見面時，伊藤博文取出事先準備好的一份照會宣讀，仍持前一天的立場，認為中國使者全權不足，證書文字非列國議款通例，拒絕與之談判。

張、邵二人又千方百計地辯解，無奈日本人均不理會。中國使者只好回到旅館，商量後，急電回國請示辦法。不料將密碼送到廣島電報局要求拍發時，卻遭到了嚴厲拒絕。

據日本方面解釋——今年六月，中日關係緊張之初，北京的電報局拒發日本駐華使館的密碼電報，所以，這只是一種報復，除非用明碼拍發。但若用明碼，中國使臣電報中，對日方的揣測又怎麼能明白說出呢？最後，只好由科士達出面，轉由美國領事出面，代發電訊至北京的美國使館，由美國公使田貝代轉，才把這個信捎給了總理衙門。

朝廷無奈，只好又託田貝照會睚眥必報的東洋人，同意按日本的意思修改使者的全權證書，並請求允許張、邵二使留下來繼續議和。不料趾高氣揚的日本人毫無通融餘地，堅決不同意不合格的中國使團留下來，甚至說廣島為他們大本營所在地，軍事重鎮，既未議和，仍為敵國，清國的使團不宜留住，為此，竟將使團全體人員強行送往長崎。

張蔭桓、邵友濂不得要領，顧問科士達也只有埋怨，大家一籌莫展。使團中，參贊伍廷芳留學倫敦時，與伊藤博文相識，伍廷芳乃以訪友敘舊的名義，輾轉見到了伊藤博文。伊藤博文雖同意接見伍廷芳，但口氣相當傲慢，說中國若誠心議和，當派出地位顯赫、名爵相當的人來此。後來，伊藤博文又明確告訴科士達，所謂「名爵相當」的人即指恭親王奕訢和大學士李鴻章。

張蔭桓和邵友濂至此總算是得了要領，巴不得抓個頂差替死的人，自然如實奏聞，說日本人指名要與恭王或李中堂會談，於是，朝廷終於有此恩詔——開復李鴻章的處分。

眼下，王文韶見面便稱賀喜。此時李鴻章瘦削的臉上像有了紅潤，眉宇間似乎也有了喜氣，口中卻說：「何喜之有，無非是伊藤博文那老梟放不過我，而中樞那班人也願我速朽罷。」

王文韶倒是很實在，不說他言不由衷，仍認認真真地灌米湯：「這倒不然，在倭夷那邊，中堂確實名聲太大，他們不得不敬畏，願唯中堂一言而決；在朝廷呢，實在是關係重大，非中堂去不能放心，所謂仰仗老成。」

這話本來就恭維得過了頭，加之李鴻章自己心裡有鬼，便認作了諷刺，但也無可奈何，只哼哼哈哈的點頭。王文韶卻仍米湯照灌不誤：「中堂的苦衷，只有慈聖心中明白，據不才私心揣度，此番拜命一定是慈聖私下玉成其事，真正天恩高厚！」

因有移海軍經費修頤和園之舉，外間人言籍籍，皆說李鴻章此舉乃固位邀寵，他也最忌諱別人說他獨得慈禧恩寵，王文韶是把米湯灌到鼻孔裡了。李鴻章終於冷笑著說：「夔石兄真精明。不過，廟謨高深難測，做臣子的豈可私心揣度？再說，張樵野、邵筱村風塵僕僕東渡，不得要領而歸。伊藤博文始終未亮底牌，卻要使者有割地賠款之權，這不明擺著倭人將獅子大開口，誰又敢去頂這個差簽這個字呢？夔石兄，你想想，這比綁我去菜市口開刀問斬又好了多少？去菜市口不過吃一刀，痛痛快快，而這可是要被後人罵千年萬年的啊！」

聽他如此一剖析，王文韶也不由默然。他說的其實也在理，讀書人一生誰不注重名節，誰又願留下千古罵名呢？但無人去議和，勢必繼之以戰，朝廷把自己擺在這位置上，縱不獨撐危局，也將要與李鴻章分擔重擔。王文韶有自知之明，清楚自己不是這塊料。權衡利弊之後，王文韶還是認真勸駕。這回只能從大題目上做文章，於是說：「事已至此，只能退一步想，豈能默守成規？所謂社稷之臣，忍辱負重，也顧不得個人名節。再說，斷指以存腕，利之中取大，害之中取小，後人論史，豈能不設身處地為中堂想？像翁叔平、李蘭蓀之輩，斤斤計較個人名節，天塌下來也只能徒作新亭之哭，於國家又有何益？」

接下來，他便引經據典，從北宋寇準主張澶淵之盟說起，都是先賢聖哲審時度勢、以屈求伸的典故。李鴻章默默地坐著，由王文韶口吐蓮花。說了半天，王文韶終於從主人眼神裡看出厭煩，自覺沒趣，這才以幾句寬慰的話作結，匆匆告辭。

把王文韶送出二門，上了轎，于式枚等人轉身便搖頭。于式枚說：「這個王夔石也真是，君子只成人之美，他偏偏成人之惡，自己要正位可以，怎麼能毀他人名節以求。」

李鴻章聽了，只苦笑、歎氣，卻不答話。在場的人中，除了李經方顯得輕鬆——只要父親沒事了，他自然輕鬆；其餘幕友都面色凝重。這些人追隨李鴻章幾十年，平日誰不尊敬中堂，誰不愛惜中堂名譽，須知這也關係自己的名譽呵！

羅豐祿甚至擔心中堂的生命安全——據洋人報紙報導，眼下日本一些激進組織也堅決反對議和，竟揚言要殺害前來議和的中國使者。他想，中堂以如許年齡，又正患病，確實不宜遠行，若據實上疏懇請收回成命，皇帝是應當體諒的。

他睃一眼中堂，中堂歪在匟上，手端茶盅，輕輕地用那蓋去撥茶葉，分明露出不願他人打擾的意思。眾人見狀，只好一齊退了出來。

看看夜深了，李鴻章仍一人在房中徘徊，窗紙上留下他長長的影子。一生名節攸關，能不深思熟慮？張佩綸終於忍不住破門而入。

局勢雲譎波詭，老丈人的心中也雲譎波詭，哪怕面對自己的女婿，也從不肯露出廬山真面目。

世事如棋局，不下的才是高手。那一回若真能急流勇退多好！那時瓜未破，籽未傷，體面歸田，誰不豔羨？曾經政壇顛躓的張佩綸，是多麼願意看到老丈人能幡然省悟啊。可是他錯了，老丈人儘管焦頭爛額，吐不盡的苦水，但對浩蕩皇恩從不知足，以致損兵折將、喪師失地，朝野怨聲載道，無不欲殺其頭以謝天下之際，他仍靦顏問政、發號施令。

老丈人何所恃而無恐？今天終於找到答案了——太后撐腰，洋人青睞。但這一切是須付出慘重代價的，這就是置國家社稷民族生存於不顧，把黑鍋心甘情願背到底，為虎作倀，完全徹底地喪失個人的人格和氣節。

老丈人啊，你可知悠悠之口難塞，煌煌青史難欺？深夜捫心自問，能不外慚清議而內疚神明？

要是換上別人，張佩綸早嗤之以鼻地背他而去了，可這是老丈人啊，尤其是想起自己當初獲罪被發遣時，九陌紅塵的帝都那一種炎涼世態，是老丈人重新給他一個溫暖的家，不管老丈人出於一種什麼心理，但這一份知遇之恩不能不報。因此，他覺得應盡自己的責任。

「大人，他人都已進入夢鄉，您何必自苦如是？」張佩綸躬身一揖，語帶玄機。李鴻章長歎一聲說：「他人能睡，我哪能睡，我眼下可是前有猛虎，後有深淵啊！」

張佩綸說：「自古兵無常勝，水無常形。收合餘燼、背城借一亦未嘗不可。豈不聞一人投命，足懼千夫？」

李鴻章狠狠地盯著張佩綸說：「幼樵，你逼我死麼？」

張佩綸說：「不敢，管夷吾早已把話說在前頭——有生臣，有死臣。大人乃通人，何須我輩提醒！」

李鴻章不屑地冷笑說：「張幼樵，你不要旁敲側擊，我看你老馬不死劣性在，這時候了仍不忘大話高調，還拿一座七寶樓台來哄我，什麼一人投命，足懼千夫？眼下倭人要進逼京師，國家已到生死關頭，我難道還要矜於個人名節？」

張佩綸吃驚地說：「這麼說大人已打定主意，竟要遠赴東瀛求和了！」

李鴻章似是大義凜然地說：「張幼樵，我可不是翁幼平門下那班書生，徒託空言，戳爛天也不補。這局棋是我下殘的，輸了也要下完這一局；這齣戲是我唱砸的，別人起鬨也得唱完，這是下棋人的棋品，也是戲子的戲德！」

話已至此，張佩綸還有什麼說的？

主戰

在短短的幾天內，李鴻章終於向王文韶交卸了直隸總督、北洋大臣印信，來到了京師，下榻於賢良寺。

沒有多的隨員和幕客，沒有顯赫的儀仗和侍衛，像蒙恩遇赦、千里來歸的逐臣，冷冷清清、悲悲切切。儘管如此，九陌紅塵的帝都卻對他仍似不諒，來賢良寺看望他的人極少，往日眾人趨奉的局面沒有了，連那些困於京師，窮極斯濫的合肥同鄉故舊也恥於向他開口告幫，甚至連唱戲的伶人居然也敢諷刺他——前門戲院的名丑劉趕三在《鴻鸞禧》中飾金團頭，在女婿莫稽做官後，竟借題發揮地調侃道：「你做了官要好好地幹，不要學人家做中堂的，好好的被剝了黃馬褂子、拔除了三眼花翎！」

當時滿座無不粲然。不料李經述正好在場，聞言大怒，竟喝令手下家奴將劉趕三痛打了一頓才稍洩其憤。

一個戲子固然奈何李家的薰天餘焰不得，但數千里之外的上海租界報人可不怕鬼。時正逢昆劇名丑楊三病逝，《申報》乃以此事出聯徵對曰：「楊三死後無蘇丑」；第二天應對的下聯居然是「李二先生是漢奸。」

對這些諷刺，李鴻章只能記恨在心中，卻也有了洩恨的辦法。

宮門請安後，皇帝立即在養心殿單獨召見他。進到裡面，遠遠地瞥見皇帝的面容十分嚴峻和冷漠，完全沒有往日那種優容老臣的寬仁和客氣，使跪在冷浸的地上的他不但覺得十分陌生，甚至感覺到心中比膝蓋更冷。皇帝先開口，沒有半句寒暄和問候，而是直截了當的詢問：「李鴻章，年前衛汝貴被正法的事你都知道了？」

李鴻章心一緊，說：「知道了。衛汝貴身為統領，深沐皇恩，不思報效國家，卻臨陣畏縮怯戰，還縱容部眾劫掠良民，確實深負君恩，罪有應得。」

皇帝點點頭，又說：「還有葉志超、龔照璵、趙懷業等人，眼下都已鎖拿歸案，由刑部治罪，這幾個人你應該也是極熟悉的。」

李鴻章趕緊叩頭說：「是的，此數人都是臣的部屬。這以前他們無論帶兵或治事也還是奮勉的，不想此番喪心病狂，辜負了皇上的期望，臣實在沒想到。」

皇帝冷笑道：「你怎麼能想到呢？此番與倭夷大戰，一敗塗地，畏縮怯戰的多是出身淮軍，且是你多次保舉之人，像丁汝昌也是！」

皇帝此話出口，李鴻章百口莫辯，只誠惶誠恐地叩了一個頭，回奏道：「皇上聖明，責備的是。此番屢戰屢敗，僨事者多為臣之部屬，這是臣平日無知人之明、辜恩溺職的結果。不過，淮甸舊將亦不乏節義之士，如眼下仍在與倭苦戰的聶士成、馬玉昆、徐邦道、姜桂題諸人，或率一旅孤軍而屢挫頑敵，或處艱險之中而殺敵致果，此數人功不可沒。另外，丁汝昌水師雖敗，但情有可原，其提鎮數人，臨危授命，不失臣節，微臣亦不敢壅於上聞，湮其事蹟！」

皇帝微微點頭，又歎道：「總之，李鴻章，你身為社稷之臣，平日以天下為己任，不該惟才氣自喜，以利祿驅眾。朕雖不深加責備，你自己要引以為戒。」

短短幾句話，言詞雖不甚激烈，但於三朝老臣的李鴻章已無異於鞭笞了。他只覺無地自容，只能拜伏在地，連連叩頭不已。

接下來，皇帝問起了他對大局的看法，再戰下去的把握，口氣已較前和緩多了。其實，這已是十分明朗的事實，李鴻章明白皇帝問此話的用意，只是為後面的決心議和墊底，派他東渡日本議和，望他勇於挑起這議和的擔子。

皇帝在張蔭桓、邵友濂出使時已定下和談的準則：無論如何總要無礙於國體。怎樣才算於國體無礙呢？割遼東、割臺灣、賠款四百兆，這樣的條件答應下來，稍有常識的人都會明白，大清就算不亡也已是國將不國了。

如果再讓敵人佔領奉天或京津，他們的條件將更加苛刻。李鴻章能不清楚這些？

他叩了一個頭，正要據實回奏，猛然想到朝野的輿論，忙把心中要說的嚥下去，故意回奏道：「目前軍務雖十分棘手但也不是毫無挽救，據臣所知，倭人兵鋒雖銳，但後方十分空虛，因其國小，無論人力、財力皆無以為繼，若我大清能再堅持半年或七、八個月，倭人必不能支！」

「依你看，我們能否再堅持半年？」皇帝眼睛一亮，充滿了希望，且饒有興趣地問道：「眼下國內情形，無論人才物力軍儲，你都應該心中有數，你說說，再戰半年有無把握？」

李鴻章於是將目前敵我形勢、兵員、軍火、物資、海上、陸上一一分析，為皇帝講述了一遍。提出先練成一支新軍，再買進外國的快速艦隊，以快艦直搗敵人後路，以新軍抗擊深入內地的敵步兵，這樣自然可扭轉戰局，而且，要做到這一點，錢不會比議和多花——倭夷提出賠款四百兆，減一半也有兩百兆，兩百兆足可買下好幾支北洋水師。不過，我們暫時不能計較一城一池的得失，要有準備。眼下渤海、黃海制海權喪失，日軍隨時可從津沽沿海登陸。所以，若要作曠日持久的打算，只有遷都。遷都之後，可打亂敵人的進攻計畫，使之失去目標，同時又可使我軍無後顧之憂，更加靈活地作戰。李鴻章侃侃而談，正面、側面、反面，分析得十分透徹。

「要遷都？」皇帝聽完後，重複了一句，雖只三個字，但顯得十分沉重。雖然這三個字以前也從他口中出來過，但那是因時局之不堪、臣子的遷延觀望而發出的憤激之言。他一直不相信堂堂的大清，會被小小的島夷日本打敗，被迫遷都，就像一個大富翁和乞丐賭博，說寧願押上田產、押上府第，其實是不相信乞丐真能贏走這些東西一樣。今天，李鴻章作為正式建議提出來了。——「遷都」，這可能嗎？

皇帝想起了翁同龢講述綱鑒時，也提到過歷史上為避外侮而有遷都之議，宋真宗時，王欽若主張遷都金陵；明英宗時徐珵主張遷都南京。翁同龢在評述這些時，都說這是誤國之議。今天，李鴻章也提出遷都，他的遷都是為了做曠日持久的抗擊，是為了最終打敗倭寇。

所謂時勢不同，境界各異，皇帝一時難以評判此議之利弊，但從心底詫異，這與一貫唱低調主和戎的李鴻章主張迥異。他頗壯其言，於是，令李鴻章跪安退出，準備稟過慈禧太后之後再行定奪。

李鴻章沒有回賢良寺，而是坐轎直接去了恭王府，向等在那裡的恭親王談起了奏對經過。恭王仔細聽過後，歎息道：「少荃，想不到你居然也當了一回說大話的英雄好漢，雖然言不由衷，但也言之成理。倭人索賠四百兆，確實可買下好幾支艦隊，不過，要做到這點，談何容易！這些年，我也看得多了，朝廷從來是『燒香的錢沒有，吃狗肉的錢倒有』。所以，我敢斷定，這事斷難實現，起碼頤和園的老佛爺便不會點頭。她捨不下宮中的財富，捨不下花了那麼多銀子建的頤和園。」

李鴻章搖頭歎氣說：「我可不是拿大話堵眾人的嘴，眼下的形勢，用曾文正公生前說過的話是，『居今之世，用今之兵，雖諸葛復生，不能滅賊』。我們輸了的不只是海軍、陸軍，而是輸了根本。所以，朝廷不痛下決心，改弦更張，誰也沒有辦法！」

恭王說：「改弦更張是將來的事，二十年前你提出『窮則變，變則通』。又說『辦洋務，制洋兵，若不變法而徒鶩空文，絕無實際』。結果掀起軒然大波，幾乎不能收拾。眼下處此不利形勢下，你尤其不可標新立異。我看，戰不能勝，遷都又不成，捨求和再無他途，倭夷指名非鄙人和足下去不可。不是我成心賴你，國家體面攸關，皇上、老佛爺斷不會讓我去，這擔子就只能靠你挑了，這中間其難其慎，方方面面都要想到，你還是多做出使的準備好。」

李鴻章也清楚恭王所說都是實情，尤其清楚那「其難其慎」四字的份量。忙說：「多謝指點。」

反攻倒算

第二天的召見，皇帝口氣果然變了。

這一回雖仍在養心殿，但不是單獨召見，而是和中樞七大臣一同晉見，挑簾子進去後，李鴻章瞥見皇帝神色慘然，態度十分沮喪，心中便「咯噔」了一下。跪拜後，又是皇帝先開口。他說：「李鴻章昨天就目前局勢提出遷都再戰之議，茲事體大，窒礙甚多，實難以付諸實施，眼下中日戰爭已達半年，殺戮太慘，實在有傷天和，再說，奉天有太祖陵寢，京師又為國之根本，這兩處若有閃失，天下震動。皇太后既不忍無辜受禍，更不願再戰而危及祖陵，所以，亟欲罷戰息爭，遷都之說毋庸再議，你們今天只就和議的事說一說各人所見！」

皇帝說完，好一陣沉默。

昨天，皇帝召見李鴻章及李鴻章奏對的內容，恭王以外，六個軍機大臣也都陸陸續續得知了，翁同龢與李鴻藻都覺詫異，認為李鴻章之說言不由衷，但又認為不管如何，正可借他之口拒絕和議，所以，他們今天就是抱著這個宗旨來的。

眼下一聽皇帝這口氣，眾人都明白這是在老佛爺那裡碰了釘子，他們沒料到慈禧太后會搬出太祖陵寢這一頂天大的帽子出來，這是誰也不敢擔的重擔。沮喪之餘，李鴻藻和翁同龢不死心，一齊把眼來瞅恭親王，恭王明白他們的用意，便先奏道：「皇太后、皇上所慮甚周。不過，關於和局，眼下人言藉藉，見仁見智，各持一端，朝廷總攬全域，動輒關係國家生死存亡，所以，宜慎之又慎，無論對內對外對天下臣民，都要有個切實交代。」

恭王這話，就如八股文的「破句」，僅僅起了個頭，至於內容卻實在空乏——他也不想有內容，因為明白眾人的心思，大家原來都有說的。

果然，恭王話剛落音，摘下了近視眼鏡而睜著一雙眼球突出的眼睛的李鴻藻馬上接著說：「臣也這麼認為，此番中日之戰，論起來，隨倭人怎麼狡辯總總他們沒理。不過，我大清乃文明禮義之邦，泱泱上國，不必與島夷一般見識，只要與國體無礙，讓他們一點也無傷大雅。」

翁同龢也附和說：「臣之見與李鴻藻同。過來張蔭桓、邵友濂出使時，皇上便明降諭旨，議和不得有礙國體。此番倭人指名要李鴻章去議和，李鴻章身為國家重臣，更應明白利害，凡倭人所求，可者與之，其不可者拒之。若國脈所繫，生死攸關，更不可輕易答應。貿然將祖宗寸土與人，必遭嚴譴！」

李鴻藻、翁同龢奏對時，李鴻章並不插言，只跪伏在地上靜靜地聽，像是與己無關似的。

倒是慶親王忍不住了，按規矩，作為親王，恭王奏對之後該他說，眼下翁、李二人卻搶在他先頭說，心中自然有氣。於是朗聲奏道：「臣以為李、翁二人所奏，詞意含糊，指代不清——所謂可與不可與，究係指何事？要說就是朝鮮原也是不可讓倭人佔去的，眼下這形勢，眼看遼東、臺灣也將不保，又遑論朝鮮？」

有慶王開了頭，孫毓汶馬上呼應。他說：「臣也以為李、翁之言，自是正理，但只怕倭人未必肯就範。據臣所知，倭人如封豕長蛇，貪婪無厭，二十年前羽毛未豐，便有覬覦臺灣之意，眼下攻取威海後，其水師馬上攻掠臺灣、澎湖。談到和議，伊藤博文雖不肯亮底，但他們的新聞紙早氣勢洶洶在一旁要價，除了要割遼東、割臺灣，還要賠款四百兆，凡此種種，據臣看來絕非空穴來風，使臣赴日，對這些究竟是答應還是不答應？」

徐用儀也附和說：「臣也是這麼認為。此番張蔭桓、邵友濂不得要領而回，美國公使田貝、前國務卿科士達都已傳話：再次遣使時，全權證書上必須寫明有賠款和商讓土地之權，倭人捎這話必不是空談。那麼，我國使者赴日之後，若倭人亮出底牌，究竟是答應還是不答應呢？」

李鴻藻一聽，馬上反駁道：「遼東為大清發祥之地，太祖陵寢所在；臺灣為東南沿海七省鎖鑰，割讓遼東和臺灣，這可不是有傷國體，而是傷及根本！」

李鴻藻今天的奏對一開始就像與人抬槓，眼下異常激動，聲音顫抖著且連連叩頭，似不惜以死相爭的樣子。這樣的專注、動情和固執，皇帝一度被感動過，可眼下卻已太熟悉了，不由搖了搖頭，望了李鴻章一眼，問道：「李鴻章，你不妨也談一談個人所見。」

李鴻章叩了一個頭，簡單而又明瞭地說：「臣之所見，與各樞臣之見大略相同，故無庸贅言，以干聖聽。」

皇帝不滿這回答，說：「他們意見紛紜，莫衷一是，你以為孰是孰非？」

李鴻章又叩了一個頭，說：「臣以為中樞各大臣之議見仁見智，各有所取。論理，則李鴻藻、翁同龢無懈可擊；論勢，則慶王、孫毓汶諸人深悉夷情，洞徹表裡。總之，戰有戰的難處，和有和的不堪，許與不許，萬難兩全！」

皇帝點點頭，又歎了一口氣說：「李鴻章，你說萬難兩全，朕也深知其中委曲。總之，要如何以理折服倭人，使之就範才好。這以前你辦洋務，折衝樽俎，優遊壇坫，威信素著，洋人也肯就你之範，信你羈縻。此番倭人又指名邀你前往，朕也正欲就此事借重你，望你不要辜負朕這一片心才好。」

李鴻章不意皇帝就這麼把差事交了下來，他哪肯如此輕率就範？心想，如果就此拜命，必然後患無窮。忙又叩了一個頭，誠惶誠恐地說：「此番之戰禍，實在是因微臣才疏學淺、撫禦無方所致，事已至此，皇上不治臣辜恩溺職之罪，臣實在感激莫名，若責臣收拾殘局，效死命於疆場，臣雖萬死，亦不敢辭，惟議和一節，臣不敢奉詔。」

皇帝不意李鴻章居然斷然拒絕，乃皺著眉頭說：「李鴻章，朕素知你深明大義，敢挑重擔，眼下國家有難，且原是你經手之事，怎麼反可置身事外，拒不受命呢？」

李鴻章回奏道：「非是臣置身事外、拒不受命，實在是因倭人羊狠狼貪，難以駕馭。尤其是倭相伊藤博文，十年前臣在天津接待他時，其奸饞狡詐便已領略。此番挾戰勝之威，必百般刁難，臣愚鈍衰邁，到時只怕精力不繼，致誤大事。」

皇帝點點頭，說：「這固然也是道理。不過，眼下唯你辦洋務最久，最熟悉夷情。你若不挑這擔子，還有誰可挑得？」

一邊的翁同龢、李鴻藻以為李鴻章入朝，必要堅持和議，與他們會有一番唇槍舌劍的爭論的，不想李鴻章卻處處退讓，且迎合他們主戰之議，事到臨頭，竟然拒絕使命。於是先由李鴻藻發難道：「臣以為此番中日之戰，屢戰屢敗，皆因疆臣調度乖方所致，李鴻章平日以洞悉夷情自詡，且以此屢叨皇太后、皇上褒獎，此番居然置身事外，拒不受命，幾近要脅，自認當得何罪？」

翁同龢也說：「李鴻章以國家重臣，平日受恩深重，今日事急，不該畏難退縮，更不該負氣使性。」

皇帝認為兩位師傅說得好，連連點頭說：「李鴻章，你平日素有嚴於律己、勇於任事之名，眼下事雖棘手，總要迎難而上，不可生畏懼心。再說，倭夷指名要你去，你若不去，不但貽笑列國，還恐倭人愈加輕視我大清，另生枝節。」

李鴻章拜伏在地，連連叩頭道：「臣實無他，唯此事實在棘手，須處處留意，若稍有不慎，必貽患無窮。臣以衰朽殘年，恐精力不支，如果非臣去不可，則請皇上另簡一老成持重、最能體察聖意之親貴近臣，與臣同赴東瀛，遇事亦可與之商量，遇有僵局亦可有轉圜之餘地，不致與倭人決裂而僨事。」

皇帝見李鴻章終於答應，不由放心，忙說：「這也使得，但不知你屬意何人？」

李鴻章於是又叩了一個頭說：「軍同大臣、戶部尚書翁同龢職掌戶籍度支，國家財政收支均胸中有數，議款時，自可權衡。且其人平日迴翔台閣，甚有辯才，又為皇上近臣，最能體察皇太后、皇上之心事。此番若以翁同龢與臣同赴東瀛，則於事必有匡助！」

皇帝及眾臣不意李鴻章會推舉翁同龢。尤其是慶王及孫毓汶等總理衙門三大臣平日得李鴻章的好處最多，此番中日大戰，他們與李鴻章遙相呼應，極力主張和戎，被翁同龢門下一班後進抨擊得體無完膚，因此恨死了翁同龢與李鴻藻。眼下見狀立刻明白李鴻章的用意，於是一齊贊成其事。

皇帝尚在沉吟，翁同龢可慌了神，他生怕皇帝准奏。所以，不等皇帝開口馬上回奏道：「臣以為李鴻章此議實無足取。這以前李鴻章以重臣而辦洋務，凡洋務大小事，皆由他一手操縱，臣從無接觸，何能奉使與倭夷議和？所以，臣以為李鴻章此議，仍為不顧大局的推諉之詞。」

翁同龢說完，忙用眼光頻頻示意李鴻藻，想他發一言來幫助自己，不料李鴻藻想的卻與他大相逕庭，出言更不利。

李鴻藻想，既然皇太后，皇上一意主和，若讓李鴻章一人去，真不知他安的是什麼心，又將接受倭人什麼不堪的條件，訂出不利於國的屈辱條約來，如果有翁同龢同去，或可予以監督或予以牽掣。想到此，馬上出奏道：「臣以為李鴻章此議尚有自知之明。試想，李鴻章雖悉夷情，畢竟年事已高，見的、聽的難免有不到之處，如令翁同龢一同前往，定能取長補短，於大局有益！」

李鴻章趕緊說：「微臣正是此意。俗話說，一人不如二人見。臣此去東瀛，遠離朝廷，而倭人那裡見臣去，必張四面之網，施連環之槍，臣以魯鈍之才，何能一一招架？一有失誤，必貽害無窮。所以，奏請派翁同龢隨臣一道前往，實在是望於大局有所裨益。」

恭王、孫毓汶等人也於邊上附和，都是此說甚是。

翁同龢不由慌了神。恭王他們出於什麼心理他清楚，但他沒料到平日一向和他桴鼓相應的李鴻藻居然也幫起倒忙來，心裡發慌，竟不顧禮儀地當著皇帝，扯了李鴻藻的衣襟一把，說：「蘭蓀，這議和簽約的事是要讓後人戳脊樑骨罵一萬年的差使，你怎麼把我往火坑裡推呀！」

翁同龢聲音雖小，但大殿隔音，大家都聽到了。皇帝一聽，不由生氣，因為李鴻章也主張遷都再戰，而議和是自己懍遵太后旨意行事，翁同龢此說，無異當面指斥了太后和自己。皇帝雖一直贊成翁同龢的主張，今天這麼說也是急不擇言，但畢竟當著眾大臣，太難堪了。於是，不得不愠然作色道：「翁同龢，何以議和簽約便要遭人詬罵呢？既然如此，己所不欲，勿施於人。你為何要讓李鴻章一人去呢？」

翁同龢自知失言，無法辯白，只憋得熱淚盈眶，一個勁地叩頭，說：「臣以前悉心儒術，以闡揚聖教為己任，足不出都門，與洋人從無交往，更不諳夷情和萬國公法，議和之使，非臣所宜。」

說著，叩頭如搗蒜。皇帝見師傅這個樣子，既深感失望，又覺其可憐。倒是恭王於一旁看出皇帝為了難，乃從容奏道：「此事一時也定不下來，請皇上容臣等商議好了再請旨。」

皇帝只好依議准奏。

求和

退朝下來，恭王邀李鴻章一同回到了府邸。

十年前恭王主政中樞時，也被李鴻藻、翁同龢下過逼腳棋子，那一回弄得軍機全班盡撤，恭王因而也恨透了這兩個書呆子，今天李鴻章略施小計，居然讓翁同龢金殿出醜，便覺好笑，但局勢嚴峻，好笑也笑不起來。

賓主坐定後，恭王歎息著說：「風流不在談鋒健，袖手無言味最真。少荃，翁幼平、李蘭蓀輩不值與之計較，國事艱難賴老成，眼看倭人要拿下祖陵了，你還是早做赴東瀛的打算吧。」

李鴻章點點頭說：「我動身離津時，已做了這個打算了，哪怕就是下十八層地獄呢？但就是胸中這口氣難平。他們這班人不明大勢，一味妄自尊大，吹牛皮，說大話，漫說技可屠龍，又到哪裡找一條龍來試你的手段？此番中日之戰，一開始我便察覺出倭人其志不小，可添船換炮的奏疏上來，便被翁叔平設法壓住了，他一向自負不淺，急於用世，千方百計裁抑督撫兵權，他們哪知我的苦心呢？我敢說此番之敗，就敗在這班峨冠博帶的書生手上！」

恭王開始頗覺快意，但對接下來李鴻章的自我表白可不願苟同，點他一句道：「少荃，好像哪本書上說的，小國不能依靠大國來庇護自己，有這種想法也是罪過，因為大國往往包藏禍心。」

李鴻章頓了頓，略一思索後說：「這是《左傳》上的話，原文是：『小國無罪，恃實其罪，將恃大國以安靖己，而無乃包藏禍心以圖之』。後來杜預於此句後加注，謂『恃大國而無備則是罪』——六爺怎麼問起這個？」

恭王說：「別無他意。就此番中日戰爭而言，你以前奔走列強公使領事之間，想說動列強壓日本，這著棋不是不可走，而是不能『恃大國而無備！』」

恭王話未說完，李鴻章已明白他的意思了，不由羞慚悔恨得無地自容——此番戰敗，他豈沒有反省？唯這話只有恭王說得，也只有恭王一針見血，他從心底確認和接受，乃點點頭誠懇地說：「六爺責備的是，現在回思反省，當時確實過於自信，現在看來，這真是大錯而特錯了。」

恭王見他認錯，於是又寬解地說：「少荃，我不是責備你，我也深知你的苦心。當時只能如此，現在也只能如此，我不仍在往各國使館跑嗎？溺水之人，哪怕是一根小草也要抓一把，明知不是伴，事急且相隨嘛。」

正有幾分難堪的李鴻章聽到恭王這一番寬解的話，真不啻空谷足音，那一股感激涕零之情，已是溢於言表了，不由說：「是，是，生我者父母，知我者，六爺！此番我奔走列強使領之間，何嘗不是抱定這一宗旨？所謂夾縫中求生存，以夷制夷雖不是百寶丹，但在百藥皆缺的情形下，也只好將就了。」

二人相對唏噓感歎了一陣子，恭王說：「下一步棋你打算怎麼走？」

李鴻章說：「現在的形勢比開局時更不堪了，敗局已定了，誰也無法扭轉局面，我更沒有起死回生的妙著。不過，我認為，列強環伺，眈眈虎視，他們絕不會坐視日本這隻狗咬死中國這隻羊的，不然，他們不是沒指望了嗎？英國人之外，俄國人早就垂涎朝鮮和東北了，我動身來京時，俄國領事加西尼親自來送行，話別時一再說俄國絕不坐視日本吞併朝鮮和遼東。所以，我入京後，已約會喀西尼公使，再開誠布公，好好談一談。」

恭王思前想後，覺得眼前也確實別無他法，便也只好點頭贊成。

商議已定，李鴻章果然於下午去拜會俄國公使喀西尼伯爵。

當初事變初起，喀西尼特地跑到天津，曾當面向李鴻章拍胸脯許諾，保證以武力壓服日本，結果卻中途撒手，自食其言。此番見了李鴻章，面上也居然有些訕訕的。坐下後又一再解釋，說當時俄國駐海參威的兵力不足一千人，加之西伯利亞鐵路尚未修通，兵員、物資轉輸困難，海軍也來不及趕赴亞洲。

這些確實是真情，李鴻章也明白這點，所以，也不再提往事，只問此番俄國對東北亞局勢持何態度。

這個話題喀西尼其實已和恭王交談多次了，此番僅是再一次重申。據喀西尼透露，眼下海參威已聚集了重兵，黑海艦隊也已陸續東調，有堅強的實力做後盾，俄國是絕不會容許日本人橫行霸道的。再說，伊藤博文並未正式將和談條件披露，報紙上開的價，不能算做正式外交文件，也不能代表政府立場。只能等中堂赴日後，日本人亮出底牌，俄國才好說公道話。

李鴻章心中掂量，明白喀西尼此番的話句句不謬，但他更清楚請他人說公道話的代價，處此關頭，他想，哪怕是飲鴆止渴，朝廷也不會拒絕的。

李鴻章從俄國公使館出來後，又去拜會了美國公使田貝、法國公使施阿蘭、德國公使紳珂，再把訪問所得一一向恭王敘述，又在恭王府便飯，回到賢良寺時，已是掌燈時候了。只見賢良寺大門口昏暗的街燈下停了一乘綠呢頂八抬大轎，幾個轎夫湊在門房烤火，見了他的轎子進了大門，轎夫們說：「好了好了，中堂終於回來了！」

李鴻章心中有數，從容下轎，只見翁同龢已在二門石階上迎接他了。

待李鴻章走近了，翁同龢忙笑盈盈地上來招呼道：「少荃兄，終於把你等到了。我原打算你若一夜不歸，我便要坐等天明的。」

李鴻章矜持地笑著說：「哎呀呀，你看我，只顧在外面亂撞，卻怠慢了家中貴客，害你坐冷板凳。你也太客氣了，有事打個招呼，我去你府中領教就是，我也正要來拜府的。」

翁同龢連連拱手說：「豈敢豈敢，若這樣說，我便無地自容了。」

說著，他上前挽住了李鴻章的手臂，一同進入到大廳中。

原來翁同龢下朝後，便先去李鴻藻家中，見面便是埋怨，說李少荃攀我一道使日分明是別有用心，蘭蓀不該在一邊助紂為虐敲邊鼓。我身為天子近臣，忝為帝師，以清廉耿介自守，以尊王攘夷、闡揚聖教為使命，怎麼能和他李少荃去蹚渾水？回來後有何顏面向門生弟子、向天下的讀書人交代呢？君子只成人之美，不成人之惡，蘭蓀領袖清流，以擊濁揚清為宗旨，今日怎麼殘害同類，壞人操守，推人上火炕哩？

這麼夾槍帶棒地一頓埋怨，鋪天蓋地地壓下來，把個李鴻藻也鬧矇了，只好耐著性子勸他。說自己之所以也贊成此議，是不能讓他李少荃偷偷地把這個國家給賣了，請你翁叔平去只是於一旁監視他，這又有什麼不好向天下人交代的？

可翁同龢說什麼也不願接受這個差使，說不能自己打嘴。又提出要李鴻藻和他一道去見皇帝，讓皇帝駁回李鴻章之請求。

李鴻藻想了半天，說，此事去求皇帝也無法了結。明天早朝覆議，李少荃若堅持，他能言之成理，皇帝也無法駁他。皇帝只圖了事，也只好順水推船；我呢，也不好在皇上跟前出爾反爾。依我看，解鈴還是繫鈴人，只要他李少荃不堅持就好了，他勸翁同龢來見李鴻章，讓他先籠絡好李鴻章，不要再堅持個人之見。

這不是向李鴻章求和麼？自己不但對日主戰，就是一般政見，也一貫與李鴻章南轅北轍，怎麼今日為了不肯去日本事，竟可在李鴻章面前妥協呢？但既然連李鴻藻也不能幫忙，想想也無他法，只好自己硬著頭皮來見李鴻章。

戈什哈獻茶畢，翁同龢期期艾艾，斟詞酌句先開口說：「少荃兄，我是特意來告罪的。這些日子，你運籌帷幄，日夜操勞，實在吃虧不少。他人不諒，兄弟我也未能與你分謗，望你不要介意。」

李鴻章寬仁大度地笑道：「叔平兄，朝堂論政，各抒己見，何罪之有？當年曾文正、左文襄因政見不合，相互奏劾，如雙峰對峙，各守崖岸。可文襄征西，文正總督兩江，於西征人才物資的輸送不遺餘力。文正身後，文襄輓聯有『同心若金、攻錯若石、相期無負平生』之句，拳拳友情，已是溢於言表了。可見凡正人君子，個人政見雖不同，原是無害私交的。你今日這話，我可真正不敢當。」

李鴻章這麼一說，把翁同龢堵得開不得口。他支吾了半天，越想越覺得自己剛才的話很不得體。尤其想起先聖「君子和而不同、小人同而不和」的名言，正是身為一代帝師的自己經常掛在嘴邊向別人說教的。心中越發不安，好像背地裡有人正在戳著自己的脊樑骨罵口是心非似的。

於是，只呆呆地端著茶盅，用蓋去撥那茶葉，半晌無法接茬。李鴻章看在眼中，心中冷笑，口中卻說道：「叔平兄，你我共事已非三五年了，你未必還不明白我？我們平日政見略有參商，不也是和衷共濟，肝膽相照麼？」

翁同龢連連點頭，說：「誠哉斯言。也正因此，小弟今日特地上門求教，望少荃兄悉心指點，以脫困厄才好。」

李鴻章早已清楚翁同龢夜深坐等的目的，心裡好笑，但仍裝作不解地說道：「這就更不敢當了。想我李鴻章因緣時會，雖到得這一步，其實是隻紙老虎，淺陋得很，又何能仰讚高明？」

雙方都肉麻地恭維了一番。翁同龢想起明日早朝就要面君，實在刻不容緩，只好單刀直入，直點正題。說：「少荃兄，今日所議之事，我也知道你的難處。倭夷叵測，翻雲覆雨，而我們自己呢，不但人言藉藉，且又言人人殊，你夾在中間，兩頭作難，左右受氣。所以，你提出加派一名正使是有道理的，只是眼下廷臣中確實缺少懂洋務的人才，就是有一二個，也資歷太淺，不但不能與你相匹敵，也不能為倭夷所接受，至於不才如我，這以前從未經手洋務，更不用說什麼萬國律例，萬國公法了。以生手辦大事怎麼能成功呢？其實，我以前若經手過洋務，此番絕不推辭。」

李鴻章微笑著說：「叔平，你能明白個中難處當然好。不過，我可不是成心攀你，你想，我已是七十有三的人了，為皇上效勞一天只算得一天，遲早要撒手的，再說，我就是一時死不了，此番出了這麼大的亂子，皇上縱不追究，我能不引咎自劾？但朝廷大事紛繁，只要列強在一天，外交總要辦的，所以，你想不沾邊是不行的。像此番赴日議和，恭王、慶王皆為皇叔，怎能屈身辱志去島夷那裡議和？那不讓大清臉面掃地無餘麼？其餘的人你剛才也評述過了，所以，我想來想去，只能請你辛苦一趟，雖說你也六十有五了，但有我這七十三歲的人陪著也不敢言苦的。至於什麼律例、公法，不懂也無妨，多帶幾個懂的幕僚就是。再說，還有我這個老朽在你身邊呀，所以，我說此番你不要再謙遜客氣了，你為正使，我僅備顧問可也！」

說著，連連拱手，要翁同龢當仁不讓，不要再推辭。翁同龢哪裡肯應承。連連說：「少荃兄，這個差使我是一定當不好的。據小弟看，倭人眼下最服膺的仍只有你，你威望素著，辦外交多年，無論東洋、西洋，都服你的羈縻，所以，伊藤博文此番指名要你去，與其攜一個生手去，在一邊處處須你關照，誠不如你一人去為宜。再說，眼下電訊往還便捷，對於倭人的條件，你仍可每日奏聞回國，允與不允，權操自朝廷，請旨而後行，用不著怕擔名聲和責任！」

李鴻章心想，明明是你自己愛惜羽毛，怕擔責任，卻用這話來安慰我。心中有氣，臉上便掛不住了，乃長歎一聲而冷笑道：「叔平，你不要說什麼怕擔責任的話了，你想想，我若是這種人便也不會到今天這地步了。其實，這以前大小事我哪一件不是先請旨然後行的？可結果呢？數月前你奉旨來天津申飭時，我不就說了麼，戴張冠、代桃僵，天大的責任我一人頂起了，姓李的便是這麼個迂夫子。今天，東渡日本，割地賠款是少不了的，這是遭後人千唾萬罵的差使，要我去我不敢辭，但一人去絕不奉詔！」

翁同龢見李鴻章口氣如此決絕，有幾分打賴皮仗的意味，知他已橫下一條心，加之對自己有成見，自己是說他不動的，只得怏怏告退。

望著翁同龢愁眉苦臉而去，李鴻章這才覺胸中塊壘稍有消失，下定決心明天再次召見時，一定不改初衷。

不想第二天一早趕到朝房，皇帝派小蘇拉傳旨：懿旨宣召李鴻章去寧壽宮垂詢，這裡各軍機大臣仍去養心殿東暖閣會議。

一聽是慈禧皇太后召見，李鴻章的心不由「咯噔」了一下——看來是皇帝不忍心師傅被逼，只好把太后搬出來了，但事已至此，自己也正好趁此機會向慈禧太后表白一番，於是，匆匆趕到了寧壽宮。

見太后與見皇帝大不一樣，——慈禧太后和藹可親，端坐上頭，也沒有設簾，就君臣面對面，玉音垂詢。

這些日子，時局大變，議和、議戰、議遷都，朝野上下，內外臣工無不紛紛然，但一直不見慈禧太后出面，李鴻章進京時便聽恭王說過，「太后聖躬違和」。他心中明白太后這「病」有些蹊蹺。這個時候，無論戰與和，割地或賠款，都是要擔名聲、負責任的，老於政務的太后豈有不明白個中利害？今日一見果然，已做過六十大壽的太后，外表像是才四十許的貴婦人，豐容盛鬋，紅光滿面，聲音宏亮，精神健旺，更不用說有半點病態。

李鴻章趨前跪請聖安畢，慈禧太后特賜他以矮錦墩，讓他坐在下面說話。然後先開口說：「李鴻章，這些日子真難為你了。你也是一大把年紀的人，風塵僕僕趕進京，路上還順利嗎？」

李鴻章聞言，心頭一暖。馬上記起前天皇帝單獨召見時的情景，開口先提衛汝貴開刀問斬，無異於給他一個下馬威、當頭棒。接下來連連指斥，得當的不得當的甚至是風聞的，一副天威不可測的面孔。比較起來，太后確實是優待老臣，那份感激之情，立刻見於言表。趕緊站立答道：「臣託太后、皇上如天之福，一路之上，還算順利，只是因戰事失利，皆因臣調度乖方，辜恩溺職之故，臣自覺愧對太后、皇上！」

慈禧太后點點頭，示意他坐下，又歎了一口氣，說：「國運艱難，其來有自：部臣掣肘，諸將不肯用命，才有今日之敗，這也不能完全責你一人，再說，倭人凶悍狡詐，這是以前未料到的，換上別人也會敗，說不定敗得更慘！」

這句話又說到了李鴻章的心坎兒上，忙說：「前天皇上單獨召見，責臣不該惟才氣自喜，以利祿驅眾。臣自聆聖訓，惶恐無地，今後一定痛改前非，雖肝腦塗地，絕不改報國初衷！」

慈禧太后忙連連點頭，說：「這就是了。其實，皇帝也知你忠誠，只是操之過急，求全責備了，你也不必汲汲於懷。我知你的難處與苦衷，這些年你為辦洋務挨了不少罵，那些人的話可聽可不聽，你也要體諒那班讀死書、死讀書的人，他們十年窗下用功，做官後別無能耐，只能靠建言出名，不找些題目、不尋個由頭做文章就沒有出名的機會。前天皇帝召見你之後來我這裡請安，說你主張遷都。我知道你這是氣話，是為了塞那班人的口的。都怎麼可隨便遷呢？再說，倭人都快打下奉天了，那裡可有太祖高皇帝陵寢啊！眼下近支王大臣及御前大臣誰不說宗社為重，邊徼為輕啊，所以，皇帝才一說我馬上給堵回去了，我說要遷都你去遷，我一人留守，死也死在宮中；我又說皇帝你也執政這麼多年了，怎麼正話反話也不會聽呢？人家李鴻章是被人逼得無法了才說的，仗打不下去不打了，我們畢竟是禮義之邦，用不著和那島夷爭一時之強弱，讓人一腳也不為屈。」

李鴻章說：「太后聖明，燭微知著。臣雖時有激憤之詞，但遷都之議卻是仔細權衡之後才說的，倭人欲割臺灣和遼東，賠款四百兆，如若答應這些，國家不但肢體不全，且也元氣大耗，貽害無窮，所以這是萬萬不能答應的！」

慈禧太后沉吟半晌，說：「我看也不必自己先嚇著自己了，倭人要價雖苛，無非是我軍一敗再敗。但我們雖打不過他們，卻不是沒有制約他們的法子，還可以夷制夷，起碼俄國、法國等列強便不會讓倭人隨心所欲！」

李鴻章點點頭，說：「這正是恭親王和臣目下想的一步棋。不過，樞臣、近臣中意見參商，總要謀定而後行才好！」

慈禧太后當然明白李鴻章有後顧之憂，於是寬慰他說：「這也無須鰓鰓過慮。翁同龢、李鴻藻等人反對和議，前些日子他們主張起用湘軍，說扭轉戰局非以湘代淮不可，他們又竭力推薦劉坤一和吳大澂，說只要他們部署停當，一定可退倭兵，像十年前戰法蘭西一樣，一定要出個鎮南關大捷或諒山大捷來，皇帝也在日夜盼望來個曲終奏雅。」

李鴻章歎了一口氣說：「臣何嘗不想有個曲終奏雅！只要能了事，又豈在意什麼湘啊淮的，只是據臣看來，他們未免目眩於實，心切於求──」

慈禧太后不等他把話說完忙接言道：「這我也清楚，他們是在瞎胡鬧。吳大澂這以前為京官，奔走在李鴻藻門下，建言多不得體，地地道道的書生，所謂『百無一用是書生』，紙上談兵，毫無實際，是翁同龢、李鴻藻為主戰，呼朋引伴，把他捧起來的，我只能讓他們瞎胡鬧一陣子，萬一讓他撞中了，贏了幾仗，你去議和腰桿子便可硬一些；若仍不濟事，我看他們這一班人的臉往哪裡放？弄不好這是要連累薦主的，治他一個無知人之明，妄保匪人之罪，那你也就不怕什麼人再說閒話了！」

慈禧太后雖歸政五六年了，但對政務的嫻熟程度仍令人吃驚，和老臣論政如聊家常，閒閒道來，絲絲入扣，且前前後後都為李鴻章把出路想好了。接著，又和風細雨，勸李鴻章不要攀扯翁同龢，單身赴日議和可也。

李鴻章經慈禧太后如此一開導，心也靜了，氣也舒了，終於一口應承下來。

度遼將軍

二月初八日終於傳來湘軍牛莊大敗的消息——僅只一個聯隊機動兵力的日軍竟打垮了近二十萬人的湘淮聯軍，主戰派以湘代淮爭取來個「鎮南關大捷」的美夢終於破滅了。

七天後，李鴻章終於登上了東去郵輪。

吳大澂的牛莊之敗，終於使皇帝徹底失望。從前線敗歸之人談起此番戰役，都說近乎兒戲——吳大澂身佩「度遼將軍」章後，只等日軍投降。待日軍偷襲成功，他只顧逃命，連那顆預示他行將以「書生拜大將」的「印」也嫌礙事而丟掉了。

個中細節傳入宮中，皇帝算把這班只會說大話的大臣們看透了，翁同龢也自覺無顏，面君時臉上澀澀的。

皇帝感到孤獨，無可與語，只好把奏疏帶到後宮，由珍妃陪著批閱。

這天，內奏事處遞到李鴻章從日本發回的電報，報告自己的行止，皇帝急忙打開來看。原來李鴻章已平安抵達馬關，日本國天皇已指派首相伊藤博文、外相陸奧宗光接待，雙方見面，相互審閱了全權證書——這證書由田貝、科士達參與酌定文字，自然無誤。

李鴻章接著又敘述了會見經過，還說日本使者非常客氣，對他們一行關懷備至。開始他打算住在船上，是伊藤博文再三邀請，又為他準備了精美、乾淨的館舍他才決定移住岸上的；又說此番一開始接觸，日本方面便同意他用密電碼與國內保持聯繫，這也是張蔭桓、邵友濂出使日本時，幾經交涉而未果的。總之，日本方面表現出了少見的誠意，請皇上放心。

儘管這樣，皇帝看了這份電奏，仍是悶悶不樂。珍妃正挨坐一邊為皇帝削一隻萊陽梨，入春以來，皇帝肝火忒盛，迫血妄行，以致常常咳嗽、咯血。御醫建議常吃清火養肺潤肝之物，並特別推薦了萊陽梨。

此刻，珍妃一邊為皇帝削梨，一邊暗暗留神皇帝的神色，見他閱看這電奏時，愁眉深鎖、微微歎氣，知道又遇上了煩心的事，將削好的梨子切成一片片，用一個景泰藍的盆子盛了端上來，再用籤子挑了一小片直接送到皇帝的嘴邊，說：「皇上，先潤一潤嗓子吧。」

皇帝回頭望了珍妃一眼，露出一絲苦笑，盛情難卻，只好張口噙住——這梨兒究竟是什麼味，他一點也沒感覺出來。他見珍妃又有挑第二片的模樣，忙用手擋在前頭說：「李鴻章已到達下關了。」

這些日子，珍妃耳濡目染，對政務情形已有所了解，此刻忙把梨盤放下來，看一眼掛在屏風上的大地圖，問道：「倭國國主不是駐蹕廣島嗎？上次張蔭桓等人就是去的廣島呢，李鴻章怎麼不去廣島呢？」

皇帝對這個問題心中有數，他也正是為了此事才覺得面上無顏、心中痛楚萬狀，覺得自尊心受到嚴重摧殘的。眼下心愛的妃子既然問起，他想，說出來或許心裡要好受一些。

下關又稱馬關，在本州南端，屬山口縣，地處對馬海峽與瀨戶內海的交通衝要。四十餘年前，日本還是閉關鎖國的幕府時代，那一回，美國海軍準將培理率領四艘軍艦開入浦賀灣，遭到了長州藩的攔阻，美軍乃炮擊下關，遂引發了「下關戰爭」。這以後，英、法、美、荷四國聯合艦隊向下關發起進攻，轟毀下關炮台，德川幕府屈服了，被迫締結和約，賠償五百萬美元，並開放長崎、橫濱、函館為通商口岸。

此一事件使幕府政權威信掃地，陷入混亂，以此為開端，終於導致了倒幕戰爭，取得勝利後即「王政復古」——德川幕府被迫還政於天皇，開創了「明治維新」的新局面，日本終於成為崛起於亞洲的第一個強國。

今天，他又打敗了平日崇奉到亦步亦趨的強鄰中國，它們決定把正式和談的地點定於下關，寓有恥辱由此地始、又由此地終的用意。

然而，日本的恥辱雖由戰勝中國而洗盡了，中國的恥辱又何時能洗雪呢？說完這些，皇帝不由感歎不已。他說：「總而言之，統而言之，是我們自己不爭氣！」

珍妃不由得也熱血沸騰。她說：「蕞爾島夷，尚知自強自新，我們為什麼不能奮起直追？皇上不應做幕府時代的天皇，要當維新後的天皇。」

皇帝深然其說，但仍用眼四處張望了一下，只見帷幕低垂，四周人靜，廊下僅一小蘇拉在遠遠地伺候著，這才放了心。點點頭說：「去舊布新，刻不容緩，但萬事開頭難呵！」

說到這裡，皇帝不由滿腔悲憤——這已是和珍妃近來私下常議論的話題了。五千年文明古國，泱泱中華，竟敗於小小的日本，此事予皇帝以極大的震動。年輕的皇帝覺得自己作為愛新覺羅氏的子孫愧對列祖列宗。

反躬自省，這些年政令倒施，每況愈下，身為萬乘之尊，他也屢思振作，但因慈禧太后的干預，好些事不能不遵懿旨而行，好些事又不能不違心而准，尤其是此番中日之戰，國中上下顢頇老大、腐敗無能更暴露無遺。慘痛的失敗教訓了他，他覺得改弦更張、維新變法已是迫在眉睫了。

然而，變更祖宗舊章可不是一件輕而易舉的小事，翁師傅、李師傅與管仲、商鞅、王安石之輩相去十萬八千里，皇帝深感股肱乏力，臂助無人，變法圖強之事，滿朝公卿竟無可與語者！想到這些，他不由歎了一口氣，說：「非常的時代，必有非常的舉措；而行非常之事又必得非常之人。眼下誰能做朕之管仲和商鞅？」

珍妃一聽，不由默然。

她想起了自己的老師文廷式、自己的堂兄志銳。然而，據皇帝說，他們都只算得文學侍從之臣，所謂「翰苑閬才」，不是那叱吒風雲、力挽狂瀾、革新朝政、移風易俗的「非常之人」。珍妃畢竟是女流，長在深宮，對朝臣的優劣無法評判，只能聽皇帝說，又勸皇帝耐煩，慢慢留意。

就這麼相對歎息一番，議論一番。

時局的變化和發展，卻無法讓皇帝安靜下來。三天後，李鴻章和伊藤博文、陸奧宗光的首輪正式會談結果出來了——李鴻章提出中日雙方先無條件停止戰事，日方卻無論如何也不同意這點。經反覆詰駁，伊藤博文果然提出三條作為休戰條件，這其實是早由日方的新聞紙宣揚過的：交出天津、大沽、山海關為質；大沽至山海關之間的鐵路由日軍管理；停戰期間，我方必須承擔日軍所有費用——這一二兩條等於要將北京置於日軍的監控之下。

電報是上午到檔的。其時，皇帝正和各軍機大臣商討遼東的戰爭，知是李鴻章來電後，立即讓孫毓汶當眾宣讀了一遍。乍聞之下，皇帝及眾軍機大臣全驚呆了。

「罷了罷了！」皇帝一拍龍椅，說：「倭人太狂妄了，這不是說要將北京交與他們嗎？他們的胃口也太大了。」

中樞各大臣也無不深感震驚，但各人看法不一，各自在胸中斟酌。

恭親王尤其慎重，既然遣使求和，日本人當有很苛刻的條件，必須要有心理準備，伊藤博文提此三條作為停戰條件，只是進一步證實了他的猜測，而且，停戰條件尚如此不堪，其媾和條件也就可想而知了。

就在恭王在想這些時，一旁的李鴻藻卻等不及了。

吳大澂牛莊之慘敗，使主戰派一下蔫了許多，他們不再津津樂道只要以湘代淮，便可痛剿丑類、直至犁庭掃穴之類的大話了，但「攻李」的勢頭不減，談到今天的局勢，把一切過錯皆歸罪於李鴻章。眼下，李鴻藻叩了一個頭，侃侃言道：「天津、大沽、山海關為京師門戶，至關重要，李鴻章曾任北洋大臣、直隸總督，奉旨赴日媾和，應深知個中利害，該盡力與倭夷周旋，挫其鋒芒，不能人云亦云，聽任倭夷要脅！」

翁同龢也附和說：「天津等三處地方眼下仍牢牢掌握在我軍手中，倭人怎麼能提要求？這是自古以來所沒有的事，就是泰西各國也斷無此例，李鴻章自詡悉心洋務，熟悉西方各國法律，應該對此無理要求據理痛駁！」

李鴻藻、翁同龢二人之議當然在理，唯眼前這形勢是刀架在脖子上，不是由你講道理的時候。再說，李鴻章電奏中也講了，他已就此與伊藤博文據理力爭，反覆詰駁，竟至唇焦舌敝，所以，責其不爭也是明顯冤枉了他。

皇帝望著翁、李二位師傅直搖頭，又歎了一口氣說：「這個時候了，什麼道理不道理的，全是廢話！再說，這又不是李鴻章提出的，他又不是沒有駁斥，怪他有什麼用呢？你們只就可不可答應這上頭各抒己見。照朕看，這是不能答應的，若答應了，京師便置於他們掌握之中，再議和款，何求不得？但若不答應，必繼之以戰，而戰又不堪，當務之急，是能否議出一個折衷的應付之方！」

皇帝這話才是抓住了要領，可翁、李二位老夫子除了氣憤，除了嗔目攘臂地疾呼，又哪能拿出應付之方呢？看到翁、李被皇帝問得啞口無言，孫毓汶躊躇半晌，小心翼翼地奏道：「倭人器小易盈，貪心不足，無端生出種種枝節，這全是古今中外所沒有先例的。今日之事，唯有將倭人無理要脅之惡行訴之於列強各國，請各國仲裁！」

徐用儀、汪鳴鑾也持此議。徐用儀說：「臣以為處此情形之下，請列強仲裁、主持公道確不失為一法。臣聽俄國公使說，西國之法，凡兩國議和，只有以已佔領的地方為質的，而兵力未及之地，則不能提要求。倭夷此議，確實有悖公法！」

一聽對方又重彈「以夷制夷」老調，李鴻藻、翁同龢不由嗤之以鼻，但皇帝有言在先，自己又拿不出可替代他們的、行之有效的辦法，只好把要反駁的話嚥了回去。

皇帝把這情形看在眼中，想起這「以夷制夷」的幾次例子都是反被夷制，不由又長長地歎了一口氣，說：「唉，洋人仲裁，洋人仲裁，能仲裁早仲裁了，豈拖到今日難道除了寄希望於他人，再也無法可想了嗎？」

這一問，眾臣都不能答。空蕩蕩的大殿內，除了此起彼伏的歎息聲，靜得連掉根針也能聽見。好半晌，孫毓汶才囁嚅著，奏道：「倭夷的停戰條款不能接受，列國仲裁又不可恃，看來，除了再戰，別無良方！」

皇帝看到中樞各大臣束手無策本已有氣，聽出孫毓汶話中有負氣之意更是火上加油，於是說：

「好吧，再戰便再戰，朕寧願遷都也絕不能蒙此奇恥大辱，寧可以身殉國也不當這亡國之君！」

一聽皇帝這斬釘截鐵的決絕之言，眾臣無不悚然。尤其是翁同龢、李鴻藻二人，無時無刻不把「君辱臣死」的古訓掛在嘴上，眼下更是誠惶誠恐、汗顏無地，於是一齊叩頭、請罪，請皇上再從長計議。皇帝此刻絕望了，連連擺手說：「不必了，既然只有戰，那便戰到底，倭人也不過在我邊徼之地佔了幾座州縣，大清的國土還大著呢，就是把山東和奉天全丟了又算什麼？你們速議個戰守之策來，由朕去泣請太后恩准，遷都後再戰！」

這話在牛莊未敗之前說，翁同龢、李鴻藻二人或許深表贊同，也真能議出個什麼方案來，眼下吳大澂、宋慶大敗虧輸，倭寇已連陷牛莊、田莊台、營口。劉坤一為避免被敵人各個擊破，只好收縮兵力，山海關外已是風聲鶴唳、草木皆兵。

日軍逞一時之威，北上可攻奉天擾及福陵；南下榆關可威脅京師；天津方面，王文韶到任之後便稱病求退——也不能怪他，上千里海防線，日艦可隨時來攻，也可任意選擇一處載步兵登陸，我方沒有艦隊抵擋，單憑北塘、大沽兩處炮台焉能守得住？湘淮集天下精英為一軍，湘軍鎩羽淮軍潰，還有誰可禦強倭而固疆圉？

見此情形，一直未開口的恭王只好勉強出奏道：「臣以為處此情形之下，戰守固不可一日稍懈，和議也仍須切實進行，據臣揣測，倭夷停戰條件固然苛刻，但更苛刻更不堪的只怕還在後頭，這便是媾和條款。眼下倭夷經牛莊一戰，應有待休整、補給，再次大舉進攻也還待時日，所以，臣以為停戰條款如不能酌減則不議停戰，只議和約，只要訂了和約，則戰也不議自停了！」

所謂揚湯止沸，不如釜底抽薪，眾人也不由豁然省悟——恭王此議算是抓住了要點。也難怪，眾人也是氣到了極點，亂了方寸，恭王算是最冷靜、最沉得住氣了。

皇帝也覺得「六叔」的主意不錯，一邊點頭稱是，一邊叫速擬電諭向李鴻章指陳方略。

不過，皇帝也好，中樞各大臣也好，他們的心依然沉重，更不堪的在後頭，但不知小小島夷，究竟要如何苛索才肯議和。

受辱

就在皇帝和中樞各大臣焦思殫慮、惶惶不可終日的時候，李鴻章在下關也悲觀失望、羞憤交加到了頂點。

其實，他早已不待皇帝的訓令到達便已繞開不堪的停戰條件而直接議和了。但當日本方面的媾和條件一字一句從伊藤博文口中蹦出來後，雖已做好了充分的心理準備的李鴻章仍然差點一下窒息了。

這已是第三輪會見。開始時那種卑躬屈膝、汗顏無地、羞見世人的心情早已淡化了，應該說，日本人對他總算保持了表面上的客氣——他們派出了大批憲兵和員警出來維持秩序，碼頭上戒備森嚴，一步一哨，軍警皆背向而立，百姓只能遠遠地圍觀，他坐在從國內帶來的綠呢頂八抬大轎內，兩耳不聞笑罵之聲，雙目可不見幸災樂禍的日本百姓，儘管如此，他又哪能不回想聯翩、渾身不自在呢？尤其是想起十年前大約也是這個時候伊藤在天津，自己一度冷落過他。伊藤拿出了《北京夢枕》，而那個目空一切的西鄉從道卻當面挑戰，約以十年之期，而今正好十年期滿，他們是天從人願，一步步走向勝利，自己叱吒風雲三十年，到頭卻是這麼個結局。今天，覥顏求和，甘心受辱，表面上是那麼安靜平和，心中難道沒有反省？

第一次會見在下關海關公署——春帆樓，伊藤博文和陸奧宗光態度十分誠懇和親熱，然而見面第一句話便是令稍有良知的人臉紅心跳的：「中堂久違了，一別十年，歲月匆匆，想不到中堂還是老樣子！」

伊藤博文迎上來，在大廳前石階上和李鴻章執手見禮，隨後又把在一邊鞠躬的外相向李鴻章做了介紹。李鴻章裝作沒聽懂伊藤問候的含義上前回禮，並說：「歲月不居，一晃又是十年，伊藤首相卻顯得更年輕更豐偉了！」

泛泛地應酬了一句，忙打量睽違已久的伊藤博文和聞名已久的陸奧宗光。

一別十年，伊藤博文顯得更成熟了，五十五歲的人，鬢邊白髮似乎比十年前反要少些，但身子已明顯地發福了，黑色的燕尾服綳得緊緊的，線條渾圓，額角皺紋向腦後延伸，使兩道濃眉更清晰地像一個隸書「一」字，那一雙鳳眼中，透出閃爍不定的光，讓人猜不透是謙恭還是訕笑，紅潤的薄嘴唇微張著，可看到一線白嶄嶄的石榴籽一般的細齒，這樣的眉目再配上這樣的唇齒，一看便是精明的人。

身如待宰羔羊的李鴻章目光與伊藤的目光一相碰撞心裡不由發怵——真不知此番佔盡天時地利人和的伊藤會有什麼舉動，會說出什麼令人無法接受、無力駁斥的話語來？這一個大大的問號，讓李鴻章愁腸千結。

相形之下，比伊藤小三歲的陸奧宗光外表卻是個粗線條的邋遢鬍子，高個、單瘦、高顴骨、凹眼窩，面皮黧黑，滿嘴濃密的鬍鬚，一頭又黑又粗的似未經梳理的頭髮，如果不是那一身同樣畢挺的玄色燕尾服，真像個鑽馬棚一宿才醒的更夫，根本看不出是一個老資格的外交官。

伊藤博文也暗暗留意對手。與十年前相比，李鴻章明顯地衰老不堪，瘦骨嶙峋的臉上布滿了老年斑和皺紋，淚囊浮腫，眼光渾濁而呆滯，連走路也輕飄飄的，像一具遊魂。

伊藤心中暗笑，這幾個月的戰事對他的教訓也太慘了，竟把這個自信的「東方俾斯麥」身上的傲氣和銳氣一掃無餘。心裡痛快，卻一點也不流露在臉上，仍用那經常掛在臉上的寬容渾厚的笑容向其他人打招呼，又客氣地問起旅途是否順利之類的閒話，然後伸手肅客，引李鴻章一行進入大廳。

初次會見，並非正式談判，寬敞的大廳裡成八字形擺了兩排座位，矮几上擺了豐盛的水果和茶點。伊藤博文先走到了東邊首位主座邊，依次為陸奥宗光外相、林董外務次官及隨員翻譯，把李鴻章讓在西邊首位客座上，依次為科士達、馬建忠、于式枚、羅豐祿、李經方、伍廷芳及翻譯人等落座後，一隊身著華麗和服的侍女上來獻茶。待他們退下後，伊藤博文一邊客氣地向李鴻章提出驗看各自的全權證書，一邊讓隨員拿出了自己的全權證書。

李鴻章此番攜來的全權證書文字是他陪同恭親王邀了田貝、科士達等人反覆推敲而定下的，估計不應再有紕漏，不想伊藤博文看了仍提出批評，這就是末尾還缺皇帝的御筆簽名。

李鴻章心一緊，生恐他又以此為藉口而另生枝節，忙反覆申明說已用了皇帝御寶，與親筆簽名無異。伊藤博文莞爾一笑，表示「姑不深求」。待雙方各自把全權證書收起後，伊藤博文先開口了，他說：「中日為一衣帶水的鄰邦，相互交往有一兩千年歷史，敝國一向崇尊中華文化，就是鄙人亦十分仰慕中堂的人品學問，不想此番發生衝突，這不但是中國的不幸，也是我日本的不幸，我天皇陛下為此一直聖懷難安，唯望此番能達成和協，將來仍是友好鄰邦。」

李鴻章一聽此言，覺很順耳，趕緊應和說：「誠哉斯言，中日發生衝突，生靈塗炭、無辜受戮，不但貴國天皇聖懷難安，我皇太后、皇上心中也十分不忍。所以，貴國一邀鄙人議和，我皇太后、皇上立刻依議，並飭令鄙人交卸督務，迅速前來，惟望此番能開誠佈公、互諒互讓、重修睦誼，才不負兩國皇上之美意。」

伊藤博文說：「但願如此。不過，貴國未派中堂之先，固願修好，卻派出無論資歷和許可權都嫌不足的使者，似未必誠心修好，若一開始便起動中堂，何至反覆？」

陸奥宗光也說：「中堂名尊位崇，我們當然歡迎中堂前來！」

李鴻章心中頗覺受用，忙說：「往事不必提了。敝國若非誠心修好，必不派我；我若無誠心講和便不會來。但願都能推誠相見。」

伊藤博文連連點頭說：「中堂既來，足見其誠，以中堂的資歷和聲望，所議之事，必然有成，將來訂立彼此永好條約，必能於兩國有益。」

李鴻章又用十分誠懇的語氣說：「中日兩國同在亞洲，同文同種，如兄弟之邦，不應該尋仇。如爭鬥不息，則有害於中國者未必有益於日本，就像歐洲各國，兵力雖然強盛，但也不輕易啟釁，我們兩國應學它們相互友好，不然，鷸蚌相爭，漁翁得利。」

伊藤博文連連點頭說：「中堂此說，甚合我心，十年前鄙人在天津時，便和中堂說過，中日兩國，以前深受列強欺侮，應相互激勵，共走文明開發之路。以中堂的手段在中國調和鼎鼐，應有所成，應該可大大超過日本，不知何以時至今日，仍默守成規，一無變更，鄙人對此甚是不解。」

伊藤博文又重提十年前往事了，且與見面問候的那句「中堂還是老樣子」相互印證，但口氣誠懇，不像是作為敵國對頭在有意挖苦和諷刺。李鴻章豈是癡人，不由汗顏滿面地歎了一口氣說：「不錯，你當時的確向鄙人說過類似的話，鄙人很是感奮，這些年也一直留意貴國的新政，並由衷地佩服你們移風易俗、去舊圖新的勇氣和成效，眼下貴國不但國力雄厚，武備也十分強盛，所練水陸兵勇，悉照西法，甚是精銳，各項政治，日新月異，可惜我國人民安於現狀、積習已深，鄙人雖宣導改弦更張，總總和者甚寡，自慚心有餘而力不足，以致今日，依然故我，但願經此創痛，我國人民能夠警醒，再不圖強發憤，必不能自立！」

李鴻章這話說得很沉痛，完全是認輸的口吻。伊藤博文聞言不由感慨系之，就是在座諸人也無不歎息不已。

接下來雙方心平氣和、且很客氣地討論起會晤的細節及排程，李鴻章拿出事先準備的一份停戰節略，交與伊藤博文，伊藤博文答應回去研究後再答覆；李鴻章又提出要用密電與國內聯繫，希望日方合作，伊藤博文十分爽快地答應了這個要求。接著，又勸李鴻章移居岸上，說船上不如岸上方便，他們已為中堂準備了旅舍，小地方雖然簡陋，與中堂身分不相宜，但保證乾淨、舒適。

李鴻章見對方態度很是誠懇，便接受了這個邀請。

初次會見十分和諧與融洽，就像久別的朋友敘舊，使團成員中像李經方便有些飄飄然起來，認為父親果然不愧「東方俾斯麥」，威德足以感化遠夷。

但李鴻章那一顆懸著的心始終放不下來，他明白今天只算是進了門，不堪的必然是接下來的實質性談判，是對方的要價，尤其想到伊藤博文如此雍容大度，恂恂如也，深知這種人外貌似平和其實內藏陰毒，是最難應付的對手，想起十年前自己對他的蔑視和怠慢，如今一下全報在自己身上了，他除了嫉妒，便只有無窮的悔恨了。

當下起身告辭。

伊藤博文和陸奧宗光等皆起立送客，直到門外。外務次官林董又引客人們到了接引寺。這是供天皇使者或外國貴賓下榻的處所，館舍十分精美整潔，李鴻章看了自然不好再推辭，但林董接著又引薦一位日籍華人廚子來為中堂辦廚，他即委婉辭謝了。

住下後，一面擬電文奏報回國，一面召集幕僚談各自的意見。大家也認為伊藤面似和善心裡藏奸，他們究竟要如何擺布中國，須從明天對我方的停戰節略的答覆和媾和條件中才看得出來。

大家懷著惴惴不安的心情等待著明天。然而，他們哪能料到，等待他們的是如此苛刻的停戰條件以及和報刊所載內容相差無幾的媾和條款……

捨命

第二天的會談比第一天不知要激烈多少倍。因為日本對中國停戰節略的答覆等於是要在中國的脖子上加一道繩索，李鴻章的沮喪和無奈已形諸於外，但伊藤博文仍溫文爾雅，客氣而又毫不讓步。

第三天李鴻章將詳情電奏朝廷後，不等答覆便繞開停戰而直接議和，伊藤博文終於亮底了——清國必須承認朝鮮「獨立」；割讓遼東半島和臺灣；賠款白銀三萬萬兩——僅比報載的賠款少了一億兩；另外還有設廠和增開通商口岸。

至此，中國使團的所有人員除了一個科士達幾乎都驚呆了……

從春帆樓下來之後，李鴻章只覺眼前金星亂晃，耳邊似有大炮轟鳴，面前出現的便是伊藤博文的冷笑和那句令他羞愧無地的話——「若說為中堂留體面，則此番數十萬華軍誰做到了這點？就是中堂淮甸舊屬也未嘗與中堂做臉呵！」

這是和約各款項宣布後，李鴻章用近乎哀求的口吻請伊藤博文不要割地、並為他留體面時，伊藤回答他的話。這口氣明顯地挖苦、威脅，一掃幾天來的殷勤與客套，如當眾抽了他一記耳光，他不由一下語塞……伊藤博文看在眼中，生怕他就會一下昏暈過去，忙提議休會。

沮喪萬分的李鴻章尚未反應過來，一邊的于式枚倒是意識到再待下去對方還有不堪的話語出來，馬上代中堂表示贊成，於是，一行人落荒而逃似地出了會議廳。

當時，李鴻章明白前後左右有許多雙眼睛在盯著他，那是勝利者伊藤和他的同事們，他們一改往日親善的面孔，正以居高臨下、目空一切的心理在鄙夷不屑地瞅著他，笑看他這個有「東方俾斯麥」之稱的人落水的狼狽狀。

他想，蛇死三日尚擺尾，虎死七日不倒威。自己以中興名臣、三十年烜烜赫赫，既然已走到了這一步，也不可露出可憐的面孔來，應保持鎮靜，像往常一樣，從容不迫、端莊而矜持，這才與自己的身分、經歷相符。所謂勝不驕、敗不餒，這是自己曾有過的經歷和紀錄。

然而，此番的失敗太慘了，這樣的局面太令人尷尬了，這孱弱的軀殼、幾近崩潰的精神再也振作不起來，他終於徹底地垮了下來，一邊緩緩地由眾人簇擁著下樓，一邊只感到頭皮發麻，手腳僵硬得不聽使喚，背上好像是出了汗，似有無數小蟲在蠕動，他默默地承受著這一切，扶著樓梯一步步往下挨，若不是李經方趕上來一把攙住他的右手肘，他幾乎要癱軟、跌坐在最後一級樓梯上了。

下得樓來，更難堪的場面在等著他——因是祕密會談，禁止外國新聞採寫員入場，這些人被擋在外面等得焦躁，早擺下十幾台照相機架在高阜，記者則擠在門口，這真是「張四面之網，施連環之槍」，一齊要搶拍到這難得的歷史鏡頭，採寫到足可轟動世界的「當事人如是說」。

他們終於等到中國使者走出會場了，門口立刻圍上去一大群人，照相的忙著搶鏡頭，採寫員紛紛向他打招呼提問。一向從容大度、並最愛在這種場合演說的李鴻章此時卻一下慌了神，自己也弄不清嘰咕了一句什麼話，又用手下意識地揚了揚，順便遮住了蒼白、悽惶的面孔，趕緊走向二門外的大轎。

此時已愣過神來的員警也趕緊過來為他開道，記者們被擋開，正好與跟在後面的美國顧問科士達平行，科士達本是個愛出鋒頭且又很健談的人，趕緊停下來和這班同他一樣黃頭髮、藍眼睛的記者大聲交談起來，總算為李鴻章解了圍。

待李鴻章鑽進了轎子，李經方等人也「潰圍」而出，李經方見父親上了轎，趕緊上前拍著轎槓道：「快走！」

轎夫們是從國內挑選出來的、年輕力壯的淮勇，頗能見機行事。他們見中堂上了轎，不待李經方催促，馬上喊聲「起！」

轎子便一下上了肩，悠悠地出了大門。眾隨員在大門外上了東洋人拉的人力車，緊跟在大轎後迤邐而行。來到大街上，只見滿街仍是黑鴉鴉的人，憲兵和員警仍是一步一崗在警戒，為他的大轎闢出一條通道。

但今天已是第四天了，消息已傳開，都知道今天本國政府將正式亮出媾和條件，所以來看熱鬧的人特別多，他們擠擠挨挨，圍得風雨不透，且指指戳戳、嘰嘰喳喳。李鴻章雖聽不懂這些平頭百姓說什麼，但僅從面部表情上也可看出他們臉上的那種得意勁。

為了向大陸擴張，從豐臣秀吉到今天，他們終於如願以償，能不得意忘形？

李鴻章自慚形穢，如同被人剝光了衣褲在裸遊，躲在轎子裡也感覺出四周睽睽眾目。好快啊，彈指之間便是十年，他一直記住了那張《北京夢枕》圖和伊藤博文那張臉，記住了那意蘊無窮的微笑，那雙瞳炯炯、犀利中透出的自信與鄙視，記住了那含意雋永、語帶機鋒、近乎挑戰的言詞。

破釜沉舟，百二秦關終屬楚；臥薪嘗膽，三千越甲誓吞吳。這本是中國人刻苦自勵、志圖恢復的故事，如今卻被東洋島夷統統學來、且用它對付曾經臥薪嘗膽的吳越壯士的後人了。當京師紫禁城中的主人、天津鎮海樓頭的總督正像《北京夢枕》中那個肥頭大耳的官員在呼呼酣睡之際，正是日本人在實踐越王勾踐「十年生聚、十年教訓」之時。

「桐葉冷，吳王醒未醒？桐葉秋，吳王愁更愁！」姑蘇臺上的吳王呵！

就在他這麼浮想聯翩之際，突然聽得前面出現了一片吼聲，他不由睜開了眼睛。原來此刻轎子已到了街的拐角處，這裡街道較窄，加上人多，員警費了很大的力氣才勉強開出一條通道來，但仍難通過這一頂八抬轎，正疾步而行的轎夫們不由緩下步子來，不想轎子一停，後面的人又擁上來，爭著擠到前面來看他。

李鴻章不知就裡，忙撩起轎門簾向外打望，不料就在這時，忽見人叢中突然鑽出一個穿黑色學生裝的青年人，幾個縱步便從員警身邊衝出來，一下衝到了他的轎子前。他尚未愣過神來，只見此人迅速從口袋裡抽出一支灰色的小手槍，並用標準的中國官話叫道：「老賊，還秀子命來！」

說著，對著他的頭就是一槍。

李鴻章觀氣色已發現此人一臉凶相，他本能地急放轎門簾去遮擋，同時把頭一偏，可這一切都晚了，只見火光一閃，隨著「拍」地一聲悶響，像放了一個爆竹，他只覺左臉一麻，正捏著手帕的右手下意識地伸到左邊臉上來摸，此時左臉已火辣辣地發麻，那股紅的血順著手腕流了下來，他感到噁心與昏暈，便把身子仰躺在轎椅靠背上，漸漸地進入了半昏迷狀態……

應該說此刻的李鴻章並沒完全失去知覺，他的思維一直沒有停止，周圍接著發生的事他也清清楚楚——槍聲一響，轎夫們嚇慌了手腳，一時竟呆呆地立在那裡，不知如何是好。

好在此時日本的憲兵和員警毫不含糊，應付突發性事變很有經驗，所以在凶手衝出人叢時立刻發現他圖謀不軌，馬上跟著一齊撲過來，一個身軀偉岸的憲兵幾乎是同時衝到轎子前，不待凶手再次摟火便猛地一掌打飛了凶手的槍，另一個憲兵則一下將凶手撲倒在地，接著又上來三、四個員警，七手八腳按住了暴怒的凶手。這時圍觀的群眾早嚇得一哄而散，員警們則抓住機會，催促轎夫抬起轎子快速往旅館飛奔。

所有的一切都只在瞬間完成了，仰躺在靠背上的李鴻章知道得清清楚楚，想到自己雖挨了一槍，但思維並未消失，神志清醒，且立刻明白自己沒有性命之虞，與此同時他馬上得出結論——這一槍於自己是福不是禍，只要不死。

想起自己早歲功名、中年戎馬、晚年洋務，作為中興名臣，三十年享譽中外，不料想甲午一戰，聲名掃地，朝廷視為無能，世人目為通敵。此番為議和朝廷雖賞還頂帶、恢復職銜，那只是暫時的利用，以前那種被倚為柱石的浩蕩皇恩，是隨著威海衛的硝煙散失殆盡了，而這一槍，或許予他以某種補償，至少他算是為國家流了血，再不會無顏對國人了。

有此一想，李鴻章反鎮靜起來，本已癟下去的軀殼似也產生了某種張力，精神也有些興奮起來。回到旅館，眾人將他抬上二樓，安放在榻榻米上。李鴻章面部開始有疼痛的感覺了，但他只輕聲呻吟著，由眾人擺布。這時同來的德國醫生布呂尼上來為他察看傷情了，見傷口還在往外流血，布呂尼立刻採取了止血措施，且用棉花蘸酒精來擦拭傷口外的鮮血。

原來凶手用的是一種小口徑手槍，這種槍是供人做防身用的，小巧玲瓏便於攜帶和隱藏，凶手大概看中了這點才選用它，可惜殺傷力很小，哪怕近距離內威力也很有限。這一槍打在李鴻章左眼窩下，但沒有傷著眼球，子彈也未能洞穿頭部，僅嵌在肉中，須動手術才能取出。

布呂尼僅作為一名保健醫生而來，除配了一名護士外，一無助手，二無醫療器械，三無必要的藥品，難動這手術。眼下他一邊為李鴻章清洗傷口，一邊向李經方建議，速送日本醫院。一聽布呂尼之說，眾人不由面面相覷，誰也不敢作這個主，為不驚擾傷者，他們來到前面的小客廳商量。

在這個使團中，李鴻章之外，于式枚、馬建忠、羅豐祿都掛記名道銜，不相上下，但論功名當數于式枚，他是光緒六年庚辰科正兒八經的進士及第；論資歷則是馬建忠，他早在十三年前朝鮮大院君之亂時，便以記名道隨吳長慶跨海平叛，袁世凱尚只是他的隨員，再說他學貫中西，不但通曉英、法文字，就是希臘文、拉丁文也能兼通，著有《馬氏文通》一書，專講語法，且引用拉丁語、法語解釋漢語，這在人才濟濟的北洋算是出類拔萃的；而羅豐祿卻是中堂的貼身隨員，專管外交事務。

但此時此刻，無論于式枚和馬建忠，也無論羅豐祿，他們皆不能與李經方比，李經方各方面雖不及他們三人，但他是中堂的兒子，加之他任過駐日公使，對日本情形熟悉。

「送日本醫院？」李經方一聽不由馬上變了臉，反問道：「焉知這不是陰謀，能保不自投羅網？」

這問題言簡意賅，一經提出，眾人一時都不好作答。

早在中堂接受使命前，羅豐祿就曾勸阻，據他說，倭國浪人視中堂為眼中釘，必欲除之而後快，此行恐于中堂不利——今天看來真有些不幸而言中。

「中堂既然拒絕了倭人的停戰條件，又欲不許割讓土地，倭人當然恨之入骨。眼下倭人兵船仍不斷開往我國，分明是想打一場大戰，除掉了中堂，等於搬掉了擎天大柱，所以，鄙人認為此事決非偶然，去醫院的事，鄙人不贊成！」李經方此時振振有詞。

眾人在沉思時，羅豐祿立刻發言支持李經方。他主張不但不去醫院，而是立即登輪回國，並籲請列國仲裁。

馬建忠和于式枚持穩健態度。他們雖也認為這事很像是陰謀，但不主張立即回國。馬建忠向裡探頭望一眼呻吟著的中堂，又看一眼彷徨無計的李經方，斟詞酌句地說：「倭人心懷叵測，這是路人皆知的，不過既然到了這一步，我看先不要這麼倉促做出決定。」

說著，他望一眼于式枚說：「若晦，你說呢？」

于式枚點點頭說：「我也是這麼看的。如果說倭人果真心懷鬼胎，就是回去，也難保他們不途中動手。再說中堂這一把年紀，受此巨創，途中還能經風浪？另外，就是中堂回國，其餘人也不能走，我們熟悉個中首尾，要為繼任者供顧問！」

此刻李經方心中，父親的命比什麼都重要。因為他清楚，若父親有個萬一，牆倒眾人推，鼓破亂人捶，自己今後這日子怎麼過？至於身膺君命、遠渡重洋所為何事，這問題於他是顧不得了。所以，一聽于式枚之議忙劈頭問道：「那老中堂怎麼辦？傷勢這麼重，且就在頭部，就這麼拖著？」一連幾個怎麼辦，問得于式枚、馬建忠無言以答。

這中間倒有兩個明白人，這就是參贊伍廷芳和美國顧問科士達。他二人不但熟悉國際公法和外交準則，也熟悉很多國際糾紛的具體事例和解決結果，國與國之間為了各自的利益確不擇手段，什麼毒辣的絕招都可用上來，自然也包括暗殺。不過，照他二人推斷，此番日本政府尚不致如此，因為他們是戰勝國，在談判桌上處於絕對優勢，李鴻章自他的淮軍和北洋水師潰滅後，已無力量再較量下去了，儘管在談判時，對媾和條件討價還價，最終是不得不答應日方的條件的。

所以，日方完全不必要這麼節外生枝，從而使自己一方在外交上、在國際政壇和領袖們之間，造成一個完全不利於他們形象的局面，這是明智的政府斷不肯為的。不過，他倆雖各自有這看法，卻沒有交流，而且，他們因身分不同，也不便把自己的推斷說出來，與這一班李鴻章的親信左右作無益的論爭。

所以，當李鴻章在痛苦呻吟，李經方以咄咄逼人的口吻問得于式枚、馬建忠無言以對時，伍廷芳只以調解人的口吻說：「依我看，先不要爭，不管如何，應先電奏朝廷，聽候聖上旨意！」

這一說自然無懈可擊，李經方也明白，要回國必須請旨。於是李經方和眾人草擬電稿。

不想這裡眾人在草擬電稿，裡間榻榻米上躺著的李鴻章在經過深思熟慮後，竟然拒絕配合布呂尼的工作了——當布呂尼為他傷口止血，並幫他脫下鮮血染濕的襯衣時，他一邊呻吟一邊說：「不脫不脫，這血是報國之血，若於國有益，就是捨一命也值得的！」

布呂尼對他這做法根本不能理解，只好無奈地向眾人聳肩，這邊幕僚們看見了，忙停止討論，圍了上來。李經方含著淚勸說道：「爹，您這是怎麼了？」

布呂尼說：「大人傷勢十分嚴重，若不採取緊急措施，可不能保證生命安全！」

一聽「不能保證安全」，李鴻章臉上竟露出了笑容，他停止了呻吟，嘴唇嚅動了半天，費了很大的勁才吐出一句：「求仁得仁，又何憾焉！」

布呂尼雖能說幾句蹩腳的華語，但對這句「先聖之言」究竟是什麼意思卻無法理解。可李經方及其他人都懂，大家一齊圍上來相勸。于式枚說：「大人一身繫國家之安危，此時此地正是一刻也離不開大人的時候，大人可不要固執！」

李鴻章一聽是于式枚的聲音，想起此人是光緒六年的進士，出自翁同龢門下，雖一直在北洋，但與老師及一班同年好友關係密切。於是睜開右眼，瞥了于式枚一眼，又長長地歎了一口氣，說：「若晦，清流那班人不是巴不得我速朽麼？名既裂矣，身敗在即。我死了，他們或可彈冠相慶了！」

「名既裂矣，身敗在即。」——中堂承認自己身敗名裂了嗎？

這語氣十分沉痛，也十分決絕，尤其是出自一個已是血肉模糊的老人的嘴，眾人心中都很難過，卻又無法說服他，正在為難，只聽外面有人在報告：「伊藤首相、陸奥外相來了！」

仍是度遼將軍章

伊藤博文從春帆樓會議廳下來，回到自己的房間時，心情非常舒坦。進到裡間，卸下一身禮服，換上便裝，轉身只見書案上放了一個十分精緻的小盒子，正驚訝間，清水祕書笑盈盈地向他報告說：「大人，這是野津道貫中將託人從遼東前線捎給您的紀念品。據來人說，這是支那軍隊前線總司令的大印，一直隨身佩帶著的，如今被皇軍繳獲了，野津中將知您喜歡這類古董，特派人給您送來！」

野津自取代山縣有朋任第一軍軍長後，以攻為守，在遼東組織了一次非常漂亮的戰役，最終迫使中國的主戰派認輸，伊藤首相對此十分欣慰，一聽眼前是野津中將捎來的戰利品，且是敵人前線司令官隨身所佩的大印，不由興趣盎然。

他急不可耐地打開印盒，一眼望見裡面高高凸出的龜鈕時，竟驚呆了——不仍是那顆「度遼將軍章」嗎，十年前在天津老龍頭火車站便有過一面之緣了，想不到今天它竟然尋到日本來了，真是緣份不淺呀！他不禁把印取在手中，反覆把玩。

當時這印有兩處明顯的破綻，自己僅指出了一處，眼下都改過來了，不但白文改成了朱文，且反字改成了正字，可它上面斑斑駁駁的痕跡，分明是蘸上羊血和黃泥久埋地下造成的，卻把有清一代最有名的金石古董考據家吳大澂給騙了。吳大澂究竟是個假古董家還是甘心受騙呢？因為這正應著他那書生拜大將的癡夢呀！

伊藤輕輕地吁了一口氣，思想不由沉浸在對往事的回憶中。此番中日大戰，他是捏著一大把汗的，因為無論人力物力，日本都大大地遜於中國，但中國卻迅速地失敗了，且敗得那麼可惜、可悲，一點也不慷慨激烈。

就以眼下情形論，如果當局者痛下決心，遷都再戰，中國仍有獲勝的希望。但中國當局，上自慈禧、光緒，下自六部九卿官員，沒有一個深孚眾望、能振臂一呼、應者雲集、破釜沉舟、力挽狂瀾的人，有的不是銀樣蠟槍頭的總督、巡撫、將軍，就是徒託空言、絕無實際的文人學士，這些人除了貪污腐化、坑害百姓、逢迎上官、詆毀他人外再無所能，就像面前的假古董一樣，是一坨徒具外形、破綻百出的蠢物，李鴻章不過是其中的佼佼者而已。

所以他的洋務只能是空中樓閣，虛張聲勢；龐大的北洋艦隊只能成為他人的靶具，他，除了遠涉重洋、屈膝求和外，還有什麼辦法？五千年文明古國的中華，廟堂上居然贗品充斥，如造假的印。他們除了文物，再無可值得稱道的，眼下連文物也造假了。

興思至此，伊藤博文不由感慨系之。

不料就在這時，清水祕書又一次從外面進來，向他報告了李鴻章被刺的消息，逸興遄飛的伊藤博文不由一下愣住了。

日本終於取得了征清戰爭的全面勝利，實現了全日本三百餘年夢寐以求的目標，眼下全體國民如吃了狂藥，歡欣鼓舞已到了不能自持的程度，只有身為首相的伊藤博文卻一直不敢十分的得意，因為他另有隱憂——叫化子挖到金穴，窮措大驟得美妻，最擔心的是他人眼紅，到手的又會被他人奪走，日本目前就正是這「窮叫化」心態。

列強虎視眈眈，誰也不願中國這一塊肥肉整個兒被日本囫圇吞入肚內，他們勢必要分肥，不然就會兵戎相見，這情況只他和外相陸奧宗光清楚。

這些日子，派駐歐美各國的公使紛紛電告東京，隨著中日戰爭的發展，俄、德、法三國政府已十分不安了，他們不但密切地注視著戰況發展，還千方百計試探日本的允和條件，這中間，俄國人最為關心，一再表示中日和款不應損害第三國利益。

伊藤清楚，俄國人一直盯著遼東饞涎欲滴，而法國人卻早已看好臺灣，德國則一直想在中國北方尋一立足之地。此番中日媾和的第二款便是要割讓遼東和臺灣，所以，他們最擔心的便是一旦亮出底牌，俄、德、法三強會從中作梗。

這些日子，日本方面一直將媾和條款祕而不宣，為的就是對列強進行試探，特別安撫這三國，鋦苴補漏，手腳並用，萬不料今日剛剛將條約內容宣布，馬上就發生了「刺李」事件，這不正好予他人以口實嗎？

「這事比兩三個師團在戰場上失利更為嚴重！」伊藤博文聽了清水祕書的報告後，霍地站起來，踱到窗前，望著茫茫的大海問道：「那個渾蛋凶手叫什麼名字？」

清水眼神閃過一絲狡詐的光，慢慢地說：「聽說，是個才二十多歲的年輕人，叫，叫什麼來著，對了，叫小山豐太郎！」

「小山豐太郎？」伊藤博文疑惑地望著祕書，口中反覆地念著凶手的名字，好像看出清水有詐，乃訓斥道：「你給我說實話！」

清水經不住首相嚴厲目光的逼視，忙吞吞吐吐地說：「這個，您遲早會知道的，何必急於一時呢？」

伊藤博文厲聲說：「不，你馬上告訴我，是不是杉岡？」

清水點點頭，眼中馬上滲出了淚水。

得到了清水肯定的回答後，伊藤博文也傷心了，竟長長地歎了一口氣，說：「唉，可憐的杉岡，你這渾小子，本來是個有頭腦的人，怎麼可以胡來呢？」

清水忙著為自己的前任辯解說：「大人，我敢說杉岡君是為了秀子小姐才失去理智的，這就難免不被玄洋社那班人利用了。眼下玄洋社是千方百計要破壞和談，讓戰爭繼續進行下去。」

伊藤博文一聽不由默然。

這些日子，軍部對玄洋社的所謂「國士」們讚頌不已，說什麼就憑著這班血性青年的獻身精神，才換來征清戰爭的赫赫戰果。而在這一片讚頌聲中，被謳歌得最熱烈的便是秀子，玄洋社宣稱她是為了天皇，為了帝國利益，不惜以身殉國的女英雄。

身為首相的伊藤博文面對這一片讚頌之聲只能強裝笑臉，暗地裡卻不得不嚥下兩行苦澀之淚。秀子死了，杉岡一定不會獨生。他雖不知杉岡下落，但已認定了這點。萬不料杉岡會被一些別有用心、只想擴大戰爭的右翼激進勢力所利用，竟採取這種針對個人的愚蠢的復仇方式。

伊藤博文尚未從紛繁的思緒中清醒過來，不想外相陸奧宗光忽然踅了進來。

馬關本是個小鎮，沒有幾幢像樣的衙署。為了便於議事，他們安排中國使者住引接寺，自己的人則住海關公署的一座小樓。首相住東頭，外相住西頭，中間有走廊相通。此刻，陸奧宗光邁著沉重的步履進來，開口便罵道：「玄洋社這夥人真是一班瘋子！」

清水祕書緩過一口氣，忙應和著說：「大人，他們的目的是要阻止和談，將戰爭進行到底，實現征馬踏上萬里長城，沛然耀皇恩於五大洲的夢想。」

陸奧宗光冷笑著說：「征馬踏上萬里長城，誰個不願呢？但現在能做到嗎？就連主戰最力的西鄉從道大將和山縣有朋大將也明白一時尚辦不到哩。」

身為首相祕書的清水當然清楚目前帝國的困窘——眼下大本營已把北海道後備兵團統統派到了前線，後方已無守備兵力，可因戰線太長，前方兵力仍不敷分配；更為嚴重的是財力枯竭，因炮火連天地打了整整九個月，儲存的軍火幾乎打光了，據前線帶兵官報告說，若再不補充，不要說發動新的攻勢，一旦敵人反攻，只怕連已有的陣地也會守不住。

拿什麼去買軍火呢？去年富庶的關東地區發生了水災和霍亂，迫使國庫收入銳減，財政已至油盡燈枯、捉襟見肘的地步了。那一班不知天高地厚的激進份子仍要打到底，拿什麼東西打到底呢？

清水自然知道這些內情，但他仍和外相搭訕，讓外相說下去，其目的是想分散伊藤首相的注意，讓他從對親人的思念中轉到現實之中來。

果然，伊藤博文沉思片刻後，仍復平靜下來，他抬頭望著陸奧外相苦笑道：「陸奧君，意料不到的事終於發生了，對內部的責任追究先不去說了，對外的安撫則刻不容緩。據我看，這事的影響只怕比三年前的『大津事件』更糟、更棘手！」

「大津事件」又稱「湖南事件」——那一回，俄國皇太子尼古拉在海參威參加西伯利亞鐵路破土典禮，順道訪問日本，不想為日本員警津田藏三刺傷，從而引發了一場外交風波，日本政府費了九牛二虎之力才使事態平息。眼下李鴻章地位雖不能與俄國的王儲比，但處此敏感時刻，後果誰也不能預料。

「當然！」陸奧宗光待伊藤博文首相說完，馬上點頭說：「有消息說，俄國的黑海艦隊已陸續啟碇東來，海參威更是有大軍集結，德、法兩國也在做準備，三國干涉的姿態已擺出來，僅僅是師出無名罷了。刺李案件出現，他們不正好找到藉口了嗎？萬一三國干涉成功，豈不正好應了戰前英國人那句話：俄國人得到了蠔肉，我們只得了空殼？」

伊藤博文一邊在房中踱方步一邊聽陸奧外相分析情況，沉思了半晌才說：「看來，我們應馬上去看望這個可憐的老中堂，澄清事實，消除誤會，先安撫住這頭。只要沒有了苦主，沒有了原告，局外人也就沒有藉口！」

「我也正是這麼想的。」陸奧宗光說：「李鴻章不能死，他死了我們向誰索賠去？」

伊藤博文又說：「但不知他傷勢如何，我們是否帶一點禮物去？」

「禮物？」陸奧宗光一時尚未明白過來，問：「什麼禮物？」

伊藤博文說：「李鴻章急於擺脫困境，因為他的本錢已輸光了，所以，他一上岸便提出先停戰，我們那停戰條款也確實強人所難了一些。眼下形勢如此，何不做一個順水人情？」

陸奧宗光眼珠子一轉，馬上領悟了首相的意思，忙點頭說：「是個好主意！」

於是，伊藤博文吩咐清水草擬電文，以他和外相名義上奏天皇，提議為向列國表示日本的和談誠意，願無條件停戰三個星期。待他們的電奏拍發出去後，廣島大本營的電諭也來了。

原來，天皇聽說李鴻章被刺，特來電探詢傷情，並飭令首相和外相代表天皇去看望李鴻章，天皇並為此特遣了宮中御醫來為李鴻章治傷。二人捧讀電文後，連袂而至引接寺。

一聽伊藤博文和陸奧宗光都來了，李鴻章立刻停止了痛苦的呻吟，但眼前的狼狽情形卻無法掩飾。當伊藤和陸奧在李經方陪同下進來時，只見李鴻章靜靜地躺在床上，除了尚在呼吸，就像一個死人，身上雖已除去了那一品文官的冠服，但襯衣未換，一眼便可望見濺在白襯衣上那斑斑血跡，頭上斜裹著紗布，把整隻左眼包在裡面，這是剛才聽說他們來了的那一瞬間由布呂尼匆匆完成的，血顯然沒有完全止住，只一會兒便又浸透了層層紗布而滲出來，紅豔豔的十分醒目。畢竟是上了年紀的人，又傷在頭部，失血不少，此刻，他的臉變得蠟黃，嘴唇寡白，雖然沒有呻吟，但劇痛使得他右眼緊閉，面部扭曲，十分難看。

伊藤博文立在床前先默默地審視了片刻，明白這一槍於七十三歲高齡的人實在是十分危險的，眼下他靜靜地躺著，居然連哼也不哼一聲，又不由在心裡暗暗歎道：這李鴻章也算得一條硬漢哩！看到這情形，他和陸奧宗光向李鴻章深深地鞠了一躬，說：「中堂吃苦了。我們沒有盡到保護責任，實在太抱歉了。」

李鴻章仍靜靜地躺在榻上，像沒有聽見。伊藤又望了陸奧外相一眼，誠懇地說：「天皇陛下驚悉中堂遭此不幸，十分震驚，除下詔嚴懲凶手外，特諭旨令我等前來致歉，不知中堂大人傷勢如何？」

李鴻章這才吃力地睜開右眼，長長地吁了一口氣，嘴唇努了半天，終於吐出幾個字道：「我已是七十三歲的老人了，受不了這等折磨。望能成全，一發結果了，以免受此痛苦。」

伊藤和陸奧一聽此言，不由怔住了，再望一眼周圍的人，他們的眼光中，生冷中且帶有幾分憤怒和仇恨。

伊藤博文明白，此事已被中國使團所有的人看作了陰謀，忙辯解道：「中堂大人不要誤會，列位不要誤會，此事確為不法之徒所為，事發突然，實出意外！」

陸奧宗光也解釋道：「暴徒是一個膽大妄為的年輕人，什麼也不懂。被捕之後立刻聲稱出於一時的衝動和洩憤，並無他人指使，與政府毫無關係。」

李鴻章一聽「洩憤」，立刻想起凶手向他開槍時說的那話。他雖不知誰叫「秀子」，但憑直覺也察覺出與田中桂子有關，尤其是那個逃走的賣花人，據說也是個年輕人，想到這些前因後果，他有些尷尬，但回頭一想，此時此地，他們提起此事並不能說明什麼，僅只能暴露自己的卑劣行徑。所以，他對陸奧外相這一解釋像沒聽見似的，仍無動於衷地閉著眼，任他們怎麼解釋都不予理睬。

伊藤博文為緩解局勢，又搭訕地問一邊的李經方道：「不知令尊大人傷勢如何？」

李經方尚在猶豫，一旁的于式枚知機，乃代答道：「傷勢很重，因中在頭部很深的地方，中堂已抱定為國捐軀、殺身成仁的決心，一切全置之度外了。不過，以中堂的地位與聲望，各國元首無不景仰，此番應邀出使貴國，本為奔走和平、排解紛爭而來，不料卻發生如此的不幸。我等正準備電告本國朝廷，同時擬發出照會，通告各國，以求公道！」

一旁的科士達是伊藤博文和陸奧宗光的好友，此番雖受聘於中國，但身分不同於中國使團一班幕僚。他知對方二人都懂英語，乃雙手一攤，又聳聳肩，嘰哩咕嚕地用英語表達了個人看法。大意是：「中堂對此很氣憤，剛才還拒絕和醫生配合，若出現意外，或者說發生不幸，這將導致你們外交上的極大被動。」

科士達此話當然有份量。伊藤博文不由露出滿臉的委屈神情，說：「這純屬於意外事件，敝國政府既然誠意相邀，絕不會出爾反爾，再說，敝國政府也無須這麼做。」

陸奧宗光也一邊補充說：「是的，是的。敝國內閣官員中，很多人是中堂的熟人和朋友，對中堂的人品和學問都一向景仰不已。尤其是首相，更是對中堂非常尊敬，他們都是堂堂正正的君子，絕不會採用不正當的手段去達到自己的目的！」

儘管伊藤和陸奧陪盡小心，躺著的李鴻章仍不佯不睬、自顧喘粗氣，周圍的人也都板著冷冷的臉，一副不合作的態度。

伊藤博文和陸奧宗光看到這情形，只好自己坐了下來。伊藤一邊說寬解話一邊暗暗留神李鴻章的神態，見他一動不動地躺著，右眼皮卻在微微抖動，知道他其實思維清晰，且一直在留意客人的言談，思謀對策。於是，他又望了陸奧一眼，說：「在鄙人看來，老中堂此番遭此不幸，其實乃是不幸中之大幸，是敝國政府不曾想到、防不勝防的事，也是大清國不曾預料卻求之不得的事！」

此話一出，不說李鴻章，就是他身邊所有的人，也無不莫名驚悚，大家一齊把眼光來盯他，讓他說下去。伊藤博文從容不迫地說：「中堂以叱吒政壇三十年之風雲人物，備受列國元首和官員之尊敬，這是無可爭議的事實。此番親身赴日議和，卻遭此不幸，列國輿論必不利我日本。所以，我們勢必在外交上和媾和的談判中，做出一些原本不會做出的讓步，這不大大地有利於貴國嗎？」

伊藤博文這話果然生效。只見李鴻章馬上睜開那隻右眼，望著伊藤吁了一口氣說：「割我臺灣，壞我沿海七省鎖鑰；霸我遼東，威脅我京津心臟；賠款三百兆，幾乎要去我四年歲入，大清至此，國將不國，何幸之有？」

伊藤博文見他終於開口搭腔，不由也長長地吁了一口氣，說：「老中堂此言，純是站在本國一邊說話，可不知敝國的朝廷，也有自己的難言之隱。」

李鴻章說：「貴國以偏僻島國而獲此大勝，脅我中華以軍威，為所欲為，又有何難處？」

伊藤博文說：「日本積弱已久，國民亟思振作。此番積數十年之抑鬱而成此大功，舉國上下，就如酒醉一般，紛紛要求一戰到底。天皇陛下為俯順民情，乃敕令成立征清大總督府，委派彰仁親王為征清大總督，不日即將開赴戰地，倘若此番和議不成功，勢必一戰到底。這樣，戰局擴大，必傷及更多無辜，實在是有傷天和，為仁者所不忍為，這是我皇上最為難之處！」

伊藤博文說完，陸奧宗光也於一旁補充，他除了說天皇一向以仁慈為懷，不願與毗連的鄰邦以兵戎相見，無奈民間人士積怨已久，紛紛要求一戰，也就不得不曲從民意外，同時他又隱隱約約透露，眼下政府雖決心議和，民間激進人士仍堅持反對，他們幾次揚言要對政府官員採取激烈手段，此番中堂遇險，凶手便屬於這類人。

陸奧宗光此說，多少也透露了一些實情，就是在場的中國人，也清楚這點。李鴻章停了半晌，勉強說：「戰是不可取的，我中國有四萬萬人，你們也不可能都殺盡！」

伊藤博文說：「我皇上絕無此心。更何況我皇上自戰端初開，即有和平解決之願望，此番又邀中堂東渡，為的是將來仍要做友好鄰邦。」

李鴻章歎了一口氣說：「但你們的和款條件太苛，我們不能接受。」

伊藤博文說：「中堂不知，這和款乃是我內閣全體閣員懍遵天皇聖訓，本著日中將來仍要和好相處這一願望而一再商議縮減的。按軍界的意見，割地必包括臺灣和奉天全省及與俄國不接界之吉林省大部並直隸一部；另外，據大藏省和財界之要求，索賠軍費遠不是輿論界的四百兆，而是十億，一半為生金，十年內償清，內閣經反覆權衡，又奏請天皇恩准，才核減為眼下這和款。」

李鴻章一聞此言，不由又羞又急。人一激動，傷口立即劇痛起來，本已止住的血又開始滲透，但他顧不得了，乃以手拍著床沿說：「中國若仍由那一班指天畫地的書生治國，十八行省也早晚是貴國的囊中之物了，你們又何必急在一時？」

伊藤見他把失敗的責任統統算到了主戰的「清流」身上，心中不由竊笑，口中卻深有感慨地說：「太自悲了，此番日清之戰，我日本乃起傾國之師，全力以赴，而中國應戰者不過以北洋一隅。各省大吏，徒知劃疆自守，視此等大事為中堂一人之家事。所以，英國《泰晤士報》為此發表評論，謂此番非中國與日本戰，乃中堂一人與日本戰，以一人而戰一國，中堂雖敗，亦可引為自豪呵。」

李鴻章一聽洋人如此評價自己，不由又有些激動了，乃歎道：「老驥在櫪，駑駘目笑。我縱有蘇張之辯，賁育之力，又有何能。你說的自豪處，正是我的可悲處。」

伊藤博文說：「老中堂何必這麼說呢？論自然條件，中國地大物博，勝日本多多，一敗何足悲？有道是，天道無親，惟德是親。貴國只要順承天意，自有興盛之日，轉禍成福，定可立見，何必自傷自損其志？」

說著，他便引經據典，什麼亞歷山大、拿破崙、威爾遜，淨說一些世界歷史上風雲人物刻苦自勵的故事。又說和款雖為我方提出，貴國政府如實在不能接受，仍可繼續商談。並說為奔走和平，老中堂遭此不幸，我天皇陛下震驚之餘，特下詔令前方將士停戰三個星期，以表示體恤和誠意！

李鴻章直到聽了最後一句才算順了一口氣，他向李經方說：「快代我向伊藤先生致謝前來看望之美意。」

李經方忙向伊藤博文和陸奧宗光鞠了一躬，又連聲稱謝。

伊藤博文見他態度軟下來，又勸他住進日本醫院，取出子彈。但李鴻章擱在床沿的手不斷地搖著，又說：「不必了，我就在此靜養幾天，只要傷勢稍有好轉，必繼續開議！」

伊藤博文和陸奧宗光這才放了心，又安慰了他幾句，起身告辭。

春天的信息

日本人遮遮飾飾、吞吞吐吐的媾和條件終於亮底了，電訊時代，消息傳播飛快，不兩天，舉國皆知。

眼下日軍聯合艦隊主力南下臺灣、澎湖，東南沿海形勢更趨緊張，主戰一派再也舉不出可力挽狂瀾的能人了，但對日本這苛刻的媾和條件卻又無不切齒，大家氣憤之餘，不忘追根溯源，又一次把責任怪到李鴻章的頭上，有人甚至懷疑他是不是秦檜，不然，為什麼張蔭桓、邵友濂出使日本不被接納，而他一到馬關便被奉若上賓？為什麼張、邵二人拍個電報也不允許，而他竟可使用密碼？倭人如此厚此薄彼、前倨後恭豈能沒有緣故？

士大夫紛紛其說，閭巷更是謠諑紛傳，都說李鴻章父子有巨款存在日本生息，未赴日之先即有出賣臺灣之意；有人甚至斷言，朝廷遷就倭寇，派出李鴻章父子使日是失策，李鴻章只會為虎作倀，絕不會為國家爭一句話。

不料就在這時，傳來李鴻章在馬關被刺的消息——小山豐太郎這一槍，確實為李鴻章解圍不少。

七十衰翁，冒險東渡，拜命之際，京師即有傳言，謂日本浪人將不利於中國使者，此番果然應驗。

李鴻章若果是內奸，則金人焉有置秦檜於死地之道理？接著，又因李鴻章的被刺，日本宣布無條件停戰二十一天。想想先前那令人難以接受的停戰條件，再看看現在，雖說是北停南不停，臺灣仍在遭受日本聯合艦隊的攻擊，但畢竟因這一槍的緣故，遼東及山東前線贏得了三個星期的喘息之機。

「清流」一時難以置喙，皇帝也就因此而稍稍吁了一口氣。

使團接著又以李經方名義拍回一電，詳陳父親被刺及受傷後仍堅持和倭人辯論的情形，又說父親目前正由醫生診治，因傷情嚴重，本擬奏請回國調養，並請朝廷另簡大員前來接替，因慮和議剛有眉目，朝廷一時難覓熟手，國步艱難，不敢愛惜個人生命而誤國家，故擬仍留日本，待傷勢稍有好轉即起而繼續籌商云云。

李經方無專摺奏事之權，這一份電奏是拍到總理衙門請代奏的。中樞各大臣開始一聽李鴻章被刺都慌了神，生恐皇帝點自己去替代，就是皇帝也一下作了難，想到滿朝文武是尋不出第二個李鴻章了，眼下見了這份電文，這才稍稍寬心，為了表示撫慰，讓和談加速進程，皇帝乃電諭任命李經方為副使，在李鴻章養傷期間繼續保持和日方接觸。

但御前會議也好，皇帝和珍妃在後宮也好，只要一提及具體的媾和條款，他們的心就無比沉重。

春分之後，氣候轉暖，但皇帝的氣喘病更嚴重了。尤其是看到了媾和條款後，臉上的愁雲始終沒有退散過。按說，對這些條款，皇帝應有心理準備，且不說停戰條件的苛刻已預示議和款必然難堪，就是這以前日本的報紙，也說得有鼻子有眼。但傳聞畢竟是傳聞，事實終歸是事實。

這天，皇帝正和中樞各大臣商議和款之事，李鴻章又一份電奏到了，此奏說自己傷勢略有好轉，雖未正式和日方開議，但督促幕僚就日方提出的媾和條款，寫了一份詳細的說帖，針對條款各項，逐條進行批駁，指出他們的要求於理不合、於情不容，請他們重新商議並核減。不料此說帖遭到了伊藤博文的斷然拒絕；電奏又說目前使團有人親自目睹日本有好幾艘大型運輸船裝載大批騾馬及步兵西駛，估計是他們的征清大總督彰仁親王動身來華督戰，如和談破裂，必將繼之以戰，望朝廷速做部署云云。

皇帝聽徐用儀念完電文，頓形緊張，手戰心搖，連連氣喘不止。看到這情形，中樞各大臣皆面面相覷，恭親王只好先喚小蘇拉進來為皇帝捶背，又拿出止喘化痰的藥來讓皇帝服下。

皇帝由眾臣去張羅，自己清楚這病在心中，所以，任大家如何費力，他仍面皮寡白、冷汗淋漓，那眼淚直往下流，會議無法進行下去了。於是，恭親王只好奏道：「皇上聖躬違和，宜回宮調養，此事先擱下暫不開議。」

皇帝一邊喘氣，一邊又連連擺手道：「議、議、議下去。你們擱下倭人不會擱下，這已是什麼時候了！」

已經是什麼時候了，大家當然明白。遼東、山東前線雖休戰二十一天，我軍贏得短暫的喘氣之機，但日本人也一定乘機加強部署。眼下已是春暖花開之際，正是日軍大部隊從容調動大舉進攻之時，另外，大沽口外也警報頻傳，廟島列嶼、長山島一帶已常常出現日軍艦船，過往商船已受到他們的盤查，日軍分明擺出了在津沽灘頭登陸的姿態。如和議不成，二十一天倏忽便過，這番惡戰將全面展開，又有誰能指揮這場大戰，且有把握取勝呢？

中樞眾臣你望望我，我望望你，誰也不願開腔，皇帝等了好半天，翁同龢才喃喃地說：「皇上聖明，燭微知著。拖，不是辦法，也拖不下去了。」

慶王見此情形，乃歎息著勸皇帝道：「臣以為事已至此，只好做退一步之想了，臺灣在我朝定鼎之初為鄭成功所據，鄭氏本倭人之外甥，至於遼東，宋明以來本朝鮮屬地，我大清未入關之前所得，今倭人欲乘勝據此兩地也非偶然。望皇上暫時放棄此兩處，留待來日恢復不遲。」

慶王此話一出，眾人都覺不妥，但又想不出更好的安慰話，這時，龍座上的皇帝喘得更厲害了。李鴻藻望了翁同龢一眼，奏道：「臣以為與其割地，不如多償其軍費，割地恐失民心。」

皇帝自親政以來，聽李鴻藻經常發議論，唯今天是一句實在話。但眼下日本人是既要土地又要錢，多賠軍費賠多少呢？日本人又是否只收錢不要地呢？這都是一時爭不清的。

恭王瞥見李鴻藻話剛落音翁同龢即點頭，而一邊的孫毓汶、徐用儀馬上要提出質疑了，他明白這麼爭下去沒有結果，且只有更加刺痛皇帝，讓他傷心難過，於是搶先奏道：「臣以為和與戰，割與償，茲事體大，樞臣畢竟未親臨其事，所見往往失之偏頗，所以，臣請先不必定議，眼下主持大局的，遼東有劉坤一，天津有王文韶，此二人都是久經歷練、老成持重的重臣，皇上不如下詔，令劉坤一、王文韶議定和戰之策，是和是戰，一言以決，不得以遊移之詞敷衍塞責！」

皇帝見此情形，知道這一班樞臣再拿不出比恭王更好的方案了，乃歎了一口氣，准了恭親王之奏。不兩天，劉坤一和王文韶就和戰之事的奏議電傳到京了，與此同時，其他省份也有不少督撫各抒己見，皇帝把這些奏疏一一過目。

劉坤一認為若糧、彈不缺，他有把握堅守，不讓倭人進入榆關；王文韶則說，如有可恃之將，則大沽、北塘可守——二人所奏，都有一個前提，故說到底仍是「遊移之詞」。至於其他督撫們，則更有匪夷所思者——張之洞竟主張割後藏之地與英國，割新疆數城與俄羅斯，從而聯結英、俄以抗倭，這就是所謂「以髀肉之損，換腹心之患，權宜轉移，冀以救急紓禍。」

皇帝看到這裡，終於看不下去了。珍妃見皇帝急成了這一副模樣，自己於一邊不能分擔半點，只好用溫語從中寬解，珍妃博聞強記，古今中外的大事知道不少，只好為皇帝講一些忍辱負重、堅忍復仇的故事，從春秋的吳越交兵一直講到法、俄戰爭，拿破崙進攻俄國首都莫斯科，俄國堅壁清野以阻遏法軍，終於導致拿破崙的大敗。

皇帝聽了這些雖頗感振奮，但左思右想，竟無法仿效，且不說一提遷都皇太后便大發雷霆，而且，誰又能像俄國的能臣庫圖佐夫一樣，指揮俄軍與拿破崙大戰？

皇帝說這話時，北京城其實早已從料峭春寒中掙脫出來了，古老的帝都此時已一片盎然生氣。不久，春天的信息終於傳進了宮闈重重的紫禁城，消息是珍妃的老師文廷式最先傳進宮的。此時正是三年一屆的會試之期，各省讀書人齊聚京師，舉子們得知日本要脅我國的條約內容後，一個個無不義憤填膺，大家齊聚京郊的松筠庵會議，商議上書皇帝。

因一個叫康有為的廣東舉子言談最激烈，且句句切中時弊，大家一致推舉他起草這份萬言書。康有為不負眾望，一夜工夫便起草完成這份救國的陳情書，分為四項，所謂——

下詔鼓天下之氣；遷都定天下之本；練兵強天下之勢；變法成天下之治。

一時群情激憤，舉子們奔相走告，在上面簽字的舉子達一千三百多名。皇帝是從珍妃口中得知這事的，當他聽到「變法」二字，不由推衣而起，連連問道：「既然公車上書，朕怎麼沒有見到？」

珍妃於是把康有為等要求都察院代遞此陳情書而遭拒絕的話說了出來。皇帝一聽不由頓足道：「該死該死！都是這一班不知世務的糊塗蟲才把國家弄成一潭死水、毫無生氣的，再依然故我，這國家不完了嗎？這回朕可要下定決心，自拿主意！」

皇帝蹀了一回方步，主意定下來，氣也不喘了，精神也足了，忙下旨傳翁師傅，待傳旨的小蘇拉出去，他趕緊更衣，口中連連叨念道：「變法，變法成天下之治。這個康有為可說到節骨眼上了。」

恨海

大海仍是那麼遼闊，那麼輕柔，那麼澄藍碧透。只有在黃昏漸近、夜幕慢慢降臨之後，才變得有些迷離恍惚起來，這時，磨盤似的夕陽早已從無限大的天穹中墜落到了海底，雖然也曾輝煌一時，甚至留下滿天霞光，把碧綠的海水染得血紅血紅如一片火焰，但那僅僅是極短暫的事。眼下一切歸於沉寂，四周只剩下一片深沉與靜穆，放眼四顧，天空與大海的界線變得模糊起來，上面暗雲低垂，像懸著一張烏黑的、毛絨絨的巨網，腳下海潮滔天，航行在大海上的郵船，如一隻小小的甲殼蟲，掉進一個危機四伏的黑洞中，被推搡著，跌向那無邊的黑暗……

此時此刻，李鴻章佇立在頂層甲板上，只有老僕李杜相隨。後者為不打擾他，遠遠地站立在舷梯邊。這裡沒有遮蓋，上可仰望蒼穹，下可俯瞰大海，晚風其涼，吹得舵樓呼呼作響，人的衣襟微微有聲，也吹得他左臉上的創口如刀刮似地疼痛，但他仍毅然挺立著，像一座銅像。

自上月十八日啟錨東渡，至今日返棹西歸，前後不過一個月零六天。可這短短的三十六天尤如一個世紀，讓他經歷了人生道路中最艱難、凶險的一幕，眼下左臉頰傷口雖癒，但那顆子彈仍嵌在肉中，臉部仍有微腫，眼睛被擠成一條縫，雙目自然失去了昔日的神光，左臉因此被扭曲，連鼻子嘴唇似乎也歪了，他攬鏡自照，幾乎連自己也認不得了。

「名既裂矣，身敗在即。」他想起了這句話，想起自己該謝幕了……

水湧山疊，年少周郎何處也？不覺的灰飛煙滅。可憐黃蓋轉傷嗟，破曹的檣櫓一時絕。鏖兵的江水猶然熱，好教人情慘切。這不是江水呵，是二十年流不盡的英雄血！

憑欄遠眺的幕僚們都進艙去了，船頭不知是誰用低沉沙啞的聲音唱起了一支小曲，音調是那麼悲涼，字字句句都送進了追思往事、無可奈何的李鴻章耳中，這更讓他那顆心鉛似地沉重。他更加木然直立，雙眼噙滿了淚花，面對著雲譎波詭的海天，像在尋找什麼——啊，他終於看見了，黑暗中，那起伏的山巒，黑幽幽的一片，像天際的濃雲，像奔騰的怒馬，那已是中國的海岸線了。

原來，航船此時已開始駛入渤海了，那遠遠閃爍著、像是星星眨眼的光，是山東成山角的航標燈，此刻那裡雖仍在日軍手中，但航標燈仍在為過往航船指引航程。過了成山角，只幾十里便是威海衛了，那裡有他耗費了半生心血而營造的海軍基地、水師學校、工廠、醫院，那是他實現個人宏圖霸舉的基礎，他要因此獲得比老師更響亮、更令人景仰的聲名，成為全世界矚目的英雄人物，可這一切隨著中日戰爭的硝煙全化為泡影了。

如今威海劉公島、旅順港上空飄揚的是日本國的國旗，水師數十艘艦艇除了被敵人擄獲去的其餘統統葬身海底了，丁汝昌、劉步蟾、鄧世昌等忠勇將士都一個個成仁取義、離他而去了，儘管這以前他曾誤解了他們，錯誤地處罰了他們，也束縛了他們的手腳，他們也可能恨透了他，但恩怨仇讎，都隨著水師的覆滅而「灰飛煙滅」了……

直到昨天，他才看到由羅豐祿翻譯過來的那份《泰晤士報》，證實了伊藤博文所說不虛。

文章是從一則消息開頭的，說劉公島守軍投降後，「濟遠」、「廣丙」等艦被日方擄獲，成為戰利品。兩廣總督李瀚章竟致函日本海軍聯合艦隊司令官伊東祐亨，謂「廣丙」一艦屬廣東水師所有，此次戰役與廣東無涉，可「廣丙」竟被日方俘獲，據為戰利品，今特請放還「廣丙」，以符信譽云云。

文章作者在照錄此信後，接著又嘲笑了寫信人的無知，後面則大發感慨，謂此番大戰，「日本非與中國戰，實與李鴻章一人戰也。」

李鴻章覽報之餘，覺得自己這位大哥實在顢頇得可笑，居然把眼下國中各自為政、劃疆而守的內幕，明白地告訴敵人。但這竟又是人人可見的事實——戰實由他一人在戰，和也由他一人在和，此番屈膝春帆樓，訂下了不齒於後世的《馬關條約》，他那躊躇滿志的洋務，他那輝煌燦爛的人生，也就在這裡劃上句號了。

他想，日本人戰勝的不是一個李鴻章，竟是摧毀了一代人的精神呵！令大丈夫氣短之事，孰有過於此者？

茫茫大海，其恨也滔滔！

想到這裡，他不由向後招了一下手。老僕李杜上前，滿滿地斟了一大杯酒遞上來。李鴻章此時臉上已是老淚縱橫，默默地接過酒，酹於海中——這是他敬奠為國捐軀的北洋將士。

因為戰敗，這一班忠勇將士們被國人指斥、唾罵，一個個成了貪生怕死、卑鄙無恥的懦夫，其實，他們大多是血性男兒，僅少數敗類，尤其是水師將士。眼下他們在九泉之下仍被人誤解，這一杯酒，是對追隨他多年、至死仍蒙羞忍垢的將士忠靈的撫慰；接著，他又高舉酒杯，默默禱念，探身於船舷之外，將第二杯酒酹於海中，這是為矢志不渝追隨他、聽命於他的丁汝昌的。

丁汝昌是將才而非帥才，諳陸戰而不習水戰，他將此人安置在水師提督的位置上，已是一大錯誤，開戰後又百般束縛他的手腳，迫使他戰守失據，最終導致全軍覆沒、更是錯上加錯。丁汝昌在朝廷不諒、將士離心、內外交逼的情況下從容盡節，但朝廷卻因他戰敗而對他至死不諒，身後所有追贈、恤典皆與他無份，只有他李鴻章才清楚，是自己斷送了丁汝昌。這一杯酒算是向這個俯首貼耳唯命是從的部屬做最後訣別，無窮的懺悔盡在這無言的一傾之中。

薄酒三奠，第三杯算是告別自己慘澹經營三十年的事業——甲午一戰，烜烜赫赫的洋務算是盡付東流了。它，宣告了一個時代的結束，宣告了他輝煌事業的結束……

從今以後，中國將向何處去？

據洋人新聞紙上說，有個名叫孫文的布衣已在檀香山成立興中會，倡言革命；京師的舉子一千三百餘人卻「公車上書」，請求皇帝變法，已鬧得舉國洶洶。

他猛然記起，大約是在去年端午前後，中日關係驟然緊張時，曾有一個自稱在香港西醫書院畢業的學生，好像是叫孫文，廣東香山人，前來拜謁他。他因是該書院的贊助人之一，不好拒絕，便讓羅豐祿代為接見。

據羅豐祿後來說，此人提出了救國的「四大政」，請他轉致中堂，所謂「歐洲富強之本不盡在於船堅炮利，壘固兵強，而在於人能盡其才，地能盡其利，物能盡其用，貨能盡其流，此四者，富強之大經，治國之大本也。」

他當時聽了並未放在心上，心想，這大概是一個乳臭未乾的小青年，欲效蘇秦、張儀故事，遊說列國，好混一個前程。現在看來，這孫文還真不可小看哩。

至於變法，無非就是變更祖宗舊章，這是自己在同治末年便提出來的，那時大亂初平，士大夫都沉浸在「同治中興」的夢囈裡，他要辦洋務，不是阻於部議便是礙於舊章，為此他主張「窮則變，變則通」。

可這一主張受到「清流」的攻擊，致使洋務終歸失敗，那一班峨冠博帶、指天劃地的書生是應負很大的責任的。

我中國向何處去？看來，若不改革圖新，便真的只能等孫文來革命了。

今後的中國，將是什麼樣子呢，只怕是看不到了。但身為中國人，總總希望自己的國家強大起來，不要受外人欺侮。

想到這裡，他不由將酒杯高舉過頭，默默禱誦了半天，然後探身於外，酹酒於海……

晚清風雲. 第三卷, 甲午祭壇：李鴻章屈膝春帆樓
/果遲著. -- 一版.-- 臺北市：大地, 2015.08
面：　公分. --（History：81-82）

ISBN 978-986-402-090-4（上冊：平裝）.--
ISBN 978-986-402-091-1（下冊：平裝）

857.7　　104012713

晚清風雲 第三卷 甲午祭壇（下）

HISTORY 082

作者	果遲
發行人	吳錫清
主編	陳玟玟
出版者	大地出版社
社址	114台北市內湖區瑞光路358巷38弄36號4樓之2
劃撥帳號	50031946（戶名　大地出版社有限公司）
電話	02-26277749
傳眞	02-26270895
E-mail	vastplai@ms45.hinet.net
網址	www.vastplain.com.tw
美術設計	普林特斯資訊股份有限公司
印刷者	普林特斯資訊股份有限公司
一版一刷	2015年8月

大地

定　價：280元